LIADAN

Von Schatten geküsst

Ein Roman von

E-Mail: catalia.pavlo@gmail.com

Band 2
456 Seite(n)
79409 Wörter
414207 Zeichen

Impressum

Catalia Pavlo
e-mail: catalia.pavlo@gmail.com

Postfach 0014
2391 Kaltenletgeben

Isbn: 978-3-200-06104-0

Auflage 0.1

Umschlaggestaltung/Cover : Jaqueline Kropmanns, e-mail: mail@jaqueline-kropmanns.de

Lektorat: Susanne Pavlovic, e-mail: textehexe@googlemail.com

Korrektorat: Beate Fischer, e-mail: beate-fischer-rom@web.de

Bibliografische Information der österreichischen Nationalbibliothek verzeichnet diese Publikation in der österreichischen Bibliografie

Alle Lichter erlöschen.
Im Moment sind wir verloren.
Ich möchte einfach nur an deiner Seite sein.
Für den Rest unseres Lebens.

Eins … Asael

Das Waldstück war finsterer als der Abgrund zur Hölle. Es roch nach verbranntem Holz. Der Teppich aus vertrockneten Blättern und Nadeln raschelte unter den Sohlen der Gruppe. Wie Narben durchzogen die abgestorbenen Zweige das tote Gebiet der Dunkeldryaden. Schwarze Nachtfalter und eisengraue Ascheflocken wirbelten durch die Luft. Moosgrüne Ranken flochten sich tänzelnd über die verdorrten Rinden. Lange Blätter, scharf und spitz wie Messer, sprossen aus den Pflanzen rund um Asael. Die Bäume regten sich.

»Wer wagt es, unsere Stille zu stören«, zischte jemand.

»Hilf mir.«

»Er hat keinen Handel mit uns.«

»Schmerz, es tut so weh.«

»Durst.«

Das Heulen der Dryaden hallte von allen Seiten auf die Truppe ein.

Manche der Dunkeldryaden waren so tief mit den Bäumen verwachsen, dass man nur ihr Gesicht und die minzfarbenen Augen sehen konnte. Andere hatten dunkelgrüne menschengleiche Oberkörper, deren Unterleibe im Stamm endeten. Aus den Köpfen wucherten rostbraune und schwarze Äste.

»Warum hast du angehalten?«, fragte Asael die Elfenkönigin.

»Eher sterbe ich, als dir zu verraten, wo genau der Eingang zu unserer Zufluchtsstätte ist. Du wartest hier und ich bringe deinen Sohn zu dir.«

»Nein, eine deiner Elfen soll gehen. Du wirst bei mir bleiben, bis ich Devias wiederhabe.«

Asael nickte Leswo zu, der daraufhin eine der Lichtelfen von ihren Fesseln befreite und sie zu ihm drängte.

Der Schattenkönig fasste grob nach ihrem Oberarm und zerrte sie zu sich. »Ich rate dir, mit meinem Sohn wiederzukommen, sonst hattet ihr eine Königin.«

Die Lichtelfe zeigte keine Furcht, nickte Daria zu und flitzte davon.

»Die Dunkelheit ist unser Schutz.«

»Er trägt Göttermacht an sich.«

»Ich leide schreckliche Qualen«, flüsterten die Dryaden.

Daria wandte sich Asael zu. »Was willst du von Liadan?«, fragte Daria. »Du bist frei. Hast den Stein. Was willst du noch von ihr?«

»Ich kann ihr das Leben bieten, von dem sie träumt.«

»Du weißt also, wovon sie träumt?«

»Die Schicksalselfen haben mich in die Zukunft blicken lassen. Liadan wird an meiner Seite herrschen.«

»Das war mit Sicherheit ein Trugbild. Ich habe dir schon vor langer Zeit gesagt, dass du den Schicksalselfen nicht trauen darfst. Sie sind nicht das, was sie zu sein vorgeben.«

»Wie du unschwer erkennen kannst, habe ich durch ihre Hilfe alles erreicht, was ich erreichen wollte. Ich bin frei und habe eine Hälfte des Steins.« Er strich sich über die Brust, an der das Amulett baumelte.

»Hast du dir schon einmal Gedanken darüber gemacht, warum die drei dir helfen?«

»Vielleicht aus Rache, weil dein verfluchter Ehemann sie mit mir in die Schattenwelt verbannt hat.«

»Liadan wird niemals freiwillig mit dir kommen.«

»Was das betrifft, habe ich schon einen Plan.«

Daria schnellte auf Asael zu und schlug ihm ihre Fingernägel in die Stirn. Ihre Augen hatten jede Farbe verloren und schimmerten milchigweiß. Der Schattenkönig schrie auf und stieß sie von sich.

»Raus aus meinem Kopf!«

»Ein Orakelring, Asael? Das kannst du nicht tun!«

Asael presste die Lippen aufeinander, haschte nach Darias Arm und zog sie etwas abseits der Truppe.

»Ich kann und ich werde.«

»Du wirst meine Tochter nicht zu deiner Sklavin machen. Sie hat es verdient, frei zu entscheiden.«

»Und das wird sie, wenn sie dafür bereit ist.«

»Du bist völlig wahnsinnig.«

»Vater!«

Asael fuhr herum. Zwischen zwei Lichtelfen stand Devias, leicht gekrümmt und mit schmerzverzerrtem Gesicht.

Asael eilte zu seinem Sohn, doch Daria stellte sich ihm in den Weg.

»Lass zuerst meine Elfen gehen.«

Knurrend drehte er sich zu seinem Trupp. »Lasst sie frei.«

Devias riss sich von den Lichtelfen los und stolperte zu seinem Vater.

»Was ich vergessen habe zu erwähnen«, rief ihm Daria zu. »Diejenigen, die keinen Handel mit den Dunkeldryaden haben, dürfen ihr Reich nicht mehr verlassen!«

Kaum hatte Daria zu Ende gesprochen, schossen Dornenranken aus dem Boden und bildeten eine dichte Hecke um die Schattenelfen.

»Wir halten uns an den Wurzeln, weil niemand mehr da ist, der uns hält.«

»Wir wiegen uns selbst, weil der Wind uns nicht mehr findet.«

»Nur die Dornen sind geblieben, als alles andere uns verlassen hat.«

Asael, Leswo und Kappa schleuderten Schatten und Feuerbälle auf die immer näher kommenden Ranken.

Wie von einer Mauer aufgehalten, prallte ihre Magie zu ihnen zurück und traf Devias, der zu Boden stürzte.

»Midra!«, brüllte Asael. In Sturmeseile stülpte die Schattenelfin eine Kuppel über sich und Devias.

»Verflucht, Kappa, Leswo, hört damit auf! Merkt ihr nicht, dass uns eure Geschosse in Gefahr bringen!«, rief Midra und half Devias auf die Beine.

Die Stacheln der Dornenranken bohrten sich durch Asaels Kleidung, kratzten über seine Haut und ritzten sein Gesicht. Wie ein düsteres Gewölbe schloss sich das Gestrüpp über ihren Köpfen und hüllte sie in Schwärze. Asael zielte mit dem Stein des Amuletts auf die Dornen. Zinnoberrote Blitze schlugen daraus hervor und zerfetzten die wuchernde Wand.

Doch pfeilschnell schlängelten sich die Ranken um Asaels Hand- und Fußgelenke und zerrten ihn zu Boden. Eine Flut aus Wurzeln erhob sich neben ihm, bedeckte seinen Körper und hielt ihn am Boden fest. Im Augenwinkel sah er, wie auch der Rest seiner Truppe von Wurzelgeflechten gefesselt wurde. Moosgrüne Krallen rissen ihm das Amulett vom Hals. Asael rief seine Kräfte auf, doch selbst mit ihnen war es ihm nicht möglich, sich zu befreien. Die Mächte der Dryaden waren gewaltig. Tote Blätter erhoben sich von der Erde, wirbelten umher und begruben den König unter sich. In einem Anflug von Panik schrie er laut auf und verschluckte sich an den Pflanzen. Er hatte Daria unterschätzt. Gegen die Macht der Dunkeldryaden war selbst er zu schwach.

Zwei ... Liadan

Die Tür fiel ins Schloss. Der Boden knarrte unter den sich nähernden kraftvollen Schritten ihres Ehemannes.

»Ich will es verstehen. Warum springt meine Frau mitten in einer Ratssitzung auf und läuft aus dem Saal?«

»Dieser verfluchte Wandteppich! Wenn ich einen Augenblick länger dort drinnen gewesen wäre, hätte ich diesen Läufer von der Mauer gezerrt und ihn in Stücke gerissen! Ich hasse ihn, ich hasse alles hier! Ich habe es versucht, Cajus, aber ich muss immer an die Pein denken, die man mir hier angetan hat! Neununddreißig, es sind neununddreißig verfluchte Siegel auf dem Teppich abgebildet – woher ich das so genau weiß? Weil ich sie gezählt habe, während man mich nackt auf die Knie gezwungen hat, um mich zu foltern.«

Sie fühlte seine Hand an ihrer Schulter.

»Liadan, ich wusste nicht, dass es so schlimm für dich ist, hier zu sein. Ich will dir helfen, du musst mit mir über das Geschehene sprechen.«

Liadan sah sich in ihrem Schlafzimmer um. Cajus hatte es liebevoll einrichten lassen. Kostbare Gemälde. Flauschige Teppiche an den Wänden und auf dem Boden. Ein seidener Schleier über dem Bettgestell. Sie schüttelte den Kopf. Sie wollte nichts mehr davon sehen.

»Ich liebe dich, Cajus, aber ich möchte am liebsten fort von hier.«

Mit einem Ruck drehte er sie zu sich.

»Wir sind keine sieben Nächte vermählt und du willst mich schon verlassen!«

»Das habe ich nicht gesagt. Es ist dieser Ort, das Schloss, der Thronsaal, der verfluchte Teppich!«

»Ich werde veranlassen, dass man den Läufer von der Wand nimmt und ich werde eine Lösung finden, wie du dich hier daheim fühlen kannst.«

»Ich weiß nicht, ob das jemals geschehen wird. Ich habe das Gefühl, dass mich die Menschen hier hassen. Egal, wie oft ich ihnen mein Ohr schenke, auf sie zugehe oder ihnen Hilfe anbiete, ihre Augen sprechen Misstrauen und Verachtung aus.«

»Meine Mutter ist verzaubert von dir, die Zwillinge lieben dich, ich liebe dich und unser Volk wird eines Tages erkennen, wie goldschön dein Herz ist. Ich kann verstehen, warum du nicht hier sein willst, aber ich kann nicht fernregieren, nicht im Moment.«

»Ich weiß, dass ich mich gerade nicht wie die Königin benehme, die ich sein sollte.«

»Du brauchst Zeit, um die Geschehnisse zu verarbeiten. Ich verstehe das nur allzu gut.«

Ein Schatten stiller Wehmut bedeckte sein Gesicht. Cajus trat an das Fenster, legte seine Hand an den Rahmen und starrte hinaus.

»Nahe der Burg gibt es einen Ort, um den ich stets einen Bogen schlage. Es ist der Platz, an dem mein Vater gestorben ist. Ich habe das meiste verdrängt, was an diesem Tag passiert ist. Aber den Anblick der goldbraunen Blätter werde ich niemals vergessen. Wie der Wind aufkam und sie Achions toten Leib bedeckten. Es war, als wollten sie mich vor dem Anblick des geschändeten Körpers schützen. Meine Mutter hat mir erst an diesem Tag erzählt, dass er mein Vater war, aber irgendwie wusste ich es immer.«

»Wie hat König Täve herausgefunden, dass er selbst nicht dein leiblicher Vater war?«

»Meine Mutter hat mich oft zu Achion gebracht, damit ich Zeit mit ihm verbringen konnte. Sie hatte mir auferlegt, sein Handwerk zu erlernen. Als wäre dies wichtig für einen Königssohn. Vermutlich hat sie meinen Vater damit entlarvt. Oder aber es war die unbestreitbare Ähnlichkeit zwischen uns.«

»Warum hast du mir nie davon erzählt?«

»Ich erinnere mich daran, wie meine Mutter beim König um mein Leben gebettelt hat. Wie er sie aus Zorn und Scham über ihre Untreue schlug. Wie er mich aus Erbitterung, dass ich nicht sein leiblicher Sohn war, verprügelt hat.«

Liadan legte ihre Hand auf Cajus' Schulter. Dieser zuckte bei ihrer Berührung zusammen.

»Es tut mir so leid.« Sie drehte ihn zu sich, legte die Arme um seinen Hals, stellte sich auf die Zehen und lehnte ihre Stirn gegen seine. »All die Qualen, die du durchlebt hast.«

»Was ich dir damit sagen möchte, Liadan, ist, dass ich nie über mein Leid spreche und es deswegen wie ein Sack Steine auf meinem Rücken lastet, ich möchte nicht, dass du denselben Fehler machst.«

Liadan löste sich von ihm, nahm ihn an der Hand und zog ihn mit sich zum Bettrand.

»Wenn ich sage, ich möchte nicht hier sein, dann meine ich damit nicht, dass ich nicht bei dir sein möchte. Du bist so viel mehr für mich, als nur mein Mann. Wenn ich mich durch den Tag quäle, weil mich die Erinnerungen zerfressen, sind deine Worte und Berührungen Balsam für meine Seele.«

Cajus zog sie auf seinen Schoß. Ihre Nasenspitzen berührten sich, als Liadan die Arme um ihn schlang. »Ich erinnere mich an eine höchst annehmliche unsittliche Geste, die du heute während des Mittagessens unter dem Tisch angedeutet hast. Möchtest du mir das jetzt vielleicht näher erklären?«

»Du hattest da ein paar Brotbrösel an den Schenkeln. Als deine Frau sah ich mich gezwungen, dich von ihnen zu befreien.« Ein Lächeln umspielte weich ihren Mund. Sie gab

Cajus einen liebeshungrigen Kuss auf die Lippen. Dann lehnte sie ihre Stirn gegen seine.

»Ich werde nach Alandria reiten. Es gibt dort jemanden, den ich besuchen will.«

Er löste sich von ihrer Berührung und sah sie an.

»Ich werde dich nicht begleiten können. Wenn du einverstanden bist, dass deine Leibgarde dich unterwegs beschützt, spricht nichts dagegen, vorausgesetzt, dass du vor dem Fest wieder hier bist.«

»Natürlich werde ich da sein.«

Cajus räusperte sich und tippte sich mit den Fingern über die Lippen. Liadan kannte diese Geste: Ihr Mann war verunsichert.

»Und wen willst du aufsuchen?«

»Baba Anastella, sie ist eine Seherin und kennt sich mit Magie aus.«

Die Falte zwischen seinen Augenbrauen wurde tiefer.

»Ich möchte lernen, wie ich meine Kräfte dazu bringen kann, das zu tun, was ich von ihnen will«, fuhr Liadan fort.

»Und du meinst, sie kann dir dabei helfen?«

»Das weiß ich nicht. Ich spiele schon länger mit dem Gedanken, sie zu besuchen. Wenn Asael die Barriere zur Menschenwelt durchbricht und mit einem Mal seine Schattenelfen unter uns weilen, wird es nicht schaden, wenn ich weiß, wie ich meine Kräfte beherrsche. Das ist aber nicht der einzige Grund.« Liadan wischte sich unsichtbare Fusseln von ihrer Hose, bevor sie weitersprach. »Erinnerst du dich, was ich dir über die Dämonengöttin Hynara erzählt habe? Ich habe ihr versprochen, sie aufzusuchen, um ...«

»Ich erinnere mich«, unterbrach er sie barsch. In seiner Stimme war ein bitterkalter Unterton. »Du wirst mit Sicherheit nicht in diesen Wald zurückkehren, um einer geisteskranken Götterdämonin Lieder vorzusingen und Geschichten zu erzählen. Ich werde dies um jeden Preis verhindern.«

»Wenn ich lerne, meinen Körper umzuformen, so wie Devias, könnte ich mich in einen Vogel wandeln und über den Wald fliegen, ohne ihn zu betreten. Außerdem bin ich keine Gejagte mehr. Asael hat bekommen, was er wollte.«

»Hast du Baratus vergessen? Der Mann deiner Mutter wird mit Sicherheit nicht begeistert sein, wenn du es wagst, die Wälder erneut zu betreten. Außerdem sind die Bewohner des Schattenreiches wieder frei. Was für ein Narr müsste ich sein, um deiner Bitte nachzukommen?«

»Ich möchte mein Versprechen der Dämonin gegenüber einhalten. Und Baratus hat keinen Grund mehr, mir hinterherzujagen.«

Cajus fuhr sich mit den flachen Händen über das Gesicht. Er war blass und unter seinen Augen hatten sich dunkle Schatten gebildet.

»Können wir das ein andermal besprechen. Wann hast du vor, nach Alandria zu reiten?«

»In zwei Tagen.«

»Ich werde alles für deine Reise vorbereiten lassen.«

Drei … Asael

Urplötzlich wirbelten die Blätter nach oben und gaben die Sicht auf drei Gestalten frei, die sich Asael näherten.

»Keine zwei Monde in Freiheit und schon liegt der König der Schattenwelt in seinem Grab«, giftete Soprah, die Schicksalselfin der Zukunft.

»Warum überrascht mich das nicht«, murmelte Asael. »Helft mir hier raus, aber holt zuerst das Amulett! Die Dryaden haben es mir vom Hals gerissen, es liegt dort hinten.«

Soprah fasste die Richtung, in die Asael mit dem Kopf deutete, ins Auge.

»Ich kann nichts sehen.«

»Bist du blind? Der Stein glüht wie ein verfluchtes Lagerfeuer! Sieh doch hin.«

Asael beobachtete ungläubig, wie Echsia und Clotha den Boden nach dem Amulett abtasteten.

Er wandte sich Soprah zu. »Was soll das? Sind die beiden erblindet?«

Das Rothaar wedelte mit der Hand, als würde sie ein nervtötendes Insekt verscheuchen. Folgsam ließ das Wurzelgeflecht von Asael ab und grub sich seinen Weg zurück in das Erdreich. Die Wurzeln, die den Rest seiner Truppe begraben hatten, zogen sich zurück. Die quälenden Laute der Dryaden verstummten, die Baumgeister schienen in einen tiefen Schlaf gefallen zu sein. Asael schnellte hoch und sah sich nach Daria um. Sie und ihre Begleiter waren verschwunden. Dann betrachtete er Soprah, als würde er sie zum ersten Mal sehen.

»Du hast die Dunkeldryaden mit einer einzigen Handbewegung überwältigt? Wenn mich das nicht zum Nachdenken bringen sollte.« Ein Seitenblick zu Echsia und Clotha verriet ihm, dass die beiden weiterhin nach dem Amulett suchten, das keine zwei Schritte von ihnen entfernt auf der Erde lag.

»Ihr könnt den Stein nicht sehen, habe ich recht? Warum nicht?«

Die kohlschwarze Schlange, die sich über Soprahs Körper schlängelte, hob den Kopf und zischte giftig in seine Richtung.

»Hol den Stein und sieh zu, dass du damit die Barriere zur Menschenwelt öffnest, dann mach dich auf die Suche nach der zweiten Hälfte.«

»Ich habe da zuerst ein paar Fragen«, sagte Asael und hob das Amulett vom Boden auf.

Die drei Schicksalselfen postierten sich vor dem König. Unter ihren Füßen bildete sich ein Farbklang aus eisengrauen und goldenen Nebelschwaden. Die irdischen Blicke der drei waren kälter als die Eisgipfel im Norden.

»Du kennst die Regeln«, sagte Clotha.

»Wer hat sich diesen Schwachsinn überhaupt ausgedacht? Was geschieht, wenn ich euch mehr als drei Fragen stelle? Geht dann die Welt unter? Verpuffe ich zu Rauch?«

»Dann bekommst du keine Antwort, du Witzbold, und jetzt stell deine Fragen«, drängte Soprah.

»Streng genommen hat er eben schon seine drei Fragen gestellt«, wandte Clotha ein.

»Wir wollen heut mal nicht so sein.«

»Was muss ich dem Orakel bringen, damit sie etwas für mich hext?«, fragte Asael.

»Hast du die Perle der Nodyssa noch?«, fragte Soprah.

»Ja.«

»Schenk sie ihr und sie wird dir herbeizaubern, was immer du dir wünschst«, erklärte sie ihm.

Seine nächste Frage richtete er an Clotha, deren gesundes Auge wie giftiges Froschsekret an ihm haftete.

»Wo soll ich mit der Suche nach der zweiten Hälfte des Steins anfangen?«

»Reise nach Mytria. In dem Kloster am Silberberg soll es einen Hinweis auf den Aufenthalt des Steins geben.«

Clotha warf ihm zwei Schatullen in die Hände. »In Mytria lebt die Rotkelchspinne. Du findest sie in Höhlen und zwischen Felsen. Sammle uns einige der Tierchen.«

»Mal abgesehen davon, dass ihr wieder frei seid, was versprecht ihr euch davon, wenn die zweite Hälfte des Steins in meinem Besitz ist?«

»Wie dumm kann man sein. Du verschwendest deine letzte Frage, um deine Neugierde zu befriedigen? Wir versprechen uns, dass dein Körper seinen rechtmäßigen Thron einnimmt.«

Kaum hatte Echsia ihr letztes Wort gesprochen, breitete sie ihren feengrauen Schleier über sich und ihre Schwestern. Beim nächsten Augenaufschlag waren sie fort, als hätte der Erdboden sie verschluckt.

»Bitte was?« Asael wandte sich seinem Sohn zu. »Hast du verstanden, was das steinalte Gerippe da von sich gegeben hat?«

»Ich verarbeite gerade, was ich da eben gesehen habe.«

Asael legte seinen Arm um Devias' Schulter.

»Lass uns von hier verschwinden, dann erzählst du mir, was passiert ist, und ich werde das Orakel aufsuchen.«

Quietschend schlug die Tür hinter Asael zu. Der Aufstieg über die tausendsechshundertdreiundvierzig götterverfluchten Stufen, die den Hügel hinaufführten, war mühevoll. Scharfkantige, zum Teil brüchige Steine bröckelten immer wieder unter seinen Sohlen ab. An einigen Stellen war er gezwungen, das Gestein so zu betreten, als balancierte er über eine hauchdünne Glasschicht. Zwischen den Ritzen der Gesteinstreppe saßen fingernagelkleine Labiken-Käfer, die sich mit ihren nadelscharfen Stacheln durch jede Schuhsohle bohrten, die sich versehentlich auf sie senkte. Am Kopf der Treppe erwartete ihn eine von tiefen Schatten und silbergrauen Wolken umschlungene Hütte, dahinter lag nichts als bodenlose Schwärze. Es wirkte, als wäre das Haus auf dem Hügel der Durchgang zwischen dieser und einer anderen Welt.

Ohne sich sein Unbehagen anmerken zu lassen, betrat Asael die Hütte, die so vollgestopft war, dass sie kaum zu durchqueren war. Der Raum war überflutet mit heruntergebrannten Kerzen und eigenartig aussehenden Gegenständen. Eine unüberschaubare Menge von Papieren, abgewetzten Büchern, Ketten mit unterschiedlichen Anhängern und Gefäßen, die sich in Regalen ihren Platz mit einer Heerschar von Bündeln aus getrockneten Kräutern teilten. Bedrohlich und geheimnisvoll wie die Nacht saß Nexana mit ineinander verschränkten Beinen auf einem Hocker und meditierte.

»Du riechst nach Gott«, sagte das Orakel und öffnete die Augen, die von langen königsgoldenen Wimpern überschattet waren. Als sie sprach, blitzte etwas irritierend Grelles zwischen ihren Zähnen auf.

»Endlich mal jemand, der weiß, wie man richtig Komplimente macht«, sagte Asael und bahnte sich seinen Weg zwischen brennenden Kerzen und umherstehendem Gerümpel.

»Setz dich, Schattenkönig«, ordnete das Orakel an. Ihre Stimme erinnerte ihn an das Zischen einer Schlange. Tückisch und kalt. Nexana war ihm vor Jahren schon einmal begegnet. In der Ruinenstadt Viviana, in einem längst verfallenen Tempel.

Asael nahm auf dem Hocker ihr gegenüber Platz. Auf dem abgeschabten, verkratzten Tisch vor ihm befanden sich eine nachtschwarze Schale, ein Messer, Federn, ein Holzstab, einige weitere Schälchen sowie Kerzenreste und eine Handvoll Phiolen. Das Orakel ringelte sich eine ihrer drei goldenen, löffelbreiten Haarsträhnen, die ihren sonst kahlen Kopf zierten, um den Finger und tippte dabei mit einem Fingernagel nach dem anderen auf die Holzplatte vor sich. Bei jedem dritten Wimpernschlag des Orakels warf Asael einen flüchtigen Blick auf die geöffneten Fenster, hinter denen nichts als tiefdunkle Schwärze zu erkennen war. Wohin führte diese Dunkelheit?

»Es ist lange her, Nexana. Irre ich mich oder sind deine Haare gewachsen?« Nexana sah ihn mit ungerührter Miene an. »Dass du keinen Sinn für Humor hast, hast du ja damals schon bewiesen. Warum nur habe ich das Gefühl, dass unsere Begegnung in Viviana kein Zufall war?«, fragte Asael.

»Hast du die Perle der Nodyssa gestohlen und aufbewahrt, wie ich es dir geraten habe?«

»Hast du mich die Perle aus Orunus' Tempel stehlen lassen, weil du wusstest, dass ich sie dir eines Tages bringen werde?«

»Vielleicht.«

»Muss ich dir erklären, warum ich hier bin?«

»Nein, ich weiß es. Du möchtest deine Flügel wieder, aber das ist nicht der einzige Grund. Ich soll dir einen magischen Ring fertigen.«

Asael kramte in seiner Tasche und legte die Muschel vor sich auf den Tisch. Die langen Hände des Orakels schossen nach vorne und schnappten nach dem Meeresgeschenk.

»Die Perle der Nodyssa«, sagte sie, ohne die Muschel zu öffnen. In ihrer Stimme lag ein Hauch von Ehrfurcht.

Nexana verstaute den Sold in ihrer Tasche, erhob sich, schlenderte zu einem Regal und ging ein paar Gefäße durch. Sie entnahm einige Kräuter, eine gläserne Schatulle, deren Inhalt wie Sand aussah, griff nach einem durchsichtigen Fläschchen mit dunkelgrüner Füllung und setzte sich wieder auf ihren Hocker.

»Deine Flügel musst du dir selbst besorgen.«

»Aber ...«

»Reite in die Stadt Eperus zum Urianberg. Dort hat der Feuervogel Xylivan sein Heim. Jeden Abend bei Sonnenuntergang fällt der Vogel in Trance, stürzt sich in die Tiefen des Kraters und wird am nächsten Morgen aus der ewigen Asche wiedergeboren. Du musst mit ihm in den Krater springen, nur dann ist es möglich, ihm die Flügel abzutrennen.«

»Das ist ein Scherz? Ich soll in die Öffnung eines Vulkans springen?«

»Du kannst gerne versuchen, ihm die Flügel im wachen Zustand abzutrennen, aber ich sage dir gleich, es ist unmöglich, selbst mit der Kraft des Steins, den du an dir trägst.«

»Und wie in Zeolos' Namen soll ich dort wieder hinauskommen? Gehen wir mal davon aus, ich überlebe diesen Irrsinn. Was in Teufels Namen soll ich mit den Federn anstellen, soll ich sie mir vielleicht auf den Allerwertesten kleben?«

»Was du auch tust, lass die Flügel unter keinen Umständen los. Es ist die einzige Möglichkeit, wie du wieder an welche gelangst. Nur, wenn du die abgetrennten Flügel in deinen Händen hältst, werden sie sich bei dir neu entfalten. Mehr kann ich dir nicht sagen.«

Nexana breitete den Inhalt der Schatulle auf dem Tisch aus, zog eine weitere Zutat aus ihrer Tasche und leerte eine milchigweiße Flüssigkeit über den Sand. Sie bröselte die getrockneten Kräuter darüber, entnahm einen mitternachtsblauen Stein aus der Schale vor sich und zeichnete fremdartige Zeichen in die Masse. Das Orakel murmelte dabei unverständliche Worte. In ihrer Stimme lag der schwere Hauch von Macht.

Das Gemisch schäumte, blubberte und zischte, bis es sich zu einem Klumpen zusammenzog und sich mit einem Knall, der Asael zusammenfahren ließ, in zwei kohlschwarze Ringe formte.

Nexana hob den Blick, ihre wirre Iris, in der sich Licht und Dunkelheit widerspiegelten, flimmerte dabei glänzend auf.

»Das Mädchen muss ihn selbst überstreifen. Dann, und nur dann, wird der Ring tun, was du dir davon versprichst. Sobald sie ihn an ihrem Finger trägt, kann sie ihn nicht mehr abnehmen. Du bist der Einzige, der ihn ihr wieder vom Finger ziehen kann. Auch der Tod kann die Verbindung lösen. Du kannst damit ihre Gedanken, Erinnerungen und Handlungen kontrollieren. Sei dir stets bewusst, dass die Gefühle, die sie damit an dich binden, nicht von wahrer Natur sind.«

»Wie finde ich heraus, wann oder ob sie ihn angesteckt hat?«

»Du bekommst zwei Ringe von mir, dadurch wirst du es spüren. Ihr seid unmittelbar durch ein magisches Band verbunden. Die Farbe der Ringe verändert sich außerdem, selbst wenn ihr sie nicht am Finger tragt. Sie werden dunkler, wenn sie sich einander nähern, und heller, wenn sie sich voneinander entfernen.«

Nexana setzte sich aufrecht hin, verschränkte die Beine ineinander und schloss die Lider.

Ein Windzug fegte durch den Raum und löschte die Flammen aller Kerzen.

»Das mit den Ringen verstehe ich, aber ist das wirklich die einzige Möglichkeit, an Flügel zu gelangen?«

Ein Quietschen verriet ihm, dass sie die Tür geöffnet hatte. »Da soll noch jemand sagen, wir Schattenelfen seien unhöflich.« Asael schnaufte und griff nach den Ringen.

»Das Fläschchen gehört auch dir. Es ist ein Geschenk an dich. Das Gift wirkt lähmend, sobald man es eingenommen hat.«

»Wofür zur Hölle sollte ich so etwas brauchen?«

»Wenn du es nicht willst, dann lass es hier.«

Der König schnaufte einmal mehr, nahm sich das Fläschchen mit dem dunkelgrünen Gift und verließ die Hütte des Orakels.

Vier … Cajus

Der Kundschafter betrat die Kemenate, neigte das Haupt und reichte Mardon eine Niederschrift. »Ich habe in dem Schriftstück alles Bedeutsame notiert. – Die Lage spitzt sich zu, mein Herr«, fuhr er an Cajus gewandt fort. »Wir haben herausgefunden, dass sich eine Gruppe von Abtrünnigen zusammengefunden hat, die Eure Königliche Hoheit und die Königin nicht auf dem Thron billigen.«

»Wer führt die Gruppe an?«

»Das wissen wir nicht.«

»Konntet Ihr jemanden festnehmen oder befragen?«

»Wir wissen nicht, wer genau zu den Mitgliedern zählt, daher nein.«

Mardon schlug mit der Faust auf den Tisch. »Euch wurde aufgetragen, die Abtrünnigen zu entlarven, und das ist alles, was Ihr uns berichten könnt?«

»Mardon«, mahnte ihn Cajus. »Was ist mit Osees?«

»Er ist nicht aufzufinden, mein Herr.«

»Weiß der Teufel, was der verfluchte Hornochse plant«, murmelte Mardon.

»Fahndet weiter nach ihm. Irgendwo muss er sich ja versteckt halten«, sagte Cajus. »Habt Ihr in Erfahrung gebracht, wer der gefangene Spion ist?«

Der Kundschafter senkte den Kopf. »Nein, mein Herr.«

»Das ist nicht zu fassen«, brummte Mardon. »Ich werde die Sache von nun an selbst in die Hand nehmen.«

»Wir wissen zumindest, dass er nicht aus Tioran oder Alandria stammt«, erklärte der Kundschafter.

»Ihr dürft gehen«, entließ ihn Cajus. Der Mann verbeugte sich und verließ die Kemenate.

»Und was tun wir jetzt?«, fragte Mardon und reichte Cajus das Schriftstück.

»Geh, und versuch aus dem Spion etwas herauszukriegen und das möglichst, ohne ihn zu verletzen«, sagte Cajus.

»Das dürfte etwas schwierig werden. Ich kann ihm die Worte ja schließlich nicht aus dem Mund ziehen.«

»Der Mann hat sich an niemandem vergangen. Wir werden keine Menschen misshandeln, um Antworten zu bekommen.«

Mardon nickte knapp.

Cajus starrte auf das Schriftstück, ohne es zu lesen.

»Eine Münze für deine Gedanken«, sagte Mardon.

»Wir müssen auf der Hut sein. Ich habe das ungute Gefühl, dass Osees die Fäden bei dieser Untergrundbewegung zieht.«

Mardon zog etwas aus seiner Gürteltasche und legte es auf den Tisch.

»Von Fani.«

Cajus nahm das Armband und drehte es zwischen seinen Fingern.

»Deine Schwester muss damit aufhören.«

»Das hab ich ihr auch gesagt, aber sie bestand darauf, dass ich es dir gebe.«

»Sie braucht sich nicht mehr schuldig zu fühlen, es ist Jahre her.«

»Auch ich werde deswegen immer in deiner Schuld stehen, Cajus.«

»Es war meine Entscheidung. Und ich würde es wieder tun.«

»Sie liebt dich.«

»Ich weiß.«

Es klopfte. Kurz darauf öffnete sich die Tür und Liadan trat in den Raum.

Mardon erhob sich, neigte das Haupt, lächelte Liadan freundlich zu und schritt zur Tür.

»Ich muss leider weiter. Ich habe heute noch viel zu erledigen.«

»Sehen wir uns später beim Essen?«

Mardon drehte sich zu ihr und zwinkerte. »Das versäume ich bestimmt nicht«, sagte er und verließ den Raum.

»Vielleicht ist es gar nicht so schlecht, dass du einige Tage in Alandria bei deinem Vater verbringst, zumindest, bis die Vorbereitungen für das Fest vorüber sind.«

Liadan schlenderte auf Cajus zu und setzte sich auf seinen Schoß. »Woher dieser plötzliche Sinneswandel?«

»Wir wissen noch immer nicht, wo sich Osees aufhält und was er plant.«

»Was hast du da?« Liadan deutete auf das Armband in seiner Hand.

»Das ist von Fani.«

Zwischen Liadans Augen bildete sich eine Furche.

»Schon wieder ein Geschenk von seiner Schwester? – Was ist damals an dem Tag geschehen?«

»Ich möchte jetzt nicht darüber sprechen, Liadan. Mir gehen andere Dinge durch den Kopf.«

»Du wünschst dir von mir, dass ich dir mein Herz ausschütte, aber deins verschließt du?«

Cajus starrte auf das braune Lederarmband in seinen Händen.

»Vielleicht kannst du mir helfen zu verstehen, warum sie das tut und warum Mardon immer denkt, dass er dir was schuldig ist.«

Cajus schwieg einen langen Moment. Dann sagte er:

»Es war Spätsommer und wir waren gerade auf dem Übungsplatz.«

Sofort verlor er sich in der Vergangenheit.

»**H**ör auf Osees, er kann dir noch viel beibringen«, sagte Cajus.

»Er kann mir vielleicht beibringen, wie man Nüsse mit dem kleinen Finger zerquetscht, aber um mit Pfeil und Bogen richtig umzugehen, muss man flink und wendig sein«, sagte Janes.

»Ich werde Euch für die Frechheit gleich Euren wendigen Prinzenhintern versohlen«, scherzte Osees.

»Das ist völliger Unsinn, Janes. Jeder, der es will, kann mit Pfeil und Bogen umgehen«, meinte Cajus und setzte den Pfeil an.

»Osees hat bei unserer letzten Übung einen Axtschaft zerbrochen, der so breit war wie mein Arm«, mischte sich Phillipe ein.

Cajus' Pfeil traf mitten in die Zielscheibe.

»Die Verarbeitung des Schaftes war miserabel. Ich bin froh darüber, dass sie bei unseren Übungen kaputtgegangen ist und nicht während eines Kampfes.«

»Kommt Cornelius heute gar nicht?«, fragte Janes.

»Ihm schmerzt der Kopf.«

»Er hat es wohl wieder mit dem Wein übertrieben«, sagte Cajus. »Selbst wenn er ein guter Krieger ist. Wenn er so weitermacht, können wir ihn nicht mehr in unserem Trupp behalten.«

»Ich werde mit ihm sprechen. Er wird sich in Zukunft zusammennehmen«, versprach Osees.

»Wo ist eigentlich der Neue?«, fragte Stephan.

»Er kommt heute nicht zu den Übungen. Er meinte, er muss sich um seine Schwester kümmern«, sagte Cajus.

»Ich weiß nicht, ich traue diesem Mardon nicht.«

»Osees, du misstraust sogar deiner eigenen Schwester.«

»Ich hab sie schon zwei Mal mit diesem verfluchten Dorftrottel erwischt, obwohl sie mir versprochen hat, sich von dem Hofnarren fernzuhalten.«

»Was hast du bloß gegen ihn?«, fragte Phillipe.

»Ich traue ihm nicht.«

»Osees, mein Vater wollte nachher noch etwas mit Euch besprechen, kommt nach den Übungen mit Janes ins Schloss, er hat Schreibunterricht und ...«, Cajus sah zu Janes und presste die Lippen aufeinander, »... sollte da zur Abwechslung auch mal anwesend sein.«

»Macht Euch keine Gedanken, und wenn ich den Prinzenbengel an den Ohren zum Unterricht zerren muss.«

Janes faltete die Arme vor der Brust. »Darf er so mit mir reden?«

»Er darf«, sagte Cajus. »Er hat auch die offizielle Genehmigung, dir den Hintern zu versohlen, wenn er dich wieder bei irgendwelchen Flausen erwischt.«

»Phillipe, Stephan, wollt ihr euren zukünftigen König nicht verteidigen? – Was zum Geier esst ihr beide da?«

»Eierkuchen mit Honigkruste, von meiner Großtante«, sagte Phillipe mit vollem Mund, wobei ihm einzelne Krümel herausplumpsten.

»Das klingt irgendwie widerlich. Warte, du hast doch gar keine Großtante«, sagte Janes.

Stephan deutete mit dem Finger auf Phillipe.

»Er hat den Kuchen von Frau Elgas Fensterbank gestohlen.«

»Ihr esst gerade gestohlenen Kuchen?«, fragte Cajus.

»Ihre Tochter hat mir das Herz gebrochen, da ist ja wohl ein Kuchen das Mindeste.«

Cajus schüttelte lächelnd den Kopf.

»Ich muss jetzt gehen. Wir sehen uns ja dann alle beim Essen.«

»Wo willst du denn hin?«, fragte Janes.

»Ich habe Mutter versprochen, ihr das Teekraut von der Heilerin zu bringen.«

»Wie geht es der Königin?«, fragte Phillipe.

»Die Schwangerschaft verläuft gut, die Heilerin hat den Verdacht, dass Mutter womöglich zwei Kinder austrägt.«

Die Augen der Anwesenden weiteten sich.

»Es ist mutig von der Königin, in diesem Alter noch Kinder zu gebären«, sagte Stephan.

Cajus marschierte zu seinem Pferd und stieg auf. »Mutig, aber unbedacht. Wir können nur hoffen, dass alles gutgeht.«

»Janes, lasst uns sehen, was Ihr Euch von unserer letzten Übungsstunde gemerkt habt«, sagte Osees und zückte sein Schwert. Janes legte den Bogen zur Seite und zog ebenfalls sein Schwert. »Heute mach ich es Euch nicht so einfach, Osees.«

Cajus schnalzte mit der Zunge und ritt los.

Von weitem erkannte er, dass vor dem Haus der Heilerin ein Tumult herrschte. Jemand schrie. Das Pferd eines Wachpostens war zu erkennen. Cajus spornte sein Pferd an.

Dort angekommen, fand er den Krieger Mardon vor, der in ein hitziges Schwertgefecht mit dem Wachmann verwickelt war, während ein weibliches Ebenbild von Mardon verzweifelte Schreie ausstieß. Die Heilerin hielt die Frau fest, damit sie sich nicht zwischen die Kämpfenden warf.

»Was ist hier los?«, fragte Cajus und sprang vom Pferd. Die Männer fuhren keuchend auseinander und hielten inne.

»Wir haben hier Diebe entlarvt«, sagte der Wachmann und verbeugte sich. »Diese beiden wollten ihre Medizin mit einem gestohlenen Armband des Königs bezahlen.«

Cajus wechselte einen Blick mit Mardon. »Sagt er die Wahrheit?«

Mardon wandte sich ab.

Die Heilerin ließ von der Frau ab und kam mit einer kurzen goldenen Kette auf Cajus zu.

Die Frau rannte in Mardons Arme.

Cajus nahm das Schmuckstück an sich. Er erkannte das Armband seines Vaters sofort.

»Damit wollten die beiden mich bezahlen. Ich hatte so ein Gefühl, dass die Kette gestohlen sein musste, deswegen schmiedete ich einen Plan. Ich habe sie fortgeschickt und ihnen gesagt, sie sollen in zwei Tagen mit dem Schmuckstück zu mir kommen. Dann bin ich zur Burg marschiert, habe einer der Wachen davon berichtet und sie gebeten, einen Blick auf das Schmuckstück zu werfen, wenn die beiden mich wieder aufsuchen.«

»Beim ersten Blick auf die Kette war ich mir sicher, dass sie nur dem König gehören kann. Woher hat ein einfacher Mann wie er das Geld für eine Goldkette?«

»Vielleicht ist die Kette ja ein Erbstück.«

Bei Cajus' Worten hob Mardon den Kopf und starrte ihn an, als sähe er ihn zum ersten Mal. Auch der Wachmann sah Cajus verdutzt an.

»Wenn sie dem König nicht gehört, dann müssen die beiden ja keine Angst davor haben mitzukommen. Sie weigern sich aber. Was ihre Schuld bestätigt.«

»Wofür wolltet ihr die Kette tauschen?«

»Für Medizin. Meine Schwester ist sehr krank. Die Medizin, die wir brauchen, ist teuer. Selbst mit unserem Ersparten haben wir nicht genug Münzen, um sie zu bezahlen. Für eine Heilung braucht Fani mehr als nur ein Fläschchen. Die Heilerin wollte nicht mit sich reden lassen und auch nicht feilschen.«

»Der Inhalt der Medizin, die das Mädchen braucht, ist selten und sündhaft teuer. Ich kann ihnen nicht helfen, und die gestohlene Kette des Königs anzunehmen, bringt mich selbst in Teufels Küche.«

»Fani wird den nächsten Sommer wahrscheinlich nicht überleben, wenn sie die Medizin nicht regelmäßig trinkt.«

Fani löste sich von Mardon und kam auf Cajus zu. In ihren lieblichen blauen Augen glänzten Tränen wie Tautropfen. Ihre blonden wilden Locken standen in alle Richtungen. Sie haschte nach Cajus' Hand.

»Bitte sagt dem König, dass ich es war, dass ich das Armband gestohlen habe. Ich sterbe ohnehin. Ich möchte nicht, dass auch mein Bruder sein Leben verliert.«

»Fani«, hauchte Mardon. »Was tust du da?«

»Also gebt Ihr es zu!«, sagte der Wachmann und riss Fani an den Haaren von Cajus weg. »Ihr kommt jetzt mit mir mit.« Fani schrie auf und wehrte sich unter dem Griff des Mannes. »Ich werde Euch beide an den König ausliefern, Ihr werdet hängen.«

»Fasst sie nicht an!«, schrie Mardon. Aber bevor er eingreifen konnte, hatte Cajus seinen Dolch gezogen und hielt ihn an die Kehle des Wachmanns.

Die Heilerin sog scharf die Luft ein.

»Lasst das Mädchen sofort los«, befahl er.

»Eure Hoheit ..., aber ...«

»Ich sagte, lasst ... sie ... los.«

Der Wachmann hob die Arme und ließ von Fani ab.

»Heilerin, geht ins Haus, sofort«, drängte Cajus. Die Heilerin wollte etwas erwidern, ging aber dann schweigend in ihr Haus zurück. Was sollte Cajus jetzt tun? Ganz gleich, was jetzt geschehen würde, der Wachmann würde reden. Er könnte ihn bestechen, so wie er es mit der Heilerin vorhatte, aber dieser Wachmann war seinem Vater treu ergeben.

»Was kostet mich Euer Schweigen?«

Der Wachmann weitete die Augen und stolperte nach hinten.

»Eure Hoheit«, stotterte er, »diese beiden Diebe gehören bestraft. Der König muss sich ihrer annehmen.«

»Wie viel?«

»Ich bin nicht käuflich, ich bin unserem König treu ergeben. Der König hatte recht damit, dass Ihr eine Schande für unser Königreich seid.«

Mardon stieß einen zornerfüllten Laut aus und rammte den Wachmann mit voller Wucht zu Boden.

»Wie könnt Ihr es wagen, so mit ihm zu sprechen«, schrie er und prügelte ihm mit den Fäusten ins Gesicht.

»Mardon, hört auf!« Cajus zog ihn von dem Wachmann herunter. Der Mann sprang auf die Beine, wischte sich das Blut von den Lippen und rannte zu seinem Pferd.

»Ich komme mit einem Dutzend Wachen zurück!«, versprach er.

Cajus musste schnell handeln. Wenn der Wachmann sprach, würde Täve beide hängen lassen und ihn selbst auspeitschen. Er sah sich rasch um. Weit und breit war niemand zu sehen. Ein Leben gegen zwei, dachte Cajus, hetzte dem Mann hinterher und stach ihm den Dolch in den Rücken. Der Wachmann gab einen erstickten Laut von sich und stürzte mit dem Gesicht voran zu Boden. Er krümmte sich vor Schmerzen. Cajus zog ihm den Dolch aus dem Körper, drehte ihn um und starrte in vor Angst und Entsetzen aufgerissene Augen. »Es tut mir leid«, sagte er und stieß ihm den Dolch in die Kehle.

Die Heilerin schrie hinter ihm auf.

»Mardon, helft mir!«

Cajus und Mardon hoben den Mann hoch und trugen ihn ins Haus der Heilerin, wo sie ihn auf dem Boden ablegten. Mardons Blick ruhte auf Cajus, während die Heilerin Tücher holte, die Wunde des Mannes abdeckte und dabei unentwegt kaum verständliche Worte schrie.

Fani schloss sie Tür hinter sich.

»Jetzt beruhigt Euch endlich«, sagte Cajus, »er ist bereits tot. Hört mich an, Heilerin. Ich werde Euch für Euer Schweigen bezahlen. Ganz gleich, wie hoch Euer Preis ist.«

»Und wenn auch ich mich weigere? Schneidet Ihr mir dann auch die Kehle auf«, stotterte die Heilerin, die am ganzen Körper zitterte.

»Nein, aber wenn Ihr Euch weigert, mein Angebot anzunehmen, werde ich meiner Mutter sagen, dass Ihr Sie mit einem Trank vergiften wolltet.«

»Das würdet Ihr nicht tun!«

»Lehnt mein Angebot ab und ich beweise es Euch.«

»Außerdem möchte ich, dass Ihr Mardon und Fani die Medizin zur Verfügung stellt, die sie braucht, um ihre Krankheit zu überstehen. Ich werde dafür zahlen.«

Cajus sah zu Mardon. Tränen tropften dem Krieger über die Wangen.

»Wie kann ich Euch jemals dafür danken?«

»Indem Ihr Euch gut um Eure Schwester kümmert und mir ein treuer Gefährte bleibt.«

Fani kam auf Cajus zu und fiel ihm in die Arme. »Danke.«

»Was sollen wir mit ihm tun?«

»Heilerin, nehmt Ihr mein Angebot an?«

»Ich werde in einigen Tagen wieder nach Eurer Mutter sehen. Bis dahin habe ich eine Liste von Dingen für Euch, die Ihr mir für die Medizin besorgen müsst und darauf wird auch mein genauer Preis stehen.«

Cajus nickte. »Gebt mir ein paar Decken. Wir reiten in den Wald und werden den Mann dort begraben.«

»Was ist mit seinem Pferd?«, fragte Fani.

»Ich werde es bei der Heimreise mitnehmen und sagen, dass ich es allein im Wald gefunden habe«, sagte Cajus. »Heilerin, ich brauche jetzt noch ein paar Kräuter für den Tee meiner Mutter.«

Mardon schloss die Tür zu seinem Haus hinter sich. Cajus wartete draußen.

»Fani schläft«, sagte Mardon. »Wie soll ich Euch das jemals danken?«

»Wie habt Ihr es gemacht?«, fragte Cajus. »Wie habt Ihr das Armband gestohlen?«

»Ich habe mich beim großen Fest in das Schlafgemach des Königs geschlichen. Er hatte einige Ketten und Ringe in einer Schale neben dem Bett liegen. Das dünne Goldband war eins der unscheinbarsten Stücke.«

»Mardon, wie konntet Ihr nur! Nicht auszudenken, was geschehen wäre, wenn Euch jemand erwischt hätte.«

»Ich war so verzweifelt. Fani hatte wieder einen ihrer Krampfanfälle. Ich musste doch irgendetwas tun.«

»Krampfanfall?«

»Sie hat verschiedenste Erscheinungen. Manchmal krampft sich ihr Körper zusammen, dann stürzt sie ohne Vorwarnung zu Boden und zuckt, dass einem angst und bange wird. Dabei schlägt sie hart auf und verletzt sich oft. Wenn es ganz schlimm ist, verliert sie eine Weile das Bewusstsein und ich weiß nicht, ob sie jemals wieder zu sich kommt. An anderen Tagen schreit sie vor Schmerzen, die sie selbst nicht bestimmen kann.«

»Ich hätte womöglich genauso gehandelt, wenn es um Janes ginge.«

»Habt Ihr denn genügend Silber, um die Heilerin und die Kosten für die Medizin zu bezahlen? Weiß der Teufel, wie viel sie von Euch verlangt.«

»Ich nicht, aber der König, und Ihr, Mardon, werdet mir einige Male zur Hand gehen müssen, um etwas aus der Schatzkammer zu entnehmen, aber wir werden stets auf der Hut sein müssen. Mein Freund Osees traut Euch nicht, er wird demnach ein Auge auf Euch haben.«

»Meine Schwester wünscht sich, dass Ihr sie besucht. Ich glaube, Ihr habt es ihr angetan. Ihr seid von nun an ihr Held.«

»Ich bin kein Held, ich bin ein Mörder. Mit dieser Last werde ich jetzt leben müssen.«

Mardon legte die Hand auf Cajus' Schulter. »Aber Ihr müsst nicht alleine damit leben, ich werde da sein, an Eurer Seite.«

»Liadan, weinst du?«

Liadan deutete mit dem gestreckten Zeigefinger auf ihn. »Du wirst jede verfluchte Kette dieses Mädchens annehmen, hast du verstanden?«

Er wischte ihr mit dem Daumen die Tränen fort.

Liadan schluchzte. »Hilft ihr die Medizin?«

»Das tut sie.«

Cajus streichelte Liadan mit dem Handrücken die Wange. »Ich werde dich vermissen, wenn du in Alandria bist.«

Liadan nahm seine Wangen zwischen ihre Handflächen.

»Wir haben noch ein wenig Zeit bis zur nächsten Anhörung.« In ihrem Gesicht spiegelte sich ein Ausdruck sinnlicher Wollust.

»Den ganzen Tag warte ich schon darauf, dich zu berühren, deine Lippen auf meinen zu fühlen. Es gibt nichts, das ich mehr brauche als dich«, raunte er in ihr Ohr. Sie lächelte, hob die Schulter an und schloss die Augen.

»Seit du König bist, sind die Augenblicke mit dir alleine noch kostbarer geworden.«

Mit einem Ruck stand er auf und hob sie auf den Tisch. Wie von selbst glitten ihre Beine auseinander und er presste seinen Unterleib gegen den ihren.

»Es macht mich wahnsinnig, dich ständig um mich zu haben, ohne dich berühren zu können. Ich will dich lieben, ohne damit aufzuhören.«

»Genau die Worte, die ich aus deinem Mund hören wollte«, hauchte sie, zog ihn noch enger an sich und umschlang mit ihren Beinen seine Hüften.

Fünf … Liadan

Das Haus der Seherin lag fernab des Dorfes, umgeben von gewaltigen Nadelbäumen, die dicht wie eine Mauer rund um die kleine Lichtung standen.

»Ich werde allein hineingehen«, erklärte Liadan ihrer Leibgarde, als diese Anstalten machte, ihr zu folgen.

Die Königin klopfte dreimal an das haselnussdunkle Tor.

»Kommt rein«, rief die Stimme aus dem Inneren der Hütte.

Liadan drehte sich ein letztes Mal zu den Wachen, die sich im Halbkreis um sie postiert hatten.

»Ich habe das ernst gemeint. Niemand von Euch soll es wagen, Baba Anastellas Haus zu betreten. Die alte Dame mag keine Fremden in ihrem Heim, ich möchte nicht, dass sie sich unwohl fühlt.«

Liadan drehte sich um und betrat die Hütte. Der würzige Duft von Nelkenöl streichelte ihre Nasenflügel. Knisternd zerbarst Holz, das in der kleinen Kochstelle neben dem Bett brannte.

»Baba Anastella, ich bin es, Liadan.«

»Wie lange ist es her, seit Ihr mich zum letzten Mal aufgesucht habt, Kind?«, fragte die Seherin. Ihre Mundwinkel schoben sich zaghaft nach oben, was die zahlreichen Falten in ihrem runden Gesicht deutlicher werden ließ.

»Es könnten gute zwei Winter sein«, antwortete Liadan.

Baba Anastella streckte ihren Arm aus.

»Kommt zu mir, Kind.«

Liadan kniete sich neben dem Bett nieder.

Mit ihren Fingern tastete die Seherin Hände und Gesicht der Königin ab. Ein kummervoller Ausdruck zeigte sich in ihrer Miene.

»So viel Leid«, hauchte sie. »So viele Qualen. Warum seid Ihr nicht eher zu mir gekommen?«

»Hat man Euch gut umsorgt? Habt Ihr regelmäßig die Lebensmittel erhalten, die ich Euch zukommen ließ?«, fragte Liadan.

»Ja, das habe ich, und ich bin Euch zutiefst dankbar.« Baba Anastella schwang sich flinker, als man es der Alten mit ihren kurzen Beinen zutrauen würde, aus dem Bett und huschte zur Kochstelle.

Als wäre ihre Welt nicht von blinder Schwärze getränkt, nahm sie Tassen und Löffel aus den Regalen, griff nach der Kanne, die an der Kochstelle stand, und goss Tee in die Schalen, ohne auch nur einen Tropfen der dampfenden Flüssigkeit zu verschütten. Es roch nach belebenden Minzblättern und frischer Melisse.

»Ihr könnt die Tassen auf den Tisch dort drüben stellen«, sagte sie und setzte sich auf den kleinsten der vier Holzstühle in dem Raum. Liadan stellte die Schalen ab und ließ sich auf dem Hocker neben Baba Anastella nieder.

»Erzählt mir ein wenig von den letzten Monaten. Das gesamte Land war in Aufruhr nach Eurer Entführung«, bat Baba Anastella.

Liadan vertraute ihr alles an: über Cajus, die Nymphen, die Mondschleicher, die Hynara, über Asael und seinen Sohn, den Stein des Ewigen Lichts und die Wahrheit über ihre leibliche Mutter. Baba Anastella lauschte schweigend.

»Als ich Euch das letzte Mal besucht habe, waren goldfarbene Flocken das Einzige, das ich imstande war zu zaubern. Wenn der Schattenkönig die Grenze zur Menschenwelt öffnet, wird die Magie befreit, die in meinen Adern fließt. Ich möchte wissen, wie ich die Kräfte lenken kann, die in mir sind. Ich will lernen, mich in ein Tier zu wandeln. Der Schattenkönig hat es seinem Sohn beigebracht. Ich brauche jemanden, der es mir beibringt.«

»Seid Ihr Euch denn sicher, Kind, dass Ihr dazu fähig seid?«

»Genau deshalb bin ich hier. Ich habe gehofft, dass mir Eure Seherinnenfähigkeiten vielleicht etwas darüber verraten können. Ihr sagtet mir einst, Ihr habt Einblicke in die Kunst der Magie.«

Anstatt ihr zu antworten, schien Baba Anastella zu lauschen. Ihre milchigen Augen weiteten sich. Dann sprang sie flink auf und eilte zu einem breiten Regal.

»Sie kommen.«

»Wer?«, fragte Liadan. Die Fensterscheiben schepperten mit einem Mal, als rüttelte jemand von außen daran. Liadans Blick huschte über Fenster und Türen.

»Sie haben den Sturm geschickt«, sagte die Seherin und tastete sich durch den Inhalt ihrer Regale. »Wo ist er, wo ist er? Ich dachte, wir hätten noch genügend Zeit, in meiner Vision war es tiefe Nacht.«

»Ich verstehe nicht. Wovon sprecht Ihr?«

»Nimm das hier, schnell!« Baba Anastella warf etwas in Liadans Richtung. Die Königin fing die kleine Schachtel auf.

»Steck sie ein und bring sie nach Gorduland zu den Zwergen! Sie werden dir helfen.«

Kaum hatte sie das letzte Wort gesprochen, zerbarsten Tür und Fenster, als hätte der Teufel selbst sie zersplittert. Liadan schnellte auf die Beine und hielt sich schützend die Arme vors Gesicht. Teller und Schalen krachten zu Boden. Regale wackelten, Stühle rutschten über den Boden und das Bett knirschte.

»Sie können nicht selbst kommen. Deswegen haben sie den Sturm geschickt!«, schrie Baba Anastella, um das Tosen des Windes zu übertönen, der durch das Haus brauste und Gegenstände im Kreis wirbelte.

»Wer? Von wem sprecht Ihr?«

»Alles, was du dir herbeizaubern möchtest, musst du dir bildlich vor deinem inneren dritten Auge vorstellen. Lerne, wie du dir ein Netz aus Magie webst, das für die Magie deiner Feinde undurchdringbar ist. Du wirst es brauchen! Hüte dich vor den drei Gottheiten, sie versuchen, das Böse zu erwecken. Mach dich auf die Suche nach der zweiten Hälfte des Steines und ...«

Die Seherin legte die Hände an ihre Kehle, als wollte sie sich selbst erdrosseln. »Sein Sturm wird die Erde verdunkeln«, würgte sie hervor. »Die beiden Hälften dürfen auf keinen Fall ...«

Ein Topf traf sie an der Schläfe. Sie brach vor Liadans Füßen zusammen.

»Baba Anastella!«

Als Liadan sich zu ihr kniete, um sie auf den Rücken zu drehen, riss eine heftige Windböe das Dach mittendurch. Starke Hände zerrten Liadan aus der Gefahrenzone und trugen sie gewaltsam aus dem Haus, wo nur ein laues Lüftchen wehte.

»Nein! Baba Anastella, wir müssen sie da rausholen!«, schrie Liadan die Wachen an. »Wir können sie nicht einfach sterben lassen!« Zwei der Gardisten eilten Richtung Hütte, wichen jedoch zurück, als diese wie ein Spielhaus in sich zusammenkrachte. Der Trümmerhaufen wurde von dem gnadenlosen Orkan davon gewirbelt. »Nein!«, brüllte Liadan aus voller Kehle.

»Eure Hoheit, wir müssen Euch schleunigst hier wegbringen«, sagte einer der Gardisten. »Wir haben den Befehl, Euch zu beschützen. Bitte steigt auf.«

Die Hände gegen die Stirn gepresst, konnte Liadan den Blick nicht von dem nachtdunklen Fleck lösen, an dem gerade noch das Haus von Baba Anastella gestanden hatte.

Sechs … Asael

»Bevor wir nach Eperus zum Urianberg reisen, muss ich nach meinem Onkel sehen, ihn davor warnen, was vielleicht auf ihn zukommen wird«, sagte Devias.

»Denkst du wirklich, dass die Schattenelfen wie ausgehungerte Tiere über die Menschen herfallen werden, wenn wir die Grenzen zur Menschenwelt öffnen? Die Menschen tragen keine Erd- und Lichtenergie in sich. Sie sind daher bedeutungslos für unser Volk. Ich kann natürlich nicht für alle Bewohner unseres Reiches sprechen, aber der Bruder deiner Mutter wird mit Sicherheit unbekümmert weiterleben, ohne sich vor Angriffen fürchten zu müssen«, sagte Asael.

»Wenn ich an Skils und seine Meute denke, dann bin ich mir da nicht ganz so sicher«, mischte sich Leswo ein.

»Nicht zu vergessen die Beißzange vor mir.«

Midra versetzte Kappa einen Stoß mit dem Ellenbogen. »Aua, verflucht, das tat weh!«, klagte er.

»Dann halt gefälligst dein Maul.«

»Natürlich gibt es genug schwarze Schafe, aber ich kann mich nicht um alles kümmern«, sagte Asael.

Devias brachte sein Pferd zum Stehen und stieg ab. »Vater, etwas stimmt hier nicht. Ich spüre massenhaft Lichtenergie.« Einen Herzschlag später hatte sich Devias in einen Wolf gewandelt. »Warte hier«, knurrte er und verschwand kurz darauf wie ein Schatten zwischen den Bäumen.

Schwer atmend stand Devias vor den anderen Schattenelfen. »Wir müssen umkehren, es sind zu viele. Sie haben an der Grenze zur Menschenwelt eine Formation aus Licht- und Erdelfen gebildet. Baratus und Daria sind auch da. Selbst mit dem Stein werden wir nicht gegen diese gewaltige Streitmacht ankommen.«

»Wir werden es trotzdem versuchen.«

»Asael, warte! Sollten wir nicht besser auf Devias hören und umkehren?«, fragte Leswo.

»Ich muss diese Grenze öffnen, ob heute oder morgen, was macht das für einen Unterschied? Ich habe keine Wahl.«

»Dann besser morgen«, meinte Kappa.

»Vater, warum bist du so besessen davon, die zweite Steinhälfte zu finden?«

»Das sind diese drei Schicksalsbiester, sie haben irgendetwas mit ihm gemacht«, sagte Midra.

»Kann es sein, dass du unter einem Bann stehst, Vater?«

»Das würde ich ja wohl merken.«

»Da wäre ich mir nicht so sicher.«

Asael schnalzte mit der Zunge. Sein Mondschattenpferd setzte sich in Bewegung und galoppierte mit gewaltigen Sätzen, die den Boden erzittern ließen, in Richtung der Waldgrenze.

Der Schattenkönig betrachtete die Armee, die sich mit ihren glänzenden Waffen und schimmernden Rüstungen wie ein unpassierbarer Fluss an der Menschengrenze postiert hatte. Der Erdkönig thronte hoch erhobenen Hauptes auf einem schneeweißen Pferd. Zu seiner Rechten Daria, die ihrer deutlich unruhigeren Stute etwas zuflüsterte. Asael warf einen Blick über die Schulter. Midras Miene, wie auch die der anderen, war hart wie Granit. Devias' Blick lag fest auf dem weitläufigen Heer vor ihm.

»Ihr bleibt alle hier«, befahl Asael. »Midra, schlag einen Schutzschild über mich. Ich werde unsere Freunde begrüßen.«

»Überrascht, mich wiederzusehen?«, fragte Asael an Daria gewandt.

»Nicht sonderlich.«

Sein Blick wanderte zu Baratus, dessen königsgoldene Augen wie zwei Sterne aus seinem Gesicht stachen.

»Soll mich dein kleiner Haufen hier abschrecken?«

»Wie töricht du doch bist, Schattenkönig, dich hier an die Grenze zu wagen. Selbst mit dem Stein in deinem Besitz wirst du nicht gegen mein Heer ankommen.«

»Ich kann den Zweifel in deinen Worten hören, Erdkönig.«

»Du wirst die Grenze zur Menschenwelt nicht öffnen, das schwöre ich dir bei meinem Leben. Die Barriere muss intakt bleiben. Die Bewohner dieses Waldes dürfen ihn nicht verlassen. Deine Gier nach Macht und Freiheit lässt dich blind für das Wesentliche werden.«

»Und was ist das Wesentliche?«

»Der Zauber wurde zum Schutz der Waldbewohner und der Menschen ausgesprochen. Nur so kann Friede herrschen. Hast du dir auch nur ein einziges Mal über die Folgen deines Handels Gedanken gemacht? Was wird geschehen, wenn du den Bann brichst?«

»Du hast ja offenbar die Weisheit mit Löffeln gefressen. Sag du es mir.«

»Die Menschen werden bald erkennen, was für eine Bedrohung aus den Wäldern kommt. Aus Furcht werden sie den Wald abfackeln. Wir, die Nymphen und alle anderen Waldbewohner wären gezwungen, sie zu bekämpfen. Ein Krieg würde ausbrechen.«

»Die Menschen werden den Wald nicht abfackeln, weil er viel zu nah an ihr Dorf grenzt. Außerdem ist dieser Wald nicht der einzige Ort auf der Welt, an dem sich nichtmenschliche Wesen tummeln. Warum wird bei uns so ein verfluchtes Drama gemacht? Ich erinnere mich nicht, jemals von einem Krieg zwischen Menschen und Nichtmenschen gehört zu haben.«

»Es gibt für alles ein erstes Mal. Was willst du tun, Schattenkönig? Sieh dich um. Ich würde meinen, wir sind etwas in der Überzahl. Du kannst gegen uns nicht gewinnen.«

»Ich bin zuversichtlich.«

Asael wendete das Pferd und galoppierte zu seiner Truppe zurück. Die Handflächen nach dem Erdkönig ausgestreckt, entfesselte er seine Macht. Eine Woge schattendunkler Magie erschütterte die Erde. Eine Flutwelle aus kohlschwarzem Rauch und glühendroten Funken erhob sich über den Köpfen der Erd- und Lichtelfen. Sie reckten ihre Schilde nach oben. Elfen, die sich mitten in Asaels Nebelflut befanden, brüllten und riefen sich gegenseitig Befehle zu. Pferdehufe donnerten. Der Boden grollte und rumorte, wie bei einem mächtigen Gewitter. Als der Rauch sich lichtete, gab er die Körper einiger gefallener Elfen preis. Asael sandte eine weitere Machtwelle in Darias Richtung, doch auch der Erdkönig und seine Frau gingen zum Angriff über.

Grelles Sonnenlicht und schwarze Finsternis versengten das Gras zwischen den Rivalen und ließen nichts als Asche zurück. Midra stülpte eine magische Kuppel über die kleine Truppe, um sie vor dem Pfeilregen der Armee zu schützen. Der Stein des Ewigen Lichts brannte auf Asaels Brust wie das Feuer der Hölle. Baratus' Streitmacht sandte einen Schwall Lichtmagie aus, der Midras Schutzschild für einen Augenblick ins Schwanken brachte. Kappa und Leswo schleuderten Blitze aus Feuer, während Devias und Asael ihre Magie bündelten und ein gigantisches Rüsseltier erschufen. Den Kopf gesenkt, stürmte es auf die Armee los, um seine messerscharfen Hörner in die Elfen zu bohren. Einmal mehr erzitterte die Erde.

Sieben … Liadan

Die Fanfaren kündigten den Mitternachtstanz an. Wie ein Schwarm Fledermäuse schwirrten die maskierten Tänzer in ihren schwarzen Umhängen in den Saal.

»Im Spiegel des Nachtschattens, so lautet der Name des Stücks«, sagte Cajus, der sanft mit dem Daumen über Liadans Handrücken strich.

»Die Kostüme der Tänzer sind etwas düster für diesen Anlass, meinst du nicht?«, fragte sie.

»Die Zeremonienmeisterin hat mir versichert, dass es eins ihrer besten Stücke sei.«

Die Tänzer stellten sich in einer Reihe vor dem Königspaar auf und verbeugten sich hochachtungsvoll. Mit dem Aufklingen der Flöten begaben sie sich in Position, stellten sich einander gegenüber und hoben die Arme. Jede ihrer Bewegungen wurde von dem sanften Trommelspiel begleitet.

»Es ist gestern spät geworden. Ich habe dich nicht einmal kommen hören«, sagte Cajus.

»Du hast so tief geschlafen, da wollte ich dich nicht wecken.«

»Hast du gefunden, wonach du gesucht hast?«

»Bei der Masse an Büchern in der Bibliothek werde ich Wochen brauchen, um etwas über den Aufbewahrungsort des Steins herauszufinden. Bis jetzt habe ich nichts aufgedeckt, das mir weiterhelfen könnte.«

»Wenn du mich fragst, solltest du nicht so viel Gewicht auf die Worte der alten Seherin legen. Vielleicht war sie verwirrt oder einfach nur wahnsinnig.«

Liadan wandte ihren Blick von der Tanzgruppe ab und sah ihren Mann an.

»Anastella ist vor meinen Augen mitsamt ihrem Haus von einem Wirbelsturm davongetragen worden, und das nur, weil sie mich vor etwas oder jemandem warnen wollte.«

»Du kannst dir nicht sicher sein, dass es deswegen geschehen ist.«

»Ich werde dem auf den Grund gehen, das ist das Mindeste, was ich für sie tun kann.«

»Was ist mit dem Schlüssel, der in der Schachtel war?«

»Ich weiß nicht, ob wir nach Gorduland reisen sollen, um dort nach Zwergen zu suchen. Ich weiß überhaupt nichts mehr.«

»Ich werde mich auch umhören«, sagte Cajus. »Es gibt jemanden im Dorf, er nennt sich selbst Geschichtenfürst. Er weiß einiges über Götter und deren Legenden. Vielleicht hat er einen Anhaltspunkt oder kann uns sagen, wo sich, laut Hörensagen, die Zwerge aus Gorduland versteckt halten könnten.«

»Warum siehst du mich jetzt so an?«

»Wir müssten uns darüber keine Gedanken machen, wenn eine gewisse Person dem Schattenkönig das Amulett nicht in die Hände geworfen hätte«, sagte Cajus.

»Wie oft willst du mir das jetzt eigentlich noch vorhalten?« Liadan wandte sich wieder der Tanzgruppe zu. »Wir müssen diesen Stein finden, Cajus, vor Asael. Ich weiß nicht, was geschehen wird, wenn beide Hälften zusammengefügt werden, aber ich hege keinen Zweifel daran, dass wir es verhindern müssen.«

Liadan legte den Kopf schief und beobachtete einen der Tänzer genauer. Etwas an ihm weckte ihre Aufmerksamkeit. Es war die Art seiner plumpen Schritte, er tanzte ungraziöser, taktloser als der Rest der Gruppe. Zudem wirkte er größer und kräftiger als seine Genossen. Die aschblonden Locken ähnelten denen Mardons.

Vielleicht bildete sie sich dies auch nur ein – und doch, mit jedem seiner Schritte kam er dem Podest einen Hauch näher. Während einer flinken Drehung warfen die Tänzer dunkles Farbpulver in die Höhe, das einen Schleier über die Tanzenden legte.

»Cajus«, flüsterte Liadan. »Hier stimmt etwas nicht. Dieser Tänzer mit den blonden Locken ...«

»Welcher?«

»Ich habe ihn aus den Augen verloren, als sie das Pulver geworfen haben.«

Ihr Mann winkte Mardon zu sich, der neben dem Podest seinen aufmerksamen Blick durch den Saal gleiten ließ.

»Hab ein Auge auf den Tänzer mit den blonden Locken«, sagte der König an seinen Freund gewandt.

»Ich sehe keinen Tänzer mit blonden Locken.«

»Er war eben noch hier. Als das Pulver flog, habe ich ihn aus den Augen verloren«, sagte Liadan.

»Ich werde umgehend weitere Wachen um das Podest aufstellen lassen«, versprach Mardon. »Sollte Euch noch etwas auffallen, lasst es mich wissen.«

Mardon gab einige Handzeichen, woraufhin sich drei der Gardisten dem Podest näherten.

Aufs Neue wurde der dunkle Puder durch den Saal gewirbelt. Die Künstler rotierten, von den Gästen bejubelt, wie schwarze Schmetterlinge durch die Halle.

»Mardon hat herausgefunden, dass der Spion aus Paramir stammt«, flüsterte Cajus.

Liadan krallte bei den Worten ihres Mannes die Fingernägel in die Armlehne.

»Dieser elende Schweinehund Brodan hat uns ausspionieren lassen? Warum hast du mir nichts davon gesagt?«

»Du warst in Alandria, als ich es erfahren habe. Ich hatte danach keine Gelegenheit, in Ruhe mit dir darüber zu sprechen. Außerdem wollte ich zuerst mehr in Erfahrung bringen und dich nicht umsonst beunruhigen.«

Liadan schüttelte den Kopf.

»Und was geschieht jetzt mit ihm?«

»Nichts, wir lassen ihn gehen. Er hat uns verraten, dass Fürst Brodan wissen wollte, ob an den Gerüchten, dass du meine Frau bist, etwas Wahres dran ist.«

Der Rhythmus der Trommeln und Tamburine wurde wilder, je näher sich das Stück dem Ende zuneigte.

Liadan blinzelte, und dann nochmal.

»Mardon!«, sagte sie lauter als gewollt. »Dort hinten, der große Mann in dem blauen Mantel, kann das Osees sein?«

Mardon blickte in die Richtung, in die Liadan zeigte, zu der großen Gestalt inmitten der Gäste. Der Mann verbarg sein Gesicht hinter einer weiten Kapuze.

Mardon gab einen Befehl, woraufhin sich zwei der Wachen mit eiligen Schritten dem Mann mit dem Umhang näherten. Kaum hatte der Koloss die beiden Wachen entdeckt, hetzte er mitten durch die Tanzgruppe Richtung Ausgang. Ein Tumult brach aus, Befehle wurden gebrüllt, Wachen stießen und drängten sich zwischen den Gästen hindurch. Die Leibgarde postierte sich im Halbmond vor dem Königspaar. Liadan kletterte trotz Cajus' Protest auf die Lehne des Thronsessels und spähte über die Köpfe der Wachen hinweg. Der Mann mit dem Umhang hatte den Ausgang erreicht, drehte sich um, schlug die Kapuze nach hinten und gab sich zu erkennen. Es war nicht Osees. Es war ein völlig Fremder.

»Wartet!«, forderte Liadan Mardon und die Wachen auf, die sie packten und nach Cajus durch den Hinterausgang aus dem Saal drängten. »Etwas stimmt hier nicht, das war eine gewollte Täuschung!« Keiner der Männer ging auf ihre Warnung ein. Man dirigierte sie hastig in den von Laternen beleuchteten Ausgang.

»Ist es üblich, dass dieser Hinterausgang beleuchtet ist?«, fragte Liadan.

»Das habe ich mich auch gerade gefragt«, sagte Mardon. Ein Wache hinter ihnen stieß einen erstickten Laut aus. Cajus fuhr gleichzeitig mit Mardon und Liadan herum.

Erst sah Liadan in zwei totenbleiche Gesichter, deren Blut wie verschütteter Wein aus ihren aufgerissenen Kehlen sickerte. Dann fiel ihr Blick auf die als Wachen getarnten Verräter, die ihre Dolche an ihren Hosen säuberten und sie zurück in den Gürtel schoben.

In den Mienen der Verletzten stand blankes Entsetzten. Die Männer brachen zusammen.

Liadan taumelte erschrocken nach hinten, direkt in die Arme ihres Mannes.

Die beiden Verräter zogen ihre Säbel, Mardon und Cajus ihre Schwerter.

»Warum!«, brüllte Mardon.

»Weil wir keine Hexe als Königin akzeptieren!«, antwortete einer der beiden und griff den Heerführer an. Der andere stürmte direkt auf Liadan zu, wurde aber von Cajus gebremst.

Kalte Hände schnürten ihr von hinten die Kehle zu. Liadan holte mit den Ellbogen aus und kämpfte sich aus dem Griff. Jetzt erkannte sie ihren Angreifer: Es war der blonde Tänzer aus dem Ballsaal. Liadan zückte ihren Dolch. Der Mann packte sie am Gelenk und verdrehte ihr den Arm. »Lasst ihn fallen!« Sie schrie auf und trat nach ihm. Jeden Moment würde er ihr den Arm brechen. Liadan ließ das Messer fallen. Ihr Angreifer gab ihr einen kräftigen Stoß, der von einem warmen Körper abgefangen wurde. Schlagartig drehte sie sich um, hob den Kopf und blickte direkt in das Gesicht eines Riesen; eines Riesen, den sie gehofft hatte, nie wieder zu sehen. Osees.

Acht ... Asael

Ein gleißend heller Lichtstrahl, so tödlich wie die Klinge des Zeolos, stieß direkt durch die Körper einiger Elfen und ließ nichts weiter zurück als goldene Ascheflocken. Asael blinzelte überrascht.

Eine dunkle Wolke wirbelte zwischen den Widersachern aus dem Boden. Sie unterbrachen verwirrt den Kampf. Als sich der Staub legte, traten drei Gestalten daraus hervor.

»Da soll mich doch der Teufel fressen. Meine drei Lieblingsgiftspritzen. Genau zur rechten Zeit.« Asael sah zu Baratus. »Darf ich vorstellen: Donner, Asche und Feuerdrache.«

»Halt den Mund, Asael«, zischte Soprah und drehte sich zu Daria und Baratus.

»Wenn Euch Euer Leben und das Eurer Elfen am Herzen liegt, werdet Ihr mit Eurer Armee abziehen.«

»Was denkt Ihr, wer Ihr seid, mir Befehle erteilen zu wollen!«

»Das war kein Befehl, Erdkönig, das war eine gut gemeinte Warnung.«

»Ich weiß, dass Ihr nicht seid, was Ihr vorgebt zu sein. Legt Eure Hüllen ab und offenbart uns, was sich darunter verbirgt«, forderte Daria von den Schicksalselfen.

»Ihr wollt sehen, was oder wer wir sind«, sagte Clotha und reichte ihren Schwestern, die sich rechts und links von ihr postiert hatten, die Hände. Die Schicksalselfe der Gegenwart murmelte Worte in den Wind, der plötzlich aufbrauste und Echsias unendlichen Schleier aus silberglänzendem Haar wie Seide tänzeln ließ.

Asael sah die Gesichter der Schicksalselfen nicht, dafür aber die des Königspaares. Angst, Schock und Unglaube mischten sich darin.

»Das gefällt mir überhaupt nicht«, murmelte er.

Daria zitterte so heftig, dass sich ein Teil ihres hochgesteckten Haares löste. Die Elfenkönigin kippte beim Anblick dessen, was sie sah, vom Pferd, stürzte auf die Knie, krallte ihre Finger in die kohlschwarzverbrannte Erde und fing an zu schreien.

Baratus, dem kalter Schweiß über die Schläfen tropfte, stieg von seinem Pferd, nahm Daria in seine Arme und hob sie in den Sattel.

»Rückzug!«, befahl der Erdkönig.

Asael warf einen schiefen Seitenblick zu Devias, der, genau wie er selbst, fassungslos und voller Argwohn das Szenario beobachtete. Langsam drehten sich die drei Schicksalselfen wieder zu Asael. Der Schattenkönig verengte die Augen und betrachtete die Frauen, die er schon so oft besucht hatte und die ihm jetzt überraschend fremd waren. Sie schienen wie immer und doch musste das, was das

Königspaar gesehen hatte, unaussprechlich grauenerregend gewesen sein.

Asael sprang von seinem Mondschatten und ging auf die drei zu.

»Bekomme ich vielleicht irgendeine Erklärung, was in Zeolos' verfluchtem Namen das eben war?«

Echsia streckte ihren knochigen Arm nach dem König aus und riss ihm einige Haarsträhnen von der Kopfhaut.

Devias gab einen erstickten Laut von sich.

»Was tut Ihr da!«, riefen Kappa und Leswo gleichzeitig.

Asael fuhr herum.

Soprah hatte seinen Sohn vom Pferd gerissen und ihre Zähne in dessen Hals vergraben.

»Lasst die Finger von meinem Sohn!«

Die Schicksalselfe der Zukunft ließ von Devias ab und leckte sich über die blutbefleckten Lippen.

»Sehnsucht, Einsamkeit, Kummer, und er ist andersrum«, sagte sie an ihre Schwestern gewandt. Mit einer mütterlichen Geste, die so gar nicht zu ihrem feurigen Aussehen passte, zwickte Soprah seinem deutlich irritierten Sohn in die Wange. »Du schmeckst weitaus besser als dein Vater.« Die Schicksalselfe der Zukunft drehte sich zu Asael. »Und jetzt, Schattenkönig, lass uns diese Barriere zerstören.«

Neun … Liadan

Der Koloss begrüßte sie mit einem boshaften Grinsen.

»Osees, lasst sie sofort los! Ihr begeht Höchstverrat, sie ist Eure Königin!«, brüllte Cajus seinen ehemaligen Freund an.

»Königin.« Osees spuckte das Wort aus, als sei es Krötenschleim. »Niemals erkenne ich das Hexenweib als meine Königin an, eher sterbe ich!«

»Das kannst du haben«, sagte Liadan, holte mit dem Dolch aus und stach zu.

Osees fing ihre Attacke mit seinen Pranken ab, riss ihr das Messer aus der Hand, drehte es zwischen seinen blutenden Handflächen und holte aus. Liadan duckte sich unter der Messerattacke hinweg. Osees schmetterte den Dolch zu Boden, zog sein Schwert und parierte damit Cajus' ankommenden Schwerthieb. Klirrend prallten die Klingen aufeinander.

Mardon ließ sich derweil auf ein hitziges Gefecht mit dem Scheintänzer ein. Er brauchte nur drei Schwerthiebe, um den Kampf für sich zu entscheiden und den Mann zu Boden zu schleudern, wo er regungslos liegen blieb.

»Lass mich das mit Osees zu Ende bringen!«, forderte Mardon und stellte sich kampfbereit neben seinem Freund auf.

Cajus versetzte Osees einen Tritt in die Magengrube. Der Koloss taumelte einige Schritte nach hinten.

»Ihr habt die kleine Elster zu Eurem ersten Heerführer ernannt. Das muss überaus enttäuschend sein, wo es diese verräterische Atzel doch nicht einmal fertiggebracht hat, zwei seiner Truppe als Verräter zu entlarven.«

»Ihr begeht gerade Hochverrat an unserem König.«

»Unser König ...«, spuckte Osees aus, »... hat seinen Vater mithilfe eines Zaubers in Stein verwandelt. Ich würde sagen, das macht ihn zum größten Verräter überhaupt. Wer weiß, König Cajus, vielleicht habt Ihr und Eure bezaubernde Braut das hier von Anfang an geplant. Vielleicht seid Ihr ja gar nicht so unschuldig am Tod Eures Bruders.«

»Ihr seid ein verfluchter, engstirniger Narr! Der Name des Mörders meines Bruders lautet Devias. Legt Euer Schwert nieder und ergebt Euch. Ich verspreche, im Namen unserer ehemaligen Freundschaft, Euch für Euer Vergehen ein faires Urteil zu ermöglichen.«

»Dafür ist es zu spät«, sagte der Hüne und holte erneut aus. Mardon reagierte blitzschnell und wehrte den ankommenden Schwerthieb ab. Osees zielte auf Mardons Kopf, doch dieser wich der Klinge flink aus, geriet aber ins Wanken, als gleich darauf ein weiterer Hieb folgte.

»Warum tust du nichts!«, fuhr Liadan Cajus an.

»Weil das nun sein Kampf ist, Mardon wollte es so.«

Der Heerführer duckte sich unter dem nächsten gewaltigen Schlag des Hünen, kam prompt wieder hoch und schlug seinerseits zu.

Osees wehrte den Schlag ab und versetzte seinem Gegner einen Stoß. Mardon rutschte das Schwert aus den Händen. In einer fließenden Bewegung zog er ein Messer aus dem Gürtel und streifte damit Osees' linkes Bein. Der Riese bekam Mardons Arm zu fassen, verdrehte diesen, bis der Heerführer schmerzvoll aufschrie. Mit dem Knauf seines Schwertes versetzte Osees Mardon einen kräftigen Hieb auf den Kopf, der ihn in sich zusammensacken ließ.

»Steh auf, du elender Feigling!«, brüllte Osees und zwang Mardon an den Haaren auf die Knie. Er presste ihm das Schwert an die Kehle.

Liadan schnappte nach Luft. Einen Herzschlag später riss der Hüne die Augen auf und kippte wie ein gefällter Baum zur Seite. Cajus zog die Schwertklinge aus Osees' Rücken, drehte ihn um und hielt ihm die Schwertspitze an die Kehle.

Osees hustete und erbrach dann schwallartig Blut.

»Niemand von Euch wird hier lebend wieder hinauskommen, dafür habe ich gesorgt.«

Liadan lauschte dem plötzlich heranrückenden Getrampel, das in den Gängen widerhallte.

»Die Geräusche kommen von beiden Seiten!«

»Insgesamt sechs, vielleicht sieben Mann«, schätzte Mardon. »Von dort sind es weniger. Folgt mir.« Doch die Flucht wurde gebremst.

Ein Mann in dunkler Robe kam ihnen entgegen. Neben ihm schoss ein zähnefletschender Kampfhund wie ein Pfeil aus dem Gang und schnappte nach Mardon. Cajus kam seinem Freund zu Hilfe. Eine zweite Bestie setzte zum Sprung auf Liadan an. Unwillkürlich riss sie die Arme in die Höhe. Ihre Magie schoss so heftig aus ihr heraus, dass sie nach hinten stolperte. Eine graue Staubwolke war alles, was von dem Hund übrig blieb.

In dunkle Roben gehüllte Männer stürmten aus der Richtung des Thronsaals auf sie zu.

Liadan zielte auf die sich ihr nähernden Robenträger.

Eine goldene Flut löste sich aus ihrer Hand und schwappte über die Angreifer. Das klebrige Zeug hüllte die Männer halshoch ein und hielt sie darin gefangen. »Wie ist das möglich?«, dachte sie laut.

Zitternd fiel Liadan auf die Knie und verharrte dort, bis Cajus' schmutzverschmiertes Gesicht vor ihrem auftauchte. Er lehnte tröstend seine Stirn gegen die ihre.

»Es ist vorbei, der Verräter und die Hunde sind tot.« Cajus deutete auf die Tiere und den toten Robenträger. »Und du, meine liebe Gemahlin, hast sieben auf einen Schlag eingefangen.«

»Sieben?«

»Wenn ich mich nicht verzählt habe, kleben dort in der Goldmasse sieben Männer fest.«

Mardon, dem Dreck und Blut von Stirn und Armen tropfte, tippte die zähe Masse mit dem Finger an und verzog das Gesicht.

»Was in Teufels Namen ist das?« Er drehte sich zu ihnen. »Könntet ihr beiden wohl so freundlich sein und für einen Moment die Augen voneinander lassen und mir sagen, was hier vor sich geht?«

Als kniete sie auf glühenden Kohlen, fuhr Liadan hoch.

»Was ist mit dir?«, fragte Cajus.

»Meine Magie, sie ist da ... ich meine, sie hat sich in vollem Maße gezeigt, was nur eines bedeuten kann: Die magische Barriere zur Menschenwelt wurde zerstört.«

Zehn … Asael

»Antworte mir, Vater, warum müssen wir die Nacht hier in Alandria verbringen? Was willst du bei der Burg des Königs?« Devias stellte sich ihm in den Weg. »Ich schwöre dir, wenn du Liadan auch nur ein Haar …«

»Devias, du hast mein Wort, ich werde nichts weiter tun, als mich bei ihr für den Stein zu bedanken.«

»Dann lass mich dich begleiten.«

»Nein, ich gehe alleine. Ich möchte, dass du Midra und die anderen derweilen in dein Heim führst. Stell sie deinem Onkel vor. Ich denke, das könnte amüsant werden. Sobald ich zurückkehre, reisen wir nach Eperus.«

»Und was soll ich Onkel Viktor sagen, wenn ich dort mit drei Pferden ankomme, die aussehen, als entsprängen sie den Pechpfützen der Hölle?«

»Am besten, du fängst mit der Wahrheit an.«

»Mein Onkel wird begeistert sein. Speziell von Midra, die mit Sicherheit ihre lüsternen Finger nicht von ihm lassen kann.«

»Wenn dein Onkel so eine Zuckerschnecke ist wie du, kann ich für nichts garantieren«, sagte Midra.

Devias rollte mit den Augen.

»Siehst du, Vater, genau davon spreche ich. Die Menschen werden sofort erkennen, dass sie anders sind. Wir werden die Aufmerksamkeit auf uns ziehen, ganz gleich, wohin wir gehen. Ich warne dich aufs Neue davor, du kennst die Menschen nicht oder hast in den Jahren deiner Gefangenschaft vergessen, wie furchtsam sie sind. Vor allem dem Ungewöhnlichen und Fremden gegenüber. Du solltest zumindest warten, bis die Nacht einbricht, bevor du in die Burg fliegst. Du wirst weniger Aufsehen erregen.«

»Ich bin deiner Bitte am gestrigen Abend nachgekommen. Wir haben uns nach dem Kampf mit den Elfen zur Ruhe gelegt und den Tag abgewartet. Jetzt sind wir hier und ich werde nicht länger warten.«

Ohne ein weiteres Wort stieg Asael auf den Rücken des Wolfes. Verfolgt von dem brennenden Blick seines Sohnes, erhob er sich in die Lüfte.

Kaum hatte der Wolf die Mauern der Festung überflogen, fingen die Menschen, die ihn erspähten, an zu schreien. Die meisten rannten davon. Manche warfen sich betend auf die Knie, andere wiederum bettelten und flehten um ihr Leben.

»Der schwarze Tod!«, brüllte jemand.

»Der Teufel in Wolfsgestalt!«, kreischte ein anderer. Lanzen und Schilde wurden bereitgemacht.

»Vielleicht hätte ich doch auf Devias hören und einen unauffälligeren Weg in die Burg wählen sollen«, dachte Asael laut und landete direkt auf dem Hauptplatz. Eine Schar Gardisten hatte sich vor dem Innentor postiert und zielte mit ihren Waffen bedrohlich auf den Schattenkönig.

Asael stieg in einer geschmeidigen Bewegung vom Wolf und neigte halbherzig das Haupt.

»Wer von euch zitternden Armleuchtern verrät mir, wo sich die Königstochter aufhält?«

»Weiche, Teufel!«, brüllte eine der Wachen.

»Er ist die Ausgeburt der Hölle«, wimmerte ein weiterer Mann, der so zitterte, dass er seinen Speer kaum in den Händen halten konnte. Asael verschränkte die Arme vor der Brust.

»Also jetzt bin ich beleidigt. Ich habe zwar die letzten Tage kaum ein Auge zugemacht, aber wie die Ausgeburt der Hölle sehe ich doch wirklich nicht aus.«

»Weiche, Dämon!«, brüllte einer.

Asael brach in schallendes Gelächter aus, woraufhin die Wachen sich unruhige Blicke zuwarfen.

»Machen wir es so. Der Erste, der mir verrät, wo Prinzessin Liadan ist, bleibt am Leben. Wenn keiner spricht, werde ich euch nacheinander an mein Hündchen verfüttern.« Asael deutete auf den Wolf, der bei den Worten des Schattenkönigs ein tiefes, bedrohliches Knurren ausstieß.

»Was wollt Ihr von der Prinzessin?«

Der Schattenkönig schoss wie ein Blitz nach vorne, schnappte nach der Lanze des Gardisten, der erschrocken nach hinten wich, brach diese entzwei und vergrub seine

Finger in dessen Hals. Die Füße des Mannes baumelten über dem Boden.

»Ich bin es, der hier die Fragen stellt.«

»Sie ist nicht mehr in Alandria«, stotterte einer. »Sie ist jetzt Königin von Tioran.«

Asael legte den Kopf schief.

»Was? Hat dieser verfluchte Bastard sie zu seiner Frau gemacht?« Der König schleuderte das zitternde Bündel von Gardist zu Boden.

»Du da, komm her und wiederhol das!«, befahl Asael.

Der Mann wankte einen Schritt nach vorne. Schild und Schwert hielt er fest in den Händen, er schluckte hörbar.

»Prinzessin Liadan hat letzte Woche den jungen König Cajus von Tioran geheiratet«, presste der Mann zitternd hervor.

Asael trat dicht an ihn heran.

»Wenn das nicht der Wahrheit entspricht, Schwitzbeutel, werde ich wiederkommen und dich und jeden Einzelnen von euch in mein Höllenfeuer ziehen.«

Der Mann nickte hastig und atmete erleichtert auf, als Asael auf den Rücken des Wolfes stieg. Der Schattenkönig konnte sich ein Grinsen nicht verkneifen. »Höllenfeuer, diese Kindsköpfe.«

Er beobachtete sie schon eine Weile, unfähig, die Augen von ihrem erdschönen Antlitz zu nehmen. Zwischen dem wolkendunklen Himmel und der feinen weißen Schneedecke unter ihr wirkte sie, eingehüllt in einen perlroten Mantel, wie ein glänzender Rubin. Um nicht erneut unter den Menschen Aufsehen zu erregen, hatte Asael die Abenddämmerung abgewartet und war hinter den dichten Wolken nach Tioran geflogen. In Schatten gehüllt, um sich unsichtbar zu machen, war er ihr ins Schlossinnere gefolgt.

Liadan wirkte kummervoll, fast schon trostbedürftig. Sie spazierte durch die Gänge wie eine wandelnde Widerspiegelung der Melancholie.

Er folgte ihr bis in ihr Schlafgemach, wo sie die Tür hinter sich verschloss, zum Fenster spazierte und die Läden zuzog. Sie drehte sich um, stemmte die Hände in die Hüften und sah direkt in seine Richtung.

»Habt Ihr vor, Euch heute noch zu offenbaren, oder wollt Ihr mir weiterhin wie Mondlicht hinterherschleichen?«

Elf ... Liadan

Die nebelhafte Silhouette, die ihr folgte, nahm Gestalt an und bekam menschliche Züge. Sturmgraue Augen fingen die ihren auf.

»Du hast mich bemerkt?«

»Es hätte mich gewundert, wenn sich mein eigener Schatten mit einem Mal selbständig gemacht hätte.« Liadan schüttelte den Kopf. »Was wollt Ihr hier, Asael?«

»Ich finde, wir mit unserer Vorgeschichte könnten uns wirklich duzen. Ich dachte, du freust dich vielleicht über einen kurzen Besuch von mir.«

»Dem ist nicht so.«

»Du warst nie eine gute Lügnerin.«

Liadan musterte den Schattenkönig, der seinerseits ihren Körper betrachtete. Seine Nasenflügel hoben sich wie bei einem witternden Tier. Er seufzte, sah sich flüchtig im Zimmer um und fand dann wieder ihren Blick.

»Königin von Tioran also. Ich muss gestehen, ich war ein wenig schockiert über die Neuigkeit. Findest du nicht, du hast es etwas überstürzt? Wenn ich mich recht entsinne, ist es nicht allzu lange her, dass meine Zunge in deinem ...«

»Warum bist du gekommen, Asael?«

»Warum hast du mir das Amulett zugeworfen?«

Seinem durchdringenden Blick standhaltend, kreuzte sie die Arme vor der Brust und setzte eine gleichgültige Miene auf.

»Ich fand zu dem Zeitpunkt, dass es das Richtige war.«

»Und das denkst du jetzt nicht mehr?«

»Ich denke, du hättest die Barriere zur Menschenwelt niemals durchbrechen dürfen. Ich kann nur erahnen, welch einen Tumult du damit ausgelöst hast. Was denkst du, wird geschehen, sobald die ersten übermenschlichen Wesen gesichtet werden?«

»Was das betrifft, gut möglich, dass ich in Alandria schon ein wenig für Aufsehen gesorgt habe. Es war mir nicht bewusst, dass die Menschen so verängstigt reagieren, wenn sie einen fliegenden Wolf sehen, auf dem ein Schattenelf reitet.«

»Was hast du angestellt, Asael?«

»Ich habe die Burg deines Vaters aufgesucht.« Er hob beschwichtigend beide Hände. »Aber ich kann dir versichern, niemand ist zu Schaden gekommen.«

»Was ist mit Devias?«

»Der ist im Moment sicher bei seinem Onkel und wartet auf meine Rückkehr.«

»Du hast ihn gefunden?« Ein beunruhigender Gedanke schlich sich in ihren Geist. »Meine Mutter, sie wollte auf der Lichtung auf uns warten, hast du ihr etwas angetan?«

»Deine Mutter ist wohlauf, zumindest war sie das, als ich sie das letzte Mal gesehen habe.«

»Hat sie ... ich meine, weiß sie, dass ich dir das Amulett gegeben habe?«

»Ja.«

Haltsuchend lehnte sich Liadan an die Tischkante. Asael strich liebkosend mit den Fingerspitzen über den Holzrand des Bettgestells.

»Wo ist denn dein Göttergatte?«

»Er hat ein Treffen mit meinem Vater. Nachdem sich meine Magie aus einer Notlage heraus in ungebremster Stärke gezeigt hat, war uns bewusst, dass dies nur einen Grund haben konnte. Mein Mann möchte in Alandria nach dem Rechten sehen und meinen Vater darüber aufklären, dass die magische Grenze nicht mehr existiert.«

»Warum hast du ihn nicht begleitet?«

»Bist du auf der Suche nach der zweiten Hälfte? Bist du deswegen hier? Hast du schon einen Anhaltspunkt?«, fragte sie.

»In Mytria soll es einen Hinweis auf den Aufenthalt des Steins geben.«

»Mytria, und wo genau?«

Mit zu Schlitzen verengten Augen legte der Schattenkönig den Kopf schief.

»Warum interessierst du dich dafür?«

»Ich möchte nur sichergehen, dass sich deine Bande so weit wie möglich von Alandria und Tioran entfernt aufhält.«

Asael grinste. »Lügnerin.«

»Reicht dir die Macht, die du jetzt besitzt, nicht?«

»Ich möchte unantastbar sein.«

»Das nennt man Größenwahn, Asael.«

»Nenn es, wie du willst. Ich habe zu viele Feinde, die mir gefährlich werden könnten.«

»Was ist mit deinen Flügeln?«, wechselte sie schnell das Thema.

»Ich werde mit meiner kleinen Meute nach Eperus zum Urianberg reisen. Dort lebt der Feuervogel Xylivan. Ein Orakel hat mir verraten, dass ich nur dort wieder zu Flügeln kommen kann.« Asael zwinkerte und kam langsam auf sie zu, während sie sich Schritt für Schritt von ihm wegbewegte.

»Du hast nun gesehen, dass ich wohlauf bin«, sagte sie.

»Du kannst mir gern Gesellschaft leisten, wenn du willst. Du wirkst, als könntest du sie gebrauchen. «

»Dort ist die Tür.« Warum fühlte sich ihr Mund plötzlich so trocken an?

»Dieser Cajus macht dich nicht glücklich. Ich kann es in deinem Gesicht sehen, an deinem Gang, in jedem deiner Züge. Du willst hier nicht sein. Du wirkst verändert, betrübter, freudloser, nahezu gebrochen. Nicht mehr wie die Liadan von früher. Etwas Grausames muss dir hier widerfahren sein. Ich kann es in jeder verfluchten Faser meines Seins spüren. Was hat man dir angetan? Was ist dir an dem Tag widerfahren, an dem König Walden Täve gestorben ist?«

Der Holzrahmen des Fensters bremste ihren Rückwärtsgang. Gefährlich dicht an sie herangetreten, stützte Asael seinen Arm hinter ihr ab. Den Blick fest auf sie gerichtet, streckte der dunkle König die Hand aus und streichelte ihre Wange. Seine Berührung schenkte ihr ein sanftes Kribbeln.

»Wie anmaßend du doch bist«, hauchte sie mit rauer Kehle. »Ich liebe meinen Mann. Er ist das Beste, das mir je passieren konnte. Er ist gütig und warmherzig, selbstlos und ehrlich.« Asael sagte nichts, sah sie nur weiter an. »Was immer du glaubst, das ich für dich empfinde, es wird niemals reichen, um Cajus zu verlassen.«

Asael seufzte. »Ich hab befürchtet, dass du das sagst.« Er wühlte in seiner Gürteltasche, griff nach ihrer Hand und legte ein kleines Päckchen hinein.

»Was ist das?«

»Ich bin nur gekommen, um mich zu bedanken. Wenn du irgendwann deine Meinung änderst, werde ich dich finden.« Der Schattenkönig beugte sich vor und küsste sie auf die Stirn. Er stahl sich einen letzten Blick und wandelte sich in einen Schatten.

»Danke, dass du so geschwind gekommen bist, Leni.« Liadan nahm der Zofe den Stapel Tücher aus den Händen.

»Aber Eure Hoheit, ich kann das für Euch tun.«

»Nein«, beharrte Liadan und drängte Leni vom Türrahmen weg. »Ich habe den Tee verschüttet, ich werde die Sauerei hier selbst reinigen.« Liadan schob die Tür der Bibliothek von innen zu und ließ eine verdutzte Zofe draußen stehen. Sie schloss den Türriegel und sauste zu dem Schreibtisch aus dunklem Nussbaum, wo sie rasch die Tücher über den durchnässten Notizen ausbreitete.

»Die ganze Tinte ist verschwommen. Der halbe Tag für nichts und wieder nichts.« Liadan rieb sich die Augen. Sie war nicht bei der Sache, ihre Gedanken drifteten immer wieder zu Asael. Sie unterbrach ihr Tun, holte das Schmuckstück aus ihrer Tasche und drehte es zwischen den Fingern. Hatte der Bastard ihr doch tatsächlich einen Ring geschenkt.

»Merkwürdig«, dachte sie laut. War er noch am gestrigen Abend tiefschwarz gewesen, schimmerte er heute silbergrau. Laut gähnend verstaute sie den Ring wieder in ihrer Tasche und tupfte das verschmierte Papier, soweit es ihr möglich war, trocken. Dann ordnete sie den Stapel Bücher, der auf dem Tisch lag, wieder in die Regale ein.

Liadan hielt in der Bewegung inne und lauschte. Seltsam, hätte sie doch schwören können, dass eben jemand hinter ihr stand. Sie zögerte aber sich umzudrehen, aus Angst, recht zu haben. Da – wieder, ein Rascheln, dann ein Knacksen im Holzboden. Sie fuhr herum. Niemand außer ihr war hier. Bildete sie sich das nur ein? Ein lautes Knacken, wie das Brechen von Holz, ließ sie zusammenfahren. Ihre Augen durchforschten den Raum. Zu lange hatte sie sich hier schon verbarrikadiert.

Liadan schnappte sich ihre Tasse mit dem Rest des Tees und schlenderte zur Tür. Etwas bewegte sich plötzlich windschnell über ihr. Ein schauderhaftes Lachen hallte durch die Bibliothek. Sie schreckte zurück. Der Tee schwappte ihr über die Finger. Ein Buch, das aus dem Regal gefallen war, lag vor ihren Füßen. Sie wich nach hinten und stieß sich die Hüfte an der Tischkante. Die Tasse rutschte ihr aus den Händen und kam klirrend auf dem Boden auf. Liadan hob das Buch auf.

Ein weiteres Geräusch ließ sie den Kopf heben. Eins der Bücher kippte aus dem Regal und jagte wie ein Falke mit rasender Geschwindigkeit auf sie zu. Schützend duckte sie sich und hielt sich die Arme vor das Gesicht. Das Buch prallte direkt auf sie. Ein schmerzhafter Laut entwich ihrer Kehle. Wieder ein Lachen. Hatte sie den Verstand verloren? Als sie das nächste Mal hochsah, flogen drei ellenlange Nebelwolken wild lachend durch den Raum. Aus einer der Wolken zwängten sich Arme heraus, die einen dicken Wälzer aus dem Regal zogen. Die Wolke zielte mit dem Buch auf Liadan, die aufsprang und losrannte. Ein Buch traf sie direkt im Nacken, ein weiteres an der Schläfe. »Aua!«, schrie sie. Blut tropfte ihr über das linke Auge.

Sie erinnerte sich daran, dass sie jetzt ihre Magie aufrufen konnte, und webte ein Schutznetz über sich. Der Bücherhagel prasselte von allen Seiten auf die magischen Fäden ein, prallte daran ab und polterte zu Boden. Ein Mahlstrom aus Papier, Schriftstücken, Schreibmaterialien und ganzen Wälzern wirbelte über das Netz, wurde von den geisterhaften Silhouetten in die Luft gerissen und zerbarst, als hätte sich ein wildes Tier darüber hergemacht. Einige der Bücher gingen in Flammen auf und löschten sich mit Wasser, das aus dem Nichts auftauchte.

»Was im Namen der Götter geschieht hier!« Liadan konzentrierte sich darauf, die Schutzkuppel aufrecht zu erhalten. Der Magiestrahl, der zuvor noch aus ihren zitternden Händen gequollen war, wurde mit jedem Buch, das auf das Netz schlug, schwächer.

Eines der Regale stürzte mit ohrenbetäubendem Lärm um. Dann wurde es still. Als sie sich sicher war, dass von den drei Nebelwolken nichts mehr zu sehen war, sank sie schwer atmend zu Boden und verbarg ihr Gesicht in ihren Handflächen.

Das Netz aufrecht zu erhalten, hatte sie einiges an Kraft gekostet. Liadan spürte einen Windzug im Nacken. Der intensive Geruch von Sommerlicht und frischen Blättern durchströmte den Raum. Sie schaute auf. Eine Armlänge vor ihr stand ein Mann. Auf seiner Schulter weilte ein goldener Adler, er hatte die Augen geöffnet und auf sie gerichtet.

Sie stieß einen Schrei aus, wich zurück und stemmte sich auf die Beine.

»Du brauchst keine Angst zu haben, Liadan.« Seine tiefe Stimme klang, als würde er aus einem großflächigen, leerstehenden Raum zu ihr sprechen.

Auf seinem goldenen Haar glänzte ein Hirschgeweih wie eine Krone. Massige Schultern trugen den breiten, mit winzigen Steinen beschlagenen Gürtel, den er schräg über den nackten Oberkörper geschlungen hatte. Kraftstrotzend und hart wie Granit zeichneten die Sehnen und Muskeln sich unter der makellosen Haut ab. Der Mann überragte sie um drei Köpfe. Nein – das war kein gewöhnlicher Mensch. Er war ein ... Liadan wagte nicht, den Gedanken zu Ende zu denken. Das konnte unmöglich wahr sein.

»Es ist wahr«, sagte der Mann. »Ich bin Denotom, der Gott der Jagd.«

Liadan stieß zitternd die Luft aus. Konnte er ihre Gedanken lesen? Keinen Augenblick hegte sie Zweifel daran, dass der Mann die Wahrheit sprach. Es war nicht nur sein Aussehen, sondern vielmehr die geheimnisvolle Aura, die ihn umgab. Ein weichleuchtender Schimmer tanzte über seinen

Körper. Liadans Haut kribbelte, die Härchen an ihren Armen stellten sich auf.

Obwohl sie sich sicher war, dass sie kaum die Kraft aufbringen würde, den Gott mit ihrer Magie zu verletzen, streckte sie ihre zitternden Hände in seine Richtung. »Was wollt Ihr von mir? Woher kennt Ihr meinen Namen? Wart Ihr das mit den Büchern?«

»Es ist mir nicht erlaubt, mich in der Menschenwelt aufzuhalten, und allein schon für mein Eingreifen hier, werde ich mich verantworten müssen. Clotha, Echsia und Soprah haben dir die Geister geschickt. Es sollte eine Warnung an dich sein, nicht mehr nach dem Stein zu suchen. Reise nach Findola, in der Buch- und Fundstückausstellung wirst du deinen Hinweis finden.«

Laute Rufe und fieberhaftes Klopfen waren von der anderen Seite der Tür zu hören.

»Ich muss gehen.«

»Wartet! Wonach soll ich dort suchen? Warum muss ich den Stein finden? Was geschieht, wenn Asael den Stein zuerst findet?«

Die Gestalt des Gottes wurde gläsern, er löste sich auf. Dann verschwand er. Ein Windzug blies ein Papierschnipsel vom Boden, das wie eine Feder im Wind durch den Raum segelte und zu ihren Füßen landete. Liadan hob es auf. Das Siegel eines Klosters war darauf zu erkennen.

Liadan kämpfte sich durch die Wasserlachen und durchnässten Bücher. »Verfluchte Schicksalselfen. Was für eine Katastrophe. Die vielen kostbaren Bücher«, murmelte sie. Liadan schob den Riegel zur Seite und öffnete langsam die Tür. Leni, hinter der sich einige Wachen sowie weiteres Dienstpersonal versammelt hatte, drängte Liadan vom Türrahmen weg und alle stürmten in den Raum. Als sie das Chaos erblickten, hielten sie inne und sogen scharf die Luft ein. Alle Augen waren auf Liadan gerichtet, die die Arme vor der Brust verschränkte, die Lippen aufeinanderpresste und sich räusperte.

»Leni, ich bräuchte dann bitte noch ein paar Tücher, wenn du so nett wärst.«

Zwölf ... Cajus

»Bücherweitwurf!« Cajus tigerte im Raum auf und ab. »Du hast dem Dienstpersonal gesagt, dass der Bücherweitwurf eine alte Tradition zur Opfergabe der Götter ist? Was in Tiorans Namen ist in dich gefahren!?«

»Was hätte ich denn, bitte schön, sagen sollen? Dass die Bücher angefangen haben, miteinander zu ringen, sich in Brand gesteckt und sich dann wieder von selbst gelöscht haben? Die meisten vom Personal denken ohnehin, dass ich eine Hexe bin, ich wollte sie dahingehend nicht noch bestätigen.«

»Nein, hast du nicht, jetzt denken sie nämlich, dass du eine wahnsinnige Hexe bist, die keinen Respekt vor dem Wert der Bücher hat. Trotz allem bin ich erleichtert, dass dir nichts widerfahren ist. – Was im Namen der Götter hast du da drinnen gemacht?«

»Der Gott der Jagd ist mir erschienen.«

»Der Go... was?!«

»Denotom, der Gott der Jagd, hat mich aufgesucht und mir gesagt, dass ich in die Buch- und Fundstückausstellung nach Findola reisen soll.«

Cajus war mit zwei Schritten bei ihr und legte seine Hand auf ihre Stirn.

»Was tust du da?«

»Ich taste ab, ob du am Fieberwahn leidest.«

»Cajus, ich habe mir das nicht eingebildet. Er war da.«

»Und warum zerstört er dabei die halbe Bibliothek?«

»Die Schicksalselfen Clotha, Echsia und Soprah haben Geister geschickt, um ... Hör verflucht damit auf, meine Stirn abzutasten!«, fauchte sie und schlug seine Hand zur Seite. »Du musst mir nicht glauben. Ich werde alleine nach Findola reisen.«

»Hat der Gott dir gesagt, warum du den Stein finden musst?«

»Nein, er hat gesagt, dass er sich nicht auf der Erde aufhalten darf, dass dies Konsequenzen nach sich ziehen wird und ist sofort wieder verschwunden.«

»Und du denkst, wir können diesem Gott vertrauen?«

»Ich weiß es nicht, aber da auch Baba Anastella wollte, dass ich nach dem Stein suche, werde ich es wohl tun.«

»Du verlangst zu viel von mir. Wie soll ich Tioran für Monde verlassen, um mit dir nach diesem Stein zu suchen?«

»Ich verlange nicht, dass du mich begleitest.«

Cajus schüttelte den Kopf.

»Bist du übergeschnappt!? Ich soll dich alleine durch die Welt ziehen lassen? Natürlich werde ich mit dir gehen. Ich muss zuvor eine Ratssitzung einberufen, einen Plan für die nächsten Monate erstellen und dem Volk eine akzeptable Erklärung für unsere Abwesenheit bieten. Mardon wird mit meiner Mutter gemeinsam meine Aufgaben übernehmen.«

»Du hast mir nicht von Alandria berichtet. Hast du mit meinem Vater gesprochen?«

»In Alandria ist im Moment die Hölle los. Die Menschen sprechen nur noch von dem fliegenden Teufel, der über ihren Häusern vorbeischwirrte. Viele verbarrikadieren sich in ihren Häusern und besetzen die Gotteshäuser. Dein Vater hat alle Hände voll zu tun, die Wogen zu glätten und unter dem Volk für Einklang zu sorgen. Ich werde ihm einige meiner Truppen zur Seite stellen.«

»Ist dir selbst irgendjemand oder etwas Nicht-Menschliches über den Weg gelaufen?«

»Nein, und ich denke, die meisten Geschöpfe des Waldes werden sich unter den Menschen so unauffällig wie möglich verhalten. Ach, und bevor ich es vergesse.« Cajus zog ein zusammengefaltetes Stück Papier aus seiner Hosentasche und reichte es ihr.

»Was ist das?«

»Es ist der Plan einer Burg nahe der alandrischen Grenze. Sie wurde von einem tioranischen Landesherrn bewohnt und steht seit Jahren leer. Ich habe sie gekauft, sie wird in diesem Moment für uns hergerichtet und frisch möbliert. Die Burg ist schon ein wenig in die Jahre gekommen und um einiges kleiner als diese hier. Aber wir könnten auch von dort aus regieren.«

Liadans Lächeln war rosenschön. Sie warf sich in seine Arme. Ihr sanfter, süßer Kuss schmeckte nach dem Duft des Waldes am frischen Morgen.

Dreizehn ... Liadan

»Gasthof zum eisernen Horn, sieht ja vielversprechend aus.« Cajus sah sich unwillig um. Liadan kicherte.

»Ist König Cajus sich schon zu gut, um in unfeinen Herbergen zu übernachten? Du hast selbst gesagt, dass wir uns keinen Gasthof direkt in der Stadt nehmen sollten.«

»Wenn ich es mir recht überlege, sind mir die Ausschreitungen in der Stadt dann doch lieber als das hier.«

»Wir haben Monde unter freiem Himmel verbracht, da wird uns eine Nacht im eisernen Horn nicht umbringen.«

Cajus rümpfte die Nase.

»Was ist das nur für ein eigenartiger Geruch?«

Liadan lachte kopfschüttelnd auf.

»Du bist eine richtige Mimose, seit du König bist, weißt du das?«

Der Dunst von abgestandenem Fett und Alkohol nahm ihnen beim Betreten der Schenke den Atem. Eine Frau stand hinter dem Tresen und säuberte diesen mit ihrem Kittel. Sie hob den Kopf, setzte ein freundliches Lächeln auf und wischte sich mit ihrer Schürze den Schweiß von der Stirn. Ihre Miene verfinsterte sich, als sie zu dem Mann schielte, der der Länge nach auf einer der Sitzbänke vor sich hin döste.

»Berndl! Zieh da die Schuh üba die Schweißfüß, wir habn Gäste!«

Liadan schielte zu Cajus und unterdrückte beim Anblick seiner verdatterten Miene ein Lachen.

Die Frau kam ihnen fahrig entgegen und wischte sich ihre Handfläche an ihrem mitgenommenen Kittel ab.

»Bitte um Verzeihung, ich hobs mein Mann schon tausend mal gsagt, er soll sich die Füß waschen, bevor er runter kommt.«

»Und ich hab dir schon tausendmal gsagt, du sollst dein Wanst einziehn, wenn Gäste kommen.«

»Hört gar nicht auf ihn, so moch ichs auch imma. Mein Name ist Heidegrund und des faule Trumm dort ...«, sie deutete auf ihren Gatten, der nun, mit der Wange auf den Tisch gelehnt, vor sich hin döste, »... is der Bernhart.«

Bernhart murmelte etwas, das sich nach »dicke Giftnudel« anhörte.

Liadan schenkte Heidegrund ein ehrlich gemeintes Lächeln.

»Mein Name ist Lia und der Griesgram neben mir heißt Alexander und ist mein Ehemann.«

Heidegrund sah zu Cajus und musterte ihn einen Augenblick lang, dann reichte sie auch ihm die Hand.

»Wir benötigen ein Zimmer für die nächsten Tage«, fuhr Liadan fort. »Wir haben in der Stadt einige Angelegenheiten zu verrichten. Wir würden zwei Tage im Voraus bezahlen.«

»Zimma hamma genug frei. Um Eure Vicha kümmat sich da Berndl.«

»Vicha?«, wiederholte Liadan. »Ah, Ihr meint die Pferde.«

»Die gehören doch Eich?«

Liadan nickte.

»Berndl! Hast zugehört? Leg die Flasche aus da Hand und beweg deinen verfaulten Hintern nach draußen und versorg die Tiere unserer Gäste! Ich werd Euch gleich zwei Tella Eintopf bringen. Brot ist auch frisch. Ihr schauts aus, als könntets es gebrauchen«, sagte die Wirtin.

»Das hört sich fabelhaft an«, schwärmte Liadan und drängte Cajus zu einem der Tische.

»Alexander und Lia«, flüsterte er. »Sind dir keine anderen Namen eingefallen?«

»Warum«, fragte Liadan. »Stört dich etwas an den Namen?« Liadan grinste. »Ich erinnere mich vage daran, einst einen Alexander aus Tavanas kennengelernt zu haben.«

Er drückte ihr einen liebevollen Kuss auf die Lippen, wurde aber von der Wirtin, die einen Krug mit zwei Bechern neben ihm auf den Tisch stellte, unterbrochen.

»Danke«, sagte Liadan.

»Des Essen kommt sofort«, erklärte Heidegrund und schwirrte in die Küche zurück.

»Und wie lautet der Plan, ... Lia?«, fragte Cajus und zog den Namen in die Länge.

»Als erstes, Ritter Alexander, werden wir diesen hoffentlich wohlschmeckenden Eintopf verspeisen, bevor wir uns zu Bette legen, wo ich als Nachspeise meinen Gemahl vernaschen kann.«

»Habe ich schon erwähnt, dass ich dein loses Wesen liebe?«

»Hast du diesen Geschichtenfürst aufgesucht? Hat er dir etwas Hilfreiches verraten?«

Cajus beugte sich näher zu ihr.

»Ja«, sagte er mit gesenkter Stimme. »Und die Geschichte, die er mir erzählt hat, ist ...« Cajus zuckte zusammen, als die schallende Stimme der Wirtin ertönte.

»So, da hamma des gute Mahl, lasst es Euch schmecken.« Heidegrund stellte ihr mitgebrachtes Tablett, auf dem sich zwei Teller mit dampfendem Eintopf und ein kleiner Brotlaib befanden, auf dem Tisch ab. »Ich geh des Zimma vorbereiten.«

Cajus nickte Heidegrund dankend zu, bevor sich diese wieder entfernte. Er beugte sich vor und schnupperte an dem Eintopf. Liadan zupfte ein Stück des Brotlaibs ab. Das Innere war warm und fühlte sich flauschig an wie Schafspelz. Sie tauchte das Stück in die Soße, bevor sie es in ihrem Mund verschwinden ließ.

»Es schmeckt herrlich.«

»Jedenfalls hat mir der alte Geschichtenfürst erzählt, dass er einst über zwei Steinhälften gehört hatte, deren Licht niemals verglühte. Sie waren vor langer Zeit während eines gewaltigen Sturms auf die Erde herabgefallen. Eine Hälfte direkt in die Hände einer Elfe. Die andere auf den Fuß eines Mönches, der seit diesem Tag humpelnd durch die Welt zog. Außerdem hat er mir einen Hinweis gegeben, wo das Gebiet der Zwerge in Gorduland sein könnte.« Cajus griff nach dem Krug und füllte die beiden Becher mit Wein. Er reichte Liadan einen davon und nahm selbst einen tiefen Schluck aus dem anderen.

»Auf dem Papier ist das Siegel eines Klosters, Asael hat etwas von Mytria gesagt. Dort gibt es doch ein Kloster? Könnte der Mönch von dort stammen? – Möchtest du mir mit dem Becher eins überziehen oder warum umklammerst du den so?«, fragte Liadan.

»Es ist nur, die bloße Erwähnung dieses elenden Scheusals lässt mich schon tosen.«

»Und lässt dich das wieder milder wehen?« Liadan biss Cajus sanft in sein Ohrläppchen.

»Der eude Hausdrachen!«, fluchte Bernhart ein paar Bänke weiter hinten.

Liadan legte ihre Stirn an Cajus' Schläfe und konnte sich ein Lachen nicht verkneifen.

»Die Gegenstände dürfen nicht berührt oder gar entnommen werden«, erklärte der Ausstellungsführer und dirigierte die Gruppe in die Halle. »Einige der Objekte, die Ihr hier seht, stammen aus kirchlichen Einrichtungen, die gesammelt und an die Königsfamilie verkauft wurden. Die Gelder wurden dazu verwendet, die Kirchen und Klöster zu restaurieren. Eine kirchliche Einrichtung hat mit den Einnahmen der Sammelstücke die erste Heilstätte in Findola errichtet.« Der Ausstellungsführer machte eine weitausholende Geste, die den gesamten Raum erfasste. »Ihr dürft Euch frei in den Räumen bewegen. Wenn Ihr Fragen habt, wendet Euch an die Aufseher, die sich in den jeweiligen Sälen befinden. Die Schreibunkundigen unter Euch folgen mir bitte, für sie gibt es eine Sonderführung.« Der Ausstellungsführer nickte und entfernte sich von der Gruppe. Einige der Besucher folgten ihm.

»Ich war damals bei der Eröffnung dabei«, sagte Cajus. »Der findolische König hat dafür nicht nur von meinem Vater Spott und Hohn geerntet. Zahlreiche Königsfamilien und Adelsfamilien haben ihren Einwand lautstark kundgetan. Ein König, der es dem einfachen Volk gestattet, seltene Fundstücke, Schätze und Malereien zu bestaunen, dem das Wohl und die Bildung seines Volkes so sehr am Herzen lag, dass er einen Teil seiner Schatzkammer der Öffentlichkeit preisgab.« Cajus schüttelte lächelnd den Kopf. »Das war ein riesen Skandal. Das Traurige ist, dass nicht das niedere Volk schuld an den Ausschreitungen ist, sondern der Adel. Kaum einer begrüßt die moderne Regierungsweise des Königs. Ich selbst sollte mir vom findolischen König eine Scheibe abschneiden. Er ist ein Paradebeispiel an Freigeist und neuzeitlichen Visionen. In seiner Selbstbiografie steht geschrieben: Nur wenn das Volk als Gemeinschaft Wohlbefinden erreicht, kann das Land an Stärke gewinnen. Bildung führt zu Wissen. Wissen wiederum erhöht den Selbstwert. Mein Vater hat ihn dafür immer verachtet.«

»Wen hat dein Vater eigentlich nicht verachtet?«, höhnte Liadan.

»Wenn ich nur halb so zukunftsweisend wie der findolische König werde, kann ich mich glücklich schätzen. Aber davon bin ich Welten entfernt. – Warum siehst du mich so an?«

»Weil ich mich gerade neu in dich verliebe.«

Cajus gab ihr einen langen Kuss auf die Lippen.

»Am besten fängst du mit den Gemälden an und ich arbeite mich durch die Fundstücke«, sagte er. »Am Ende gehen wir die ausgestellten Bücher durch. Alles, was mit der Geschichte rund um die Göttin Saloma und Talyra oder den Kriegsgott Zeolos zu tun hat, kann uns weiterhelfen.«

Liadan nahm das Papierstück aus der Bibliothek aus der Tasche und reichte es Cajus.

»Halte die Augen nach diesem Siegel offen.«

Liadan durchforschte die unermessliche Weite der längst vergangenen Geschichte, die sie von Raum zu Raum führte. Schätze, wie Schalen, Ketten, Waffen und Schmuck, teilten sich ihre Schaukästen mit Schnitzereien, Goldschmiedearbeiten und uralten Büchern. Bildwerke und Fragmente zierten die Wände. In den Winkeln der Räume fanden sich sagenumwobene, in Stein gemeißelte Götterstatuen.

Liadan blieb stehen und betrachtete die aus Marmor geschlagene Statue des Gottes der Jagd. Breitbeinig stand Denotom mit Pfeil und gespanntem Bogen auf dem ebenfalls aus Stein gemeißelten Podest. Der aus Silber gefertigte Gürtel des Köchers war quer über seinen entblößten Oberkörper geschnürt. Ein archaisches Lächeln zierte die Lippen. Das lange Haar war am Rücken mit einem losen Band zusammengebunden. Das Hirschgeweih krönte seinen Kopf. Auf seinen breiten Schultern thronte der Adler. »Wahrhaftig auf den Punkt gebracht«, murmelte sie und betrachtete das Gemälde, das daneben angebracht war. Es zeigte den Gott Zeolos mit seinen elf Geschwistern und seiner Frau Talyra.

Der Kriegsgott posierte mit einem gewohnt süffisanten Lächeln neben Talyra, um die er mit einer besitzergreifenden Geste den Arm gelegt hatte. Drei Zeichen zierten ihren gewölbten Bauch. Liadan stieß einen nachdenklichen Laut aus. Die Göttin Saloma lehnte etwas abseits der anderen Geschwister an einem Baum, der goldene Äpfel trug, und beobachtete das Szenarium mit herablassender Miene.

»Hast du etwas gefunden?« Liadan zuckte zusammen und drehte sich zu Cajus.

»Nein, nichts.«

»Ich muss dir etwas zeigen«, sagte er, ergriff ihre Hand und führte sie zu einer Vitrine. »Sieh dir das Buch an.«

»Ich kann das nicht lesen, es wurde in der alten Schrift geschrieben.«

»Lies die Beschreibung auf dem Schild daneben.«

»Kloster der Mytria am Silberberg«, las Liadan von der kleinen Tafel ab.

»Wir schließen in Kürze«, informierte sie einer der Ausstellungsaufseher, der urplötzlich hinter ihr stand.

Liadan fuhr herum und legte sich die Hand ans Herz.

»Habt Ihr mich aber erschreckt. So früh schon?«

»Ihr könnt uns gerne morgen wieder besuchen. Seit es immer wieder zu Ausschreitungen in der Stadt kommt, ist es vor allem für Landfremde und Reisende nach Einbruch der Dunkelheit nicht mehr ratsam, sich draußen aufzuhalten. Ihr habt doch hoffentlich keine Gaststätte in der Innenstadt gewählt? Zuletzt wurde eine mitten in der Nacht von Randalierern niedergebrannt.«

»Nein, wir haben uns für eine Unterkunft fernab der Siedlung entschieden. Aber danke für die Warnung.«

Der Aufseher neigte den Kopf und entfernte sich.

»Sieh dir das Siegel rechts unten am Buch an.«

»Gib mir das Papierstück«, verlangte sie.

Liadan verglich die beiden Siegel. »Das ist es. Denkst du, das könnte ein Tagebuch oder sowas sein?«

»Gut möglich. Vielleicht hat einer der Mönche aus Mytria Mitschriften getätigt? Der Aufseher wird uns mit Sicherheit nicht erlauben, einen Blick in das Buch zu werfen, zudem können wir es nicht lesen, da es in der alten Schrift geschrieben wurde.«

»Dann finden wir eben jemanden, der es kann. Wir können nach Mytria reisen und einen der Mönche bitten. Vielleicht beherrscht jemand von ihnen die alte Schrift.«

»Man wird uns das Buch wohl kaum so einfach mitgeben.«

Cajus beugte sich zu ihr und flüsterte.

»Dann stehlen wir es eben.«

»Was, wenn wir uns zu erkennen geben und verlangen, dass man es uns borgt?«

»Mein Vater und der findolische König waren verfeindet. Am Ende jagt man uns noch aus der Stadt.«

»Dann lass uns gehen und mit einem Plan wiederkommen.«

Vierzehn … Asael

»Was sind das nur für merkwürdige Pflanzen, die hier überall wachsen? Ich finde, sie sehen aus wie hängende Beutel auf Stielen.«

»Ich habe einen Verdacht, den ich besser nicht ausspreche«, sagte Asael und drängte Devias von den Gewächsen weg. »Lass uns das Waldstück schnell hinter uns bringen. Der Pass zum Urianberg ist nicht mehr weit.«

»Da, schon wieder. Die Beutel bewegen sich.«

»Geh weiter«

Ein Rascheln im Unterholz war zu hören. Etwas näherte sich ihnen. Asael hielt inne. »Entweder schleichen gerade irgendwelche Schlangen in unsere Richtung oder aber – Devias, lauf!«

Die langen, stachelförmigen Fangarme der Beutelpflanzen wälzten sich wie Schlangen über den Boden.

»Sie verfolgen uns!«, rief Devias beim Blick über die Schulter.

Die blumigen Gesichtszüge der Beutelpflanzen verzerrten sich. Sie öffneten ihre Blütenlippen und gaben dolchgleiche, spitze Zähne zu erkennen. Grauenerregender Gesang entwich ihren Lippen.

»Ich hatte recht mit meinen Verdacht!«, rief Asael. »Es sind fleischfressende Pflanzen!«

»Singen sie oder schreien sie?«

»Ich glaube, sie tun beides.«

Die gierigen Mäuler schnappten nach ihnen. Eine der Pflanzen fuhr hoch und verbiss sich in Devias' Schenkel.

Er schrie laut auf, zückte sein Schwert und schlug einen mächtigen Streich gegen den Hals der Pflanze, wobei er ihr den Kopf vom Stängel abtrennte. Im selben Moment zwängten sich aus dem kopflosen Wurzelgeflecht zwei weitere Köpfe hoch.

Die Pflanze wuchs auf Menschengröße heran. Devias stolperte nach hinten.

»Nicht stehenbleiben!«, rief Asael und rannte zu seinem Sohn zurück. Die schlangenähnlichen Fangarme der Pflanzen hatten sich um Devias' Beine gewickelt, brachten ihn zu Fall und zerrten ihn über den Boden, direkt zu den schnappenden Mäulern.

Zwei der Pflanzen vergruben ihre scharfen Beißer so tief in Asaels Hose, dass sie die Haut darunter durchstießen. Er zischte, zückte seine Axt und trennte ihnen den Kopf vom Stiel. »Verfluchte Biester!« Asael schob den Schmerz beiseite und rannte mit den Köpfen, die sich wie Widerhaken in seinem Fleisch vergraben hatten, zu seinem Sohn.

Devias lag auf dem Rücken und wand sich unter den Griffen der Fangarme. Wild schwang er sein Schwert, um die gefräßigen Mäuler abzuwehren. Asael trennte den

Fleischfressern die Köpfe ab. Sofort wuchsen vier weitere nach und die Pflanze verdoppelte ihre Größe.

»Das war ein Fehler«, murmelte Asael.

Devias befreite sich von den Fangarmen und trennte der auf ihn zuschießenden Pflanze den Kopf ab. »Verschwindet!« Sofort schossen die Stängel in die Höhe und zwei weitere Köpfe wuchsen nach.

»Wir sollten damit aufhören, ihnen die Köpfe abzuschlagen!«, rief Asael und sprang zur Seite, um den gähnenden Schlünden der niederfahrenden Mäuler auszuweichen. Devias machte einen Satz und wandelte sich in seine Wolfsgestalt. Mit seinen riesigen Tatzen schlug er auf die schnappenden Pflanzen ein, biss in ihre Stängel und riss sie samt Wurzelwerk aus der Erde.

Zeitgleich steckte Asael die Axt zurück in seinen Gürtel und ließ einen Schwall dunkler Magie auf die schnappenden Fleischfresser los. Dort, wo sie auftraf, verbrannte sie die Erde unter den Stängeln, bis die Beutel leblos nach unten baumelten. Dann nebelte der wolkendichte Qualm seiner Magie die Pflanzen ein. »Schnell, da hinten ist der Bergpass«, rief Asael und rannte los.

Xylivans goldene Federn glichen den Sonnenstrahlen. Inmitten der schwarzglänzenden Augen blitzten leuchtendrote Flammen auf. Der spitze Schnabel des Feuervogels glänzte wie Königskristall. Seine Adlerkrallen hatte er in der nachtschwarzen Asche unter sich vergraben. Das Tier senkte seinen Kopf und bohrte seinen Schnabel in die verstreute Asche.

»Was tut er da?«, fragte Devias.

»Es sieht aus, als male er Zeichen in die Asche, aus der er später wiedergeboren wird.«

»Bist du dir sicher, dass du in den Krater springen willst?«

»Das Orakel ist nicht wie wir, Devias, es kann nicht lügen oder falsche Verkündigungen aussprechen. Wenn Nexana mir schwört, dass dies die einzige Möglichkeit ist, an Flügel zu gelangen, wird dies auch so sein. Ich darf Xylis Federkleid nur nicht loslassen.«

»Xyli?«, wiederholte Devias, ohne den Blick von dem majestätischen Tier abzuwenden. Obwohl sie sich gut zweihundert Schritt entfernt von der Öffnung des Kraters aufhielten, war die Luft, die die Lava ausströmte, erstickend und glutheiß. Der Feuervogel breitete seine Flügel aus und wiegte sich sanft im Wind der Abendröte. Asael schluckte, es war ein Totentanz am Rande des Höllenfeuers. Er sollte keine Zweifel an den Worten des Orakels hegen – und doch, beim Gedanken daran, was er gleich tun würde, bildete sich eine Schweißschicht auf seiner Stirn. »Von hier aus werde ich mich allein vorschleichen. Egal, was du hörst oder siehst, du darfst dich dem Tier unter keinen Umständen nähern. Hast du verstanden, Devias?« Asael streifte das Amulett vom Hals und legte es seinem Sohn in die Handfläche. »Sollte etwas schiefgehen, hast du zumindest das hier.« Devias presste die Finger um den Stein, als wollte er ihn darin zermalmen. In einer liebevollen Geste schlang er die Arme um Asael.

»Versprich mir, Vater, dass du zurückkehrst.«

»Ich verspreche es.« Damit ließ er seinen Sohn stehen und schlich hinter die nächste große Felserhebung. Der Aufstieg war beschwerlich und äußerst kraftraubend. Glühend heiße, winzige Geröllsplitter, die sich vom Gipfelpunkt des Kraters lösten, peitschten ihm entgegen. Beim letzten Teil des Aufstiegs war er gezwungen, auf allen vieren zu kriechen. Asaels Hände waren rußverschmiert und voller Brandblasen, Kratzer und Schrammen. Die Lava im Inneren des Berges rumorte wie der hungrige Magen eines Riesen. Xylivan war bereits an die Öffnung des Kraters getreten, wobei er Asael den Rücken zudrehte. Er weitete sein Federkleid und stieß einen Laut aus, der den König erschrocken zusammenfahren ließ. Asael zog die Axt aus seinem Gürtel. Er wappnete sich, machte einen Satz und sprang auf den Rücken des Feuervogels, der sich einen Augenaufschlag später kopfüber in die Tiefe stürzte. Gleißend rotes Licht raubte Asael die Sicht. Sein Körper brannte, seine Augen trockneten aus und er rang heiser um Atem. Große orangefarbene Blasen stiegen aus dem Becken auf, zerplatzten und verstreuten Lavafetzen. Der Vogel schlug kräftig mit den Federn und prallte dabei mit Asael an die Wand. Asael schrie laut auf. Sich fest mit den Beinen und einem Arm an den Vogel klammernd, nahm er die Axt in die freie Hand.

»Halt still, du verfluchtes Federvieh!« Der Vogel versuchte, ihn mit aller Kraft abzuschütteln. Flink säbelte Asael dem Tier die Flügel ab. Haltsuchend krallte er sich an das samtweiche Federkleid.

»Nein!«, brüllte der König, als die Flügel zwischen seinen Händen Flammen fingen und wie Papier in Windeseile verbrannten. »Nein!«

Im selben Moment pfählte ein scharfer Schmerz, unerträglicher als die Hitze des Feuers, seinen Rücken. Asael warf einen Blick über die Schulter. An seinem Rücken wuchsen schwarzglänzende Flügel, die ihn vor dem Aufprall in die kochende Masse bewahrten. Nexana hatte recht behalten. Die Flügel des Feuervogels, die in seinen Händen verbrannt waren, hatten sich an seinem Rücken neu entfaltet. Der Feuervogel unter ihm platschte in die Lava und versank.

Eine Woge der Erleichterung durchfuhr den König. Er wischte sich den Schweiß von der Stirn und atmete die angestaute Luft aus.

So schnell ihn seine neu erlangten Flügel trugen, hob er nach oben ab.

»Das war verflucht knapp«, dachte er laut, als er von oben einen Blick in den Krater zurückwarf.

»Vater!«, hörte er seinen Sohn rufen. Asael drehte sich zu Devias und flog auf ihn zu.

Fünfzehn … Liadan

»Duck dich, er kommt.«

Liadan zog den Kopf ein und ging in Deckung. Sie wartete ab, bis der Wachmann seine Runde gedreht hatte, und spähte erneut über den Rand der hüfthohen Mauer.

»Da ist der Ausstellungsführer, er verlässt das Gebäude.«

Der Mann versperrte die Tür zur Ausstellung und nickte den beiden Wachmännern zu.

»Jetzt können wir nur hoffen, dass er denselben Weg wie gestern Abend nimmt.«

Cajus und Liadan wechselten Blicke. Tücher verhüllten ihnen Nase und Mund. Sie richteten sich auf und verfolgten den Ausstellungsführer bis in eine Seitengasse. Ein in spärliche Lumpen gekleidetes Mädchen hielt den Mann auf und bot ihm Waren aus ihrem kleinen Körbchen an.

»Verflucht«, stieß Liadan aus.

Der Ausstellungsführer hörte sie kommen, denn er fuhr erschrocken herum und rang nach Atem. Er stieß das Mädchen achtlos zur Seite. Mit jedem Schritt, den der Mann nach hinten taumelte, verlor er an Gesichtsfarbe. Er hob abwehrend die Arme.

»Bitte, ich habe kein Silber bei mir. Nehmt die Kleine, Hilfe! Hilfe! Ich werde …!«

Cajus stürzte sich mit gezücktem Dolch auf den Mann und hielt ihm das Messer an die Kehle.

»Noch ein Wort, Fettwanst, und du wirst den heutigen Tag nicht überleben.« Er stopfte dem Ausstellungsführer ein Tuch in den Mund, während Liadan ihn an Händen und Beinen fesselte. Dann nahm er ihm die Schlüssel ab und schlug ihn bewusstlos. Liadan ging unterdessen vor dem Mädchen in die Knie.

»Wie heißt du?«

»Sofine«, stotterte sie. »Werdet Ihr mir was tun?«

Liadan entfernte das Tuch von ihrem Gesicht.

»Sofine, hast du Hunger?«

Das Mädchen nickte und wischte sich die Tränen aus dem Gesicht.

»Wo sind deine Eltern?«

Sofine zuckte mit den Schultern.

»Ich habe im Moment kein Geld bei mir. Aber versprich mir etwas, Sofine. Morgen früh suchst du den Gasthof zum eisernen Horn auf, dort wird eine warme Mahlzeit und ein sauberes Bett auf dich warten. Ich werde mit der Besitzerin sprechen und dafür Sorge tragen, dass du so lange dortbleiben kannst, wie es dir beliebt. Vielleicht hat die Wirtin eines Tages auch Arbeit für dich.«

»Ich habe einen kleinen Bruder.«

»Es werden zwei Teller auf euch warten und jetzt geh.«

Sofine nickte eifrig und rannte davon.

»Liadan«, drängte Cajus und haschte nach ihrer Hand. »Lass uns gehen.«

Wieder an der Mauer angekommen, tat es Liadan ihrem Mann gleich, setzte den Pfeil an und spannte den Bogen.

»Bist du dir sicher, dass du nicht verfehlst?«

Liadan visierte ihr Ziel an.

»Zweifelst du an meiner Treffsicherheit?«

»Würde ich nicht wagen.«

Und dann schoss sie den Pfeil ab. Das Licht der Kerze in der Halterung erlosch. Der Pfeil prallte an der Wand dahinter ab. Die beiden Ausstellungswächter fuhren herum.

»Ich bin beeindruckt«, lobte Cajus und nahm die Finger von der Bogensehne. Windschnell sauste sein Pfeil zu dem Wächter und trennte ihm den Hut vom Kopf.

»Das war aber auch nicht schlecht«, sagte Liadan.

Einer der Männer hob den Pfeil vom Boden, wirbelte herum und sah direkt in ihre Richtung.

»Duck dich«, sagte Cajus und zog einen weiteren Pfeil aus dem Köcher »Nur zur Sicherheit, sollten uns deine Kräfte doch im Stich lassen.«

Die Wachmänner zückten ihre Schwerter. Vorsichtig näherten sie sich der Mauer. Liadan sammelte ihre Kräfte.

»Sie sind nah genug«, flüsterte sie und sprang auf die Beine.

»Hallo.« Die Wachen hielten in der Bewegung inne und deuteten mit ihren Waffen auf sie.

»Was tut Ihr hier!«

Die Magie löste sich aus Liadans Händen, formte sich zu einem Seil und wickelte sich so lange um beide Männer, bis diese, einschließlich ihrer Waffen, halshoch eingepackt waren.

Cajus sprang hinter der Mauer hervor. »Es tut mir sehr leid, aber das ist notwendig«, sagte er und knebelte die um Hilfe rufenden Männer. Dann rannte er zur Eingangstür der Ausstellung.

»Irgendwie seht Ihr beide wie Goldwürmer aus, so als würdet Ihr zur Ausstellung gehören«, sagte Liadan. »Ihr braucht keine Angst zu haben. Wir werden Euch nichts tun. Die Fesseln werden sich von selbst wieder lösen. Ich hoffe natürlich, erst dann, wenn wir wieder fort sind, aber bis dahin ...«

»Liadan!«, drängte Cajus. »Was sprichst du da mit ihnen? Komm jetzt.«

Cajus öffnete die Tür, ließ sie voran und schob sich nach ihr durch den Spalt.

»Im zweiten Saal, die vierte Vitrine von links«, sagte sie und tastete sich in den nachtdunklen Saal voran.

»Cajus, ich habe das Gefühl, wir werden beobachtet. Etwas stimmt hier nicht.«

»Das ist die Anspannung. Da ist das Buch«, sagte er, zog den Dolch und schlug zu.

Es klirrte und schepperte, als der Knauf auf die Glasscheibe der Vitrine traf. Cajus nahm das Buch heraus und schob es Liadan in die Arme.

»Lass uns schnell verschwinden.« Er haschte nach ihrer Hand. »Komm!«

»Jemand ist hier«, sagte sie und durchkämmte mit den Augen den Raum. Drei Silhouetten warteten am Ende des Saals. Liadan Rang nach Atem.

»Lauf!«

Ein eisiger Luftzug fegte über sie hinweg.

»Wohin des Weges?«, fragte eine frostige Stimme. Die Härchen an Liadans Nacken stellten sich auf. Sie verharrte in der Bewegung. Langsam drehte sie sich um. Furchteinflößend und gespenstisch standen da Clotha, Soprah und Echsia, keine zehn Schritte von ihnen entfernt. Sie wich zurück, bis sie das Holz der Tür im Rücken spürte, und schrie, dabei kippte ihr das Buch aus den Händen.

»Aus welcher götterverfluchten Hölle sind die drei entsprungen«, murmelte Cajus neben Liadan, haschte nach ihrer Hand und zog sie zu sich. Echsia machte eine

Handbewegung und ein schimmernder Schleier aus Licht und Magie erhellte den Raum.

Soprahs brennende Locken tanzten wie Flammen im Wind. Ihr stechender Blick brannte auf Liadans Haut wie glühende Kohlensplitter. Die Feuerkatze näherte sich ihnen mit geschmeidigen Bewegungen. Wie ein dicker Wurm wand sich die kohlschwarze Schlange um den nackten Körper der Schicksalselfe.

Liadan ballte die schweißnassen Finger, um ihr Zittern zu verbergen.

Soprah deutete mit dem Zeigefinger auf das Buch, das sich daraufhin über den Boden auf sie zu bewegte. Liadan machte einen Satz nach vorne und hielt es auf.

»Dummes, junges Halbblut. Hat dich dein Vater nicht gelehrt, sich nicht in fremde Angelegenheiten einzumischen?«

Liadan hob das Buch auf und warf es Cajus in die Arme.

»Verschwinde damit! Schnell!«

»Den Teufel werd ich!«

Liadan deutete mit beiden Händen in Soprahs Richtung. Ein Strahl, der dem gleißenden Licht der Sonne glich, strömte aus ihren Handflächen direkt auf die Elfe zu. Diese wedelte einmal mit den Armen und wehrte den Schwall ab. Sofort warf Liadan Soprah eine weitere Welle der Macht entgegen, die die Schicksalselfe für einen flüchtigen Moment schwanken ließ. Echsia wirbelte unterdessen ihre knochige Statur in ihren

Schleier aus Silberhaar und wandelte sich in eine weiße Sturmwolke, die unheildrohend auf Liadan zutoste. Fast zeitgleich fing Clotha einen von Cajus' Pfeilen ab und warf ihn achtlos zu Boden.

Ein ohrenbetäubender Knall ließ Liadan sich die Handflächen an die Ohren pressen.

Wie ein Meteor krachte die Gestalt eines Mannes auf den Boden, der um ihn herum auseinanderbrach. Liadan taumelte und versuchte, ihr Gleichgewicht wiederzufinden. Cajus legte schützend den Arm um sie und schob sie hinter sich. Dann fiel ihr Blick auf den Gott der Jagd, der direkt vor ihr gelandet war und die Luft mit seiner überwältigenden Macht tränkte.

»Denotom«, hauchte Liadan.

Der Adler stieß sich mit einem schrillen Ruf von der Schulter des Gottes ab. Liadan zuckte zusammen. Das Tier breitete seine Flügel aus und zog Kreise über den Köpfen der Elfen.

Denotom nickte zum Gruß und drehte sich dann zu den Schicksalselfen, deren Augen sich vor Entsetzen weiteten.

»Tante Saloma ist stinkwütend auf euch. Sie hat mir einen Auftrag erteilt.« Denotom donnerte mit der Faust einmal auf den Boden, der daraufhin erzitterte und Risse bildete, die sich wie ein Spinnennetz ausbreiteten.

Der Gott warf einen Blick über die Schulter.

»Ich bin froh, dass du meinem Hinweis in der Bibliothek gefolgt bist. Ich kann die drei nur für eine gewisse Zeit in Schach halten.« Denotom zwinkerte. »Zumindest werden sie dir eine Weile keine Bücher mehr hinterherwerfen.« Dann wandte er sich wieder den drei Elfen zu.

»Wartet! Ich habe Fragen.«

»Du bist auf dem richtigen Weg, Liadan.«

Aufs Neue ließ der Gott die Grundfesten des Hauses erzittern. Unter seinen Sohlen riss ein tiefschwarzes Loch auf, das ihn und die Schicksalselfen verschluckte.

»Hat er eben Tante Saloma gesagt?«, murmelte Liadan geistesabwesend und starrte auf das Loch im Boden, das wieder zusammenwuchs.

»Ist gerade der Gott der Jagd vor uns erschienen?«

»Ich bin mir sicher, er hat Tante gesagt«, wiederholte Liadan. »Das bedeutet, die drei sind keine Elfen, sondern Götterkinder.«

Cajus umklammerte ihr Armgelenk.

»Lass uns jetzt von hier verschwinden.«

Sechzehn … Cajus

»Cajus, wach auf, es klopft an der Tür.«

Orientierungslos rieb er sich die Augen. Der Geruch nach Heu und Feldmaus erinnerte ihn schließlich daran, dass er in dem Zimmer im Wirtshaus war.

»Wer ist da?«, fragte Liadan.

»Ich bins, die Heidegrund, machts schnell auf!«

Einen Herzschlag später war Cajus auf den Beinen und stellte sich neben Liadan zur Tür.

Mit zwei Bündeln beladen, flitzte Heidegrund in das Zimmer. »Die Gasthöfe in da Nachbarschaft werdan durchkämt. Sie suchen eine Frau und einen Mann, auf die eure Beschreibung passt.«

Cajus tauschte einen Blick mit Liadan aus.

»Ich weiß ned, was Ihr zwei angestellt habts, aba es ist mir sowas von egal. So viel Silbermünzen wie bei Euch, hama die letzten zwei Winter nicht gemacht. Und Ihr habts mein Ehrenwort, für die beiden Kinda ist gesorgt.« Heidegrund reichte Liadan die Stoffsäcke. »Damit Ihr mir unterwegs nicht verhungerts. Eure Pferde stehen an der Hintertür bereit. Reitets auf keinen Fall über die Hauptstraße.«

Liadan drückte der Wirtin einen Kuss auf die Wange. »Danke.«

»Ich kann immer noch nicht fassen, was da in der Ausstellung geschehen ist.« Liadan legte ein paar Zweige in die Feuerstelle, setzte sich neben Cajus und öffnete Heidegrunds Beutel. »Möchtest du auch ein Stück Käse? ... Cajus, ich habe dich etwas gefragt.« Liadans Hand war plötzlich zwischen ihm und der Karte, die er aufmerksam studierte. »Verrätst du mir bitte, welche Ratte dir über den Schuh gelaufen ist? Du hast seit unserer Abreise vom Gasthof keine zwei Worte mit mir gewechselt.«

Sanft, aber bestimmt schob er ihre Hand vom Papier.

»Ich studiere die Wege, wie du unschwer erkennen kannst.«

»In derselben Zeit hätte ich bereits drei Bücher auswendig gelernt.«

Cajus schnaufte und drückte Liadan das Papier in die Hände. »Ich gehe mir jetzt ein wenig die Beine vertreten.«

Liadan stellte sich ihm in den Weg. »Du sagst mir jetzt sofort, was in dich gefahren ist!«

Cajus bückte sich, hob ihre Gürteltasche vom Boden und entnahm ein kleines Päckchen, das er ihr in die Hände schleuderte. »Warum sagst du es mir nicht?«

Ihre Augen weiteten sich.

»Ah, die Gebieterin hat begriffen.«

»Lass es mich dir erklären.«

»Was? Dass du einen Ring, der mit ziemlicher Sicherheit das Geschenk eines anderen Mannes ist, mit dir herumträgst? Ich kann nur erahnen, wer dieser Mann, oder besser gesagt Schattenelf, ist.«

»Hast du meine Tasche durchwühlt?«

»Ich bin gestern Abend zufällig darauf gestoßen, als ich unsere Sachen gepackt habe.«

»Und warum hast du mich nicht sofort darauf angesprochen?«

»Du hast bereits geschlafen.«

»Ja, der Ring ist ein Geschenk von Asael.«

Cajus schloss die Augen und ballte die Fäuste. »Ich hasse diesen Namen. Wann hat er ihn dir geschenkt?«

»Er hat mich in deiner Abwesenheit in Tioran besucht.«

»Was! Und das sagst du mir erst jetzt! Dieser elende Schuft war in Tioran! Was wollte er von dir?«

»Er ist gekommen, um sich dafür zu bedanken, dass ich ihm das Amulett zugeworfen habe.«

Cajus biss sich in die Faust. Er musste sich zusammennehmen. Jeden Augenblick würde er wie ein Vulkan hochgehen.

»Ich kann nicht fassen, was ich da höre! Diese verfluchte Federpest heckt doch bestimmt etwas aus. Wie konnte er es wagen, dir einen Ring zu schenken! Aber mehr als das erschreckt mich die Tatsache, dass du ihn mit dir herumträgst. Und dass du mir nichts davon gesagt hast!«

»Ich möchte wissen, was es mit dem Ring auf sich hat. Er ändert seine Farbe«, erklärte sie.

Er kam langsam auf sie zu. »Gib ihn mir.«

»Ich dachte, es hat vielleicht etwas mit den Wärmebedingungen zu tun, aber das hat sich nicht bestätigt.«

»Wenn er dir nichts bedeutet, dann wirf ihn ins Feuer.«

»Vielleicht finden wir jemanden auf unserer Reise, der sich damit auskennt.«

»Liadan«, knurrte Cajus.

»Du hast kein Recht dazu.«

»Empfindest du etwas für den Schattenkönig?«

»Ich werde den Ring behalten, bis ich weiß, was es mit ihm auf sich hat.«

»Das ist keine Antwort.«

»Ich liebe dich, Cajus, wie kannst du etwas anderes denken?«

»Wirf den Ring ins Feuer.«

»Nein.«

»Dann bedeutet er dir etwas.«

»Tut er nicht, aber ich möchte ihn behalten.«

»Hast du den Verstand verloren! Du trägst den verfluchten Ring eines anderen Mannes bei dir!«

»Ich trage ihn ja nicht am Finger!«

»Das ändert gar nichts!«

»Doch!«

»Liadan«, sagte er. »Ich möchte nur den Beweis dafür, dass er dir nichts bedeutet!«

»Sprichst du noch von dem Ring oder von Asael?«

»Das eine schließt das andere mit ein.«

»Tut es nicht.« Liadan warf das Päckchen mit dem Ring zu ihrer Tasche.

»Cajus, deine Ängste sind unberechtigt.«

»Warum hast du mir dann nicht gesagt, dass er dich in Tioran besucht hat? Ich dachte, wir vertrauen uns. Warum ist dir der Ring so wichtig, dass du ihn aufbewahrt hast und mit dir trägst?«

»Es war falsch von mir, dir nichts davon gesagt zu haben. Ich wollte dich nicht grundlos beunruhigen. Es tut mir leid.«

»Liadan, das sind Dinge, die du mir erzählen musst, da sie sonst zwischen uns stehen.«

»Du hast recht. – Cajus, ich weiß, dass dies kein gewöhnlicher Ring ist, ein Zauber lastet auf ihm und ich muss wissen, was es mit ihm auf sich hat und warum Asael ihn mir geschenkt hat. Vielleicht kann der Ring uns irgendwann nützlich sein.«

Mit drei Schritten hatte Cajus die Entfernung zwischen ihnen hinter sich gebracht.

Seine Handflächen umklammerten ihre Wangen. Er blickte ihr tief in die Augen. Seine Pupillen waren schwarz wie der Nachthimmel.

»Ich kann dich nicht verlieren, nicht noch einmal. Ich muss hören, dass er dir nichts bedeutet.«

»Er bedeutet mir nichts.«

Cajus' Lippen drängten sich grob verlangend auf die ihren.

»Ich liebe dich«, raunte er.

Siebzehn ... Liadan

»Was zur Hölle ist hier geschehen?«, murmelte Cajus.

Schon aus der Ferne erkannten sie, dass die Tore zum Kloster am Silberberg weit geöffnet waren. Als hätte der Teufel sich ausgetobt, glich der verwüstete Garten einem Trümmerfeld. Beete waren zerstört, Obststräucher ausgerissen und nur noch ein Loch deutete auf den Brunnen hin, der hier einmal gewesen war. Überall verstreut lagen Holzstücke, Gesteinsbrocken und Dachteile, als hätte hier ein kräftiger Sturm gewütet. Aber das war nicht der Anblick, der Liadan zitternd nach Luft schnappen ließ. Es waren die vier leblosen Körper, die inmitten der Trümmer verstreut lagen. Es waren die Kleider der Mönche, die teilweise verbrannt und in Fetzen gerissen an ihnen klebten. Es waren ihre von Angst verzerrten Gesichter und die geweiteten Augen, die stumm in den Himmel starrten.

Cajus prüfte jeden Einzelnen auf Lebenszeichen. »Sie sind alle tot.«

»Lass uns hineingehen und sehen, ob es Überlebende gibt.«

Die Tür, die nur mehr von einem einzelnen Türband gehalten wurde, knarrte, kippte aus der Einfassung und fiel krachend zu Boden. Am Ende des Korridors öffnete sich quietschend eine weitere Tür. Der Kopf eines Mannes lugte heraus.

»Verschwindet! Ich weiß nichts!«, rief er und pfefferte die Tür hinter sich zu.

Liadan und Cajus wechselten einen raschen Blick und rannten los, den Gang entlang.

Cajus hämmerte an die schwere, mit zahlreichen Gravuren verschönerte Tür.

»Macht auf. Wir wollen nur mit Euch reden. Wir wollen nichts Böses.«

Cajus drückte den Türgriff nach unten.

»Sie ist gar nicht abgesperrt.« Er spähte durch den Spalt. »Wartet!«, forderte er den Mönch auf, als dieser keinen Augenblick später die nächste Tür hinter sich zustieß. Sie folgten ihm. »Wie viele verfluchte Türen gibt es hier!«, sagte Cajus, als der Ordensbruder zu der nächsten hetzte.

»Hier führt ein Zimmer zum nächsten«, stellte Liadan fest.

»Lasst mich in Ruhe! Ich weiß von nichts!«

»Bitte, Ihr habt mein Wort, wir wollen nur mit Euch reden. Was ist hier geschehen?«, fragte Liadan.

Der Ordensbruder hielt inne, drehte sich um und ließ die Schultern hängen. »Ich und einige andere meines Ordens konnten uns vor ihnen verstecken. Aber einige meiner Brüder ...« Er schüttelte den Kopf, als wären die Worte zu schmerzhaft, um sie auszusprechen. »Ihr habt es ja draußen selbst gesehen.«

»Vor wem verstecken?«

»Sie sahen aus wie Menschen, aber zwei von ihnen hatten Flügel. Sie hatten die furchteinflößendsten Pferde, die mir je begegnet sind, und einen Wolf von der Größe eines Bären, auch er hatte Flügel. Sie sind vor einigen Stunden aufgebrochen.«

Liadan warf einen raschen Seitenblick zu Cajus.

»Stunden? Eure Männer liegen dort draußen schon seit Stunden?«

»Wir hatten zu große Angst, haben abgewartet und uns versteckt.« Der Mönch nahm ein kleines Stofftuch aus seiner Kleidertasche und tupfte sich damit die Stirn ab. Dann ließ er sich auf einem der Stühle in dem Zimmer nieder.

»Was wollten sie von Euch?«

Der Mönch murmelte etwas Unverständliches und tupfte sich wiederholt über die Stirn.

»Bitte«, drängte Liadan.

»Es ging um den Stein des Ewigen Lichts, nicht wahr? Wisst Ihr etwas darüber?«, fragte Cajus.

»Ich muss mich um die Dahingeschiedenen kümmern«, erklärte der Mönch und erhob sich.

Cajus drängte ihn auf den Stuhl zurück.

»Hört mir zu, alter Mann. Der Verlust, den Ihr und Euer Orden erlitten habt, tut mir ehrlich leid, aber ...«

»Cajus«, mahnte sie ihn und drängte ihn von dem Ordensbruder weg.

»Es tut mir leid. Mein Name ist Liadan und der meines Mannes lautet Cajus. Wir kommen von weit her und brauchen Eure Hilfe. Wir sind auf der Suche nach jemandem, der der alten Schrift mächtig ist.«

Cajus holte das Buch aus der Satteltasche und legte es auf dem Tisch vor dem Mönch ab. Der Ordensbruder beugte sich leicht nach vorne, zog ein Einglas aus seiner Kutte und sog hörbar die Luft ein.

»Woher habt Ihr das?«, presste er zitternd hervor.

»Könnt Ihr diese Schrift lesen?«, fragte Cajus.

»Das Buch wurde vor ewigen Zeiten an den findolischen König verkauft«, sagte der Mönch. Seine vom Alter gezeichneten Hände zitterten, als er ehrfürchtig die erste Seite umschlug. »Ich werde Zeit brauchen, um mich wieder in die alte Schrift einzulesen.«

»Wir wollen verhindern, dass der Stein des Ewigen Lichts in die falschen Hände gerät. Alles, was über den Stein geschrieben steht, kann uns weiterhelfen.«

»Wenn überhaupt etwas darüber darin steht, denn beim Durchblättern ist mir aufgefallen, dass einige Seiten ausgerissen wurden«, sagte Liadan.

»Und wie kann ich davon ausgehen, dass Eure Hände die richtigen sind?«

»Entweder, wir finden den Stein, oder diejenigen, die das Blutbad dort draußen angerichtet haben, tun es«, sagte Cajus.

Der Mönch erhob sich und presste Buch und Einglas an seine Brust.

»Folgt mir.« Er dirigierte sie über den breiten Flur bis hin zu einer Tür, die nach draußen führte. Im Hintergarten waren einige Ordensbrüder damit beschäftigt, Gruben zu schaufeln.

»Bruder Johann!« Einer der Ordensbrüder hob den Kopf. »Unsere beiden Besucher hier sind so freundlich und werden euch beim Graben und Beisetzen der Toten zur Hand gehen.«

Cajus und Liadan drehten sich gleichzeitig zu dem Mönch.

»Was?«

Er tippte mit dem Finger auf das Buch in seiner Hand. »Ich werde so lange das hier studieren. Nachdem Ihr Euren Beitrag geleistet habt, seid Ihr eingeladen, mit uns zu Abend zu essen. Handschuhe und Schaufeln findet Ihr in dem Schuppen dort hinten«, sagte er und verschwand im Inneren des Klosters.

»**K**onntet Ihr etwas herausfinden?«, fragte Liadan den Mönch, der das Buch murmelnd durchblätterte.

»Da«, sagte er und hielt den Zeigefinger auf eine Stelle.

»Mein Bruder zieht humpelnd durch den Tag. Ein Amulett war ihm direkt auf den Fuß gefallen. Ein Geschenk der Götter oder eins des Teufels?«

Der Mönch blätterte einige Seiten weiter und las die nächsten Zeilen vor.

»Tag und Nacht leuchtet der Stein, er hat eine dunkle Aura, ich kann es bis ins tiefste Mark hinein spüren. Bitte vergib mir, Allmächtiger, ich werde ihn aus den Händen meines Bruders nehmen und ihn vernichten.«

Er fuhr mit dem Finger zur nächsten Stelle.

»Kein Hammer, von Menschenhand gemacht, kann ihn zerstören. Bei den Göttern, ich habe alles versucht. Ich werde das Amulett fortbringen müssen.«

Der Mönch legte das Leseglas beiseite und seufzte. »Die nächsten Seiten wurden, wie Ihr bereits erwähntet, entfernt. Die letzten beiden Einträge sind von Bedeutung: Der Gott ist mir erschienen. Ich habe gut daran getan, den Stein zu verstecken. Das Salz, es wird mein Ende sein.«

»Das Salz?«, wiederholte Cajus.

Der Mönch hob eine getrocknete Blume hoch, die zwischen den Seiten gelegen hatte.

»Ich habe anhand dieser Blume Nachforschungen angestellt«, sagte der Mönch. »Ein Name ist darunter gefallen, der von großer Bedeutung für Euch sein könnte. Der Pechbrunnen von Serafin.« Er betrachtete die flachgetrocknete

Blume. »Die Blauzirkade wächst nur in der Gegend von Serafin. Es gibt zwei Wege, um an die Mauern der Stadt zu gelangen. Der schnellste führt durch die Salzwüste.«

»Und Ihr denkt, dass der Mönch den Stein in den Pechbrunnen geworfen hat?«

Er nickte. »Das könnte möglich sein.«

Liadan und Cajus wechselten besorgte Blicke.

»Habt Ihr eine Karte, auf der die Salzwüste eingezeichnet ist?«, fragte Cajus.

»Ja, und Bruder Demian war schon einmal in Serafin. Er wird Euch über den Weg und die Gefahren, die in der Wüste lauern, aufklären.«

»Haben die Mönche den Männern, die das Blutbad dort draußen angerichtet haben, einen Hinweis gegeben, der diese ebenfalls zu dem Pechbrunnen führen könnte?«

»Ich bezweifle, dass irgendjemand meines Ordens etwas darüber weiß. Der Pechbrunnen soll verflucht sein. Immer wieder zieht es Männer dorthin, die versuchen, die goldene Kugel herauszuholen, die sich dort im Brunnen befindet. Mir ist aber nicht zu Ohren gekommen, dass es je einer geschafft hätte.«

Achtzehn ... Cajus

Unheildrohend knackte die dicke Salzkruste unter den Pferdehufen. Sie hatten die unerträgliche, beißende Hitze unterschätzt. Die gleißende Helligkeit der untergehenden Sonne nahm ihnen die Sicht. Warmer, nach Salz schmeckender Wind wehte und wirbelte Salz durch die Lüfte. Soweit das Auge reichte, war weißes, kristallklares Salz zu erkennen. Eine dürre, gottverlassene Mondlandschaft. Zwei Tagesritte, dann würden sie die Mauern der Stadt erreichen. Cajus zügelte sein Pferd und wartete, bis seine Gemahlin neben ihm zum Stehen kam.

Sein Blick wanderte über die Weite. Wenn ihm das Salz nicht so in den Augen gebrannt hätte, hätte er den Anblick der glitzernden Fläche genossen. Liadan lenkte ihr Pferd neben ihn.

»Warum halten wir an?«

»Denkst du, Bruder Demian behält recht damit, dass die Nächte hier eisig kalt werden?«

»Er hat uns bestimmt nicht ohne Grund die Decken und Schafspelzsäcke mitgegeben. Mir ist so schwindelig. Meine Zunge fühlt sich an wie ein Schwamm. Mir ist so heiß. Ich habe das Gefühl, als gehe ich innerlich in Flammen auf.«

»Ich weiß, wie du dich fühlst, mir geht es nicht anders. Wir werden uns einen Platz suchen, wo wir unser Lager aufschlagen, obwohl es egal ist, wo wir schlafen, da es hier ohnehin überall gleich aussieht.«

Das scharfe Leder der Riemen hatte sich tief in seine Handflächen gebrannt. Es war unfassbar, die letzte Nacht hatten sie sich in der Kälte eng aneinandergeschmiegt und auf die aufgehende Sonne gehofft. Jetzt spornten sie die Pferde durch diesen beißenden Hexenkessel. Der Wind wehte kräftiger als gestern, auch das Blau des Himmels war einem trüben Grau gewichen. Etwas jagte ihnen nach. Etwas Gewaltiges. Cajus fühlte die kräftige warme Luftströmung im Rücken.

Beim Blick über die Schulter stieß er einen Fluch aus. In der Ferne war eine wogende Salzwand zu erkennen.

»Ist das ein Salzsturm?«, rief Liadan, die ebenfalls einen Blick über die Schulter warf.

»Ja, und er kommt direkt auf uns zu. Wenn wir die Mauern von Serafin nicht rechtzeitig erreichen, wird uns der Sturm mit Haut und Haar verschlingen.«

Im gestreckten Galopp spornten sie die Pferde an. Die Tiere donnerten über das trostlose Flachland, übersprangen Einrisse, Kerben, Spalten und Löcher, als wüssten sie, dass der salzige Tod ihnen dicht auf den Fersen war.

»Schneller!«, hörte er Liadan mit rauer Kehle rufen. »Die Tore sind nicht mehr weit!«

In der Ferne waren die verschwommenen Konturen der Mauer von Serafin zu erkennen. Salzstaub toste, kroch unter Cajus' Kleidung, verklebte ihm die Atemwege und ließ ihn husten. Sein Halstuch war verrutscht, er hatte Mühe, es sich erneut an Mund und Nase zu pressen. Die brennende Zunge des Teufels leckte gnadenlos über sein Gesicht. Der Schmerz erinnerte ihn an die scharfen Peitschenhiebe des Königs.

An der Mauer angekommen, stiegen sie von den Pferden, orientierten sich an dem, was ihre Augen durch den dichten Salzschleier erfassen konnten, und tasteten sich zum Tor heran. Cajus donnerte wie wild an das Stadttor.

»Öffnet das Tor!«

Das Salzmonster zerrte gnadenlos an ihren Kleidern und drohte, sie zu verschlingen. Liadan hämmerte mit den Fäusten gegen das dicke Holz.

»Kann uns jemand hören!«

Das Schauloch wurde zur Seite gezogen und das Gesicht eines Mannes kam zum Vorschein.

»Bitte! Wir brauchen Einlass!«, sagte Liadan. Der Mann nahm sie beide in Augenschein und zog dann die Klappe wieder zu. Einen Moment später schwang das Tor auf.

»Rasch!«, sagte er und dirigierte sie hinein. Der Wärter scheiterte beim Versuch, das Tor wieder zu verschließen, da der Sturm gnadenlos dagegen drückte. Cajus und Liadan kamen ihm zu Hilfe. »Jorak, Ordin, kommt her und helft uns!«, rief der Torwächter. Die beiden Männer, ebenfalls in Wächterkluft, stießen sofort zu ihnen. Mit vereinten Kräften schoben sie das Tor zu.

Der Sturm rüttelte und ließ das schwere Metall des Stadttores erzittern.

»Da hattet Ihr aber Glück«, sagte der Mann.

»Danke.« Die feinen Salzkristalle knisterten zwischen Cajus' Zähnen. Er spuckte auf den Boden.

Liadan wühlte in ihrer Tasche nach dem Wasserbeutel, sie wusch sich Gesicht und Arme sauber, bevor sie lange und ausgiebig trank.

Cajus tat es ihr gleich und wandte sich dann wieder dem Torhüter zu.

»Wir haben vor, einige Tage in der Stadt zu bleiben. Wo finden wir den nächstliegenden Gasthof?«

Der Mann deutete zu einem Brückendurchgang.

»Da durch, dann folgt der gepflasterten Straße bis zum Hauptplatz. Dort findet Ihr einige Gaststätten. Ich empfehle den Gasthof zum Kater Stiefelstein, er hat einen ausladenden Pferdestall und genügend Knechte, die sich um Eure Tiere kümmern werden.«

Nach einem Hustenanfall neigte Liadan leicht den Kopf.

»Habt Dank«, krächzte sie, nahm einen weiteren Schluck aus ihrem Beutel und drängte Cajus zum Gehen.

»**H**andtücher und weitere Decken findet Ihr im Schrank. Solltet Ihr etwas benötigen, kommt zu mir nach unten in die Schenke. Die Hausknaben werden Euch den Badezuber füllen. – Helen ...«, die Wirtin klopfte der Zofe, die sich daraufhin mit einem knappen Knicks vorstellte, liebevoll auf die Schulter, »... wird Euch später das Essen aufs Zimmer servieren.«

»Wir werden uns in den nächsten Tagen die Stadt ansehen. Könnt Ihr uns etwas über den Pechbrunnen erzählen, und wo wir diesen finden?«

»Aha, wusst ich's doch. Wieder zwei, die wegen der Goldkugel hier sind.«

Liadan und Cajus tauschten Blicke.

»Wenn Euch Euer Leben lieb ist«, fuhr die Wirtin fort, »dann haltet Euch von dem alten Brunnen fern. Das Auge des Teufels' wird er genannt. Manche vermuten, dass der Brunnen der Eingang zur Hölle ist. Ein Dämon lebt dort, zurückgezogen in dem verfallenen Haus daneben. Kein Mensch mit etwas Verstand nähert sich ihm oder dem Brunnen. Er ist so böse, dass nur die Ratten ihm folgen. Sobald die Nacht einbricht, kann man den Melodien seiner

Todesflöte lauschen. Kein Wasser, sondern rabenschwarze, übelriechende Pampe teilt sich ihren Platz mit Knochenresten und der goldenen Kugel, die dort seit einer Ewigkeit in der Masse treibt.«

»Wir sind nicht wegen der Kugel hier, beabsichtigen aber dennoch, einen kurzen Blick in den Brunnen zu werfen.«

Die Wirtin gab einen abschätzenden Laut von sich.

»Bezahlt habt Ihr ja im Voraus, von daher habe ich nichts zu befürchten. Ich will Euch nur gewarnt haben. In dem kleinen dichten Waldstück am Rande der Stadt, direkt hinter dem Eisenwarenladen, findet Ihr das Teufelsauge.«

»Hier gibt es einen Wald? Ich bin davon ausgegangen, dass Serafin noch in dem Salzwüstengebiet liegt.«

»Ihr seid hier mitten in einer Oasenstadt, der Boden ist fruchtbar«, sagte sie und drängte das Hausmädchen mit sich aus dem Zimmer.

Cajus öffnete die Knöpfe seines Hemdes. »Morgen werden wir uns selbst ein Bild davon machen. Ich muss jetzt nur aus diesen Sachen raus. Das verfluchte Salz hat sich zwischen meinen Hinterbacken festgesetzt. Es brennt, als hätte ich ein Pfund Schotenpfeffer verzehrt.«

Neunzehn ... Asael

»Können wir jetzt bitte gehen«, sagte Devias. »Etwas hier macht mir Angst. Ich kann es fühlen, riechen.«

»Das ist eine Höhle, Devias. Mach dir nicht ins Hemd. Wann bist du überhaupt so ängstlich geworden«, sagte Kappa.

»Es ist nicht die Höhle, die mir Angst einflößt, es ist etwas, das hier drinnen lebt.«

»Ich sollte zurückreiten und das ganze verfluchte Kloster abfackeln. Hier ist absolut nichts, was uns weiterhelfen könnte. Nichtssagende Kritzeleien von Stieren und Götterkämpfen. Diese verfluchten Ordensbrüder haben uns reingelegt«, zürnte Asael.

»Ist es Mönchen überhaupt erlaubt zu lügen? Vielleicht müssen wir die Höhle nur gründlich genug durchsuchen«, meinte Leswo.

»Das haben wir doch gerade getan. Die Mönche haben uns belogen«, sagte Devias. »Ich möchte jetzt gehen.«

»Ich hab hier noch eine«, rief Kappa und bewegte sich vorsichtig mit der Schatulle in seiner Hand auf die blutrote Spinne zu.

»Sei vorsichtig. Ein Biss und das war's mit dir.«

Kappa hielt die Schatulle neben die Spinne und schob sie mit einem kleinen Ast hinein zu den anderen.

»Machst du dir sorgen um mich, Midra?«, fragte Kappa.

»Nein, ich hab nur keine Lust, deinen toten Hintern aus dieser Höhle tragen zu müssen.«

»Hier ist noch eine«, sagte Leswo und drängte die Spinne mit einem Ast in seine Schatulle. »Ich verstehe immer noch nicht, warum die Schicksalselfen diese Rotkelchspinnen brauchen.«

»Versteh einer die drei Biester«, sagte Asael. »Ich denke, wir haben jetzt genug Spinnen.«

»Aber noch immer keinen einzigen Hinweis auf den Stein«, sagte Devias.

»Wir könnten es noch mit dieser Abzweigung dort versuchen«, schlug Midra vor und deutete zu einer Gabelung in dem Tunnel.

»Nein«, fuhr Devias sie an. »Wir werden jetzt sofort gehen.«

»Ich werde mich nicht noch tiefer in diesen Gängen verlieren und unsere Zeit für nichts verschwenden«, sagte Asael und starrte auf seinen Ring. »Wo willst du hin?«

»Vater? Mit wem redest du?«

»Wir werden nach Mytria zurück und durch die Salzwüste nach Süden weiterreisen.«

»Du willst nach Serafin? Warum?«

»Weil ich dort jemanden abholen werde.«

»Wem?«

»Das wirst du schon sehen.«

»Diese Worte verheißen bei dir niemals etwas Gutes. Warum reiten wir nicht einfach zurück in das Schattenreich und belassen es dabei? Du hast deine Flügel wieder, das ist, was zählt. Warum bist du so besessen davon, die zweite Hälfte des Steins zu finden?«

»Zurück in das Schattenreich und dort auf einen Angriff von Baratus warten? Die Hälfte des Steins, die ich besitze, ist mächtig, aber ich habe Baratus' Heeresstärke unterschätzt. Unser Volk muss nach den Jahren des Darbens erst wieder an Kraft gewinnen. Dies können sie nur, wenn sie sich von Licht- und Erdelfen nähren. Die Schicksalselfen werden mir nur dann zur Seite stehen, wenn ich weiter nach der zweiten Hälfte des Steins suche.«

»Was versprechen sie sich davon?«

»Das weiß ich nicht.«

»Warum tust du es dann?«

»Ich muss.«

»Was ist das?«, fragte Kappa und deutete auf das rote Licht, das aus einem der Gänge strömte. Ein Schaben und Kratzen war zu hören. Schritte oder Tapser, die sich näherten, hallten durch die Gänge. Einem tiefen, rauen Fauchen folgte ein kräftiges Brüllen. Ein bedrohlicher Schatten war zu erkennen, der die Größe des Wesens, das sich ihnen näherte, erahnen ließ.

»Wie hatten die Mönche die Höhle genannt?«, fragte Asael seinen Sohn.

»Sie hatten etwas von Hertryols-Gruft gesagt.«

»Raus hier«, hauchte Asael. Kaum hatte er die Worte ausgesprochen, sprang das Wesen mit einem Satz aus dem Gang heraus und offenbarte sich.

Die Gruppe fuhr erschrocken zurück.

Ein Fell, so rot wie Blut. Hörner, schwarz wie kalte Kohle, und Augen, so weiß wie Schnee.

»Ein Stier«, raunte Devias.

»Das ist nicht irgendein Stier, das ist der rote Stier des Göttersohnes Hertryol. Er ist der Bewacher von Geheimnissen und der Bote seines Herren«, sagte Asael.

Der Stier verharrte und beobachtete sie.

»Macht jetzt keine schnellen Bewegungen«, warnte Asael.

»Die verfluchten Mönche haben uns in eine Falle gelockt«, krächzte Kappa und bewegte sich Schritt für Schritt nach hinten.

»Oder sie haben uns die Wahrheit gesagt und wir haben irgendwas übersehen oder nicht gefunden, das dieser Stier bewacht«, sagte Devias und tat es Kappa gleich.

Der Stier, doppelt so groß wie Devias in seiner Wolfsgestalt, riss bei dessen Worten den Kopf hoch und brüllte. Seine schwarzen Hörner entzündeten sich und brannten wie zwei Fackeln.

Im Augenwinkel sah Asael Leswo, der seine Magie aufrief.

»Leswo, nicht!«

Es war zu spät. Der Elf hatte den Schattenball geworfen, der sich in seinen Handflächen gebildet hatte. Der rote Stier brüllte albtraumhaft auf, stampfte auf den Boden, senkte den Kopf und stürmte auf die Truppe zu. Asael sah sich brennenden Hörnern gegenüber. Er hob den Arm. Schwarze Splitter schossen aus seiner Handfläche und vergruben sich im Fell des Untiers. Midra stülpte eine Kuppel über die Gruppe. Immer wieder rannte der Stier gegen den Schutzwall an. Die Kuppel erzitterte unter seiner Wucht.

»Ich kann sie nicht mehr lange aufrechthalten, der Stier ist zu mächtig!«

»Devias, wandle dich. Wenn Midra den Schutzwall öffnet, werden Kappa und Leswo ihre Magie gleichzeitig auf den Stier schleudern, dann machst du einen Satz und beißt ihm in den Nacken.«

»Kann der rote Stier des Hertryol überhaupt getötet werden?«

»Ich denke nicht.«

Midras Schutzwall brach. Kappa und Leswo warfen mit Schattenbällen. Devias wechselte zeitgleich in seine Wolfsgestalt und sprang auf den Rücken des Stiers. Seine mächtigen Pranken krallten sich in das rote Fell und rissen ihm die Haut auf. Der Stier hob den Kopf, brüllte laut auf, trat um sich. Er wirbelte im Kreis und schwenkte Devias hin und her bis er abrutschte und vom Rücken des Tiers stürzte.

Devias rollte sich zur Seite und entwischte nur knapp dem Stoß der Hörner.

»Devias!«, schrie Asael und schleuderte einen dunklen Magieball, der den Stier leicht zur Seite schwanken ließ. Devias setzte an und sprang erneut auf dessen Rücken. Er riss das Maul auf und grub seine Zähne in dessen Nacken. Die Wände der engen Höhle warfen das Gebrüll des Biestes zurück. Es war kaum auszuhalten. Es schwenkte den Kopf, hob die Hinterbeine auf und ab, bis Devias den Halt verlor und nach vorne abrutschte. Mit seinen Hörnern spießte es ihn auf und schleuderte ihn gegen die Wand, als wiege er nicht mehr als ein Sack Korn.

»Devias!« Asael wollte zu seinem Sohn, aber der Stier versperrte ihm den Weg.

Das Monstrum drehte sich zu der Truppe. Es fauchte und stampfte mit den Hufen auf, so dass der Boden wie bei einem Erdbeben erzitterte. Seine Hörner brannten lichterloh.

Die Hitze in der Höhle wurde unerträglich.

»Lenkt ihn ab!«, befahl der Schattenkönig seinen Begleitern. »Ich werde es mit dem Gift des Orakels versuchen!«

»Warum ist dir das erst jetzt eingefallen!«, rief Midra und bewarf den Stier mit ihrer Magie.

Asael holte das Fläschchen mit der dunkelgrünen Flüssigkeit aus seiner Tasche. »Vorsicht!«, hörte er Leswo schreien, einen Atemzug, bevor der Stier wie eine Naturgewalt auf ihn zurollte. Die flammenden Hörner prallten wie ein glutheißer Eisenhammer gegen Asaels Brust. Das Fläschchen fiel ihm aus den Händen und zersplitterte. Er taumelte nach hinten, stürzte und rang nach Atem.

Der Stier sprintete auf ihn zu. Er roch wie verbranntes Haar.

Asael rief einen dunklen Wirbel auf und nahm dem Stier damit die Orientierung. Er rollte sich zur Seite und rannte zu Devias, der wieder in seine Menschengestalt gewechselt hatte.

»Bist du schwer verletzt? Kannst du laufen?«

Devias' Atem kam abgehackt. Er schwankte zur Seite. »Die Verbrennung schmerzt fürchterlich, aber die Wunden sind nicht tief. Ist bei dir auch alles in Ordnung, Vater?«

Asael nickte.

»Schnell, lasst uns verschwinden, bevor sich der Wirbel löst.«

»Das hat er schon!«, rief Leswo und stolperte nach hinten, als der Stier ihn ins Visier nahm.

»Midra, bring Devias hier raus! Kappa, schnapp dir die Steinbrocken, die mit dem Gift in Berührung gekommen sind und versuch sein Maul zu treffen!«

Der Stier stampfte auf Leswo zu. Dieser stürzte und kroch rückwärts über den Boden. Aus seinen zitternden Händen lösten sich Schattenbälle, die er auf seinen Angreifer schmetterte. Der rote Stier brüllte. Asael warf einen Gesteinsbrocken direkt in dessen geöffnetes Maul. Einen Herzschlag später kippte das Tier reglos zur Seite. Die Flammen an seinen Hörnern erloschen.

»Ist er tot?«, fragte Kappa.

»Sein Brustkorb hebt und senkt sich. Er ist nicht tot, er wurde von dem Gift gelähmt. Ich bin diesem verfluchten Orakel zu Dank verpflichtet. – Lasst uns gehen.«

Zwanzig ... Liadan

»Ich kann dort unten nichts erkennen«, sagte Liadan und beugte sich ein wenig tiefer über den Rand des Brunnens.

»Wir brauchen Seile, Haken, eine Lampe, Kübel und genügend Wasser, außerdem ein Paar hohe Stiefel. Du wirst die Teile, die ich aus dem Matsch fische, mit dem Kübel nach oben ziehen und sie dann säubern«, sagte Cajus.

»Die Sonne geht unter. Sollen wir warten?«

»Ich muss wissen, was an der Geschichte dran ist. Ich kann mir nicht vorstellen, dass ein Dämon hier sein Unwesen treiben soll.«

Liadan setzte sich neben Cajus und lehnte sich an die Brunnenwand.

»Wenn mir morgen dort unten was zustößt, möchte ich, dass du nach Tioran zurückreitest. Du darfst den Stein auf keinen Fall alleine weitersuchen«, sagte Cajus. »Nimm den Weg über die Berge, reite nicht alleine durch die Salzwüste. Am besten, du nimmst dir eine Kutsche, die dich nach dem Ritt über die Berge sicher von Stadt zu Stadt bringt. Versprich es mir, Liadan.«

Liadan drehte sich so zu ihrem Mann, dass sie ihm direkt ins Gesicht sah.

»Ich verspreche, dass ich dir ohne zu zögern nachspringen werde, falls dir da unten etwas passiert.«

Der Abend verschleierte die Umgebung rund um den Brunnen in mondscheindunkle Silhouetten. Die kühle Brise, die die herabsinkende Sonne mit sich brachte, verdrängte den warmen Frühlingswind des Tages. Liadan lauschte, an Cajus' Schulter gelehnt, in den Wald hinein. Dann setzte sie sich plötzlich auf.

»Ich höre es. Hier spielt tatsächlich jemand Flöte.«

Cajus zog Liadan mit sich auf die Beine.

»Und der Klang kommt näher. Verstecken wir uns und warten ab, was geschieht.«

Verborgen hinter dichtem Strauchwerk erspähten sie, wie aus dem Schatten des gegenüberliegenden Waldstücks ein Mann heraustrat.

»Ein ziemlich verlumpter Dämon, wenn du mich fragst«, flüsterte Cajus.

Sie beobachteten den Flötenspieler, wie er sich auf den Brunnenrand setzte, in einer gewagten Pose die Beine in das Innere baumeln ließ und sein Lied trällerte.

Zu Liadans Füßen raschelte das Laub. Dann spürte sie eine kleine Berührung am Knöchel. Etwas kitzelte an ihren Füßen. Sie schaute nach unten. Ratten! Sie huschten über ihre Schuhe. Kreischend kippte sie vornüber in das Gestrüpp.

Der Flötengesang erstarb.

Liadan zupfte sich noch Blätter und Zweigteile aus ihrem Haar, als sie mit Cajus in das Sichtfeld des Flötenspielers trat. Der Mann rührte sich nicht von der Stelle, sein Blick heftete sich wie Klettwurz an sie.

»Ich hab mich schon gefragt, wann Ihr beiden aus Eurem Versteck herauskommt«, sagte der Mann.

»Wir wollten Euch nicht stören. Mein Gemahl und ich sind Wanderer und ...«

»Da habt Ihr Euch aber ein düsteres Örtchen für Eure Wanderung ausgesucht. Ist es nicht ein wenig ungewöhnlich, sich um diese späte Stund in einem sagenumwobenen Waldstück wie diesem aufzuhalten?«

»Sagt der Mann, der zur selben späten Stund am Rand des Teufelsbrunnens Flöte spielt und damit die Ratten der Stadt anlockt.«

Der Flötenspieler legte den Kopf schief und betrachtete Cajus einen schier endlosen Moment.

»Ich hab Euch belauscht. Wenn ich mich nicht ganz verhört habe, plant Ihr, in den Brunnen zu steigen, aber nicht wegen der Goldkugel, sondern wegen irgendeines Steins.«

»Hat uns gefreut«, sagte Cajus und haschte nach Liadans Hand.

»Was, wenn ich Euch sage, dass der Stein, den Ihr sucht, nicht mehr in dem Brunnen liegt? Was, wenn ich Euch verraten könnte, wer ihn mitgenommen hat?«

Beide hielten abrupt inne und drehten sich zu ihm hin.

»Wer hat ihn mitgenommen?«, fragte Liadan.

Der Flötenspieler zuckte mit den Schultern.

»Zuerst will ich was von Euch, dann werde ich Euch verraten, was ich weiß.«

»Was willst du?«, fragte Cajus.

»Meine Goldkugel.«

»Warum steigst du nicht selbst dort runter und holst sie?«

Der Flötenspieler verstaute das Blasinstrument in einem ausgefransten Beutel. Ohne hochzuschauen, fing er an zu sprechen.

»Habgier macht einen blind für das, was wirklich zählt. Und mich sollte man Maulwurf nennen. Ich war ein eitler Sohn eines arroganten Königs und wollte, genauso wie mein Vater, alles besitzen. Ich nahm es mir, ganz gleich ob Frauen, Gold oder Ländereien.« Er hob den Blick und patschte mit der flachen Hand neben sich auf den Brunnenrand. »Hier ist noch genügend Platz.«

»Danke, wir stehen lieber«, sagte Cajus.

»Liebe«, fuhr der Flötenspieler fort und krampfte seine Finger an den Steinrand. »Die verteufelte, elende Liebe. Marie war schöner als die Blumen im Frühling, unschuldiger und reiner als der glänzende erste Schnee im Winter. Ihr Lächeln war Gold, ihre Augen Diamanten. Sie war eine Seele von einem Menschen. Sie war all das, was ich nicht war, und das liebte ich an ihr. Ich wollte sie mehr als alles andere. Es gab nur eines, das zwischen mir und Marie stand. Ihr Vater, dieser elende Zankteufel.« Der Flötenspieler schüttelte den Kopf und verlor sich beim Sprechen in der Vergangenheit.

»**W**as willst du, alter Herr? Gold, Ansehen, Land?«, fragte ich ihn.

»Marie! Du wartest draußen!«, brüllte ihr Vater und trat so dicht an mich heran, dass mir sein eigenartiger Geruch nach Wind und Eisen die Sinne vernebelte.

»Eher sterbe ich, als zuzulassen, dass Ihr meine Tochter mitnehmt und sie zu einem Teil Eurer habgierigen, verdorbenen Familie macht!«

»Was kann ich tun, um Euch zu beweisen, dass ich Marie wahrhaftig liebe?«

Er schwieg einen Moment, zog dann ein Fläschchen aus seiner Tasche und fächerte es vor meiner Nase herum.

»Trinkt das hier.«

»Was ist das?«

»Trinkt es und kommt jeden Abend vor Sonnenuntergang zu dem Brunnen hinter dem Haus. Dort werdet Ihr meiner Marie ein Lied auf ihrer Flöte spielen.«

»Und wie lange soll ich das tun?«

»So lange, bis jemand sie von dem Fluch befreit.«

»Fluch?«

Auf den Lippen des Mannes bildete sich ein unheildrohendes Lächeln, dann löste er sich in Luft auf. Ich glaubte, meinen Augen nicht zu trauen, aber er verschwand einfach.

Ein Schrei außerhalb des Hauses ließ mich aufhorchen.

Ich rannte zur Tür und stieß diese krachend auf. Maries Vater drängte seine Tochter mit dem Oberkörper über den Brunnenrand.

»Lasst sie los!«, schrie ich.

Ihr Vater murmelte unverständliche Worte. Aus seinen Handflächen stieg sonnengelber Rauch auf. Dann stach unerträglich grelles Licht aus Maries Körper und blendete mich für einen Augenblick. Als ich das nächste Mal hinsah, hielt der Mann eine goldene Kugel in den Händen und warf sie in den Brunnen.

»Marie, nein! Wo ist sie!« Ich spähte über den Rand des Brunnens. Ich konnte das Aufklatschen ihres Körpers im Wasser nicht ausmachen und unten nichts als Schwärze erkennen.

»Marie! Marie! Kannst du mich hören? Bist du dort unten? Antworte mir!«

Ich wirbelte zu ihrem Vater herum. »Was habt Ihr mit ihr gemacht? Was für ein Fluch ist das?«

»Wenn die Goldkugel aus dem Brunnen geborgen wird, wird Marie wieder in einen Menschen verwandelt. Jedoch wird kein Mann dieser Welt das Gewicht der Goldkugel tragen können.«

»Was!« Die Worte des Mannes waren verwirrend. Ich wusste nicht, ob er Marie in den Brunnen geschubst hatte, oder sie, wie er sagte, in eine goldene Kugel verwandelt hatte.

Ich rieb mir über die Stirn. »Ich muss sofort zum Palast und Hilfe holen.«

Maries Vater stellte sich mir in den Weg. Ich schluckte. Wenn er fähig war, Marie so etwas anzutun, was würde er dann mit mir machen? Ich war ein Prinz, aber auch ein Feigling.

Er drückte mir das Fläschchen in die Hände.

»Wenn Ihr diesen Trank trinkt, wird sich niemand, außer Marie selbst, mehr an Euch und Euren Namen erinnern. Ihr werdet als einsamer Wanderer durch den Wald ziehen.«

»Du verfluchter Hexerich! Ich kann nicht glauben, dass du deiner eigenen Tochter so etwas antust!«

»Ich würde alles tun, nur um sie nicht in Euren Armen zu sehen.«

»Du sturer alter Mann! Hängen wirst du für deine grausame Tat!«

»Ihr und Eure Familie habt dieses Land mit Eurer Gier in den Ruin getrieben. Ihr habt verdient, das Eine, das Ihr so sehr begehrt, nicht zu bekommen.«

»Ich wäre ein Narr, wenn ich auf Euren Handel eingehen würde!«

»Dann werdet Ihr meine Tochter niemals wiedersehen. Liebt Ihr sie genug, um alles aufzugeben? Dann wird Euch eines Tages ein wunderschönes Leben mit ihr vergönnt sein.«

»Bis dahin bin ich alt und krank.«

»Der Trank verhindert, dass Ihr altert. Das ist das Schöne an der Zauberei.«

»Ich werde sofort Hilfe holen und Marie aus dem Brunnen ziehen und Ihr werdet für Eure Tat brennen!«

»Ihr werdet nichts, außer die Goldkugel dort unten auffinden.«

»Dann hole ich eben eine meiner Dienstmägde.«

»Wenn Ihr die Kugel hinaufzieht, bevor Ihr den Trank getrunken habt, wird Marie auf ewig darin gefangen sein.«

Der Flötenspieler verstummte und hob den Kopf. In seinen Augen glänzten Tränen.

»Und?«, fragte Liadan, die eine Armlänge dicht an den Flötenspieler herangetreten war.

Der Mann deutete auf seine zerlumpten Kleider. »Am Ende zählt nur das, was man liebt.«

»Die Stadtbewohner sagen, Ihr wärt ein Dämon. Sie haben Angst, dass Ihr sie mit Eurem Flötenspiel in die Nähe des Brunnes oder in Euer Haus dort locken wollt.« Liadan deutete auf das verfallene Haus in der Nähe des Brunnens.

Der Mann schüttelte lächelnd den Kopf.

»Die Bewohner dieser Stadt fürchten sich vor ihren eigenen Schatten. Es ist nicht die Flöte, es ist die Sage um die goldene Kugel, die immer wieder Männer hierherlockt und sie verleitet, dort hinunterzusteigen. Einige schaffen es nicht mehr hinaus. Natürlich verrate ich niemandem, dass die Kugel nur von der Hand einer Frau gehoben werden kann. Ich weiß nicht, ob sich meine Marie sofort zurück wandelt. Sie darf nicht in die Hände dieser habgierigen Männer fallen.«

»Wie Ihr es einst wart«, sagte Liadan.

Der Flötenspieler hob den Kopf und sah sie unverhohlen an, dann nickte er.

»Bedauerlicherweise lockt der Klang meiner Flöte die Ratten an.«

»Warum habt Ihr Eure Geschichte niemandem erzählt? Die Leute im Dorf hätten Euch vielleicht helfen können. All die Jahre habt Ihr nie eine Frau gefunden, die Euch helfen wollte?«

»Ihr habt doch selbst gehört, was die Menschen über mich sagen.«

»Und wenn Euch Maries Vater belogen hat?«, fragte Cajus.

»Ich war selbst dort unten, ich konnte sie nicht einmal anheben. Ihr Vater hat nicht gelogen. Es war ein Risiko, das ich eingegangen bin.«

»Und das Liadan eingehen soll, indem sie statt mir in den Brunnen steigt«, knurrte Cajus.

»Der Brunnen ist versiegt und statt Wasser befindet sich dort ekelhaft stinkender Schlamm, also macht Euch darauf gefasst.«

Der Flötenspieler drehte sich in einer flinken Bewegung um, stieß sich vom Rand ab und zog seine Flöte aus der Tasche. Ohne sich erneut zu ihnen umzudrehen, sagte er:

»Wenn Ihr Euch entschieden habt, sehen wir uns Morgen um dieselbe Zeit.« Dann erklang das sanfte Flötenspiel und verlor sich im Schatten des Waldes.

Cajus hielt Liadan die ellbogenlangen Handschuhe vor die Nase.

»Willst du sie dir nicht doch überziehen?«

»Der Stein ist so klein wie zwei Fingerkuppen, wie soll ich ihn mit den Dingern ertasten?«

»Ich habe gesehen, wie ein Mönch diesen leuchtend roten Stein, nach dem Ihr sucht, in den Brunnen geworfen hat. Ich habe auch beobachtet, wie Jahre später der Stein aus dem Brunnen gefischt wurde. Ich versichere Euch, Ihr werdet ihn dort unten nicht mehr auffinden«, sagte der Flötenspieler.

Liadan haschte nach den Handschuhen. »Gib schon her.«

Das Seil fest um ihre Hüften geschnürt, stieg sie auf den Rand des Brunnens und zog an dem Seil.

»Ich versichere dir, das Seil sitzt fest«, versprach Cajus.

»Gib mir die Lampe.«

»Du musst dich mit beiden Händen festhalten. Wenn du unten angekommen bist, ziehe ich das Seil wieder hoch und werde dir die Lampe hinablassen.«

»Nicht einmal für den Segen der Götter würde ich mich blind in diese stockdunkle Moderfalle begeben.«

Cajus reichte ihr die Laterne. Ihre klappernden Zähne hatten Mühe, den Griff der Lampe einzuklemmen.

Nach einem letzten Kuss von Cajus drehte sie sich zum Brunneninneren und stieß sich ab. Mit zitternden Händen klammerte sie sich fest an das Seil. Der Anblick der Moorhexe war weniger furchteinflößend gewesen als der Abstieg in das Teufelsauge. Es roch bestialisch nach Schwefel und Fäulnis. Das Licht der Lampe erfasste Kratzspuren, die sich an der Innenwand entlangzogen. Liadan warf einen Blick nach oben, wo nur mehr ein entferntes Licht zu erkennen war. Der Himmel schien endlos weit weg. Dann war sie unten.

Beim ersten Kontakt mit der schwarzen Pampe lief es Liadan eisig über den Rücken. »Verflucht, was ist das!« Das Echo ihrer Worte hallte von den Steinwänden.

Die kalte, klebrige Masse erwartete sie und drängte sich durch die Öffnung ihrer Stiefel. Sie versank darin, bis sie kniehoch im Matsch stand und mit ihren Sohlen den unebenen Boden ertastete. Als stehe sie in giftiger Säure, füllten Tränen ihre brennenden Augen. Sie nahm den Griff der Laterne in die Hand und sah sich nach der Kugel um.

Dass die meisten Objekte, die sich in den Jahren hier angesammelt hatten, menschlicher Natur waren, wollte Liadan besser nicht wissen. Mit zitternden Fingern streckte sie die Lampe aus. An den feuchten Steinwänden fanden sich massenhaft weitere Kratzspuren. Sie nahm den Griff der Laterne wieder in den Mund, ging leicht in die Knie und tastete mit Händen und Füßen nach der Kugel.

Was verflucht treibt hier alles, dachte sie und zog etwas aus der Masse. Beim Anblick des Knochens stieß sie zitternd die Luft aus und ließ ihn fallen.

Vielleicht hätte sie den Flötenspieler fragen sollen, wie groß diese Kugel war. Liadan stieß mit dem Fuß auf etwas Hartes. Sie befühlte es mit den Fingern. Es war rund. Sie musste sich noch tiefer nach unten beugen, um die Kugel hochzuheben. Die hohlen Augen eines Schädelknochens starrten ihr entgegen. Liadan biss vor Schreck in den Henkel der Laterne und schmiss den Knochen schnell von sich.

»Liadan, alles in Ordnung bei dir?«

Sie nahm die Laterne in die Hand.

»Könnte nicht besser laufen!«, rief sie Cajus zu.

Ihr Magen schmerzte und die Umgebung schwankte auf und ab. Oder war sie es. Das Licht in der Laterne flackerte. Lange würde sie hier unten nicht mehr durchhalten. Zu intensiv war der Gestank. Sie hatte das Gefühl, in Säure zu stehen. Rasch wagte sie einen neuen Versuch und tastete mit ihren Füßen den Boden ab. Selbst wenn der Stein des Ewigen Lichts irgendwo hier unten war, würde sie ihn bei all den Dingen, die in diesem Matsch trieben, niemals finden. Sie stieß erneut auf etwas Rundes. Liadan strich mit der Hand über die glatte Oberfläche. Das muss sie sein, dachte sie, und hob die Kugel aus der Masse. Da war sie, eine von Dreck und Schlamm beschmutzte goldene Kugel.

»Diebin, leg zurück, was dir nicht gehört!«, zischte jemand. Die Worte wurden vielfach von den Wänden zurückgeworfen.

Liadan wurde stocksteif. Stimmen prasselten von allen Richtungen auf sie ein. Etwas unter der schwarzen Masse berührte sie an ihrem Bein. Sie kreischte auf und taumelte nach hinten. Kleine Bläschen stiegen aus der matschigen Oberfläche. Etwas lauerte dort.

»Hast du sie?«, hallte Cajus' Ruf durch den Brunnenschacht.

»Ja! Die Kugel hat kaum Gewicht!«

Aus dem tiefen Schwarz tauchte eine Gestalt empor. Zuerst sah Liadan den Kopf eines Hahnes. Aber der Körper des Wesens war der einer Schlange.

Liadan stieß einen ohrenbetäubenden Schrei aus. Vor Schreck ließ sie die Laterne fallen. »Ein Basilisk!«, stieß sie zitternd hervor, verlor das Gleichgewicht und fiel klatschend in den Schlamm. Liadan richtete sich auf. Es war dunkel. Nur ein fahler Lichtschein drang von oben herunter. Sie schloss die Lider.

»Mach die Augen auf. Du darfst gerne einen Blick auf mich werfen«, zischte der Basilisk. »Man erzählt sich, dass meine Augen so schön sind, dass sie denen der Götter gleichen. Willst du nicht sehen, ob dies der Wahrheit entspricht?«

Die Stimme des Basilisken war furchteinflößend, wirkte, als würde er gleichzeitig in verschiedenen Tonarten sprechen.

»Jedermann weiß, dass man einem Basilisken nicht in die Augen sehen darf, da man sonst versteinert«, hörte sie sich sagen. Das Tier machte einen Satz auf sie zu. Sie sammelte ihre Magie und pfefferte sie dem Basilisken entgegen. Der Basilisk stieß einen krähenden Laut aus und brüllte. Das Echo war so durchdringend wie ein Schwertstich. Liadan umklammerte das Seil mit ihren von Matsch verklebten, zitternden Fingern.

»Cajus! Zieh mich rauf, rasch!«

Mit der einen Hand umklammerte sie die Kugel, mit der anderen das Seil. Doch immer wieder rutschten ihre Finger ab.

»Sie gehört mir, ich wache über die Kugel.«

Ein Geräusch ertönte, als hämmerte das Tier mit seinem Schwanz auf den Matsch. Sie wagte nicht, nach unten zu sehen.

»Schneller, Cajus!«

»Bringst du Pflastersteine mit?«

Der Basilisk hangelte sich mit seinen Tatzen neben ihr die Mauer empor.

»Schneller, Cajus!«

Das Tier befand sich mit ihr auf Augenhöhe. Sie presste die Lider aufeinander. Ein scharfer Schmerz brannte in ihrem Arm.

Dann fiel sie.

Ihr Körper klatschte wie ein Felsen auf den Moder auf.

»Liadan!«

Sie rang nach Luft. Die teuflisch stinkende Pampe drohte, ihr Gesicht zu verschlingen. Ihr Körper war schwer wie Blei. Um sich schlagend, verlor sie die Orientierung. Wo war oben und wo unten? Der Schlamm klebte überall, füllte ihre Ohren, ihren Mund, ihre Nase und verklebte ihre Augen. Sie hustete, rang nach Atem und spuckte. Dann ertasteten ihre Beine den Untergrund und sie war imstande, eine aufrechte Position einzunehmen.

»Liadan! Antworte mir! Geht es dir gut?«

Sie spuckte die Schlammbatzen aus, die ihre Mundhöhle füllten, und erbrach sich.

Wo war der Basilisk? Wo die Goldkugel, und wo war das verdammte Seil?

Etwas klatschte auf dem Schlamm auf. Durch den spärlichen Spalt ihres linken Lides erspähte sie den Basilisken. Sie streckte den zitternden Arm aus und schoss blind mit ihrer Magie umher. Wenn die Sagen über das Mischwesen der Wahrheit entsprachen, dann war es unverwundbar, es sei denn, es würde sich selbst sehen. Ein Bild formte sich vor ihrem geschlossenen Auge. Sie legte die Handflächen nebeneinander und konzentrierte sich darauf, einen Basilisken erscheinen zu lassen. Das Wesen wuchs zwischen ihren Händen, machte einen Satz und sprang von ihren Handflächen. Sie verlor das Gleichgewicht und platschte erneut in die Pechlake. Der echte Basilisk schrie scharf auf. Liadan presste sich die Handflächen an die Ohren.

Dann wurde es still.

Jemand packte sie am Arm und zog sie auf die Beine. »Ich bin hier«, sagte Cajus.

Liadan schlang ihre Arme um ihren Mann und lehnte sich haltsuchend an ihn.

»Bring mich hier raus.«

»Das Seil hätte nicht reißen dürfen. Wie ist das passiert?«

»Ich glaube, der Basilisk hat es durchgebissen.«

»Wo ist er?«

»Wahrscheinlich untergegangen. Bring mich bitte hier raus.«

»Flötenspieler! Zieh sie rauf, und lass dann das Seil für mich hinunter! Sie hat die Kugel bei sich.«

»**N**icht erschrecken«, warnte der Flötenspieler, bevor eine Flut kaltes Nass über Liadans Gesicht schwappte. Mit einem Tuch rieb sie sich Augen und Nase sauber, dann klatschte sie es dem Flötenspieler, der den Blick nicht von der Kugel in ihren Händen nahm, ins Gesicht.

»Verfluchter Lügner! Ich wusste doch, dass an Eurer Geschichte irgendetwas faul war. Ihr musstet wissen, dass dort unten ein Basilisk sein Unwesen treibt!«

»Es tut mir leid. Aber Ihr wärt sonst nicht hinuntergestiegen.«

Liadan spuckte Pech und erbrach sich einmal mehr. Die Goldkugel rutschte ihr aus den Händen und rollte direkt vor die Füße des Flötenspielers.

Einundzwanzig … Cajus

Bezaubernd wie ein Stern, mit einem Kleid, das wie Sonnengold strahlte, stand sie da.

»Marie!« Der Flötenspieler nahm das Goldlöckchen in eine schwungvolle Umarmung. Sie erwiderte die Geste und weinte dicke Tränen an seiner Schulter.

»Ich hab dich gehört, habe den Klängen der Flöte gelauscht und den Geschichten, die du erzählt hast. Du hast mich nicht aufgegeben.«

Der Flötenspieler nahm Maries Hand und trat vor Liadan.

»Ich weiß nicht, wie ich Euch jemals dafür danken kann.«

»Wusstet Ihr, dass sich in dem Brunnen ein Basilisk aufhält?«, fragte Cajus.

Der Flötenspieler nickte. Einen Herzschlag später lag er auf dem Boden und hielt sich die blutende Lippe. Cajus deutete mit dem Finger auf ihn.

»Ich werde dir deine verfluchte Flöte tief in deinen Arsch schieben, wenn du uns nicht sofort verrätst, wer den Stein entnommen hat!«

Der Flötenspieler schluckte hörbar, verstaute das Blasinstrument in seiner Tasche und ließ sich von Marie auf die Beine helfen.

»Vor einigen Jahren waren Reiter aus Agadash hier. Der König hatte sie gesandt, um die Kugel aus dem Brunnen zu fischen. Eine der Wachen, die es aus dem Brunnen rausgeschafft haben, hat damit geprahlt, dieses Amulett, nach dem ihr sucht, dort unten gefunden zu haben. Ein Stein funkelte darin. Er schimmerte wie ein Stück glühende Kohle. Wochen später sprach sich herum, dass der König von Agadash zu unvorstellbarer Macht gelangt war. Er eroberte gleich mehrere Reiche. Er wird von allen Seiten gefürchtet. Man munkelt, dass er seine Macht aus dem Amulett gewinnt, das er niemals ablegt und das fortwährend an seinem Hals glüht. Wenn Ihr danach sucht, dann möchte ich nicht in Eurer Haut stecken.«

»Was könnt Ihr uns noch über den König erzählen?«

»Nur, dass er schreckliche Taten begangen hat. Ihr habt bestimmt von der Hexenverfolgung aus Agadash gehört.«

Cajus nickte, beugte sich zu Liadan und half ihr auf die Beine. Er schüttelte den Kopf. »Die Goldmarie und der verlogene Rattenprinz.«

»Und die Pechliadan«, murmelte Liadan.

Die Wirtin gab ein Schnalzen von sich.

»Soso, nicht wegen der Goldkugel hier.«

Cajus schob ihr zwei Silbermünzen in die Hand.

»Ihr bekommt zwei mehr, wenn wir uns dafür Eure Bemerkungen ersparen.«

»Helen, geh zu Rolan und Fersel, sie sollen den Badezuber vorbereiten. In der Zwischenzeit wirst du unseren Gästen Seife, frische Handtücher und das Essen bringen.« Helen knickste und verließ den Raum.

»Soll ich einen Heiler holen lassen, der sich die Wunde ansieht?«

»Es ist nur ein Kratzer«, winkte Liadan ab.

Die Wirtin zuckte mit den Schultern. »Wenn Ihr meint«, sagte sie und verließ das Zimmer.

Cajus hob Liadans linken Arm an. »Das sieht aus wie eine Bisswunde.«

»Ich denke, sie ist nicht tief.«

»Nach dem Bad werde ich sie mir genauer ansehen. Was sollen wir jetzt tun? Baba Anastellas Rat befolgen und die Zwerge in Gorduland aufsuchen?«

»Im Moment ist dies die einzig vernünftige Lösung. In Agadash einzudringen und König Nortus das Amulett zu stehlen, scheint mir ausgeschlossen.«

»Was, wenn uns die Zwerge auch nicht weiterhelfen können?«

»Ich weiß nicht, was wir dann tun sollen.«

Zweiundzwanzig ... Liadan

Dicke Batzen Matsch verfolgten sie. Jeder Tapser des Basilisken hallte in der Höhle wider.

Tock Tock Tock. Sie starrte in die Richtung, aus der das Klopfen kam.

Ihre Augen schmerzten von der Anstrengung, irgendetwas zu erkennen. Es war eine Finsternis, wie sie sie nie zuvor erlebt hatte.

Sie zuckte zusammen.

Kalte, weiche, glitschige Haut streifte ihr Bein.

Sie wagte nicht, zu atmen oder gar sich zu bewegen.

»Diebin«, flüsterte es.

Ein scharfer Schmerz in ihrem Arm durchfuhr sie, wie von einer Klinge, die über ihre Haut ritzte.

Dann riss Liadan die Augen auf.

Der Blick zur Decke und zur halb heruntergebrannten Kerze ließ sie ausatmen. Cajus' Brustkorb hob und senkte sich in regelmäßigen Abständen. Ein merkwürdiges Gefühl schlich sich wie Mondlicht an sie heran.

Liadan lauschte.

Quietschende Treppenstufen.

Draußen im Flur knarrten Fußtritte über die Dielen, was nichts Ungewöhnliches in einem Gasthof war und doch kroch eine böse Vorahnung in ihr hoch.

Sie näherten sich immer lauter und kräftiger.

Jeden Augenblick würden sie die Tür zu ihrem Zimmer erreicht haben.

Abrupt verstummten die Schritte.

Liadan setzte sich auf.

Die Tür knallte gegen die Wand.

Cajus schreckte neben ihr hoch.

Wie ein Löwe, der sein Revier durchschritt, betrat der Schattenkönig den Raum. »Ich bin neugierig. Was habt ihr beide hier in Serafin zu suchen? Solltet ihr nicht ein Königreich regieren? Wenn mich nicht alles täuscht, dann seid ihr, genau wie ich, auf der Suche nach dem Stein.«

Liadan und Cajus fegten vom Bett. Asael hob im selben Augenblick den Arm. Ein Schwall Schattenmagie löste sich aus seiner Handfläche. Er zielte auf einen Sessel. Einen Wimpernschlag später war von diesem nichts mehr übrig.

»Bewegt Euch noch einmal, König Cajus, und Ihr werdet enden wie der Stuhl hier.«

Liadan baute sich vor Asael auf. »Wenn du nicht sofort verschwindest, wirst du es sein, von dem nichts übrigbleibt.«

»Warum suchst du nach der zweiten Hälfte des Steins, Liadan?«

»Wer hat behauptet, ich würde es?«

Er beugte sich zu ihr. Ihre Wangen trennte nur ein papierdünner Spalt.

»Ich kann nicht aufhören, an dich zu denken.«

Cajus knurrte, packte Liadans Arm und drängte sie hinter sich.

»Verschwindet.«

»Oder was?«, höhnte Asael.

Cajus zog seinen Dolch und stürzte sich damit auf Asael.

Einen Herzschlag später hatte Asael Cajus an die Wand gepresst und seine Finger an dessen Kehle gedrückt. Beim Versuch, sich aus Asaels Griff zu lösen, rutschte ihm der Dolch aus den Händen und fiel klirrend zu Boden.

»Lass ihn los!«

Liadan sprang Asael von hinten an und würgte ihn. Dieser ließ von Cajus ab und rang mit ihr. Sie stieß ihn von sich und schmetterte einen Lichtstrahl in seine Richtung. Der Schattenkönig reagierte blitzschnell und zersetzte den Strahl mit seiner Magie.

Cajus packte einen Hocker, holte aus und schlug zu. Der Stuhl krachte gegen die Wand. Holz splitterte. Asael hatte sich im letzten Moment zu Schatten gewandelt und stand nun direkt hinter Cajus.

»Schwerer Fehler«, sagte er. Ein Magieschwall löste sich aus seinen Händen und warf Cajus zu Boden.

Liadan schoss einen Blitz auf den Schattenkönig, der daraufhin schwankte und sich an der Wand festhielt.

»Was ist hier los!«, brüllte die Wirtin, die mit zwei ihrer Gehilfen an der Tür verharrte. »Die Einrichtung werdet Ihr mir bezahlen!«

Der Schattenkönig hob seinen Arm.

»Nein, Asael, tu es nicht!«

Er schoss einen teerschwarzen Magieball direkt auf die Ankömmlinge. In hohem Bogen flogen sie durch den Türrahmen.

Dann beugte er sich über den am Boden liegenden Cajus. Aus seiner Handfläche schnellte ein dunkles Seil und wickelte sich um Cajus' Hals. Dieser rang nach Atem und versuchte, sich das magische Seil vom Hals zu zerren.

»Wenn du möchtest, dass dein Pantoffelheld hier den morgigen Tag erlebt, verrätst du mir, was du über den Stein in Erfahrung gebracht hast.«

Cajus würgte. »Sag ihm kein Wort, Liadan!«, presste er hervor.

»Lass verflucht nochmal von ihm ab!«, schrie Liadan.

Asael schwang den Arm, woraufhin sich eine gläserne, wallende Wand erhob, die Cajus und Asael von ihr abschirmte. Ihre Gestalten waren verzerrt, als ob man sie durch Wasser sähe.

»Was weißt du über die zweite Hälfte?«

»Asael, du darfst nicht weiter nach dem Stein suchen. Etwas Fürchterliches wird geschehen, wenn sich beide Hälften vereinen.«

Aus Liadans Hand schoss eine leuchtende Kugel auf Asael. Ihre Magie prallte an einem Schutzwall ab.

»Wenn du mir nicht freiwillig helfen willst, bin ich gezwungen, mit anderen Mitteln zu spielen. Wo ist der Ring, den ich dir geschenkt habe?«

»Verbrannt.«

»Er muss hier ganz in der Nähe sein, sonst wäre meiner nicht pechschwarz.«

Cajus wand sich. Lange würde er nicht mehr durchhalten.

»Asael, lass verflucht noch mal von ihm ab, er ist mein Mann und der König von Tioran!«

»Wo ist der Ring?«

»Wenn du ihn willst, musst du ihn schon selbst suchen.«

»Ich meine es ernst, Liadan. Hol den Ring und streif ihn über.«

Eine Wolke aus grauschwarzem Dunst riss Cajus vom Boden bis nach oben an die Decke.

»Hör sofort auf damit!«, schrie Liadan und schmetterte wie wild ihre Magie auf die Wand.

»Sobald du tust, was ich von dir will!«

»Lass ihn runter!«

»Wie du wünschst.«

Cajus fiel krachend zu Boden, sprang auf und stürzte sich auf Asael. Dieser schwang erneut den Arm und schleuderte Cajus an die Decke.

»Nein!«, schrie sie.

»Nein?«, fragte Asael und ließ Cajus wieder zu Boden fallen.

»Doch!«

»Doch?« Der Wirbel beförderte ihn erneut hoch.

»Nein! Asael, verflucht!«

Cajus wurde von Asaels Magie wie eine Puppe auf und ab geschleudert.

»Versteh einer die Frauen. Da geht man auf ihre Wünsche ein und macht dennoch alles falsch.«

»Du verfluchter Mistkerl!«

»Du hast die Wahl, Liadan. Das alles könnte schon längst vorbei sein.«

Cajus prallte auf dem Boden auf. Sein Gesicht war blutüberströmt. Er keuchte, drehte sich zur Seite und spuckte einen Schwall Blut.

»Was geschieht, wenn ich ihn anstecke?«

Asael zuckte mit den Schultern. »Das wirst du selbst herausfinden müssen.«

»Tu's nicht, Liadan!« Cajus hustete und versuchte sich aufzurichten. Asael katapultierte Cajus mit voller Wucht an die Decke und schmetterte ihn zu Boden.

»Ich schwöre dir Liadan, ich bring ihn um, wenn du nicht tust, was ich von dir will!«

»Cajus!« Ihre Stimme bebte. Er rührte sich nicht mehr, aber sein Brustkorb hob und senkte sich. »Du hast gewonnen. Aber du musst mir versprechen, dass du ihn nicht tötest.«

»Jaja.«

»Versprich es.«

»Ich verspreche, dass ich den Bastard heute nicht töten werde.«

Liadan schnallte sich ihre Gürteltasche um die Hüften. Der Dolch, der sich darin verbarg, konnte ihr sicher noch gute Dienste leisten. Dann nahm sie den Ring aus ihrem Lederbeutel. Das Schmuckstück fühlte sich zwischen ihren Fingern wie ein dicker Batzen Blei an. Sie schob den Ring über ihren Finger. Er fühlte sich genauso an, wie er aussah – kalt. Ein kräftiger Magieschwall durchfuhr sie und ließ sie zur Seite schwanken.

»Liadan, nicht«, hörte sie Cajus mit rauer Kehle sagen.

Asael katapultierte Cajus mit einer einzigen Handbewegung gegen die Wand, warf ein Netz aus dunklen Fäden über ihn und hielt ihn damit gefangen.

Der Schattenkönig ließ die magische Schutzwand in sich zusammenfallen und kam auf Liadan zu. Er deutete auf Cajus. »Sieh ihn dir an, die Fliege im Netz. Was fühlst du für ihn?«

Eine Stimme in ihr wollte schreien »Ich liebe ihn«, aber anstelle dessen sagte sie: »Ich fühle nichts.«

Kaum hatte sie ihre Worte ausgesprochen, wand sich Cajus nicht mehr in den Fängen des Netzes. Fassungslosem Kopfschütteln folgte blankes Entsetzen.

»Dann küss mich«, sagte Asael. Liadan blendete das Gebrüll ihres Mannes aus und gehorchte.

Dreiundzwanzig … Liadan

»Ich möchte nur wissen, warum du dich entschieden hast, mit uns zu reisen? Das hast du doch, oder hat dich mein Vater dazu gezwungen? Was hattest du überhaupt in Serafin zu suchen? Warum bist du nicht bei deinem Mann in Tioran?«

»Devias«, knurrte Asael. »Wie oft muss sie es dir noch sagen? Sie möchte nicht mit dir reden und ist sichtlich nicht bereit, dir zu vergeben.«

»Ich kann für mich selbst sprechen«, sagte Liadan und stieß Asael mit dem Ellbogen in den Bauch. »Setz dich verdammt nochmal so in den Sattel, dass du nicht ständig mit deiner Brust an meinem Rücken reibst. – Und nein, ich bin nicht bereit, dir zu verzeihen, Devias. Du hast Janes und meinen ersten Verlobten getötet.«

»Wie hast du es herausgefunden?«

»Ist das wichtig?«

»Dein erster Verlobter war ohnehin ein Schwachkopf, ich habe dir damit nur einen Gefallen getan. Und der tioranische Prinz hätte dich in Ruhe lassen sollen, dann wäre es nie so weit gekommen. Aber nein, er wollte dich zu seiner Frau machen, und dann wäre mein Vater für immer in der Schattenwelt eingesperrt gewesen.«

»Ich hatte nie die Möglichkeit dazu, mich jemandem zu nähern, weil du immer da warst.«

»Wie oft soll ich mich noch bei dir entschuldigen, Liadan?«

»Fahr zur Hölle, du verlogener Mistkerl! Weiß Onkel Viktor eigentlich, dass sein Neffe ein heuchlerischer Halbelf und Mörder ist?«

Devias schnalzte mit der Zunge und spornte das Pferd in Richtung der Gruppe von Schattenelfen, die vorangeritten waren.

Sie war sie selbst und doch war sie es nicht. Es war der Ring, der Einfluss auf sie nahm. Jeder Versuch, ihn abzunehmen, scheiterte. Es gab flüchtige Momente, in denen sie dachte, ihre Sinne kontrollieren zu können, nur um dann festzustellen, dass sie dennoch keinen freien Willen mehr besaß. Sie musste einen Weg finden, dagegen anzukämpfen. Jedes Mal, wenn sie ihre Magie gegen Asael richtete, befahl ihr die Stimme in ihrem Kopf, dies nicht zu tun, dieselbe Stimme, die ihr wiederholt einredete, dass es er sei, den sie wollte. Und sie hasste sich dafür, sich nach seinen Berührungen zu sehnen – nein sie musste härter gegen die Beeinflussung ankämpfen. Es gab nur einen Menschen, den sie liebte, und das war – warum konnte sie sich plötzlich nicht mehr an seinen Namen erinnern? Sie presste sich die Hand gegen die Stirn.

»Warum tust du das!«, fuhr sie Asael an.

»Ich weiß nicht, wovon du sprichst.«

»Ich kann mich nicht mehr an den Namen meines Mannes erinnern. Du streichst meine Erinnerungen und lenkst meine Gefühle und Gedanken.«

»Von welchem Mann sprichst du?«

»Ich ...« Liadan blinzelte. »Von ...« Sie brachte das Pferd zum Stehen, sprang ab und rannte los.

Die Stimme in ihrem Kopf befahl ihr, stehen zu bleiben. Liadan stürzte auf die Knie, krallte ihre Nägel in die Kopfhaut und stieß einen scharfen Schrei aus.

»Geh verflucht nochmal aus meinem Kopf raus!«

Mit zitternden Fingern zog sie das Messer aus ihrer Gürteltasche und hielt es sich an die Kehle.

»Befrei mich davon oder ich ...«

»Liadan, woher hast du das Messer! Gib es mir.«

Liadan schoss auf die Beine und rammte Asael die Waffe in die Brust.

»Du elender Schuft! Ich bring dich um!«

Er taumelte zurück und zog sich die Klinge aus dem Fleisch.

»Du weißt, dass mir ein normaler Dolch nicht mehr als Schmerz anhaben kann.«

Sie schlug mit ihren Fäusten ins Leere und wirbelte herum, um nach ihm zu treten. Asael tarnte sich so oft in Schatten, bis er sie von hinten zu fassen bekam. Die Stimme in ihrem Kopf ordnete ihr an, sich zu beruhigen, sich umzudrehen und dem

Schattenkönig in die Augen zu sehen. Ihr Atem kam abgehackt.

»Hör mich an. Ich mache das für dich. Atme langsam ein und aus.«

Liadan massierte sich die Schläfen. Ein dichter, schwerer Schleier legte sich über ihren Verstand.

Vierundzwanzig … Asael

»Asael«, flüsterte jemand. »Asael, ein goldfarbener Adler wird sich dir nähern. Gib ihm die Schatullen mit den Spinnen. Wir können nicht selbst kommen. Du musst dem Adler die Spinnen geben. Wach auf! Wach schnell auf!«, befahl ihm die Stimme.

Asael riss die Augen auf und wirbelte von seinem Schlafplatz aus zur Seite. Haarscharf verfehlte die Axt seinen Schädel.

»Ich bring dich um!«, kreischte Liadan.

Devias schlang von hinten seine Arme um ihre Hüften und rang mit ihr. »Beruhige dich!« Er haschte nach ihrem Arm, um ihr die Axt aus den Händen zu nehmen.

»Leswo, ich hab dir doch befohlen, die Waffen zu verstecken!«, zürnte Asael.

Asael formte aus seiner Magie ein Seil und warf es auf die Axt. Kaum hatte es die Waffe berührt, klebte es fest wie Ruß an Haut. Mit einem Ruck riss er ihr die Axt aus den Händen.

»Lass mich los, Devias! Du bist der Nächste! Ich lasse dich für all das büßen!«, schrie sie, befreite sich aus seinem Griff, wirbelte zu ihm herum und hob die Hand. Ein Schwarm angriffslustiger goldener Insekten löste sich aus ihrer Haut. Midra warf im letzten Augenblick eine Schutzkuppel über Devias und danach über den restlichen Trupp.

Ein unmenschlicher Laut entwich Liadans Kehle. Sie zielte auf den Schutzwall und ließ diesen in sich zusammenstürzen.

Die Insekten jagten die Schattenelfen, wirbelten um deren Köpfe und stachen sie an jeder freien Hautstelle. Leswo formte eine Schattenwolke, die den Schwarm lähmte. Wie goldene Kieselsteine plumpsten die Tierchen zu Boden. Liadan drehte sich zu Asael, der gerade seine Magie aufrief und streckte ihre Handflächen in dessen Richtung.

»Und du – verfluchter Bastard! Ich wollte das gestern Abend nicht tun! Du hast mich manipuliert.«

Er hob beschwichtigend die Arme.

»Liadan, ich habe dich zu nichts gezwungen. Du wolltest mich küssen.«

Liadan warf einen Lichtball vor seine Füße.

Asael sprang nach hinten.

»Unfug! Du hast dich wieder in meine Gedanken geschlichen und mich dazu gebracht, diese Dinge mit dir zu tun!«

»Liadan, du lässt mir keine andere Wahl.«

Asael formte mit seiner Magie zwei kohlschwarze Schlangen. Mit einem Satz waren die Nattern auf Liadans Handgelenke gesprungen und hatten sich wie Armreifen darum gelegt. Die Magie, die sie aufrief, verpuffte wie Staub an ihren Handflächen.

Wenn er dachte, sie sei zuvor wütend gewesen, dann hatte er sich getäuscht. Jeden Augenblick würde sie in tausend Stücke zerbersten. Er strauchelte einen Schritt nach hinten. Mit einem Schrei, den sie aus den Tiefen ihrer Kehle holte, attackierte sie ihn wie eine Löwin, stieß ihn zu Boden und drückte ihm die Gurgel zu. Die anderen waren sofort bei ihm und zerrten sie von ihm herunter.

Er musste sofort wieder Herr ihrer Gedanken werden. Asael konzentrierte sich. Verblüfft stellte er fest, dass er gegen eine Mauer stieß. Er musste einen Riss in der Mauer finden, die sie sich in ihrem Kopf geschaffen hatte.

Liadan schlug und trat wild um sich. »Lasst mich los! Lasst mich verflucht nochmal los!«

Devias und Kappa hatten Mühe, sie zu halten. Leswo und Midra kamen den beiden zu Hilfe.

Es forderte Asael Unmengen an Geisteskraft ab, die Mauer zu durchbrechen.

Aber dann fand er die Schwachstelle und brachte sie zum Einsturz.

Liadan hielt inne und schloss die Augen. Der Trupp ließ von ihr ab.

Sie massierte sich die Schläfen.

»Mein Kopf zersplittert. Verflucht tut das weh! Was ist geschehen? – Warum zur Hölle seht ihr mich alle so an?«

Asael bedeutete seinem Trupp, sie alleine zu lassen.

»Packt das Lager zusammen, wir kommen gleich nach.«

»Ich muss mich setzen«, sagte sie.

Asael kniete sich vor sie und bettete seine Handflächen auf die beiden Armbänder.

»Geht es dir besser?«

»Was tust du da?«, fragte sie.

Seine Magie ließ die Ringe um ihre Gelenke für ihre Augen unsichtbar werden.

»Hast du noch Schmerzen?«

»Was ist geschehen?«

»Du bist vom Pferd gestürzt und hast dir den Kopf angeschlagen.«

»Ich erinnere mich nicht daran.«

Liadan tastete ihre Kopfhaut ab. »Blute ich etwa? Ich fühle keine Beule.«

»Du hattest Glück«, sagte er und half ihr auf die Beine.

Die letzten drei Tage waren die reinste Höllenfahrt gewesen. Es lief nicht so, wie er sich das vorgestellt hatte. Liadan war ein brodelnder Vulkan, der jeden freien Augenblick, in der er nicht Herr ihrer Gedanken war, gegen ihn ankämpfte. Er sah sich gezwungen, alle Erinnerungen an ihren Mann auszustreichen. Seinem Sohn zuliebe löschte er ihr Wissen über dessen Taten. Es war nötig, tiefer in ihren

Kopf einzudringen, damit sich ihre Wutausbrüche der letzten Tage nicht wiederholten.

»Liadan hat mir verraten, dass der Stein im Besitz von König Nortus ist«, sagte Asael. »Niemand wird ohne triftigen Grund durch die Tore von Agadash gelassen. Deshalb werden wir Nortus ein Geschenk machen, das er nicht ablehnen kann.«

»Und an was denkst du dabei? Gold, Juwelen?«, fragte Devias.

»König Nortus hat schreckliche Angst vor Hexen und Hexern. Deswegen lässt er sie allesamt verfolgen und verbrennen. Nortus' Eltern wurden von Hexern verflucht und getötet. Kjartan Bonesso, der selbst aus Agadash stammt, ist einer der mächtigsten und bekanntesten Hexer aller Zeiten.«

»Der Name sagt mir was.«

»Nach der grausamen Hexenverfolgung von Agadash ist Bonesso untergetaucht. Nortus lässt seit Jahren nach ihm und den Hexenfamilien, die einst in Agadash lebten, fahnden.«

»Und wie sollen wir den finden?«

Asael lächelte. »Damit.« Er stieß einen langen Pfeifton aus. Ein Vogel mit kunterbunt flirrendem Gefieder flatterte zwischen den Ästen eines Baumes hervor und landete auf Asaels Handfläche. Wie eine Decke stülpte sich ein Schatten über den Vogel. Die Farben seines Federkleids wechselten zu nachtschwarz. Ein dunkler Nebel kreiste um seinen Kopf.

»Flieg zu Nobes und führe den Raben zu uns.« Das Tier breitete seine Schwingen aus, stieß sich ab und flatterte davon.

»Wie soll uns der Rabe dabei helfen, diesen Hexer zu finden?«

»Nobes ist einer der Raben von Lurazan. Er und sein Schwarm haben geholfen, Hexer und Hexen in den Städten rund um Agadash auf die Insel der Hexer zu führen. Er weiß, wo sich das Land befindet, das für die Augen der Menschen verborgen liegt.«

Asael sah zu Liadan, die auf einem Felsen saß und auf die weitflächigen Felder starrte, die von der Morgensonne in schimmerndes Licht getaucht waren. Liadan neigte den Kopf nach hinten, als fühlte sie, dass sein Blick auf ihr ruhte. Sie murmelte etwas, bevor sie wieder in die Ferne blickte.

»Geh zu den anderen und hilf ihnen.«

»Wirst du mir endlich verraten, was du mit ihr gemacht hast? Warum benimmt sie sich so seltsam? Warum begleitet sie uns? Hast du sie genötigt, unter Druck gesetzt? Ist sie dir etwas schuldig?«

»Geh und hilf den anderen.«

»Was in Tiorans Namen ist los mit ihr? Hat sie den Verstand verloren? Sie benimmt sich so wechselhaft wie das Wetter.«

»Sie hat viel durchgemacht.«

»Sie hat vor wenigen Wochen erst geheiratet, ich kann mir nicht vorstellen, dass sie ihren Mann freiwillig verlassen hat.«

»Devias, bitte, geh und hilf den anderen beim Packen der Sachen.«

Sein Sohn brummte etwas in sich hinein, schüttelte den Kopf und stampfte davon.

Asael stellte sich neben Liadan und starrte in dieselbe Richtung wie sie.

»Wir werden zur Insel der Hexer reisen.«

»Um was zu tun?«

»Um Kjartan Bonesso zu finden. Er ist unsere Eintrittskarte nach Agadash.«

»Ich dachte immer, dass es sich bei der Insel der Hexer um eine Erfindung handelt. Warum denkst du, dass sich dieser Kjartan Bonesso dort aufhält?«

»Sagt dir die Hexenjagd von Agadash etwas?«

»Ich habe davon gehört. Und warum ist Bonesso unsere Eintrittskarte?«

»Wenn wir ihn König Nortus auf dem Silbertablett servieren, stehen unsere Chancen gut, in die Stadt hineingelassen zu werden. Die Insel der Hexer wird von einem Schutzzauber verhüllt, der das Land vor den Augen der Menschen verborgen hält. Ich kann mir nur zu gut vorstellen, dass er sich dort versteckt.«

»Warum nimmst du das alles auf dich? Warum bist du so besessen davon, den Stein zu finden? Es macht einfach keinen Sinn. Die eine Hälfte, die du besitzt, verleiht dir längst genügend Macht, um es mit Baratus aufzunehmen. Außerdem brauchst du das auch gar nicht mehr. Du bist frei.«

»Ich brauche die zweite Hälfte. Der Stein muss vereint werden.«

Liadan stand auf und wedelte mit der flachen Hand vor seinem Gesicht.

»Hörst du dir überhaupt selbst zu? Was stimmt nicht mit dir? Du hast deine Flügel wieder, deinen Sohn und die Kraft des Steins, du hast alles, was du brauchst.«

»Ausgenommen eines.« Asael zog sie an den Hüften zu sich. »Dich.«

»Asael, ich kann nicht. Ich weiß nicht, warum, aber es fühlt sich nicht richtig an.«

»Du willst mich genauso, obwohl du es dir niemals eingestehen würdest.«

Seine Lippen erstickten ihre nächsten Worte.

»Was zum Zeolos ... Was ist das!«, rief Leswo.

Asael und Liadan fuhren auseinander. Etwas über ihnen warf einen dunklen Schatten. Ihre Blicke huschten nach oben. Ein gewaltiger Adler, der wie Königsgold glänzte, zog Kreise über ihnen.

»Er kommt runter«, sagte Liadan und stolperte zurück. Asael haschte nach ihrer Hand.

»Keine Angst, das Tier holt sich nur etwas ab.«

»Was denn? Und wer schickt es?«

Der Adler segelte heran und landete vor Asael auf dem Boden. Sein scharfer Blick fixierte ihn.

»Leswo, Kappa, bringt mir die Schatullen mit den Rotkelchspinnen!«, befahl Asael.

Kappa und Leswo machten einen großen Bogen um den Adler, der, wie in Stein gemeißelt, verharrte. Sie reichten Asael die Schatullen. Behutsam legte er sie vor dem Tier ab. Der Adler öffnete seine Krallen, schnappte nach dem Kästchen, breitete die weiten Schwingen aus und hob in die Lüfte ab.

»Was bei den verfluchten Göttern war das eben?«, fragte Devias.

»Ich bin mir sicher, dass die Schicksalselfen mir den Adler geschickt haben. Sie können aus irgendeinem Grund nicht selbst kommen.«

»Kann ich kurz mit dir reden?« Devias haschte nach Liadans Hand und zog sie von Asael weg.

»Was wird das, Devias?«, fragte Asael.

»Ich will nur mit ihr reden. – Warum bist du mit uns gegangen? Warum hast du deinen Mann verlassen? Hat er dir etwas angetan? Benimmst du dich deshalb so seltsam?«

Liadan neigte den Kopf und sah Devias an. »Von welchem Mann sprichst du?«

Asael stellte sich seinem Sohn in den Weg. »Das reicht, Devias!«

»Was hast du mit ihr gemacht? Warum erinnert sie sich nicht an ihren Mann? Ich habe dir oft genug gesagt, dass ich nicht zulassen werde, dass du ihr wehtust!«

Devias haschte einmal mehr nach ihrer Hand.

»Was für einen Ring tragt ihr da beide? Gestern Abend sind sie mir schon aufgefallen. Die Ringe sind identisch.«

Liadan entzog sich seiner Berührung und betrachtete die beiden Ringe an ihren Fingern. »Asael hat ihn mir geschenkt.«

»Nimm ihn ab.«

»Warum?«

»Tu es einfach.«

Liadan zog sich den ersten Ring vom Finger.

»Nicht diesen«, sagte Devias. »Den schwarzen, nimm ihn ab.«

»Ich weiß zwar nicht, was du dir davon versprichst, aber bitte.« Liadan zog an dem Schmuckstück. Die Furche zwischen ihren Augenbrauen wurde tiefer. »Er lässt sich nicht abnehmen. Ich brauche Öl dazu.«

»Ich habe da eine andere Befürchtung.« Devias drehte sich zu Asael. »Deshalb wolltest du nicht, dass ich dich begleite, als du das Orakel aufgesucht hast. Was tut der Ring mit ihr?«

»Liadan, geh zu den Pferden, ich komme gleich nach.«

Devias sah Liadan nach und machte dabei ein Gesicht, als hätte er eben gesehen, wie eine Maus eine Schlange frisst.

»Seit wann gehorcht sie deinen Befehlen?« Die Augen seines Sohnes weiteten sich. »Du bist durch die Ringe dazu in der Lage, ihre Gedanken und Handlungen zu leiten.«

»Nicht zu vergessen, ausgewählte Erinnerungen zu löschen und zu manipulieren.«

»Warum in Zeolos' Namen grinst du? Findest du das etwa lustig?«

»Ich finde, du solltest dich abregen und die Sache ein wenig entspannter sehen. Liadan hat in Tioran einiges durchgemacht. Ich habe mich umgehört. Sie wurde von König Täve grausam gefoltert und nackt an eine Säule gebunden. Von dessen Volk mit Essensresten beworfen, demselben Volk, das nun von ihr erwartet, die selbstlose Königin zu spielen. Was ihr dort angetan wurde, hat sie gebrochen. Und ich werde so tief in ihren Verstand eindringen, dass sie all das für immer vergessen wird.«

Devias taumelte einige Schritte nach hinten und legte sich die Hand auf die Stirn. »Gefoltert? Wo war der verfluchte Bastard von ihrem Mann, als sein Vater ihr das antat!«

»Ich weiß es nicht, vielleicht hat er ja zugesehen. Sie war kummervoll und unglücklich, als ich sie in Tioran besucht habe. Dieser Cajus tut ihr nicht gut. Ich werde ihr ein Leben schenken, das ihr gerecht wird, und wenn ich sie eben dazu zwingen muss.«

»Indem du sie manipulierst und ihren Geist kontrollierst? Indem du sie zwingst, mit dir das Lager zu teilen? Das ist nicht besser, als das, was Täve tat, du folterst sie nur auf andere Weise.«

»Eines Tages werde ich ihr den Ring wieder abnehmen. Sobald sie begriffen hat, dass sie so viel mehr im Leben haben könnte.«

»Und wenn sie sich dann wieder gegen dich entscheidet?«

»Dann steht es ihr frei, zu gehen.«

»Und bis dahin wirst du es natürlich nicht fertigbringen, die Finger von ihr zu lassen.«

»Eins kann ich dir verraten, Sohn. Ich beeinflusse zwar ihre Gedanken und hemme ihre Erinnerungen, aber wenn da auf den Tod nichts zwischen uns wäre, dann müsste ich mich um Längen mehr anstrengen, als ich es tue.«

»Liebst du sie?«

»Wir müssen weiter«, sagte Asael und ließ Devias stehen.

»War das ein Ja oder ein Nein?! Wenn ja, dann ist das der falsche Weg, Vater! Liebe kann man nicht erzwingen!«

Fünfundzwanzig ... Cajus

»Verflucht!« Cajus warf sein Schwert zu Boden, wischte sich den Schweiß von der Stirn und ließ sich schwer atmend neben dem Dornengeflecht nieder, das er seit einer Weile bearbeitete. Er schaute auf das ehrfurchtgebietende Gebirge zurück, das er schon vor Stunden hinter sich gelassen hatte. Er war allein unter Milliarden von Sternen, die auf ihn hinuntergafften und ihn für seine Unfähigkeit verspotteten. Was hätte er denn sonst tun können, als mit dem Schlüssel von Baba Anastella hierher zu kommen? Liadan war fort. Hatte er sie für immer verloren, wie seinen Bruder Janes? Was sollte er tun, ohne die zwei Menschen, die er am meisten liebte? Ihm blieb nichts anderes übrig, er musste nun auf die Hilfe der Zwerge hoffen.

Cajus schlang seine Arme um die angewinkelten Beine und stützte die Stirn auf die Knie. Wie wäre sein Leben verlaufen, wenn Janes noch leben würde? – Janes, sein geliebter Bruder, der nur Flausen im Kopf hatte. Wenn irgendetwas in der Burg in Wirrnis geendet hatte, war die Wahrscheinlichkeit hoch, dass Janes daran beteiligt gewesen war. Wie oft hatte er für den Bengel den Kopf hingehalten, manchmal auch mehr als das.

Eine Flut aus Erinnerungen schäumte über ihn.

»Wo im Namen der Götter warst du?«

Mit gesenktem Haupt zupfte Janes sein zerrissenes Hemd zurecht, das ihm zur Hälfte aus der Hose hing, und streifte sein wild zerzaustes, fuchsrotes Haar glatt. Dann hob er den Kopf.

Cajus sog beim Anblick seines Bruders scharf die Luft ein.

»Verdammt.« Mit dem Daumen strich er über die rotgeschwollene Lippe seines Bruders. Er kniff die Augen zusammen. »Ist das Blut?«

»Ist er sehr wütend?«

»Verflucht, Janes, mit wem hast du dich diesmal geprügelt? Du hast mir versprochen, dass du die Nahkampfübungen nur machst, wenn ich anwesend bin oder zumindest einer meines Trupps dabei ist.«

»Es war ein spontaner Kampf.«

»Er wird mir an die Gurgel gehen, wenn er gleich sieht, wie du aussiehst. Du bringst nicht nur mich, sondern auch diejenigen in Teufels Küche, die sich auf den Kampf mit dir einlassen.«

»Was ist jetzt, ist er wütend, weil ich nicht da war?«

»Was denkst du denn?«

»Lass es uns jetzt schnell hinter uns bringen. Ich muss endlich ein Bad nehmen«, sagte Janes und ging voran in Richtung Thronsaal.

Cajus folgte seinem Bruder. Er ballte die Hände zu Fäusten, die Sehnen an seinen Armen schienen die Haut sprengen zu wollen. Sein Rücken spannte sich an. Er ahnte, was ihn gleich da drinnen erwarten würde.

Eine Ewigkeit schwieg der König von Tioran. Mit dem Zeigefinger auf die Thronlehne tippend, sah er zwischen Janes und Cajus hin und her. Als er dann endlich den Mund öffnete, war es, als schmetterte ein Orkan seine gesamte Sturmwucht auf sie beide. Täve brüllte so laut, dass Cajus nur die Hälfte seiner Worte erfassen konnte.

»Den Gürtel«, befahl Täve, nachdem er sich beruhigt hatte. Einer der Wachmänner nickte und verließ den Saal durch eine Hintertür.

»Warum, Vater? Warum lässt du dir den verfluchten Gürtel bringen?«

»Acht Staatsmänner waren beim Bankett anwesend. Dein missratener Bruder hat mir versichert, dass du rechtzeitig zur Eröffnung da sein wirst.«

»Cajus ist nicht missraten. Hör endlich auf damit, so über ihn zu sprechen.«

»Janes, nicht«, flüsterte Cajus.

»Und ich bin alt genug. Du musst mir Cajus nicht überall hinterhersenden. Ich brauche keinen Aufpasser. Ich bin kein Kind mehr.«

»Dann solltest du dich auch nicht wie eins benehmen und deinen Pflichten nachkommen.«

Der Wachmann kam mit einem dunklen Ledergürtel in der Hand zurück und verharrte neben dem Podest.

»Warum sollte ich? Solange du am Leben bist, gibt es für mich nichts zu tun, als gelangweilt an deiner Seite zu stehen und irgendwelche Staatsherren zu empfangen. Die Fürsten von Schnarchhausen werden schon darüber hinwegkommen, nicht von mir empfangen worden zu sein.«

Täve schlug seine Faust auf die Sessellehne.

»Du hast verflucht nochmal da zu sein bei Anlässen wie diesen!«

»Wozu der Gürtel?«, hakte Janes nach.

»Mit wem hast du dich geprügelt?«, fragte Täve.

»Mit mir selbst.«

Täve schloss die Augen und rang sichtlich um Selbstkontrolle.

»Ich will einen Namen.«

Janes seufzte. »Schön, der Mann heißt Junas Tunichtgut und kommt aus Frizolonien, zufrieden.«

»Für deine frechen Lügen wirst du zwölf Extra-Stunden in Benehmen einlegen.«

»War's das? Können wir jetzt gehen?«

Täve nickte. Janes wandte sich ab.

»Cajus bleibt hier«, sagte der König so entsetzlich ruhig, dass bei Cajus die Härchen an Rücken und Armen in die Höhe schnellten. Er spürte sein Herz gegen die Brust hämmern.

Janes wirbelte zu Täve herum.

»Warum?«

»Geh und wasch dich. Du bist dreckig und stinkst bis hierher.«

»Ich gehe erst, wenn du mir sagst, was du von Cajus willst.«

»Bringt meinen Sohn in seine Gemächer«, befahl Täve den Wachen. Zwei Männer kamen auf Janes zu.

»Nein! Ich gehe nicht ohne Cajus!«

»Ihr habt die Erlaubnis, ihn mit Gewalt aus dem Thronsaal zu bringen.«

»Janes, geh einfach mit. Ich komme dann später zu dir«, bat Cajus inständig.

Die Wachen postierten sich vor Janes und drängten ihn aus dem Saal.

Täve faltete die Hände.

»Mir ist zu Ohren gekommen, dass die Schwester eines deiner Truppenmitglieder schwer krank ist.«

Cajus schluckte. Sein Herz hämmerte gegen seine Brust.

»Hast du eine Ahnung, womit dein Freund Mardon ihre teure Medizin bezahlt?«

Cajus zuckte mit den Schultern.

»Mardon wird von Euch entlohnt und seine Schwester knüpft Armbänder und verkauft diese.«

»Osees hat mir davon berichtet, dass du das Mädchen ab und an besuchst.«

»Was spricht dagegen?«

»Nichts.« Die Art und Weise, wie Täve das letzte Wort aussprach, ließ in Cajus eine böse Vorahnung aufsteigen.

»Es hat sich etwas höchst Seltsames ereignet«, fuhr Täve fort. »Vor einigen Wochen ist mir ein Schmuckstück abhandengekommen. Einfach aus meinem Schlafgemach verschwunden. Merkwürdig, findest du nicht?« Täve stieß einen höhnischen Ton aus. »Wer würde es wagen, einen König zu bestehlen?«

Cajus trat kaum merklich von einem Fuß auf den anderen. Hatte die Heilerin ihn verraten?

»Ich weiß nichts von einem gestohlenen Schmuckstück.«

»Das ist es ja gerade. Vor einigen Tagen war es überraschend wieder genau in derselben Schale, aus der es entnommen wurde.«

»Vielleicht habt Ihr es übersehen?«

»Vielleicht«, murmelte der König und lehnte sich in den Sessel zurück.

»Man hat dich in der letzten Zeit vermehrt im Nordflügel gesehen. Hast du mir irgendetwas zu sagen, Sohn?« Täve spuckte das letzte Wort aus wie Gift.

Cajus schüttelte den Kopf.

»Ich war öfter in der Bibliothek.«

»Ist dem so?«

Was verflucht wusste Täve? Hatte die Heilerin ihn verraten? Cajus bemühte sich, die Situation einzuschätzen.

Der König sprang so unvermittelt vom Thronsessel auf, dass Cajus zusammenfuhr. Er stürmte vom Podest und zerrte dem Wachmann den Gürtel aus der Hand.

»Reißt ihm das Hemd vom Leib!«

»Warum!«

»Ich werde dich lehren, was es heißt, mich zu bestehlen.«

»Ich habe Euch nicht bestohlen!«

»Nieder mit ihm!«

Die Wachmänner drückten Cajus auf die Knie und zerrissen sein Hemd.

»Man hat dich gesehen, wie du aus dem hinteren Nordflügel geschlichen bist. Was hattest du dort zu suchen?«

»Ich war in der Bibliothek!«

»Lügner!«

»Ich war dort nie in Euren Schatzkammern! Wie sollte ich auch? Ihr lasst sie stets bewachen!«

»Ich werde die Wahrheit jetzt aus dir rausprügeln.«

Täve umkreiste Cajus wie ein Raubtier seine Beute und holte aus. Der peinvolle Schmerz, den das Leder auf seiner Haut hinterließ, war unerträglich. Cajus biss die Lippen aufeinander, um nicht lauthals loszuschreien.

»Rede«, befahl Täve und peitschte ein weiteres Mal auf ihn ein. Cajus zuckte zusammen.

»Rede!«

»Ich habe Euch nichts gestoh...«

Scharf wie die Kralle des Teufels fühlte sich der nächste Hieb an. Sein Rücken brannte, als hätte ihm jemand Salz in eine offene Wunde gestreut.

»Warst du in meiner Schatzkammer? Warst du es auch, der mein Schmuckstück gestohlen hat?«

»Nein!«

Täve holte einmal mehr aus.

Cajus' Knie zitterten. Er konnte sich kaum auf den Beinen halten. Der Schmerz war betäubend.

»Ich werde weitermachen, bis du mir die Wahrheit sagst. Wer, wenn nicht du, würde für ein krankes Mädchen stehlen.«

»Ich habe Euer verfluchtes Armband nicht gestohlen! Und ich war auch nicht in Euren Schatzkammern«, presste Cajus heraus.

Täve schlug wieder und wieder zu. Dann hörte Cajus, wie die Tür zum Thronsaal aufgerissen wurde.

»Lasst mich zu ihm!«, brüllte Janes aus voller Kehle. Er rannte auf Täve zu und riss ihm den Gürtel aus der Hand. Auge in Auge standen sich Janes und der König gegenüber.

»Fass ihn nicht an! Nie wieder!«

»Bitte vergebt uns, Herr«, stammelten die Wachmänner. »Wir haben den Prinzen bis zu seinen Räumlichkeiten gebracht. Er ist hineingegangen und als wir uns zum Gehen aufgemacht haben, ist er hinaus und an uns vorbei gestürmt.«

»Ich werde Mutter hiervon erzählen!«, schwor Janes.

»Dieser Bastard hat mich bestohlen und ich will wissen, wie und warum.«

»Hast du irgendeinen Beweis für seine Schuld?«

»Ich werde den Beweis aus ihm herausprügeln.«

»Wenn du ihn noch ein einziges Mal anfasst, Vater, wirst du mich und ihn nie wieder sehen. Das schwöre ich dir bei meinem Leben!«

Täve riss bei den Worten seines Sohnes die Augen weit auf.

»Verschwindet! Alle beide«, knurrte er.

Janes half Cajus auf die Beine und begleitete ihn aus dem Thronsaal.

»Ach, und Cajus«, rief Täve. Cajus verharrte in der Bewegung.

»Ich habe mit keinem Wort erwähnt, dass es ein Armband war.«

»Komm«, sagte Janes. »Gehen wir.«

Cajus gab einen zischenden Laut von sich. Er biss die Zähne zusammen, während Janes ihm Heilsalbe auf die Wunden strich.

»Ich hasse ihn«, sagte Janes. »Ich hasse ihn dafür, was er dir antut.«

»Verflucht, tut das weh«, stöhnte Cajus.

»Ich hab's gleich.«

Janes nahm die frischen Tücher, die die Magd auf den Nachttisch neben Cajus' Bett gelegt hatte und bedeckte damit dessen Rücken.

»Hast du das Armband gestohlen?«

»Nein, aber ich habe es zurückgebracht.«

»Verrätst du mir, wer es war?«

»Es ist besser, wenn ich dir nichts davon erzähle.«

»Ich weiß es, Cajus. Ich weiß, dass du ab und an etwas aus der Schatzkammer entnimmst. Du und Mardon. Ich habe euch darüber sprechen hören.«

Cajus fuhr herum. Er verzog bei der raschen Bewegung schmerzvoll das Gesicht.

»Wann? Wo?«

»Vor einigen Wochen. Im Stall. Ich war dort, weil mir der Wein zu Kopf gestiegen ist und ich es nicht mehr in mein

Zimmer geschafft habe. Ich bin im Heu eingeschlafen und aufgewacht, als ich dich mit Mardon reden hörte. Du tust es für seine Schwester. Hast du dich in sie verliebt?«

Janes wickelte den Verband um Cajus' Oberkörper.

»In Fani? Nein.«

»Fertig«, sagte Janes.

Cajus erhob sich. Jede Bewegung schmerzte. Er nahm zwei Becher, ging zum Tisch und schenkte aus einer Kanne Wasser ein, in dem einige Blütenblätter schwammen.

»Erinnerst du dich an die kleine Sinda? Ihre Mutter hat als Dienstmagd auf der Burg gearbeitet. Sie hat ihre Mutter öfter zur Arbeit begleitet. Sindas Mutter hat nach dem Tod ihres Mannes wieder geheiratet und ist mit dem neuen Mann nach Tavanas gezogen.«

Janes schüttelte den Kopf. »Den Namen habe ich noch nie gehört.« Er nahm Cajus einen Becher ab und trank.

»Ist nicht weiter wichtig. Sinda hatte eine kleine Schwester namens Lelia, die an einer seltenen Krankheit litt. Ich war bei der Anhörung dabei, als ihre Mutter Täve auf Knien angefleht hat, ihr die Medizin für ihre Tochter zu bezahlen. Er hat abgelehnt, und das, obwohl er wusste, dass ihr Mann nicht mehr lebte und sie selbst hier jahrelang gearbeitet hat. Das Mädchen ist gestorben. – Ich habe mir damals geschworen, dass ich nicht tatenlos zusehen werde, wenn ich jemals die Möglichkeit habe, jemandem zu helfen, der sich nicht selbst helfen kann. Und die Narben an meinem Rücken nehme ich gerne auf mich, wenn ich damit verhindern kann, dass Fani leidet oder Mardon seine Schwester verliert.«

»Von allen Menschen auf der Welt bist du derjenige, zu dem ich aufsehe, derjenige, der meine größte Bewunderung verdient. Ich habe das ernst gemeint, Cajus. Wenn er dich noch einmal schlägt, werde ich mit dir fortgehen.«

Cajus setzte sich neben seinen Bruder aufs Bett.

»Janes. Ich will, dass du weißt, dass ich hier ohne dich verloren wäre, obwohl du mich manchmal bis zur Weißglut treibst.«

»Ich weiß, Bruder, ich bin grandios.«

Cajus lächelte und zerzauste ihm das Haar. »Nur keine falsche Bescheidenheit, aber das bist du in der Tat. Trotz deiner Grandiosität solltest du aber wirklich ein Bad nehmen.«

Cajus wischte sich über das Gesicht. Wie lange hatte er hier gesessen? Er durfte jetzt nicht aufgeben. Cajus sprang auf und hämmerte weiter mit seiner Waffe auf die Dornenmauer ein. Sie schien undurchdringbar. Kaum hatte er eine Öffnung in das Gehölz geschlagen, flocht dieses sich wieder zusammen. »Ich werde sie nicht auch noch verlieren.« Er schwang den Säbel. »Er hat sie geküsst, dieser verfluchte Dreckskerl!«

Es raschelte und knackste. Abgetrennte Zweige und Blätter schlugen ihm ins Gesicht. »Ich werde nicht aufgeben!«, brüllte er in der Hoffnung, dass es diejenigen, die auf der anderen Seite standen, hörten.

»Bemerkenswert.«

Cajus fuhr erschrocken herum und stieß mit dem Rücken gegen die Dornenhecke. Ein kleiner, stämmiger Mann, der eine Axt in seinen von Narben gezeichneten Händen hielt, stand vor ihm.

»Ich habe zwei Rohdiamanten drauf gewettet, dass der vorherige Versuch Euer letzter war. Die meisten geben schon nach dem dritten Mal auf.«

»Ich bin nicht wie die meisten«, knurrte Cajus.

»Das sieht man, denn die meisten hätten genug Hirn, um zu begreifen, dass diese Hecke undurchdringbar ist.«

»Ihr seid einer der Zwerge. Ich brauche Eure Hilfe.«

»Hört mit dem Unfug auf und kehrt heim.«

»Wartet! Ich habe etwas mitgebracht.« Cajus entnahm seiner Gürteltasche die kleine Schatulle und öffnete sie. Der Zwerg legte den Kopf schief und lächelte listig.

»Deine Geschenke sind wertlos für uns, Menschenmann.«

»Gehört das vielleicht einem von Euch?«

Der Blick des Zwerges richtete sich fest auf das, was Cajus zwischen seinen Fingern hielt. Interessiert trat er näher. Die Augen des Zwerges weiteten sich. Sein Lächeln schwand.

In einer flinken Bewegung ließ Cajus den Schlüssel in seiner Faust verschwinden. »Nicht so schnell, kleiner Mann.«

Der Zwerg hob bedrohlich die Axt.

»Gib den Schlüssel her!«

Cajus deutete mit dem Schwert in dessen Richtung. »Sobald ich mit Eurem Anführer gesprochen habe.«

»Dimron! Du hinterlistiger Fliegenpilz, was tust du hier?!« Hinter dem Zwerg stand, wie aus dem Nichts, eine Zwergenfrau. Die Hände in die Hüften gestemmt, tippte sie mit einem Fuß auf den Boden. »Du wolltest doch nicht etwa schwindeln, um deine Wette zu gewinnen?«

»Ich bin mir nicht sicher, aber ich denke, der Mensch hat den verlorenen Schlüssel der Truhe der Orchedilla bei sich.«

»Das ist unmöglich. Zeigt her, Menschenmann.«

Cajus tat wie ihm geheißen. Der Zwergenfrau blieb der Mund offen stehen.

Rasch verstaute Cajus das Kleinod in seiner Gürteltasche. »Wir lassen ihn herein.«

»Was!«, zischte Dimron.

»Du wirst den Menschen zu Gomron führen«, sagte sie, setzte ein fingergroßes Röhrchen an die Lippen, das an einer Kette um ihren Hals baumelte, und blies hinein. Ein wunderschöner Ton erklang und einen Herzschlag später war sie verschwunden.

»Wo ist sie hin? Was ist das für ein Zauber?«, fragte Cajus.

»Friga! Komm sofort zurück!«, rief Dimron und blies in das Röhrchen, das an seiner Kette hing.

Dann hatte sich auch Dimron verflüchtigt.

Ein weiterer Zwerg stand urplötzlich vor ihm. Cajus wich zurück. »Was zum ...«

»Bitte verzeiht, wenn ich Euch erschreckt habe. Mein Name ist Sniffron. Ich bin Euch etwas schuldig, ich habe vier Mineralien auf Euch gesetzt und gewonnen.« Die knubbelige Nase des Zwerges wurde beim Sprechen von seinem buschigen, dunklen Bart gekitzelt. »Als Dank werde ich Euch zu Gomron, unserem König, führen. Aber zuvor ...«

Der Zwerg zog eine Pergamentrolle aus seinem Beutel und breitete sie aus. „Was seht Ihr hier? Sagt das Erste, das Euch in den Sinn kommt", forderte er Cajus auf.

»Ich sehe einen Raben.«

Sniffron rollte das Pergament wieder ein und klatschte zweimal in die Hände.

Die Dornenhecke öffnete sich und gab den Blick auf ein Dorf frei.

»Was hatte das eben zu bedeuten?«

»Das war eine Wahrnehmungsprüfung. Ein Doppelbild. Wenn Ihr den Fuchs gesehen hättet, dann müsstet Ihr draußen bleiben. Ihr habt den Raben gesehen, jetzt weiß ich, dass man Euch trauen kann.«

Ein von feinem Kies durchzogener Weg führte sie direkt in das Herz des Städtchens. Der Geruch von Holzfeuer und frischem Brot lag in der Luft. Irgendwo plätscherte Wasser. Aneinandergereihte Häuser mit blatt- und blütenförmigen Fenstern und Türen zierten das Dorf. Weiter hinten waren Gärten, Felder, Wiesen und ein Berg zu erkennen.

Neben einer Brücke, die über einen Bachlauf führte, stand ein Zwerg und entleerte sich an der Böschung. Dann nahm er seinen Eimer und schöpfte Wasser.

Zwischen Cajus' Beinen sauste ein katzengroßes, grasgrünes Wesen hindurch. Er fuhr erschrocken zur Seite und sah dem Tier nach. Ein Mantel aus kurzen, braunen Stacheln bedeckte seinen Körper bis nach hinten zu dem langen Schwanz. Das Wesen schlug mit seinen kleinen Flügeln und hob ab.

»Was in Tiorans Namen ist das?«

»Das war Fenti, einer unserer Drachen.«

»Einer?«

Sniffron nickte und deutete auf einen anderen Drachen, der gerade aus dem Fenster eines Hauses flatterte. Das dottergelbe Tier schlug Purzelbäume in der Luft und flog dann auf das Dach des Hauses, breitete seine Flügel weit aus und starrte in die Richtung der Sonne.

»Was zum Bohnegeier ... Sniffron, bist du übergeschnappt, warum bringst du einen Menschen ins Dorf!« Cajus und Sniffron drehten sich gleichzeitig zu der Stimme um. Ein Zwerg stand da. Sein schulterlanges, ascheblondes Haar wurde von einem Band rund um seine Stirn gebändigt. In den Händen hielt er einen leeren Holzkäfig. Zu seiner Linken saß ein kleiner kohlschwarzer Drache und betrachtete Cajus aufmerksam.

»Friga glaubt, der Mensch hat den Schlüssel der Orchedilla-Truhe bei sich.«

Die Augen des Zwerges weiteten sich. Er musterte Cajus einen langen Augenblick. »Dann bringst du ihn zu Gomron.«

Sniffron nickte.

»Wozu der Käfig?«, fragte Cajus.

»Och, der ist nur für die Feen.«

»Das wird Euch Gomron dann genau erklären«, sagte Sniffron.

Cajus wendete den Blick ab und sah zu der kopfgroßen Kugel, die über eine naheliegende Steintreppe herunterplumpste und direkt auf sie zurollte. Die Kugel wandelte sich während des Rollens zu einem Drachen, der zwei tannengrüne Hörner auf dem Kopf hatte. Der rollende Drache stieß direkt mit dem schwarzen zusammen und bohrte dabei eins seiner Hörner in dessen Hinterteil. Der schwarze Drache stieß einen kreischenden Laut aus, schubste den

Hörnerdrachen von sich und attackierte ihn. Die beiden Drachen wirbelten über den Boden und schlugen dabei wild mit ihren Flügeln.

»Sollte man da nicht etwas tun?«, fragte Cajus.

»Das sind Soso und Micks, die beiden zanken sich ständig«, erklärte Sniffron. »Kommt, lasst uns weitergehen.«

Cajus verabschiedete sich mit einem Nicken von dem anderen Zwerg und folgte Sniffron.

Die Zwergin Friga kam ihnen unterdessen entgegen. »Gomron ist im Drachenberg, er erwartet den Menschen bereits.«

»Danke.«

Friga winkte und machte kehrt. Diesmal benutzte sie aber ihre Beine und blies nicht in das merkwürdige Ding an ihrem Hals.

»Drachenberg?«

»Die Drachen sind ein Teil unseres Volkes. Der Drachenberg ist ihr Zuhause und liefert uns gleichzeitig wichtige Rohstoffe und Materialien für die Verarbeitung von Waffen, Werkzeugen und anderen Dingen.«

Cajus folgte Sniffron bis zu der Öffnung des Bergwerks.

Der Lärm dort drinnen wurde lauter, je näher sie den unterirdischen Minen kamen. Es hämmerte, ratterte, krachte, donnerte, prasselte und quietschte. Etwas hörte sich an, als würde sich ein Sack voller Kieselsteine über den Boden ergießen. Und dann stand Cajus mitten im Berg, der von hunderten Laternen beleuchtet wurde.

»Willkommen im Drachenberg«, sagte Sniffron.

Ein reges Treiben bot sich ihm. Zwerge und Drachen waren eifrig damit beschäftigt, ihre Arbeiten zu verrichten. Manche der Drachen dösten auch nur auf Steinen oder flatterten mit ihren kleinen Flügeln über den Köpfen der Zwerge. Eine Zwergenfrau mit dunkelblond gelocktem Haar und rundlichem Gesicht zerrte einen Satz handdicker Seile hinter sich her. Eine weitere drängte sich mit einem menschengroßen Schild an Cajus vorbei und rempelte dabei die Männer an, die ihr mit voll beladenen Wassereimern entgegenkamen. Zwei tannengrüne Drachen, die so groß waren wie ausgewachsene Rehe, buddelten faustgroße Löcher in die Bergwand. Ein Zwerg schob ein kurzes, dickes Rohr in die Öffnung und lugte hinein. Ein anderer Zwerg schob eine mit silberfarbenen Steinen befüllte Schubkarre vor sich her und hielt neben ihnen an.

»Lolo und Mauz haben heute ganze Arbeit geleistet«, sagte der Zwerg an Sniffron gewand. Dann nickte er in Cajus' Richtung. »Ist das der Mensch, der den Schlüssel hat?«

»Das hat sich aber schnell herumgesprochen«, sagte Sniffron.

»Friga war noch nie die Schweigsamste.«

»Was genau tut Ihr hier unten?« Cajus betrachtete die silbernen, faustgroßen Steine in der Schubkarre. »Und was ist das?«

Der Zwerg nahm einen der Steine in die Hand, hob ihn hoch und fing ihn wieder auf. »Drachenmist.«

Cajus verzog das Gesicht. »Und was genau tut Ihr damit?«

»Mit diesem Mist bauen wir unsere Waffen. Wir schmelzen sie im Feuer und was übrig bleibt, ist magisches Eisen.«

»Wir werden Euch das ein anderes Mal genauer erklären«, sagte Sniffron und dirigierte ihn weiter. »Gomron wartet sicher schon.«

»Vorsicht!«, rief jemand.

Cajus duckte sich. Ein Drache flog knapp über seinem Kopf hinweg, auf dessen Rücken saß eine Zwergenfrau und ließ sich von dem Tier aus dem Berg bringen.

Sniffron winkte Cajus zu sich. Er blieb vor einem von Narben gezeichneten Zwerg stehen, der gerade ein Kriegsmesser begutachtete. Der Zwerg mit den Narben hob den Kopf in Cajus' Richtung und wirkte für einen Augenblick wie erstarrt.

»Gomron.«

»Danke, Sniffron, dass du den Menschen zu mir gebracht hast.« Gomron reichte Sniffron das Messer in seinen Händen.

»Bring das zu Agatha, dann komm zu mir. Du kannst später den Menschen in die Feldahornhütte begleiten.«

Sniffron nickte und machte kehrt. »Und Ihr folgt mir bitte«, sagte Gomron an Cajus gewandt.

»Feldahornhütte?«, fragte Cajus.

»Wie Ihr sicherlich bemerkt habt, haben die Fenster und Türen unserer Häuser die Formen von Blättern und Blumen. In die Hütte, in die Euch später Sniffron begleiten wird, sind alle Öffnungen in der Form von Feldahornblättern hineingesägt.«

»Dann gibt es sowas wie eine Lindenhütte und eine Kirschbaumhütte?«

»Genau«, sagte Gomron und winkte ihn in ein Zimmer hinein.

Die Kleidung des Zwerges war mit Staub und Dreck beschmutzt, seine Hose links ein wenig aufgerissen.

»Ihr seht gar nicht aus wie ein König«, sagte Cajus.

»Das tut Ihr auch nicht und doch seid Ihr einer.«

»Ihr wisst, wer ich bin?«

Gomron deutete auf eine Bank, die mit weichen Stoffen überzogen war.

»Ihr dürft Euch gerne setzen.«

Der Zwergenkönig schloss die Tür zu dem kleinen Raum hinter sich und kletterte auf einen Stuhl.

»Ich bin zwar König, aber nicht mehr wert als jeder Einzelne von uns. Ich arbeite genauso hart wie alle anderen hier. Unsere Schätze gehören uns allen. Aber genug von mir. Wie lautet Euer Name?«

»König Cajus Alexander Eston von Tioran.«

»Mein Name ist Gomron. Zeigt mir den Schlüssel, König Cajus.«

»Meine Gemahlin hat ihn von einer Frau namens Anastella erhalten.«

»Anastella.«

»Ihr kanntet sie?«

Den Blick fest auf den Schlüssel in Cajus' Hand gerichtet, sagte Gomron: »Sie war unsere Seherin, bevor sie uns verließ, um in der Menschenwelt zu leben. Ehe sie aufbrach, ließ sie mich einen Blick in die Zukunft werfen. Ich habe Euch gesehen. Anastella hat mir anvertraut, dass eines Tages ein Menschenkönig versuchen würde, sich durch unsere Hecke zu kämpfen, dass wir diesem König helfen müssen, was auch immer er verlangt. Dass er uns ein Geschenk von enormem Wert mitbringen wird.«

»Warum ist sie von hier fortgegangen, um in der Menschenwelt zu leben?«

»Das ist eine lange Geschichte, aber einer der Gründe war, damit wir beide eines Tages zusammentreffen.«

»Um was zu tun?«

»Einen Krieg zu führen.«

»Gegen?«

»Zeolos.«

»Den gefürchteten Gott des Krieges? Den verschollenen Herrscher der Unterwelt?«

Der Zwerg nickte.

»Ist das ein Witz?«

Gomrons Gesicht bestätigte Cajus, dass es keiner war.

»Warum in Tiorans Namen sollten wir gegen einen der gefährlichsten Götter der Welt kämpfen müssen?«

»Diese Frage stelle ich mir seit dem Tag, an dem Anastella uns verlassen hat. Wie geht es ihr eigentlich?«

Cajus ließ die Schultern hängen. »Es tut mir leid, sie weilt leider nicht mehr unter uns.«

Gomron war seine Trauer deutlich anzusehen.

Nach kurzem Schweigen räusperte sich Cajus.

»Was hat es mit dem Schlüssel von Baba Anastella auf sich? Warum ist er von so großem Wert für Euch?«

»Ich verstehe, dass Ihr Fragen habt, aber es ist schon spät. Ihr habt eine lange Reise hinter Euch, ihr solltet Euch ausruhen und etwas zu Euch nehmen.«

Es klopfte an der Tür.

»Komm rein.«

Sniffron betrat den Raum.

»Du kannst König Cajus jetzt zu seiner Hütte begleiten«, sagte Gomron.

»König?«

»Der Menschenmann ist der König von Tioran. Er wird eine Zeit lang bei uns bleiben.«

Sniffron nickte und bedeutete Cajus, ihm zu folgen.

»Konntet Ihr etwas Schlaf finden?«, fragte Gomron.

»Nicht viel. – Das geht ganz schön tief hinunter«, fand Cajus und folgte Gomron die steile Treppe hinab. Die letzte Nacht war wie die Nächte zuvor. Er hatte kaum ein Auge zugemacht, hatte sich in dem für ihn viel zu kleinen Bett herumgewälzt, nachgedacht und versucht, das kleine Wesen in seinem Zimmer zum Schweigen zu bringen.

»Wir tun alles, um unsere Kammern zu bewachen«, sagte Gomron.

»Eure Hecke ist doch undurchdringbar?«

»Erst seit einigen Jahren. Wir haben lange an dem perfekten Zauber gefeilt. Es gab immer wieder Menschen oder andere Wesen, die die Hecke überwanden, um unsere Schätze zu rauben.« Gomron deutete zu einem weiteren engen Treppenabgang. »Da lang.«

»Ich habe viele Fragen an Euch. Zunächst würde ich gerne wissen, was es mit dem Käfig auf sich hat, der in meinem

Zimmer hängt und in dem sich ein handgroßes weibliches Wesen mit Flügeln befindet?«

Gomron griff sich an die Stirn. »Ich habe ganz vergessen, anzuordnen, dass das kleine Biest woanders untergebracht wird. Es ist eine Fee. Ihr dürft sie unter keinen Umständen aus dem Käfig lassen.«

»Warum sperrt ihr sie ein?«

»Sie sind hinterhältige, beißfreudige Diebinnen. Sie kommen in unser Reich, um unsere Schätze zu stehlen. Wir fangen sie ein und senden sie dann mithilfe eines Zaubers, der leider nur an Vollmond wirkt, in ihr Reich zurück.«

»Zuerst hat die Fee mich angefleht und getobt, dann hat sie gedroht, mich zu verfluchen.«

»Im Moment haben wir eine kleine Feenplage. Sie dürfen sich nicht gemeinsam in einem Raum aufhalten, da sie sonst an Kraft gewinnen und möglicherweise ausbrechen könnten.«

»Können sie nicht auf demselben Weg heimkehren, auf dem sie gekommen sind?«

»Sie können schon, aber sie wollen es nicht. Die Fee, die sich in Eurer Hütte befindet, haben wir durch Zufall auch dort gefunden. Ich weiß nicht, was genau sie in dem Zimmer zu suchen hatte. Normalerweise schwirren die Biester in der Nähe der Schatzkammern herum oder stürmen die Berghöhle. In einigen Tagen ist Vollmond, da senden wir sie wieder in ihre Heimat zurück.«

Cajus rieb sich beide Augenlider.

»Das muss alles sehr viel für Euch sein.«

Gomron hielt vor einer Tür an und zeichnete mit dem Finger ein Dreieck, gefolgt von weiteren Zeichen, in das Holz.

Das Tor öffnete sich und gab den Blick auf eine Kammer frei, die gefüllt war mit glänzend polierten Waffen und aus Gold gegossenen Drachenstatuen. In einer Ecke türmten sich funkelnde Steine zu einem Haufen.

»Götter«, hauchte Cajus und folgte dem Zwergenkönig tiefer in das Innere der Kammer.

»Das waren nicht die Götter, das waren wir. Helft mir mal«, bat Gomron und fing an, den Hügel aus bunten Steinen abzubauen. Es schepperte und klimperte, während Cajus mit Gomron die Truhe herauszog, die sich darunter verbarg.

»Habt Ihr die Schlagkraft Eurer Waffen an der Truhe ausprobiert?«, fragte Cajus.

Gomron klopfte mehrmals mit der Faust auf den Deckel.

»Hallo, aufwachen!«

»Dummer Zwerg!«, zischte die Truhe.

Cajus fuhr erschrocken nach hinten. »Hat das Ding da gerade gesprochen? Oder ist da jemand drinnen?«

»Weckst mich aufs Neue von meinem Schlaf. Ich habe dir gesagt, ich lasse mich nicht öffnen. Pack deine Axt wieder ein und verschwinde!«

»Ich habe einen Schlüssel, lass dein Schloss erscheinen«, sagte Gomron.

»Ich rieche Mensch. Wo bist du, Mensch, komm näher und leg deine Hand auf mich. Wer zuletzt lacht, kocht am besten.« Cajus wechselte einen Blick mit Gomron, der ihm ermunternd zunickte. Er näherte sich der Truhe, als würde er gegen den Wind ankämpfen, und legte die Hand darauf.

»Ein Krieger, ein Bruder, ein Ehemann, ein König, und bald schon ein toter König.«

Cajus riss die Hand vom Holz.

»Nehmt das nicht ernst. Die Truhe redet viel, meistens völlig wirren Unsinn.«

»Klopf, klopf, wer ist da? Der tote König, haha.«

»Gebt mir den Schlüssel«, bat Gomron.

»Bei den Drachenbergen wird der König sterben. Das kitzelt.«

»Jetzt halt schon deinen verflixten Mund!«, schimpfte Gomron. Die Hand des Zwergenkönigs zitterte kaum merklich.

»Würd ich ja, wenn ich einen hätte. Verdummt der Mund im Höllenschlund.«

»Er passt.« Ein Klicken, und dann war die Truhe offen. Sie beugten sich darüber und sahen hinein.

»Sand?«, fragte Cajus und betrachtete die winzigen Kristalle, die wie Schnee in der Sonne schimmerten.

»Das verlorene Feenpulver der Orchedilla«, sagte Gomron.

»Hej, du Fußzeh eines Riesen! Vergiss nicht, mich wieder zu befüllen, wenn du mich entleert hast, sonst kann ich überaus unangenehm werden.«

»Was ist so besonders daran?«

»Abendstund hat Maus im Haus«, trillerte die Truhe.

»Die Kiste ist echt geisteskrank«, sagte Cajus.

»Das verlorene Feenpulver der Orchedilla ist die Asche der Orchedilla, der ältesten und mächtigsten Fee, die es je gegeben hat. Selbst das Zuhause der Feen wurde nach ihr benannt.«

»Woher wusstet Ihr, dass das Pulver da drinnen ist, wenn Ihr sie nicht öffnen konntet?«

»Der Zwerg weiß es, weil es ist, was es ist und es war, wie es bleibt.«

»Ich hatte schon so eine Vorahnung«, sagte Gomron. »Aber jetzt, wo die Truhe offen ist, bin ich mir ganz sicher. Ich kann mir aber sofort den Beweis holen.«

Gomron steckte seine Finger in den glänzenden Sand, entnahm nicht mehr als eine Messerspitze davon und rieselte sich diese über den Kopf.

Dann verschwand er vor Cajus' Augen.

»Gomron?«

»Ich stehe direkt vor Euch.«

Ein Geräusch erklang, als würden Hände aneinanderreiben, und Gomron erschien wieder.

»Was du heute kannst besorgen, ist dann morgen noch verdorben«, trällerte die Truhe.

»Dieses Pulver war ursprünglich ein Geschenk der Feenkönigin Aurin, der Goldenen, an meinen Urgroßvater. Die beiden pflegten vor langer Zeit eine tiefe Freundschaft. Mein Urgroßvater hat die Truhe zwar erhalten, aber der Schlüssel ging unterwegs verloren. Die Seherin Anastella wusste, dass er irgendwo in der Menschwelt lag, und machte sich auf die Suche, von der sie niemals zurückkehrte. Dieses Pulver wird uns im Kampf gegen Zeolos nützlicher sein als jede Waffe.«

»Aber Ihr könnt Euch doch schon unsichtbar machen. Die Zwerge, die mich vor dem Tor gefunden haben, sie haben in das Ding an ihrem Hals geblasen und sind einfach so verschwunden.«

»Das Ding, von dem Ihr sprecht, ist Drachenrohr. Es wächst hier bei uns. Damit können wir uns von einem Ort an den anderen zaubern, aber das auch nur mit sehr viel Übung und Geschick. Nicht jeder schafft es, den Drachenton richtig zu treffen.«

»Übung macht die Kuh, leiden tut der Schuh.«

Gomron rollte mit den Augen und fuhr fort: »Das magische Drachenrohr ist sehr selten und kann auch für viele andere Zwecke verwendet werden. Zum Beispiel kann es gewisse Krankheiten heilen, wenn man es kocht, es lindert Zahnschmerzen, wenn man es kaut. Und wenn die Drachen es essen, können sie sogar Feuer spucken.«

»Euer Reich verbirgt so viele Geheimnisse. Es ist faszinierend und beängstigend zugleich.« Cajus entnahm der Truhe eine Prise Sand und rieb sie zwischen seinen Fingern.

»Orchedilla ist demnach das Reich der Feen?«

»Ja, es ist der Ort, aus dem die Feen stammen. Sie sind höchst gerissen und auch oft erfolgreich in dem, was sie tun. Nicht alle Feen sind so, aber diese hinterfotzigen Ungeheuer, die sich hierher schleichen, schon.«

»Die Fee tut keinem weh, denn wie gewonnen so verhext.«

Cajus lag mit angewinkelten Beinen in dem Bett, das viel zu kurz für ihn war, hielt sich die Ohren zu und starrte an die buntbemalte Zimmerdecke. Blumen, Gräser, Bäume, Berge, Tiere, alles, was die Natur zu bieten hatte, konnte man entlang der Wände erspähen. Die Zwerge waren Künstler in allem, was sie taten. Cajus wischte sich übers Gesicht.

»Könntest du so freundlich sein und für einen einzigen Augenblick den Mund halten!«

»Könnte ich, aber ich will es nicht«, sagte die Fee und trällerte weiter ihr Lied.

»Ich schwöre dir, ich werfe dich gleich mitsamt deinem Käfig in den Bach!« Cajus setzte sich auf und bewarf das Gitter mit seinem Polster. »Weinst du jetzt etwa? – Bitte hör auf. Ich hab das nicht so gemeint.« Er ging zu ihr. Die handgroße Fee hatte den Kopf zwischen ihren Knien vergraben und ihre Flügel um sich geschlungen. Cajus klopfte an das Gitter. »Es tut mir leid. Wenn es dir so ein Bedürfnis ist zu singen, dann tu das. Wie, sagtest du, heißt du?«

Sie hob den Kopf und sah ihn jetzt direkt an. »Ilvi. Bitte befrei mich von hier«, schluchzte sie. »Die Zwerge lügen. Sie werfen uns ins Feuer, wenn sie uns eingefangen haben. Ich will nicht sterben.«

»Sie haben gesagt, sie schicken euch nach Orchedilla in eure Heimat zurück.«

»Sie haben gelogen. Bitte befrei mich und lass mich nach Hause zu meiner Familie fliegen. Sie machen sich bestimmt schon große Sorgen um mich.«

»Ich weiß nicht.«

Die Kleine erhob sich und trat dicht an das Gitter heran. In ihren schönen Wimpern verfing sich eine Träne.

»Bitte«, hauchte sie.

»Ich sehe hier nirgendwo ein Schloss.«

»Die Gitterstäbe sind aus Ästen der Rotbuche gefertigt. Für Feen höchst giftig. Sie hemmen unsere Kräfte und ich darf sie nicht berühren, aber du schon. Du siehst stark aus, du könntest versuchen, sie einfach auseinanderzubrechen.«

Cajus überlegte einen langen Augenblick. Dann sagte er: »Na schön, ich versuche es.«

»Du musst vorsichtig sein, wenn du den Käfig runternimmst. Ich darf das Holz nicht berühren.«

Cajus griff nach den Gitterstäben und versuchte, sie zu knicken. Das Holz knackte. Die Elfe schrie auf, verlor das Gleichgewicht und prallte an die Stäbe. Sie rührte sich nicht mehr.

»Verflucht!« Mit dem nächsten Ruck hatte er eine Öffnung in das Gitter gebrochen. Vorsichtig hob er Ilvi aus dem Käfig und trug sie zu seinem Bett.

»He, Kleine, geht es dir gut?« Die Fee riss die Augen auf. Ihr Lächeln gefiel Cajus überhaupt nicht. Es war eins von der üblen Sorte.

Im ersten Moment lag sie vor ihm, im nächsten flatterte sie über seinem Kopf, riss an seinem Haar, biss ihn in den Nacken und kratzte über seine Haut. Sie schnappte sich ein Kissen und wirbelte rund um seinen Kopf.

»Was wird das, wenn's fertig ist? Hör auf damit!«

Ilvi schoss auf ihn zu und presste ihm das Kissen auf sein Gesicht.

Das verfluchte Biest versuchte, ihn zu töten.

Er wehrte sich mit Händen und Füßen und zerrte sich das Kissen vom Gesicht.

»Verflixte Lügnerin! Und warum zur Hölle bist du so stark?«

Die komplette Einrichtung des Hauses verselbständigte sich, fing an zu schweben und flog auf ihn zu. Er machte einen Satz, wich dem Stuhl aus, bückte sich unter dem fliegenden Tisch hindurch und schlug mit der Hand die heransausenden Blumentöpfe fort. Dann sprang er zur Tür, riss sie auf und stürmte hinaus. Die Möbel plumpsten hinter ihm mit lautem Scheppern zu Boden.

»Das war möglicherweise ein Fehler«, dachte er laut. Er sollte schnell einen der Zwerge holen, sie mussten wissen, wie man die Fee am besten wieder einfangen konnte.

Er hielt inne, als er den Aufruhr bemerkte, der im Gange war. Zwerge hetzten beladen mit Schildern und Waffen Richtung Hecke.

Cajus hielt einen Zwerg auf. »Was ist denn hier los?«

»Keine Zeit zum Plaudern, Menschenmann!«, sagte er, ohne stehen zu bleiben.

Gomron kam ihm unterdessen entgegen.

»Ich muss mit Euch sprechen«, sagte Cajus. »Ich hab möglicherweise einen Fehler ...«

»Das muss warten«, winkte Gomron ab. »Vor den Toren wartet ein Heer aus Elfen mit dem Königspaar und bittet um Einlass. Kommt mit.«

Cajus folge Gomron bis an die Grenze der Dornenwand. Eine Armee aus Zwergen hatte sich dort versammelt. Die Dornenranken öffneten sich.

Wie eine goldene Göttin saß Daria auf ihrem schneeweißen Pferd. Zu ihrer Rechten Baratus. Er sah genauso aus wie in der Vision, die Daria Cajus einst gezeigt hatte. Die Elfenkönigin begrüßte ihn mit einem Nicken und wendete sich dann dem Zwergenkönig zu. Baratus hingegen strafte Cajus mit einem hasserfüllten Blick.

»Wir sind gekommen, um Hilfe zu erbitten«, sagte Daria. »Gewährt Ihr uns Einlass?«

»Hilfe wofür?«, fragte Gomron.

»Für den Kampf gegen den gefürchtetsten Kriegsgott aller Zeiten«, sagte Baratus so laut, dass ihn jeder der Anwesenden hören konnte.

Sechsundzwanzig … Devias

»Kjartan Bonesso – warum kann ich nicht so heißen.«

»Weil du Kappa, der Schwachkopf, bist.«

»Und du Leswo, der Blödmann.«

»Warum ihr beiden nicht für einen einzigen Moment Frieden halten könnt«, sagte Devias.

»Weil Streiten das Einzige ist, in dem diese Nichtskönner gut sind.«

»Halt doch dein Maul, Midra!«

»Lass sie, sie ist doch nur so giftig, weil der König ausschließlich Augen für dieses Halbblut hat.«

»Midra ist schon bissig auf die Welt gekommen«, sagte Kappa.

»Da sind die beiden ja. Ich frag mich, was sie so Vertrauliches auf dem Schiff besprechen mussten«, sagte Leswo.

»Ich denke nicht, dass die beiden gesprochen haben.«

Ein Blitz aus nachtschwarzen Schatten löste sich aus Midras Händen und traf Kappa direkt in die Magenmitte. Der Schattenelf wankte rückwärts und hielt sich den Bauch.

»Bist du übergeschnappt! Du verfluchtes Miststück!« Kappa hob ebenfalls den Arm und schleuderte einen Strahl dunkler Sterne in ihre Richtung. Midra warf eine Kuppel über sich. Asael war einen Herzschlag später inmitten des

Sternenhagels, fing ihn mit seiner Magie ab und lenkte ihn zu Kappa zurück.

»Seid ihr beiden wahnsinnig geworden! Ihr hört sofort auf damit! Wir haben gerade mal zehn Schritte auf die Insel der Hexer gemacht und ihr bekämpft euch wie die Wahnsinnigen. Wir müssen uns hier so unauffällig wie nur möglich verhalten.«

»Das ist alles ihre Schuld!«, sagte Midra und zeigte auf Liadan.

»Wenn du es auch nur versuchst, wirst du deine Magie zum letzten Mal aufgerufen haben«, schwor ihr Asael.

»Soll sie doch«, sagte Liadan. »Ich kann es mit Midra gerne auf meine Weise klären.«

»Was habt ihr beiden auf dem Schiff besprechen müssen?«, fragte Midra. »Ich dachte, die Dirne ist verheiratet. Jetzt lässt sie keine Gelegenheit aus, um dir ihre Zunge in den Mund zu stecken.«

»Midra!«, brüllte Asael.

»Wovon sprichst du? Ich bin nicht verheiratet«, sagte Liadan.

Midra sah Asael mit offenem Mund an. Dann stieß sie ein lautes, irres Lachen aus.

Devias' Vater stampfte auf Midra zu, packte sie am Arm und entfernte sich so weit von der Truppe, dass niemand ihr Gespräch mitverfolgen konnte.

»Wovon redet sie, Devias?«, fragte Liadan.

Devias schloss kurz die Augen, ballte die Fäuste und machte auf dem Absatz kehrt.

»Devias!«

Wie konnte sein Vater ihre Erinnerungen nur so dermaßen auslöschen. Er musste etwas dagegen tun. So etwas sollte nie geschehen. Er wollte seinen Vater von dem Bann befreien und ihm helfen, den Stein zu finden, aber Liadan sollte jetzt in Tioran bei ihrem Mann sein. Sie gehörte nicht hierher. Selbst wenn sein Vater Liadan auf seine eigene absonderliche Weise liebte, war dies hier Unrecht. Asael hatte sich schon immer das genommen, was er wollte. Wenn er eine Möglichkeit fände, Liadan den Ring vom Finger zu nehmen, dann kämen ihre Erinnerungen zurück und er würde selbst wieder zu ihrer Zielscheibe werden. Sie würde sich wieder daran erinnern, dass er sie all die Jahre belogen hatte, und daran, was man ihr in Tioran angetan hat. Trotz der Schandtaten, die er begangen hatte, war seine Freundschaft zu Liadan stets aufrichtig gewesen. Er war es ihr schuldig. Sobald sie diese Insel wieder verlassen hatten, musste er dem hier ein Ende bereiten.

Siebenundzwanzig … Liadan

Klein und beschaulich schlängelten sich die schmalen Gässchen nach oben hin bis zur Burg. Die Wege waren mit hellen, bunten Steinen buckelig bepflastert. Das Mauerwerk schenkte Schatten vor der Gluthitze, die die Insel der Hexer wie eine schwere Decke begrub. Ein eigenartiger säuerlicher Dunst lag in der Luft, weich und sanft wie Nebel, dessen winzige Wassertröpfchen ein wenig Abkühlung brachten.

»Ist euch aufgefallen, dass dieses Dorf hier gottverlassen ist? Ich meine, wo verflucht sind die ganzen Hexer und Hexen«, sagte Leswo.

Liadan wischte sich den Schweiß von der Stirn und hielt mit einem Mal in der Bewegung inne. Schmerzvoll verzog sie das Gesicht und schob den Ärmel ihres Hemdes nach oben.

»Was ist mit dir?« Asael hob ihren Arm leicht an. Die Furche zwischen seinen Augenbrauen wurde tiefer.

»Die Wunde hat sich entzündet.«

»Wenn ich mich nur daran erinnern könnte, was verflucht mich da gebissen hat«, dachte Liadan laut.

»Lass uns weitergehen. Oben in der Burg werden wir nach einem Heiler verlangen.«

Nach jedem fünften Schritt sah Liadan nach oben zu den vielen Raben, die von den Dächern der Häuser jeden ihrer Schritte beobachteten.

»Sie sehen hungrig aus.«

»Ich hoffe, die Raben fliegen runter, picken dir den Schädel auf und fressen als erstes dein Hirn«, giftete Midra.

»Zumindest werden sie bei mir eins vorfinden. Bei dir würden sie enttäuscht davonflattern.«

»Sollen wir vielleicht an einem der Häuser klopfen?«, fragte Kappa.

»Außer uns gibt es hier keine einzige verfluchte Seele. Du hast dich geirrt, Vater, das hier ist eine Geisterstadt.«

»Wenn du genau hingesehen hättest, Sohn, wären dir die Kleider auf den Wäscheleinen aufgefallen, das angepflanzte Gemüse in den Gärten, die mit Obst befüllten Körbe in den Vorhöfen. Wenn die Bewohner hier nicht vor Kurzem vor irgendetwas geflohen sind, gehe ich davon aus, dass sie sich weiterhin hier aufhalten.«

»Was, wenn wir schon längst von ihnen beobachtet werden?«

Nach Kappas Worten sah die Truppe verstohlen nach oben zu den vielen Raben, die auf den Dächern saßen.

»Wir müssen den steilen Felsenaufgang hier hinaufsteigen. Dort oben ist der Eingang zur Burg. Hoffentlich treffen wir dort jemanden an«, sagte Asael.

»Niemand von ihnen lässt sich wecken. Sie schlafen tief und fest.« Liadan rüttelte an einer Frau, die mit der Wange auf der Tischplatte lag. Ihre Sitznachbarin schlummerte an den Schenkeln ihres Nachbarn. Ein Mann mit knochenweißem Haar hatte seinen Löffel im Mund, ein anderer ruhte neben seinem halbvollen Becher, seine mit blauen Zeichen bemalten Finger umklammerten das Trinkgefäß. Eine Frau mit rabenschwarzen Locken dämmerte mitten auf ihrem mit Soße und Fleischresten beladenen Teller. Ein Kind schlief auf dem Schoß seiner Mutter, ein weiteres mit den Ellenbogen auf den Tisch gelehnt.

»Und was machen wir jetzt?«, fragte Devias.

»Wir warten. Vielleicht tut sich ja bis morgen früh etwas.« Asael ließ seinen Blick über die Anwesenden gleiten. »Wenn wir Glück haben, ist einer von ihnen Kjartan Bonesso.«

»Weißt du denn, wie er aussieht?«

»Nein.«

»Und wenn sie nicht aufwachen?«

»Dann muss ich irgendwie diese verfluchten Schicksalsbiester herbeirufen. Vielleicht können sie uns helfen. Ich frag mich ohnehin, wo die Ungeheuer geblieben sind.«

»Da ist etwas, das ich dir über die drei Schicksalselfen sagen muss«, erklärte Liadan. »Ich weiß, dass es wichtig ist, aber jedes Mal, wenn ich versuche, auf die Erinnerung zurückzugreifen, sehe ich nichts als Schwärze.«

Devias gab ein Knurren von sich, das von einem Tier hätte stammen können. »Ich geh mich in der Burg umsehen«, sagte er.

Hatte sie sich eben getäuscht oder hatte er seinen Vater mit einem anklagenden Blick gestreift?

»Hej, Leswo, ich wette mit dir um drei Koboldsteine, dass der Riese mit dem Stern an der Stirn dieser Bonesso ist.«

»Wette angenommen. Ich sage, es ist der mit der Narbe über dem Auge.«

»Irgendwie hoffe ich ja, dass keiner von denen aufwacht«, murmelte Kappa.

Dong, Dong, Dong. Dreizehnmal erklang das Läuten einer Glocke. Liadan kam, wie die anderen, die es sich in einer Ecke des Saals bequem gemacht hatten, auf die Beine. Der Boden knackte, Türen im oberen Stockwerk quietschten, schlugen auf und krachten wieder zu. Ein Windstoß jagte durch den abenddunklen Raum und entzündete damit einen Satz Kerzen. Die Hexen und Hexer an der Tafel regten sich. Sie streckten ihre Arme, dehnten ihre Hälse, gähnten und rieben sich die Augen. Ein Hexer mit weißen Strähnen in den dunklen Haaren sah hoch. Als er die Fremden bemerkte, hielt er in der Bewegung inne. Einige der Anwesenden folgten seinem kalten Blick, bis jedes Auge auf ihnen ruhte. Es war so still in dem Raum geworden, dass man eine Stecknadel hätte fallen hören können.

Der Mann, der am Kopf der Tafel saß, legte seine Handflächen auf den Tisch und stieß sich ab. Eine Narbe durchzog seine linke Augenbraue bis hinunter zum Ansatz seiner Wange. Er erinnerte Liadan irgendwie an den Jagdgott Denotom. Nur auf eine finstere Art und Weise.

Als dieser Mann mit schweren Schritten auf sie zukam, hatte sie das Gefühl, gleich von einem Pferdewagen überrollt zu werden.

»Der Schattenkönig und sein Gefolge«, sagte der Hexer. »Wir haben vierundzwanzig Seherinnen unter uns. Ihr könnt Euch die Frage, woher ich das weiß, somit sparen.«

»Und mit wem habe ich das Vergnügen?«

Der Hexer neigte den Kopf. Sein Blick strafte seine höfliche Geste Lügen.

»Kjartan Bonesso, zu Euren Diensten.«

»Ja! Du schuldest mir drei Koboldsteine, Kappa«, hörte Liadan Leswo hinter sich sagen.

»Ach, leck mich doch.«

»Das soll Devias lieber tun, der steht doch eh so auf ...«

Asael fuhr herum.

»Wenn ihr beide nicht sofort still seid, schmeiß ich euch eigenhändig aus dem Fenster!«

»Ich seh hier gar keine Fenster«, murmelte Leswo, worauf er sich ein Knurren von Asael einfing.

Die sturmdunklen Augen des Hexers musterten Liadan. Langsam glitt sein Blick an ihr hinunter. Er legte die Stirn in Falten und rümpfte die Nase.

»Ihr macht Eurem Ruf wahre Ehre, Schattenkönig. Das Mädchen kann einem wirklich leidtun.«

»Warum kann ich einem leidtun?«

Kjartan machte den Mund auf, um etwas zu sagen, wurde aber von Asael unterbrochen.

»Wenn Ihr wisst, wer ich bin, dann kennt Ihr auch den Grund für unser Kommen?«

»Um dem König von Agadash meinen Kopf zu servieren.«

Die beiden Männer lieferten sich einen Anstarrwettbewerb. Ohne den Blick von Asael zu nehmen, sagte Kjartan:

»Zilesta, komm bitte her und sag dem Schattenkönig, was du gesehen hast.«

Eine Frau mit wild ineinander geflochtenem Haar, das von bunten Strähnen durchzogen war, erhob sich. Jeder ihrer Schritte klimperte, als würde man ein Schmuckkästchen schütteln.

»Wie kann sie mit den ganzen Ketten an ihrem Leib überhaupt aufrecht stehen?«, flüsterte Kappa.

Zilesta tippte Asael mit dem Zeigefinger gegen die Brust.

»Wenn du, Schattenkönig, gegen Kjartan kämpfst, wird ein großes Feuer ausbrechen. Ich sehe dunkle Schatten und einen blutbenetzten Himmel, viele Tote und noch mehr Verletzte. Das Mädchen wird große Schmerzen leiden. Ich sehe einen toten Wolf und dich, Schattenkönig, ohne Sohn und ohne Kjartan von unserer Insel fliehen.«

»Danke, Zilesta«, sagte Kjartan. Zilestas Blick fiel auf Liadan. Die Seherin murmelte etwas Unverständliches und setzte sich dann wieder an den Tisch.

»Ihr habt die Wahl, Schattenkönig«, sagte Kjartan. Auf seiner Handfläche erschien eine blauschimmernde Flamme, die er auf und ab schwenkte. Die Augen des Hexers sahen plötzlich aus, als hätte er sie in Blut getränkt. Seine Gesichtszüge verzerrten sich zu einer grauenhaften Fratze.

Liadan rührte sich nicht, wagte kaum zu atmen.

»Ihr kämpft und lasst es darauf ankommen, dass die Prophezeiung von Zilesta wahr wird, oder ich lasse Euch einen Funken meiner Macht kosten.«

Ein eisiger Windzug strich über Liadans Haut, er kam einem Todeshauch gleich.

»Soll mir Eure kleine Maskerade hier etwa Angst machen?«, fragte Asael.

Bevor Kjartan dem Schattenkönig antworten konnte, sagte Liadan:

»Ihr sagt, wir haben die Wahl, – was ist die Alternative zu einem Kampf?«

Kjartans Maske des Grauens erlosch, die Bedrohung schwand aus seinem Gesicht.

»Ihr seid alle vorerst meine Gäste und hört Euch meinen Vorschlag an.«

»Wir werden Euren Vorschlag natürlich anhören«, sagte Liadan mit einem ernsten Seitenblick zu Asael.

Kjartan rieb sich die Hände, die blaue Flamme darin erlosch.

»Gut, dann darf ich Euch zu Tisch bitten.«

»Seit wann hören wir auf die Entscheidungen des Halbbluts?«

»Halts Maul, Kappa, und setz dich«, sagte Devias.

Kjartan machte eine Handbewegung, woraufhin sechs weitere Stühle am Tisch erschienen.

»Was für ein klasse Trick«, sagte Leswo. »Stühle herbeizaubern hast du nicht drauf, Asael.«

»Ich zaubere sie nicht herbei. Sie waren die ganze Zeit hier. Manchmal braucht es nur einen winzigen Hauch Magie, um zu erkennen, was Wirklichkeit ist und was Trug.«

»Ihr habt alle tief und fest geschlafen. War das ein Zauber?«, fragte Liadan und setzte sich neben den Hexer.

Kjartan reichte ihr einen Becher und murmelte einige unverständliche Worte. Voller Unglaube starrte Liadan auf die rosarote, nach süßlichen Äpfeln duftende Flüssigkeit, die darin erschien. »Danke.«

»Wie viele, die hier leben, stamme ich ursprünglich aus Agadash. Als König Nortus den Aufruf zur Hexenverfolgung auslöste, war meine Familie unter den ersten, die unter Verdacht gerieten. Deswegen bin ich mit ihnen geflohen.«

Kjartan klatschte zweimal in die Hände. Auf der silbernen Platte, auf der zuvor nur einige wenige Speisereste gelegen hatten, türmten sich jetzt Würste, Käse, verschiedenste Gemüsesorten, Trauben und Brot.

»Bei Zeolos!«, sagte Kappa. »Könnt Ihr mir den Trick beibringen?«

»Kein Trick«, Kjartan zwinkerte, »nur Magie.«

»In mir fließt auch Magie, aber so scharfes Zeug hab ich nicht drauf.«

»König Nortus hat eigens eine Armee aufgestellt, die speziell ausgebildet ist, Hexen zu verfolgen und zu töten. Ich habe die Raben von Lurazan ausgeschickt, um Hexer und Hexen aus aller Welt zu finden und sie zum Schutz vor weiteren Verfolgungen hier auf die Insel zu führen. Und nun komme ich zu Eurer Frage. Der Zauber, der das Land den Blicken der Menschen entzieht, hat einen Preis. Jeden Morgen vor Sonnenaufgang fallen die Bewohner des gesamten Reiches in einen tiefen Schlaf.« Kjartans Gesichtsausdruck wurde wehmütig. »Seit einer Ewigkeit haben wir die Sonne nicht mehr gesehen. Das Kribbeln ihrer Wärme nicht mehr auf unserer Haut gefühlt. Aber nur so können wir uns vor König Nortus' Streitmacht versteckt halten.«

»Und warum trifft der Zauber uns nicht?«, fragte Liadan.

»Womöglich, weil kein Hexenblut in Euch fließt. Ihr seid im Übrigen die ersten Nichthexen, die diese Insel gefunden und betreten haben. Was mich zu meiner Frage führt. Wie habt Ihr diese Insel gefunden?«

»Wie es der Zufall so will, dient mir einer dieser Raben von Lurazan. Er hat uns hergeführt.«

Kjartan nickte und strich sich mehrmals über das Kinn. Er schien in Gedanken versunken. »Verstehe, das ist gar nicht gut. Ich weiß nicht, wie viele der Raben von Lurazan anderen Leuten dienen, ihr seid wahrscheinlich nicht die Einzigen, die unsere Insel finden können. Nortus hat unzählige meiner Artgenossen verbrennen lassen. Ich muss sichergehen, dass diese Insel weiterhin verborgen bleibt.«

»Warum braucht Ihr den Zauber überhaupt? Ihr seid doch Hexen und Hexer, mächtig genug, um gegen die Menschen zu kämpfen«, sagte Devias.

»Wir haben hier im Dorf viele Kinder, ich werde nicht riskieren, auch nur ein einziges an einen unsinnigen Krieg zu verlieren. Ich weiß nicht woher, aber Nortus hat Waffen, die mächtig genug sind, um gegen die Kräfte der Hexen anzukommen. Man munkelt, dass er die Waffen mittels eines Amuletts verzaubert, das er stets bei sich trägt.«

Liadan wechselte einen kurzen Blick mit Asael.

»Wie lautet Euer Vorschlag«, fragte der Schattenkönig.

»Warum wollt Ihr unbedingt nach Agadash einreisen?«, entgegnete Kjartan.

»Wir wollen eben erwähntes Amulett.«

»Mein Plan ist folgender. Ich werde mit Euch nach Agadash reisen und wir werden mithilfe von Magie einem Toten mein Gesicht auflegen. Mein eigenes werde ich mittels eines Zaubers verschleiern. Und wenn der König uns dann empfängt, werde ich mich für all das Blut, das an seinen Fingern klebt, rächen.«

»Wenn Ihr dazu fähig seid, Gesichter zu wandeln, warum habt Ihr das nicht schon zuvor gemacht und Euch so den Weg zum König erschlichen?«

»Weil es nicht so einfach und schnell geht, wie Ihr Euch vielleicht vorstellt. Außerdem gäbe es für mich keine denkbare Möglichkeit, wieder aus Agadash zu fliehen.«

»Und die gibt es jetzt?«

»Draußen vor dem Burgtor wartet doch ein Wolf mit Flügeln, ich nehme an, der gehört Euch? Schenkt ihn mir, und wir haben einen Handel.«

Asael starrte auf seine gefalteten Finger.

»Ihr seid Euch im Klaren darüber, dass ich diese Insel jederzeit wiederfinden könnte, falls Ihr versucht, uns zu hintergehen.«

Kjartan nickte.

»Und Ihr seid Euch bewusst, dass ich einer der gefürchtetsten Hexer aller Zeiten bin.«

»Nur keine falsche Bescheidenheit.«

»Ihr dürft beruhigt sein, Schattenkönig. Ich will Nortus tot sehen und habe keinen Grund, Euch zum Narren zu halten.«

»Einverstanden, dann haben wir einen Handel.« Asael legte seinen Arm um Liadans Schulter. »Meine Begleitung braucht dringend einen Heiler oder eine Heilerin für ihre Wunde am Arm.«

»Ich werde sofort jemanden rufen lassen. Und in der Zwischenzeit muss ich unbedingt wissen, wie um alles in der Welt Ihr zu den Flügeln des Feuervogels Xylivan gelangt seid. Ich kann sie sehen, obwohl Ihr sie eingezogen habt. Diese Flügel würde ich überall wiedererkennen.«

Achtundzwanzig … Cajus

Daria legte ihre Hand sanft, aber bestimmend, auf die Schulter ihres Mannes. »Baratus.«

Der Erdkönig stieß ein tiefes unmenschliches Knurren aus, ließ die Arme sinken und entfernte sich einige Schritte von Cajus.

»Dieser Menschling ist schuld an dem Ganzen hier! Ich sollte ihm auf der Stelle …«

»Du hast es mir versprochen.«

»Dann sag ihm schon, was er zu tun hat.«

Daria wandte sich Cajus zu.

»Habt Ihr meiner Tochter eine schöne Hochzeit beschert?«

»Ihr habt versprochen, im Wald auf der Lichtung zu warten. Wo wart Ihr? Liadan war todunglücklich.«

»Ich wurde aufgehalten.«

Cajus schüttelte den Kopf. »Aufgehalten.«

»Ist meine Tochter bei Asael?«

Die Worte der Elfenkönigin waren ein Vorwurf, keine Frage.

»Er hat sie gezwungen, einen Ring anzustecken. Danach …« Cajus sah zu Boden. »Sie hat ihn geküsst. Ich habe nichts tun können, außer zusehen, wie sie mit ihm gegangen ist. Gebt mir eine Waffe, mit der ich diesen verfluchten Dreckskerl vernichten kann.«

»Der Schattenkönig ist wie vom Erdboden verschwunden. Ich habe die Nordfalken ausgesandt, um nach Liadan Ausschau zu halten. Zuletzt wurde sie im Becken von Santanor gesichtet. Das liegt einige Meilen südlich von Serafin. Dann haben wir sie verloren. Habt Ihr eine Ahnung, wo Asael hinwollte?«

»Sie reisen nach Agadash. König Nortus soll die zweite Hälfte des Steines haben.«

Daria wechselte einen Blick mit Baratus.

»Wir waren an jenem Tag dort, wollten verhindern, dass Asael den Bannzauber zur Menschenwelt bricht, aber die drei Schicksalselfen sind erschienen. Sie haben mich ihre wahren Gesichter sehen lassen. Es sind die Göttinnen der Kriege und der Zeit, die drei verschollenen Kinder des Zeolos. Ich hatte schon so eine Vorahnung, dass in dem Stein ein Gott lauert. Aber jetzt bin ich mir sicher. Clotha, Echsia und Soprah wollen ihren Vater aus dem Stein befreien, indem sie beide Hälften miteinander vereinen.«

»Dann wird die Voraussagung von Baba Anastella wahr«, sagte Cajus und sah zu Gomron. »Und wie sollen wir einen Gott bekämpfen? Warum sollten wir ihn überhaupt bekriegen? Vielleicht kehrt er ohnehin gleich wieder in die Hölle zurück, aus der er entsprungen ist.«

»Den großen Göttern ist es eigentlich strengstens verboten, sich auf der Erde aufzuhalten. Zeolos wird in den Körper schlüpfen, der die Steine vereint. Somit kann er in unserer Welt weilen. Was ihm wahrscheinlich einen Riesenspaß bescheren wird. Wir können nur hoffen, dass es nicht Liadan sein wird, deren Körper er einnimmt.«

»Ein wütender Kriegsgott auf Erden. Was denkt Ihr, wird er anrichten, bevor er sich denjenigen widmet, die ihn dort eingesperrt haben?«, fragte Gomron.

»Und wer hat ihn dort eingesperrt?«

Daria kam auf Cajus zu. Sie berührte beim Gehen kaum den Boden. Ihre Finger legten sich auf seine Schulter, sanft wie Libellenflügel.

»Cajus, wir brauchen Euch.«

»Bevor Ihr mir Euer Anliegen erklärt, will ich, dass Ihr mir etwas versprecht.«

»Du wirst dem Menschling überhaupt nichts versprechen«, knurrte der Erdkönig.

»Baratus«, mahnte Daria. »Was soll ich Euch versprechen?«

»Sichert Alandrias Grenzen. Lasst die Schattenelfen und die Wesen dieses Waldes nicht in die Stadt einfallen.«

»Ich verspreche es.«

»Auch die Grenzen zur Menschenwelt nach dem Tal der Schleicher müssen gesichert werden.«

Daria nickte und sagte dann: »Ihr müsst die Göttin Saloma in der Unterwelt aufsuchen. Sie wird wissen, was zu tun ist.«

»Ich soll was?!«

»Die Göttin des Mondes und der Gezeiten hält sich, seit ihr Bruder dort nicht mehr regiert, irgendwo in der Unterwelt auf.«

»Warum kann das nicht jemand von Euch machen?«

»Ich habe nur von Menschen gehört, die über den Fluss des Vergessens in die Unterwelt gebracht werden. Es könnte gut möglich sein, dass es für übermenschliche Wesen einen anderen Weg gibt, aber den kenne ich nicht. – Ich werde kein Elfenleben riskieren, nur um dann feststellen zu müssen, dass nur Menschen in die Unterwelt gebracht werden.«

»Ihr riskiert kein Leben, aber meines seid Ihr gewillt in Gefahr zu bringen?«

»Da ist noch etwas, das ich Euch sagen muss. Um die Unterwelt überhaupt betreten zu können, müsst Ihr in dieser Welt sterben.«

Cajus krallte seine Finger in den Tischrand.

»Ich muss was?«

Der mitleidige Ausdruck, mit dem sie ihn ansah, ließ Cajus schlucken.

»Es ist leider die einzige Möglichkeit, die Euch bleibt.«

»Und wie soll ich von den Toten wieder auferstehen?«

»Ich hoffe darauf, dass Saloma die Güte aufweist, Euch wieder zurückzuschicken, um zu verhindern, dass ihr Bruder die Erde zerstört. Irgendwo in der Unterwelt befindet sich ein

Portal, wenn Ihr Saloma nicht findet, müsst Ihr Euch auf die Suche danach machen.«

»Ihr ... hofft, dass sie die Güte aufweist?« Cajus stieß sich vom Tisch ab und tigerte im Raum auf und ab. »Ich kann nicht fassen, was ich da höre. Ich soll in der Unterwelt irgendein Portal finden, von dem ich nicht weiß, wo es sich befindet und wie es aussieht und ob es überhaupt existiert! Soll das Euer Ernst sein? Das ist Euer großer Plan. Ihr schickt mich mal eben in den Tod.«

»Du eingebildeter Bastard bist doch schuld an dem Ganzen hier. Hättest du Liadan nicht entführt, müssten wir uns jetzt nicht darum Gedanken machen, dass unsere gesamte Existenz in Gefahr ist«, attackierte ihn Baratus.

»Hättet Ihr einst Euren verfluchten Stolz geschluckt und Eurem Volk von Liadan erzählt und sie als Eure Tochter angenommen, wäre auch nichts von alldem geschehen.«

»Du wirst dich töten lassen und in diese verfluchte Unterwelt steigen, um dort nach Saloma zu suchen, oder ich reiße dir dein verdammtes Herz aus der Brust!«

»Baratus es reicht!«, sagte Daria.

»Wenn Ihr König Cajus noch ein einziges Mal bedroht, werde ich Euch sofort aus unserem Reich werfen lassen. Und Ihr dürft Euch sicher sein. So viel Macht besitze ich.«

Alle sahen zu Gomron, der mit verschränkten Armen an der Wand lehnte.

Baratus entfernte sich von Cajus und stampfte zum Ausgang. »Verfluchte Zwerge und verfluchte Menschen«, schimpfte er und knallte die Tür hinter sich zu.

»Cajus«, sagte Daria. »Ich verstehe, dass Ihr Angst habt. Wenn es einen anderen Weg gäbe, würde ich ihn wählen, aber den gibt es nicht. Es tut mir leid.«

Neunundzwanzig … Liadan

»Kann ich kurz mit dir reden?« Devias setzte sich neben sie. »Was hast du da in den Sand gekritzelt?«

Liadan verwischte mit einer raschen Bewegung das C, das sie in den Sand gemalt hatte.

»Können diese verfluchten Möwen nicht für einen einzigen Augenblick ihren verfluchten Schnabel halten, damit ich das verfluchte Rauschen der Wellen hören kann!«

»Hast du Schmerzen, Liadan?«

»Was willst du, Devias?«, sagte sie und stocherte mit einem Zweig im Sand herum.

»Die Heilerin hat gemeint, dass sich die Stelle, an der du gebissen wurdest, stark entzündet hat. Sobald der Abend einbricht, wird sie weiter nach heilenden Kräutern suchen. Ich wüsste einige Heilpflanzen, die dir helfen, aber sie wachsen leider nicht hier. Wenn du dich nur an das Tier erinnern könntest, das dich gebissen hat, dann ...«

»Erinnern«, fuhr sie ihm ins Wort. »Erinnern! Ich kann mich an überhaupt nichts mehr erinnern! Ich habe immense Gedächtnislücken. Ich weiß, dass es Erinnerungen gibt, auf die ich nicht zugreifen kann. Es ist, als würde ich mich in einem Labyrinth bewegen. Alle paar Schritte laufe ich gegen eine Mauer. Ich verliere noch den Verstand!« Liadan riss an ihrem Haar. Ihre Tränen schmeckten wie Meerwasser. »Da ist etwas, jemand in meinem Kopf drinnen. Ich halte das nicht mehr aus. Ich bin nahe dran, mich von der nächsten Welle mittreiben zu lassen, um darin zu versinken!«

Devias legte den Arm um sie und strich ihr übers Haar.

»Atme, Liadan, atme langsam ein und aus.« Er trocknete ihre Tränen mit dem Handrücken. »Sprich mit einer der Hexen von hier, vielleicht können sie dir helfen.«

»Da ist jemand, er will mich erreichen, er ruft meinen Namen, immer und immer wieder, ich kann ihn nicht erkennen. Sein Gesicht ist verschwommen, und wenn er spricht, kann ich nur meinen Namen rufen hören. Devias, wie bin ich in den Wald gekommen? Wie habe ich erfahren, dass du in Wahrheit Devias heißt. Hilf mir, mich zu erinnern.«

»Ich habe dich zu meinem Vater gebracht und dir dort die Wahrheit über mich erzählt. Dann hast du ihm geholfen, den Bann zu brechen. Was empfindest du für meinen Vater?«

Die Frage kam so plötzlich und unerwartet, dass Liadan unwillkürlich zusammenzuckte.

»Ich bin gerne in seiner Nähe.«

»Du bist auch gern in meiner Nähe und trotzdem weiß ich nach all den Jahren nicht, wie sich deine Zunge in meinem Mund anfühlt.«

»Weil du lieber Kjartan Bonessos Zunge in deinem Mund hättest. Ich hab doch gesehen, wie du ihn angestarrt hast.«

»Jeder, der ihn sieht, muss ihn anstarren, nicht zuletzt wegen der zahlreichen Muster, die auf seine Haut gemalt wurden, aber um mich geht es hier nicht.«

»Natürlich fühle ich mehr als nur Freundschaft für Asael. Vielleicht ist es sogar Liebe. Aber wenn ich mir nicht sicher bin, dann ist es vielleicht doch keine. Sollte man sich nicht sicher sein, wenn man jemanden liebt?«

»Darauf habe ich keine Antwort.« Devias' Stimme klang betrübt. Liadan zerbrach den Zweig in ihren Händen, warf die Hälften in den Sand und beobachtete, wie die Wellen die Hölzlein in die Tiefe zogen.

»Ich war eine schreckliche Freundin. All die Jahre ging es immer nur um mich. Liadan will nicht heiraten, Liadan sucht einen Mann, Liadan, Liadan, Liadan. Mir ist nie in den Sinn gekommen, wie du dich fühlen musst. In unserer Welt bist du gezwungen, deine Neigungen für dich zu behalten, und somit wird die Liebe für dich stets ein Fadenspiel sein. Jetzt verstehe ich, warum du bei deinem Vater und nicht in Alandria geblieben bist. Hier verurteilt dich niemand, du darfst lieben, wen du willst. Das schätze ich an Asael. Er akzeptiert die Menschen so, wie sie sind. Er will sie nicht verändern oder besser machen. Er ist ein Manipulator, wenn es darum geht, das zu bekommen, was er will. Aber an seiner Seite darf man leben, ohne sich zu verstellen. Es war immer das Schlimmste für mich, so sein zu müssen, wie es andere von mir erwarten.

Etwas nicht tun oder sagen zu dürfen, nur weil dies ein schlechtes Bild macht. Das ist doch kein Leben, verflucht! Als Königstochter wurde ich in eine Reihe von Zwängen geboren, die über Generationen hinweg Bestand haben. Ich hasse das, ich hasse diese verbohrte, engstirnige Welt!«

Devias drehte ihren Kopf so, dass sie gezwungen war, ihn erneut anzusehen.

»Dann sei der Teil der Welt, der besser ist, und verändere sie.«

»Ich erinnere mich.«

»Was?«, fragte Devias und ließ von ihr ab.

»An deine Worte. Du hast sie schon einmal zu mir gesagt. Wenn ich mich an die Jahre meiner Kindheit erinnere, sind es deine Geschichten, die ich sehe. Wir hatten so viele wundervolle Momente.«

Liadan wendete den Blick ab und starrte in die offene See. »So viele«, sagte sie leise und verlor sich in der Vergangenheit.

»**N**a warte, das zahl ich dir heim!«

»Dazu musst du mich erst einmal kriegen«, trällerte Liberio und rannte davon.

Lachend sprang Liadan auf, streifte sich den einen Schuh, den sie noch trug, vom Fuß und warf damit nach ihrem Freund. Flink rannte sie ihm hinterher.

Liberio lugte lachend über die Schulter. »Und treffen kann sie auch noch nicht. Vielleicht lässt du das Bogenschießen doch sein.«

»Du hast recht. Wozu brauche ich einen Pfeil ... Ich bin der Pfeil«, rief sie und sprang ihn von hinten an. Gemeinsam purzelten sie zu Boden. Liadan kam auf Liberio zu sitzen und presste sein Gesicht in die feuchte Wiese, bis er Gras spuckte.

»Götter, habt Mitleid mit mir. Hier will mich jemand viel zu früh unter die Erde bringen. Wie viele Honigkuchen hast du denn in den letzten Tagen verdrückt?«

»Ich bleibe so lange auf dir sitzen, bis du zugibst, dass ich schneller, tapferer und klüger bin als du.«

»Eher lass ich mich von deinem Hintern zermalmen, als das zuzugeben.«

»Das kannst du haben«, sagte sie und presste ihr Gesäß tiefer in seinen Rücken.

Flink wie ein Wiesel drehte er sich um. Liadan plumpste zur Seite. Seine Finger kitzelten sie am Bauch. Lauthals auflachend rollte sie sich weg.

»Vorsicht!«, rief Liberio und zog sie am Arm zu sich zurück. »Das war verflucht knapp. Von denen musst du dich fernhalten.«

Liadan ging in die Knie und betrachtete die Pflanze, in die sie beinahe gerollt wäre. Haarfeine, neidgelbe Stacheln ummantelten den Stängel, auf dem eine mitternachtsblaue Blüte thronte.

»Ihre Stacheln brennen auf der Haut wie Bärenklau«, sagte Liberio.

»Sie ist außergewöhnlich schön. Es ist bemerkenswert, was dir deine Mutter alles beigebracht hat. Sollte ich mich jemals im Wald verirren, weiß ich, dass ich an deiner Seite überleben werde. Du weißt einfach alles über Pilze, Bäume, jede Pflanze, ob sie nun giftig sind oder essbar oder sogar heilen können.«

»Und wenn wir uns öfter hier treffen, kann ich dir all mein Wissen weitergeben.«

Liadan drehte sich zu Liberio. »Mein Vater sieht es nicht gern, wenn wir uns hier hinten aufhalten.«

»Die Grenze wird doch gut bewacht.« Liberio nickte in Richtung der Männer, die sich schweigsam vor dem Waldrand postiert hatten. Sie starrten einfach durch sie beide hindurch. Als könnten sie sie überhaupt nicht wahrnehmen. Aber der Schein trog. Ihr Vater hatte sie bestimmt beauftragt, jeden ihrer Schritte zu belauern. Eine Windböe zupfte an ihrem beschmutzten Kleid. Ihr Haar war zerzaust, einzelne der unfrisierten, wilden Strähnen, hingen ihr ins Gesicht. Süße, saftige Kirschbeeren waren schuld daran, dass ihre Fingerkuppen aussahen, als hätte sie sie in rote Beete getunkt.

»Fragst du dich nicht immer, warum dein Vater die Waldgrenze bewachen lässt?«

»Weil dort gefährliche Bestien ihr Unwesen treiben sollen. Weil die meisten, die sich dort verlaufen, nie zurückehren.«

Liberio legte sich mit dem Rücken ins Gras und sah den Wolken zu, die eine nach der anderen vor die Sonne segelten.

»Der Wald ist ein Ort für Geschichten und Geheimnisse. Manche wollen tief verborgen bleiben, andere entdeckt werden. Ich habe von Einhörnern gehört, deren Antlitz so schön sein soll, dass man denkt, die Götter selbst haben sie erschaffen.«

Liadan tat es Liberio gleich und legte sich auf den Rücken.

»Dort, tief verborgen in den Wäldern, liegt ein magischer See. Er wird der Seelensplitter genannt. Man erzählt sich, dass einst ein Prinz ein Biest jagte, nur um der Welt sein Können zu beweisen.«

Liadan drehte sich zur Seite, winkelte den Arm ab und legte ihren Kopf darauf. Sie wollte, dass er weiter erzählte, sog jedes seiner Worte wie ein Schwamm auf.

»Es kam zum Kampf und beide fielen in den See. Der schöne Prinz wurde nie wieder gesehen. Das Biest hat überlebt und haust seither im Schloss des Prinzen. Der Wald flüstert, dass in dem See ein Seelentausch stattgefunden hat und der schöne Prinz seit diesem Tag im Körper des Biestes verweilen muss.«

Liberio drehte seinen Kopf. »Warum siehst du mich so an?«

»Ich liebe deine Geschichten. Ich könnte dir ewig zuhören.«

Er lächelte, aber das Lächeln verblasste und dann sagte er: »Ich werde immer für dich da sein, Liadan, ganz gleich was geschehen wird.«

Seine Worte klangen seltsam.

»Vielleicht findest du in den Wäldern die Antworten auf so viele deiner Fragen. Wenn du nicht danach suchst, dann wirst du nie erfahren, warum dich deine Mutter verlassen hat, was für Magie vielleicht noch in dir ruht.«

»Ich möchte mehr als alles andere die Geheimnisse dieses Waldes ergründen, aber mein Vater hat mich eindringlichst davor gewarnt. Ich denke nicht, dass seine Warnung aus der Luft gegriffen ist. Manchmal kann ich fühlen, dass in den Wäldern etwas lauert und nur darauf wartet, dass ich sie betrete.«

»Liadan, es ist dein Vater. Natürlich möchte er nicht, dass sein kleines Mädchen sich im großen, bösen Wald verirrt.« Liberio erhob sich, nahm ihre Hand und zog sie auf die Beine. »Komm, lass uns mutig sein und ihn betreten, nur ein einziges Mal, nur ein paar Schritte hinein.«

»Liberio ...« Liadan zwang ihn zum Innehalten. »... die Wachen, sie werden uns aufhalten.«

»Vertrau mir«, sagte er und zog sie mit sich.

Liberio lief mit ihr durch das sonnenmilde Gras in Richtung der Burg zurück. Vor dem Nordflügel bog er scharf nach rechts ab und schob sie in eine Nische. Sie verharrten und warteten ab, bis der Wachmann seine Runde drehte.

»Schnell«, sagte er und schlich mit ihr an der Außenmauer der Burg entlang. An jeder uneinsehbaren Stelle verharrten sie einige Augenblicke, bis sie die Hinterseite der Burg erreicht hatten.

»Wir müssen jetzt nur noch den Hügel hinunter.«

Liadan trat einige Schritte vor, blickte nach oben und drängte sich beim Anblick der Gardisten, die im Wehrgang Wache hielten, sofort wieder in die Nische zurück. »Es sind zwei. Sie können genau die Richtung einsehen, in die wir gehen müssen.«

»Wenn ich dir ein Zeichen gebe, dann läufst du, so schnell dich deine Füße tragen, hinter den Fels dort drüben und wartest, bis ich zu dir komme.«

Liberio trat zwei Schritte vor und sah nach oben. Er verharrte einen Augenblick und huschte dann wie ein Schatten hinter den nächstliegenden Baum. Sein Kopf lugte hinter dem Stamm hervor. Er nahm die beiden Wachen oben auf der Burgmauer ins Visier. Liadan wartete auf Liberios Zeichen und schnellte dann wie ein Pfeil los. »Jetzt müssen wir es hinter diesen Busch dort schaffen und dann zu dem großen Felsen«, flüsterte er.

Liadan spähte hinter dem Gestein hervor. »Die Wachmänner unterhalten sich, das ist unsere Gelegenheit.«

Dann rannten sie los und warteten hinter einem weiteren Felsvorsprung. Liadan hob den Kopf. Liberio zog sie mit einem Ruck zu sich.

»Runter.« Er legte einen Finger auf die Lippen und flüsterte: »Die Waldwache kommt direkt auf uns zu.«

Der Boden knirschte unter den sich nähernden Sohlen des Mannes. Liadan hielt den Atem an. Der Wachmann stand direkt vor dem Felsen. Sie konnte ihn vor sich hin summen hören. So nah war er ihnen. Dann marschierte er weiter die Waldgrenze entlang. Vor Erleichterung stieß sie die Luft aus. Liberio nahm ihre Hand und huschte mit ihr in den Wald.

Nach wenigen Schritten hielt sie inne und schloss die Augen. Bei der ersten Berührung ihrer nackten Füße mit dem von einzelnen Sonnenstrahlen erhellten Waldboden durchfuhr sie ein sanftes Kribbeln. Sie konnte sie fühlen. Die Magie, die hier verborgen lag. Roch die duftend würzigen Waldkräuter, lauschte dem Rauschen, das aus den Tiefen des Waldes zu ihr drang.

Liberio stand so dicht hinter ihr, dass sein warmer Atem ihren Nacken streifte.

»Hast du Angst?«, flüsterte er.

»Nein.«

»Fühlst du es?« Er hob ihre Arme an. Ihre Haut prickelte. Liadan öffnete die Lider. Goldschimmernde Magie sammelte sich in ihren Handflächen. Der glühende Wirbel aus winzigen Flocken wuchs, stieß sich von ihren Händen ab und umkreiste sie beide.

»Liadan.« Liberio drehte sie zu sich und nahm ihre Hände in seine.

»Komm mit mir«, sagte er.

»Wohin soll sie gehen?«, fauchte eine tiefe Stimme.

Liadan und Liberio fuhren auseinander. Der funkelnde Wirbel plumpste wie Kieselsteine zu Boden und erlosch. Beim Anblick des Königs erstarrte Liadan.

Liberio neigte das Haupt.

»Vater«, stotterte sie.

»Ich möchte wirklich gerne wissen, was im Namen der Götter ihr beide hier verloren habt.«

»Bitte um Vergebung, Eure Majestät. Wir wollten ...«

»Kräuter sammeln«, beendete Liadan den Satz für Liberio. »Kräuter für die Königin. Sie wachsen nur hier an der Waldgrenze.«

Ardon sah seine Tochter nicht an. Seine Augen fixierten Liberio. »Deine Mutter wartet. Sie ist für heute mit meiner Frau fertig. – Liadan, verabschiede dich von deinem Freund«, sagte Ardon, ohne ihn aus den Augen zu lassen. Liberio nickte, wechselte einen Blick mit Liadan und marschierte

Richtung Burg zurück. »Liberio«, sagte Ardon mit frostiger Stimme.

Liberio hielt inne, drehte sich aber nicht um. Liadan konnte sehen, wie sich seine Schultern verkrampften.

»Wenn du sie noch ein einziges Mal hierher bringst, wirst du sie nie wieder sehen.«

»Vater!«, rief Liadan entsetzt.

Liberio nickte und ging fort.

Ardon drehte sich zu seiner Tochter. Seine Augen waren mitternachtsschwarz. Er packte ihren Arm und zerrte sie aus dem Wald. »Hast du den Verstand verloren! Wie oft habe ich dich gewarnt! Was muss ich noch tun oder sagen, damit du verstehst, wie gefährlich es hier für dich ist?«

»Und wovor genau muss ich mich hier fürchten?«

»Sei nicht dumm, Liadan. Du weißt, dass es hier Mächte gibt, von denen wir nichts verstehen, von denen wir uns fernhalten müssen. Ich habe deiner Mutter damals versprochen, dich zu beschützen. Du darfst den Wald nicht wieder betreten.«

»Warum nicht?«

»Ich weiß es verflucht nochmal nicht!«, brüllte Ardon.

Er hielt an und drehte sich zu einem der diensthabenden Wachmänner, der gerade entlang der Waldgrenze auf ihn zukam und sich beim Anblick des Königs verbeugte.

»Und Ihr ...« Ardon deutete mit dem Finger auf die Wache. »... könnt gewiss sein, dass Eure Unachtsamkeit noch Folgen haben wird. Ihr habt die Verantwortung für diesen Bereich.«

Der Mann nickte, ohne den Kopf zu heben. »Das war unentschuldbar, Eure Majestät.«

»Wie habt Ihr mich gefunden, Vater?«

»Einer der Wachmänner auf dem Dach hat ein Mädchen und einen Jungen gesehen, die sich auf die Waldgrenze zubewegten. Er hat sich an meine Anweisungen gehalten, mich sofort aufzusuchen, sobald sich jemand dem Wald nähert. Als ich dich und den Jungen im Nordflügelhof nicht finden konnte, stieg in mir eine böse Vorahnung auf, die mich hierher geführt hat. Liadan, ich muss dir vertrauen können. Du darfst so etwas nie wieder tun.«

»Ihr fürchtet Dinge, von denen Ihr nicht wisst, ob sie überhaupt existieren. Vielleicht ist die Gefahr, vor der Euch meine Mutter gewarnt hat, bereits verstrichen.«

»Niemals. Sie hat mir gesagt, ich darf dich niemals in den Wald lassen. Wenn du es noch einmal wagst, dann werde ich dich unter Arrest stellen.«

»Vater ...«

»Ich will nichts mehr hören, Liadan. Ich werde mit der Heilerin sprechen. Ihr Sohn soll sie in Zukunft nicht mehr begleiten.«

Liadan machte einen Satz und stellte sich ihrem Vater in den Weg.

»Das werdet Ihr nicht! Bitte Vater, es war mein Einfall, Liberio trifft keine Schuld.«

»Etwas an dem Jungen ist merkwürdig. Ich kann es nicht erklären, aber ich kann es spüren. Seine Augen verbergen Geheimnisse und es wundert mich, dass es dir selbst nicht auffällt.«

»Das bildet Ihr Euch nur ein.«

»Möglicherweise, aber ich werde Euch beide in Zukunft nicht ohne Leibwächter alleine lassen.«

Liadan stieß einen zornigen Laut aus, drehte sich um und stieg den Hügel zur Burg hinauf.

»**D**ie Stadt sollte jeden Moment zum Leben erwachen.« Asaels Stimme riss Liadan aus ihrer Erinnerung. Gleichzeitig mit Devias drehte sie sich zu Asael, der durch den knirschenden Sand auf sie zu spazierte. »Kjartan erwartet uns dann mit der Heilerin in der Burg. Wir sollten uns außerdem in diesem Hexenladen umsehen. Vielleicht finden wir dort etwas Nützliches für unser späteres Vorhaben.« Asael gähnte. »Dieser Rhythmus, tagsüber zu schlafen und nachts wach zu sein, macht mir wirklich zu schaffen.«

»Wir sind erst zwei Tage hier«, sagte Devias.

»Genug, um grimmig, unausgeschlafen und gereizt zu sein.«

»Besser könnte ich dich in drei Worten auch nicht beschreiben.«

»Wann brechen wir auf?«, fragte Liadan und erhob sich.

»Heute findet hier ein Fest statt. Kjartan hat uns eingeladen, dabei zu sein. Am Morgen danach segeln wir mit Kjartans Schiff Richtung Agadash. – Liadan, alles in Ordnung mit dir?«, fragte Asael.

»Es geht mir gut«, sagte sie und wankte zur Seite. »Warum dreht sich die Insel plötzlich?«

»Ich hab sie!«, hörte sie Devias sagen, kurz bevor sie sich in Schwärze verlor.

»**N**ein, bleib liegen«, sagte Asael und drängte sie sanft auf das Bett zurück.

»Was ist geschehen? Wo bin ich? Was? Warum siehst du mich so an?«

»Kann es sein, dass dich ein Basilisk gebissen hat?«

Liadan blinzelte und versuchte sich zu erinnern.

»Ich weiß es nicht.« Asael sah sie mit einem so leidenden Gesichtsausdruck an, dass sie augenblicklich schluckte.

»Die Hexen, die dich untersucht haben, sind sich jedenfalls sicher. Wo zur Hölle bist du einem verfluchten Basilisken begegnet!«

»Ich erinnere mich nicht. In einem meiner Träume ist mir ein Basilisk erschienen. Vielleicht war das ein Zeichen oder eine Erinnerung. Ist der Biss – heilbar?«

Asael stieß einen leisen Fluch aus, entfernte sich vom Bett und tigerte im Raum auf und ab.

»Asael?«

Er hielt in der Bewegung inne und fixierte einen Punkt am Boden.

»Es gibt kein mir bekanntes Heilmittel. Das Gift, das ein Basilisk bei seinem Biss ausstößt, ist tödlich.«

»Wie lange habe ich noch?«

Er sah sie jetzt direkt an. »Die Heilerin hat gesagt, dass es Wochen dauern kann, bis das Gift sich entfaltet. Alles, was sie für dich tun können, ist, die Beschwerden zu lindern.«

Liadan vergrub das Gesicht in ihren Handflächen.

Sie hörte Asael auf sich zukommen. Er kniete sich neben das Bett und nahm ihre Hände in seine. »Ich werde dich nicht sterben lassen, Liadan. Ich werde alles tun, um das zu verhindern. Selbst, wenn es mich die gesamte Macht des Steines kosten wird. Ich finde einen Weg, dich zu heilen.«

Die Trommeln riefen schallend durch die Nacht.

Liadan beobachtete die Hexen und Hexer, die mit ihren Teufelsmasken und den bunten Tüchern ausgelassen um die lodernden Feuerstellen tanzten. Midra, Kappa und Leswo tranken mit einigen der Hexen um die Wette – oder sie wetteiferten, wer am lautesten lachte, das war Liadan nicht ganz klar. Devias war neben ihr mit Kjartan in ein Gespräch vertieft.

Weicher, warmer Sand kitzelte sie zwischen den Zehen. Die Nacht schlang ihren sternenbesäten Mantel um sie.

Sie hatte heute ihr Todesurteil bekommen. Wo und wann im Namen der Götter war sie einem verfluchten Basilisken begegnet? Baba Anastella hätte ihr vermutlich helfen können. Wenn sie sich nur daran erinnern könnte, warum sie die Seherin damals aufgesucht hatte. Niemals zuvor hatte sie sich so leer gefühlt. Sie war taub, spürte sich selbst nicht mehr. War sie noch am Leben oder riefen die Götter jetzt schon nach ihr?

Eine der Hexen reichte ihr ein Tuch, haschte nach ihrer Hand und zog sie auf die Beine.

Asael hielt sie am Arm fest.

»Ich halte das für keine gute Idee. Du solltest dich schonen und nicht wie eine Wilde um das Feuer tanzen.«

Liadan sah Asael an. Er ließ sie sofort los.

Dann ließ sie sich von der Hexe in den dunklen Tanz reißen, der die Götter beschwichtigen sollte.

Die Tanzenden warfen rotes Pulver in die Flammen, das dort einen Regen von Blitzen entfesselte.

Der Boden zitterte im wilden Takt. Die Hexer und Hexen lachten und flüsterten hinter den finsteren Masken. Liadan tanzte, bis ihre Sinne schwanden. Aus den Flammen lösten sich schwarze Schatten und nahmen Gestalt an. Der tiefe Bass der Trommeln schlug im Rhythmus ihres Herzens.

Sie hob den Kopf und fand sich in Asaels Augen wieder. Er nahm sie in den Arm und tanzte mit ihr. Tausend Feuer loderten auf.

Die Luft um sie herum wurde heißer. Seine Lippen umschlossen die ihren. Er roch nach Morgenwald, schmeckte wie frischer Schnee. Tiefer als je zuvor ließ sie sich in seine Arme fallen.

Das Tau schlug gegen den Mast und stimmte in das Lied der heranschwappenden Wellen ein. Pfeifend strich der Wind durch die Ritzen im Holz. Eilige Schritte wieselten über das knarrende Deck. Liadan umklammerte das Geländer. Asael kam neben ihr zum Stehen und lehnte sich mit dem Rücken an die Reling. Einen langen Moment standen sie schweigend nebeneinander.

»Vielleicht sollte ich einfach springen.«

»Etwas rücksichtslos von dir, meinst du nicht? Ich wäre gezwungen, dir hinterherzuspringen, und das Wasser ist mir ehrlich gesagt zu kalt.«

»Es freut mich zu hören, dass dich meine Misere so amüsiert.«

Asaels Finger berührten die ihren. Einen Herzschlag später stand er nicht mehr neben ihr, sondern direkt vor ihr.

»Hej, sieh mich an. Ich habe dir gesagt, ich lasse nicht zu, dass dir etwas geschieht. Ich lasse dich nicht sterben, Liadan.«

»Vielleicht ist das Gift des Basilisken schuld an meinen Gedächtnislücken. Ich erinnere mich zum Beispiel genau an unsere Reise durch das verbotene Reich, aber nicht, wie wir es wieder verlassen haben. Ich erinnere mich an den Tag, an dem ich den Bannzauber deiner Welt aufgehoben habe, aber nicht an die Tage davor. Ich weiß nicht, wann und wo ich dir das erste Mal begegnet bin. Ich erinnere mich an unseren Aufenthalt bei der Dämonengöttin und an die Nächte zuvor, die wir in Alandrias Wäldern verbracht haben, aber nicht daran, Alandria jemals verlassen zu haben. Ich weiß, dass Liberio dein Sohn ist und in Wahrheit Devias heißt, aber nicht, wie ich dies erfahren habe. Ich weiß ja nicht einmal mehr, wann du mir diese Ringe geschenkt hast und warum zur Hölle ich dich auf dieser Reise begleite und nicht bei meinem Vater in Alandria bin!« Liadan seufzte. »Es macht mich rasend. Ich bin nur mehr ein Schatten meiner selbst. Ich hasse das, ich hasse es, mich so zu fühlen.«

»Ich werde die ganze verdammte Welt durchkämmen, bis ich ein Gegengift gefunden habe. Ich kenne einen Ort, an dem ein Orakel lebt, vielleicht kann es mir weiterhelfen.«

»Was, wenn du ein Heilmittel gefunden hast, und ich meine Erinnerungen trotzdem nicht wiedererlange?«

Asael wandte den Blick ab.

»Wir finden einen Weg«, sagte er. Sein Daumen strich liebevoll über ihren Handrücken.

Liadan beugte sich vor und küsste den Schattenkönig.

»Wofür war das?«

»Dafür, dass du mich nicht aufgeben willst.«

Asael zog etwas aus seiner Tasche. Er hielt ihr eine Halskette vors Gesicht. »Die habe ich aus einem Laden von der Hexeninsel. Ich möchte sie dir gerne schenken.«

Er legte ihr das Band um den Hals. Liadan sah an sich hinunter und nahm den Stein, dessen Kontur an ein Herz erinnerte, zwischen die Finger.

»Jetzt musst du nur atmen, um mein Herz an dir zu fühlen.«

Seine Arme umschlangen ihre Hüften. Als er seine Schwingen ausbreitete, zuckte sie zusammen.

»Hättest du mich nicht vorwarnen können?«

»Festhalten«, sagte er und hob mit ihr in die sternendunkle Nacht ab. Liadan wagte einen Blick nach unten. Mondlichtübergossen schimmerte das grenzenlose Meer.

»Entspann dich«, sagte Asael. »Ich lass dich nicht fallen.« Die Wolken, die sie während des Fluges teilten, fühlten sich weich und kühl auf ihrer Haut an. »Es ist lange her, dass du mit mir geflogen bist«, sagte er.

»Ich habe ganz vergessen, wie beruhigend das Geräusch eines Flügelschlags sein kann.«

»Wenn wir Agadash hinter uns gebracht haben, möchte ich dich an einige meiner Lieblingsplätze fliegen. Ich habe viele Orte dieser Welt erkundet, bevor Alandrias Wälder mit dem Bann zur Menschenwelt abgeschottet wurden.«

»Wie alt bist du eigentlich?«

»Willst du wissen, ob ich alt genug wäre, dein Urgroßvater zu sein?«

»Wärst du's?«

Asael zwinkerte. »Möglich.«

»Und was sind das für Orte, die du mir zeigen möchtest?«

»Ein tobender Wasserfall mitten in der Stadt der Sternentempel. Ein Strand, dessen Sand so weiß ist, dass man denkt, man spaziert auf Schnee. Die Insel der Nordlichter, die sich jede Nacht zu einem Farbenspektakel wandelt. Es gibt so viel zu entdecken.«

»Dann lass es uns jetzt tun. Vergessen wir den Stein und du fliegst mich an diese Orte, bevor es zu spät ist.«

»Ich kann nicht.«

»Warum bist du so besessen davon, die zweite Hälfte des Steins zu finden?«

»Ich weiß es nicht. Ich weiß nur, dass ich ihn finden und zusammenführen muss. Vielleicht ist der Stein auch deine Rettung.«

Asael glitt langsam wieder nach unten.

»Ich werde das Gefühl nicht los, dass die Schicksalselfen dich dahingehend manipuliert haben.«

»Ich frage mich schon seit Längerem, wo sie geblieben sind«, sagte er und landete wieder mit ihr auf dem Schiff.

»Was ist das zwischen uns?«, fragte Liadan.

Asael legte seine Stirn an ihre.

»Bleib bei mir und wir finden es heraus.«

»Warum willst du mich?«

»Weil ich dich sehe, Liadan. Vielleicht ist es, weil du mutig wie eine Löwin bist. Vielleicht ist es die Art und Weise, wie du dir die Haare aus dem Gesicht pustest, wenn du wütend bist. Vielleicht, weil du gleichermaßen stark wie verletzlich bist.«

Asaels Lippen fanden die ihren. »Oder weil deine Lippen nach Sommernacht schmecken.«

Er drängte Liadan küssend nach hinten, bis sie mit dem Rücken gegen eine Tür stieß.

»Asael«, hauchte sie in seinen Mund.

Der Schattenkönig ließ von ihr ab und öffnete die Klappe zu der Kabine, neben der sie lehnten. Er vergewisserte sich, dass sie verlassen war, und zog Liadan an sich. Küssend drehten sie sich in den Raum. Asael stieß die Tür zu und schob einen der Getreidesäcke davor. Liadan sprang mit einem Satz in seine Arme und schlang ihm die Beine um die Hüften. Ihre Finger krallten sich in sein Haar. Sie verlor sich im Nachtglanz der sturmgrauen Augen.

»Ich will alles von dir«, flüsterte er.

Asael umfasste ihr Gesäß und trug sie zu den Getreidesäcken. Er strich ihr über die Stirn, die Wange, den Hals, die Brust, bis zum Saum ihres Hemdes, das er nach oben streifte. Asaels Hände waren blütenzart, seine warme Zunge glitt über ihren Bauch und zeichnete liebliche Muster auf ihre Haut. Die winzigen Härchen an ihrem Körper richteten sich auf. Wohligwarm kribbelte ihr Magen.

Ihre Finger fanden seine Hinterbacken und zogen ihn enger an sich. Sie ließ die Hände nach vorne zu seinem Hosenbund wandern.

Asael streifte sich die Hose über die Beine und tat dasselbe bei ihr. Sie öffnete ihre Schenkel, streckte die Arme nach ihm aus und krallte sich an seine Schultern. Sie wollte nur noch ihn spüren. Die Härte seiner Männlichkeit drängte sich gegen ihre Mitte. Was hatte sie so lange an ihm zweifeln lassen? Sie lechzte nach seinen himmelsüßen Berührungen und schob ihm ihr Becken entgegen.

Asael verlor sich tief in ihr. Ein sanftes Stöhnen entwich ihrer Kehle.

»Götter«, raunte er.

Seine Küsse waren feuriger als Flammen und jede Berührung war so hingebungsvoll wie die Liebe selbst.

Impulsiver und kräftiger bewegte er sich in ihr, bis sie mit ihm zusammen ein Beben erlebte, das Sterne und Mondlicht vor ihren Augen tanzen ließ.

»Ein seltener Anblick«, sagte sie, ein wenig benommen. »Ich habe dich schon länger nicht mehr lächeln sehen. Ich hoffe, wir waren nicht allzu laut.«

Es klopfte an der Tür.

»Vater, bist du da drinnen? Wir müssen reden!«

»Das beantwortet wohl deine Frage.«

Dreißig ... Cajus

»Hätte mir je einer gesagt, dass ich mich eines Tages freiwillig von einem Zwerg töten lassen werde, um einen Besuch in der Unterwelt zu machen, hätte ich ihn zum Narren erklärt.«

»Warum habt Ihr mich gebeten? Es hätte doch auch die Elfenkönigin oder ihr jähzorniger Gemahl tun können«, fragte Gomron.

»Wenn ich schon sterben muss, dann möchte ich dabei in ein Gesicht sehen, dem ich vertraue. Und aus irgendeinem Grund tue ich das bei Euch.«

Gomron nickte und deutete zu dem Glasfläschchen auf dem Bettschrank.

»Was ist da drin?«

»Laut Elfenkönigin ein Trank, der mich davor bewahrt, zu vergessen.«

»Ihr geht ein enormes Risiko ein. Was, wenn Ihr Saloma dort nicht antrefft? Oder Ihr das Portal nicht findet.«

Cajus rieb sich über das Gesicht.

»Ich weiß es nicht, Gomron, ich weiß überhaupt nichts mehr. Wenn der Schattenkönig die Steine zusammenfügt, wird dieser Gott zum Leben erweckt und meine Frau wird neben ihm stehen. Sie ist alles für mich. Ich würde sogar sterben und die verdammte Hölle durchqueren, um sie und uns vor dem zu bewahren, was dann auf uns wartet. Ich werde diese Göttin suchen und finden.«

»Aua! Was zum ...« Cajus sprang vom Bett und riss die Decke mit sich.

»Ilvi? Verflucht, du hast mich gebissen!«

»Wolltest du mich mit deinen dicken, schweren Beinen etwa ersticken!«, zürnte die kleine Fee und hustete kräftig.

Gomron schoss vom Stuhl hoch.

»Verflixter Magenbrei! Wie konnte sie sich befreien!«

»Ich dachte, du bist verschwunden, seit du mich beim letzten Mal versucht hast, zu töten.«

Cajus beugte sich hinunter, um Ilvi zu packen, doch die Fee stieß sich mit ihren tränenzarten Beinen vom Bettrand ab.

»Es tut mir leid, Gomron. Ich habe das kleine Biest befreit.«

Cajus machte einen Satz zum Tisch, wo die Fee eben noch gestanden hatte, und stolperte über einen Hocker. Ilvi flatterte über seinen Kopf und hielt sich lachend den Bauch.

Gomron wirbelte herum und zog ein Netz aus seinem Gürtel, dessen Stiel er rasch verlängerte.

»Ihr habt mir soeben das schlechte Gewissen dafür abgenommen, Euch gleich mit einem Dolch ins Herz stechen zu müssen«, sagte der Zwergenkönig.

»Sie hat geweint. Was hätte ich denn tun sollen! – Komm her, du kleines Früchtchen!«

»Den Käfig schütteln, eine Decke über ihn stülpen. Die Fee mit einem Polster ersticken. Alles, nur nicht das!«

»Ihr dürft mir glauben, ich habe es sofort bereut.«

Ilvi schwirrte wie eine flinke Fliege im Zimmer umher. Die Einrichtung machte sich wie beim letzten Mal selbständig. Ilvi hob einen Stuhl an und bewarf Gomron damit. Der Zwerg schrie auf und rieb sich den Kopf. Ilvi hatte sich die Schale mit den Äpfeln geschnappt, war zur Decke geflogen und bewarf die beiden mit den Früchten.

»Warum ist das kleine Biest so stark?«

»Das sind Feen, Cajus, Ihr würdet Euch wundern, was sie allen können.«

Die Holzschüssel prallte vor Cajus' Füßen zu Boden.

»Ich habe jetzt genug von den Spielchen. Es wird Zeit, euch beiden ein wenig von meiner Magie darzubieten«, sagte Ilvi und sog kräftig die Luft ein. Als sie sie wieder ausstieß, fegte ein grelles, wirbelndes Etwas durch den Raum. Es gab schrille Töne von sich und nahm alles mit sich, was es erfasste.

»Was zum Teufel ist das?«

»Ein schreiender Feenstrudel«, sagte Gomron.

Der Untergrund vibrierte. Jedes Teil in dem Zimmer wackelte oder kippte um. Gomron und Cajus stürzten zu Boden und pressten sich die Handflächen an die Ohren. Das schrille Geräusch, das der Wirbel von sich gab, war kaum auszuhalten. Krachend schlug der Spiegel neben Cajus auf dem Boden auf und zersprang in zahllose Scherben.

Es wurde still.

»Wo ist sie?«

»Türen und Fenster sind zu«, sagte Gomron.

Cajus stand auf, unter seinen Sohlen knirschten die Scherben.

»Da«, sagte Gomron. »Ein Splitter hat sich direkt in ihre Magengrube gebohrt.«

Cajus hob die kleine Fee auf. Ihre feinen, durchsichtigen Flügel zuckten leicht.

»Es ist schade«, sagte Gomron. »In zwei Tagen hätten wir sie nach Orchedilla zurückgesendet.«

»Gebt mir bitte einige Tücher«, bat Cajus und setzte sich mit Ilvi auf das Bett. Er entfernte den dicken Splitter aus ihrem Magen. Schneeweißes Blut mit pfirsichfarbenen Sprenkeln sickerte über ihren Körper. Gomron reichte ihm die Tücher, die er mit zitternden Fingern auf ihre Wunden drückte.

»Cajus«, sagte der Zwerg mit rauer Kehle. »Seht sie Euch an. Der Splitter war zu dick. Sie ist tot.«

Cajus schlug mit der Faust auf die Decke. »Verdammt.« Er bettete Ilvi auf das Polster und legte sich neben sie.

»Lass es uns jetzt tun. Ich will nicht mehr warten«, sagte er und reichte Gomron seinen Dolch.

»Gebt mir den verdammten Trank. – Es gab kaum Momente in meinem Leben, in denen ich wahrhaftig Angst hatte, aber das hier ist einer davon. Macht es möglichst schnell«, bat er den Zwerg.

»Vor einigen Jahren wurde ein Freund von mir bei den Minenarbeiten so schwer verletzt, dass kein Heiler helfen konnte.« Gomron hielt den Blick fest auf den Dolch in seinen Händen gerichtet. »Ich habe ihn von den Qualen erlöst.«

»Das tut mir leid zu hören. Würdet Ihr mir einen Gefallen tun? Wenn ich nicht mehr zurückkehre und Ihr gezwungen seid, ohne mich nach Agadash zu reisen, um mit Zeolos zu kämpfen. Solltet Ihr dort auf Liadan treffen, sagt ihr, wie dankbar ich dafür bin, sie in meinem Leben gehabt zu haben. Sie war alles für mich. Sagt ihr, dass es mir leidtut, nicht für sie da gewesen zu sein, als sie mich gebraucht hat.«

»Das sollt Ihr ihr selbst sagen«, sagte Gomron und stach zu.

Dichter, dampfender Dunst begrüßte Cajus. Er sah an sich hinunter und tastete seine Brust ab. Nichts, kein Blut, keine offene Wunde. Der scharfe Schmerz der Klinge, den er eben gespürt hatte, war fort. Cajus war sich bewusst darüber, was geschehen war, und doch stieg Panik in ihm auf, als er an sich keinen Herzschlag ertasten konnte. Langsam atmete er mit geschlossenen Augen mehrmals ein und aus. Dichter Nebel hielt die Umgebung verborgen. Das Plätschern von Wasser war zu hören. Friedlich und balsamisch.

Cajus wagte sich blind einen Schritt nach vorne und war erleichtert, nicht gleich ins Nichts zu stürzen. Blindlings bewegte er sich durch die trübe Nebelwolke unter ihm und hoffte inständig, den festen Boden unter seinen Füßen zu behalten. Ein Summen, leises Klagen und bitteres Stöhnen war zu hören. Der Nebel wich einem Himmel, dessen Farbenspiel der brennenden Sonne glich. Ein Lichtmeer aus Rubinrot, Orange und Gelbtönen mischte sich in dieser unwirklichen, sonnenlosen Himmelssphäre. Er stand mitten auf einem Hügel.

Und dann sah er sie. Dutzende Boote. Sie alle strebten demselben Ziel zu: einem mächtigen, schwarz ummantelten Höhleneingang. Knochenweißer Rauch entquoll dem finsteren Rachen, der sich dahinter verbarg. Cajus schluckte. Einige der Menschen in den Booten jammerten und weinten, andere stöhnten und brüllten. Ihre Mienen waren von Schmerz, Trauer und Wut verzerrt. Aus anderen Gesichtern wiederum waren Erleichterung und unverkennbarer Friede zu lesen. Je näher die Boote dem Tor kamen, umso friedlicher wurden die Menschen. Cajus zuckte zusammen, als etwas Winziges direkt auf seinen Schultern landete.

»Ilvi?«

»Hallo Feenmörder, freust dich wohl, mich zu sehen?«

»Aber wie ...«

»Ich war gerade dabei, auf eins der Boote zu hüpfen, da hab ich dich am Arsch des Hügels stehen sehen.«

»Am Arsch des Hügels? Was bist du denn für eine Fee?«

»Geh weiter, großer Krieger, und setz dich in eins der Boote, sonst fallen wir auf.«

Cajus stieg zusammen mit anderen Wartenden ein.

Eine Frau sprang auf. »Nein! Ich bin noch nicht soweit!« Sie warf sich in den Fluss und kraulte gegen den Strom. Plötzlich ragten Hände aus dem Wasser, die an den Gewändern der Frau zerrten.

»Der Legende nach werden die, die es fertigbringen, den Fluss des Vergessens bis zu seinem Ursprung zurückzuschwimmen, damit belohnt, wieder ins Leben zurückkehren zu dürfen«, sagte Ilvi. »Wenn wir das Tor gleich passieren, musst du eine teilnahmslose Miene aufsetzen. Aber das dürfte dir ja sicherlich nicht schwerfallen, du siehst ja sonst auch wie ein griesgrämiger Sausack aus.«

»Weißt du eigentlich, dass ich ein König bin?«

Ilvi pupste ihm mit ihrem Mund in sein Ohr.

»Du bist ein Feenmörder.«

»Ich hab dich nicht getötet, das hast du dir selbst zuzuschreiben. – Aua, verflucht, das tat weh!«

»Sprich gefälligst leiser oder möchtest du, dass wir auffallen?«

»Deswegen musst du mir nicht gleich das Ohr abbeißen.«

»Du hättest den Splitter nicht rausziehen dürfen. Gomron hätte mich nach Orchedilla zurückgeschickt und Großmutter hätte mich geheilt.«

»Du warst bereits tot und dann hast du mich damals belogen, als du sagtest, dass Gomron euch in Wahrheit alle töten wird?«

»Natürlich hab ich dich belogen, du Holzkopf. Hinter dem Tor wartet ein Wächter. Er hat die Form eines gigantischen Kraken. Jedes seiner pechschwarzen, glitschigen Tentakel hat ein Auge, das wachsam über die Durchreisenden gleitet.«

»Woher weißt du das alles?«

»Ich war schon dreimal hier.«

»Was! – Und warum hast du deine Erinnerungen noch?«

»Ich bin eine Fee.«

»Und das bedeutet ...«

»Dass du noch viel über Feen lernen musst. Wir sind um ein Vielfaches stärker, als wir aussehen. Wir sind Meister der Magie und einen Trank zu mixen, der mich meine Erinnerungen behalten lässt, ist wirklich kein Kunststück.«

»Moment mal, du konntest doch nicht wissen, dass du stirbst, warum also solltest du dir so einen Trank mixen?«

»Sch... Sei still und setze ein dummes Gesicht auf. Genauso wie du normalerweise dreinschaust. – Ich sehe den Zorn in deinen Augen noch immer«, trällerte sie. »Entspann dich. Denk am besten an nichts. Das Tentakelauge wird dich genau beobachten. Wenn es zu dem Entschluss kommt, dass du noch über deine Erinnerungen verfügst, wird es unangenehm.«

»Was geschieht dann? – Ilvi.«

»Sei still.«

Glitschig und pechschwarz. Die Fee hatte es auf den Punkt gebracht. Der riesenhafte Krake wäre vermutlich dazu in der Lage, seine Burg in einem Happs zu verspeisen. Außerdem sah er aus, als hätten ihn die Götter in den Pechbrunnen von Serafin getunkt. Das Boot hielt an. Eines der Tentakel näherte sich. Cajus ahmte die gleichgültig wirkenden Mienen seiner Mitfahrer nach. Bei dem Gedanken, dass alle außer ihm und der verrückten Fee auf seiner Schulter ihre Erinnerungen verloren hatten, wurde ihm eiskalt. Denn dies bedeutete, dass die Toten überhaupt nicht über ihre Hinterbliebenen wachten, und es bedeutete auch, dass sie nach ihrem Tod nichts als leere Hüllen waren.

Die Fähre kam wieder in Gang.

»Solange sich die Menschen hier in der Unterwelt befinden, nimmt man ihnen jede schöne Erinnerung und all die guten Gefühle«, flüsterte Ilvi. »Sieh dir ihre Gesichter an, friedlich und doch farb- und trostlos wie der Boden der Hölle. Hier unten dürfen sie all ihren grauenvollen Gedanken nachgehen, durchleben aber auch ihre schlimmsten Albträume. Den Niederträchtigen unter ihnen wird dasselbe Schicksal zugeteilt, das sie andere spüren haben lassen. Eines Tages werden sie von den Qualen ihrer Grauenhaftigkeit erlöst und in die yakamozischen Felder gebracht. – Boa, kannst du belämmert schauen. Die yakamozischen Felder sind sozusagen der umgekehrte Spiegel der Unterwelt. Das ewige göttliche Reich bla bla bla.«

»Dafür, dass wir uns ruhig verhalten sollen, bist du ganz schön laut. – Was geschieht jetzt?«

»Wir werden eingeteilt. Und ich hoffe für dich, dass du in deinem Leben irgendetwas Schlechtes angestellt hast, denn sonst wirst du sofort zu den Feldern gesendet. Und von dort kommst du nicht mehr zurück.«

»Aua!«

»Du hattest da ein graues Haar im Ohr.«

Das Boot stieß an den Rand des Ufers. »Der finstere Mann ohne Gesicht dort ist Ornechon, er entscheidet.« Cajus stellte sich an der Schlange von Menschen an. »Was willst du eigentlich von Saloma? Ich hab nicht alles verstanden, was du mit Gomron gesprochen hast, weil du ja gleichzeitig versucht hast, mich mit deinen Füßen zu ersticken.«

»Sie muss mir sagen, wie wir ihren Bruder besiegen können, sollte er aus dem Stein des Ewigen Lichts befreit werden. Weißt du, wo sie sich hier aufhält?«

»Nicht genau, da ich jedes Mal, wenn ich hier bin, so rasch wie möglich das Portal zur Menschenwelt aufsuche und verschwinde, aber es könnte gut möglich sein, dass sie in Zeolos' Palast ist.«

»Und du weißt, wo sich das Portal befindet? Wenn du es kennst, dann wissen bestimmt auch noch andere Wesen davon.«

»Schon mal von Geistern und Dämonen gehört? Was denkst du, wie die ihren Weg in die Menschenwelt finden?«

Ornechon bedeutete dem Mann vor ihm, durch den Durchgang zu gehen, in dem nichts als Schwärze zu sehen war. Dann war Ilvi dran. Der Wächter betrachtete die kleine Fee, schüttelte den Kopf und wies sie an, ebenfalls den rechten Weg zu nehmen. Cajus durfte sich die Furcht und Abscheu vor dem gesichtslosen Wesen nicht anmerken lassen. Ornechon ließ sich unendlich viel Zeit, schien abzuwägen. Dann deutete er nach rechts.

»Wusst ich's doch«, sagte Ilvi, die kurze Zeit später wieder auf seiner Schulter landete. »Du hast Dreck am Stecken.«

»Vergiss nicht, ganz egal, was du hier siehst, du darfst auf keinen Fall eingreifen«, warnte ihn Ilvi.

Gähnende Weiten aus rotbrauner, sandiger Erde erwarteten sie hinter dem Durchgang. Zwischen brennenden Feuern, dampfenden Geysiren und schier unendlichen Feldern streiften Menschen ziellos umher. Sie jammerten, klagten, führten Selbstgespräche, beschimpften sich oder andere. Einige brüllten vor Schmerzen auf, schlugen sich selbst oder ihre Nächsten. Ein Mann schrie so laut, dass Cajus für einen Augenblick starr vor Schreck wurde. Ein furchterregendes, menschenähnliches Wesen, dessen Augen wie rotglühende Kohlen funkelten, stieß mit seinen zwei Hörnern wiederholt gegen die Brust eines Mannes, der in seiner Blutlache zu ertrinken drohte. Ein ähnliches Wesen schleifte eine jammernde und bettelnde Frau in Ketten hinter sich über den Boden. Einige Menschen wurden von zweibeinigen Wesen mit Tiergesichtern ausgepeitscht.

»Was sind das für eigenartige Kugeln, die da überall an den Bäumen hängen? Sie sehen aus wie kopfgroße, stachlige Früchte.«

»Das willst du lieber nicht wissen. – Geh weiter«, drängte Ilvi. »Am besten fangen wir in der Stadt an, nach Saloma zu suchen.«

»Wir?«, fragte Cajus.

»Um zum Portal zu gelangen, müssen wir die halbe Unterwelt durchqueren. Da du für meinen Tod verantwortlich bist, wirst du mich dorthin tragen. Auf dem Weg können wir nach Saloma Ausschau halten.«

»Warum hab ich das Gefühl, dass der Pfad durch die Hölle das geringere Übel sein wird. – Verflucht, Ilvi! Wenn du mir noch ein einziges Haar vom Kopf reißt, dann schwör ich dir ...«

»Du wirst alt, alter Mann.«

Wirbelnde Staub- und Ascheflocken durchzogen die Atmosphäre. An manchen Stellen war es so heiß, dass Cajus dachte, er würde das Bewusstsein verlieren. An anderen Stellen wuchsen ihm Eiskristalle an den Wimpern. Cajus hielt an und starrte auf das endlose Feld vor ihnen. Eine Vielzahl von messerscharfen Dornen bedeckte die dichtbewachsenen Äste.

»Und was tun wir jetzt?«, fragte Cajus.

»Wenn du mich lieb darum bittest, helf ich dir, auf die gegenüberliegende Seite zu gelangen. Oder du machst es wie jeder andere, der gezwungen ist, hier durch zu robben.«

Cajus seufzte.

»Bitte, Ilvi, hilf mir da rüber.«

»Das kannst du doch besser.«

Cajus knurrte und presste die Lippen aufeinander. »Bitte, liebe, schöne, einzigartige Ilvi, hättest du die Güte, mir zu helfen?«

»Hätte ich. Und ich hab was gut bei dir.«

Die Fee stieß sich von Cajus' Schultern ab und zwängte sich unter das Dornenfeld, das sich mit einem Mal teilte, als hätte ein Gigant es mit seiner Axt entzweit.

»Na komm schon, großer Krieger, mach den Mund wieder zu! Der Zauber wird nicht ewig anhalten und dann wird sich der Weg wieder verschließen.«

Ein Knacken ertönte, als würde ein Ast brechen. Cajus sah nach oben.

»Das ist nicht gut«, sagte Ilvi. Die schwarze Frucht über ihren Köpfen schaukelte und fiel zu Boden.

»Lauf, so schnell du kannst!«, zischte die Fee.

Cajus warf einen Blick über die Schulter.

»Was zum Teufel ist das!«

»Weiß doch der Teufel, was die sind! Eine Mischung aus Fledermaus, Feuerdrache und Schlange. Ich nenne sie Schladramäuse.«

»Die fliegen!«

»Schneller!«

Cajus rutschte unter den attackierenden Krallen hindurch, rollte sich auf die Seite und entkam dadurch nur knapp einem Feuerstrahl.

»Und speien Feuer!«

Cajus sprang auf, zückte seinen Dolch und trieb ihn bis zum Heft in den Körper des Wesens. Er zog die Klinge heraus, wirbelte herum und sah sich einer weiteren Schladramaus gegenüber.

»Ilvi! Wo bist du!«

»Nehmt das, ihr verfluchten Schladramäuse!« Die Fee bewarf die Tiere mit Steinen, die in ihren Händen wie sternenhelles Eis glänzten. Bei jeder Berührung dampfte die Haut der Tiere wie ein brodelnder Geysir. Sie kreischten lautstark auf, breiteten ihre Flügel aus und flogen davon.

»Schnell, weg hier, bevor weitere runterkommen.«

Hinter ihnen hakte sich das Dornengelände wieder ein.

»Ich habe das Gefühl, dass wir seit Stunden auf den Beinen sind und immer wieder die gleichen Wege passieren. Sind wir nicht schon zum dritten Mal bei diesem Mohnblumenfeld vorbeigekommen?«

»Das ist die Unterwelt. Ihr Ziel ist es, zu verwirren. Du kannst von Glück reden, dass du mich dabei hast. Ohne mich wärst du hier komplett verloren. Dort vorne ist ein Hang, den müssen wir runtersteigen. Er ist nicht steil und unten werden wir auch einige Höhlen vorfinden, wo ich mich ein wenig ausruhen kann.«

Cajus drehte seinen Kopf so, dass er Ilvi direkt ins Gesicht sehen konnte, und hob die Augenbrauen. »Du wirst von mir seit Stunden durch die Unterwelt getragen.«

»Ja, und jetzt möchte ich mich davon ausruhen.«

»Was tust du da?«, fragte Cajus.

»Ich koste, wie salzig die Tropfen schmecken«, sagte Ilvi.

»Warum?«

»Wenn sie salzig schmecken, ist das ein Zeichen dafür, dass wir Unterschlupf suchen müssen, denn das da oben sind keine normalen Wolken. Es sind die Tränen der Göttin Selizia und ihr Regen wird schmerzen wie scharfkantige Eisspäne, die dir durch die Haut stechen.«

Cajus streckte vorsichtig die Zunge raus. »Das schmeckt salzig und du hast recht, das brennt verflucht auf der Haut.«

»Vor einigen Jahren habe ich mich in einer dieser Höhlen vor Morpheus versteckt«, sagte Ilvi und dirigierte Cajus den Hang hinunter.

»Morpheus? Wie der Höllenhund Morpheus?«

»Ich hatte schon beinahe die halbe Stadt durchquert, da hat er mich aufgespürt. Dann bin ich bis hierher zurück geflohen. Ich bin hier sowas wie eine Gesuchte, weil ich ihnen immer wieder entwische.«

»Na, da scheinst du ja ganz schön stolz drauf zu sein. Verflucht die Tropfen brennen wie Säure.«

»Und du, Feenmörder, was kannst du mir für Heldentaten über dich berichten?« »Ich hab schon mal gegen Trolle, Sumpfjungfern und ein Schlammmonster gekämpft.«

»Ich hab einer aggressiven Wespe den Stachel eigenhändig ausgerissen.«

»Ich hab mich einer wahnsinnigen, seelenfressenden Hexe und ihrem Haustier gestellt.«

»Schon mal einer dreiköpfigen Schlange die Zungen ausgerissen?«

Cajus hob lachend die Arme. »Du hast gewonnen, da kann ich nicht mithalten.«

Ilvi deutete zu einem Höhleneingang. »Hier lang.«

Cajus stieg in die kleine Höhle hinein, sah sich um und setzte sich, mit dem Rücken an den kalten Fels gelehnt, nieder.

»Wie hast du denn den Dolch mit in die Totenwelt bringen können?«, fragte Ilvi.

»Ich habe keine Ahnung, wie die Elfenkönigin das angestellt hat. Aber es wird wohl wieder irgendein Zauber gewesen sein. Ich wünschte, sie hätte mir auch etwas zu trinken mitgezaubert. Lange werd ich es hier nicht ohne Wasser aushalten.«

»Du bist tot, natürlich wirst du das.«

»Aber ich fühle mich dustig.«

»Das sind nur die Überbleibsel des Menschlichseins. Genauso wie du nicht zu atmen brauchst. Aber du tust es trotzdem, weil dein Körper und dein Geist diese Bewegung gewohnt sind.« Ilvi flatterte auf Cajus' Schoß, streckte sich bäuchlings aus und stützte den Kopf auf die Hände.

»Gibt es eigentlich auch eine Frau Feenmörder?«

»Ja, die gibt es.«

»Und wo ist sie – nein, lass mich raten, du hast sie mit deinem griesgrämigen Gesichtsausdruck verscheucht und sie ist mit dem nächstbesten Kerl durchgebrannt.«

»Ganz so ist es nicht gewesen.«

»Erzähl mir davon, damit ich schneller einschlafen kann.«

Cajus lächelte.

»Du bist so ein freches Rotzbalg.«

Ilvi gähnte lauthals.

»Wir Feen sind zwar stark, aber nachdem wir unsere Kräfte benutzt haben, werden wir unheimlich müde. Deswegen fängt man uns auch so leicht ein.« Sie gähnte erneut. »Ich sag es dir gleich, wenn du auch einschläfst und schnarchst, beiß ich dir in die Lippe. Jetzt fang schon an zu erzählen.«

Einunddreißig … Liadan

»Wie geht es ihr?«, fragte Kjartan, der im Türrahmen der Kajüte verharrte und einen langen Blick mit Zilesta wechselte. Die Seherin strich Salbe auf Liadans Wunde.

»Ich kann Euch hören, Kjartan. Ihr könnt mich das gerne selbst fragen.«

Der Hexer betrat die Kabine.

»Ich wurde von meinen Freunden betrogen, belogen und getäuscht. Das fühlt sich nicht gerade gut an. Ich weiß nicht, was ich jetzt tun soll. Am besten, ich reise nach Alandria, zurück zu meinem Vater.«

Zilesta verband Liadans Wunde mit einigen Tüchern.

»Der Sohn des Schattenkönigs hat behauptet, dass Ihr die Königin von Tioran seid.«

»Er hat was? Warum sollte Devias so etwas behaupten? Das ist Unfug.«

»Habt Ihr denn überhaupt keine Erinnerungen?«

»Ihr seid ein mächtiger Hexer, Kjartan, könnt Ihr mir vielleicht den Ring vom Finger zaubern?« Sie streckte ihm die Hand hin.

Kjartan griff nach dem Schmuckstück. Ein zischender Laut löste sich von seinen Lippen. Blitzartig zog er die Finger zurück. »Das ist ein Orakelring. Gegen eine Gewalt wie diese bin selbst ich machtlos.«

Liadan seufzte. »Wann werden wir den Hafen erreicht haben?«

»Morgen Mittag.«

»Zilesta, was denkt Ihr? Wie lange wird es dauern, bis sich das Gift verbreitet hat?«, fragte Liadan.

»Ihr habt Zeit, weil Ihr ein Halbblut seid. Das Gift verteilt sich nur langsam in Eurem Körper.«

»Habt Ihr Wasser hier? Mir ist ein wenig schwindelig?«

»Macht nicht so ein Gesicht. Es kommt alles, wie es kommen muss. Ich gehe frisches Wasser holen«, sagte die Seherin, stand auf und ließ Liadan mit Kjartan allein in der Kabine. Er setzte sich neben sie.

»Agadash ist nichts weiter als eine hübsche Schale, die ihren verdorbenen Kern umhüllt«, sagte der Hexer.

Liadan war sich nicht sicher, ob er zu ihr oder zu sich selbst sprach.

Er hob den Kopf und sah sie an. »Das Blutbad, das in Agadash vor Jahren an Unschuldigen meiner Art angerichtet wurde, könnte nicht mal die schönste Fassade vertuschen.«

»Waren auch Menschen unter den Opfern?«

»Pheka Ravyl ist ein Vertrauter des Königs. Angeblich kann er Hexenblut schmecken. Als ich zugesehen habe, wie er das Blut einer Frau gekostet hatte, die mit Sicherheit keine Hexe war, wusste ich, dass Ravyl ein Schwindler war. Ich hätte damals nicht wie ein Feigling fortlaufen dürfen. Ich hätte kämpfen müssen, vielleicht hätte ich dann vieles verhindern können.«

»Vielleicht aber wärt Ihr dann heute nicht mehr am Leben. Euer Mut hat vielen Hexen und Hexern ein neues Zuhause geschenkt, ohne Angst und Bedrohung. Diese Insel bedeutet freies Leben für Eure Art. Ihr müsst Euch vor niemandem mehr verstellen.«

»Das Leben ohne die Sonne macht uns krank und schwermütig. Nur nachts existieren zu können, ist, als wäre man nur ein Schatten seiner selbst.«

Kjartan schwieg für einen langen Moment, dann sagte er: »Ich habe nie vergessen, wie meine Freunde geschrien haben, als man sie verbrannt hat.«

»Hat man Euch damals diese Narbe zugefügt?«

Der Hexer nickte. »Sie wird mich immer daran erinnern, was wir durchgemacht haben. Ich werde um jeden Preis verhindern, dass sich dies wiederholt. Und sei es, dass wir ewig ohne Sonne leben müssen, damit diese Insel im Verborgenen bleibt.«

Liadan presste sich die Finger gegen die Schläfen und stieß einen schmerzvollen Laut aus.

»Was ist mit Euch?«

Liadan schloss die Augen.

»Mein Kopf schmerzt mit einem Mal so sehr. Es fühlt sich an, als trommelte jemand mit einem Hammer gegen meine

Stirn. Das passiert mir in letzter Zeit öfter«, krächzte sie, massierte sich die Schläfen und versuchte, den Schmerz wegzuatmen. »Ich fühle, wie sich mein Geist zurückzieht. Ich löse mich auf. Es ist, als fegte ein eisiger Luftzug über meine Gedanken. Jemand ruft meinen Namen, er ist weit weg, aber ich kann ihn hören.«

Sie riss die Augen auf und sprang auf. »Wie komme ich hierher? Warum bin ich in ...« Sie sah sich in der Kajüte um. »Wo bin ich überhaupt?«

»Liadan, Ihr seid in Zilestas Kajüte, sie müsste jeden Moment mit frischem Wasser zurückkommen. Woran erinnert Ihr Euch denn?«

»Ich habe mich eben von Asael und Devias verabschiedet und bin unter Deck gegangen.«

»Das ist alles?«

Zilesta kam mit einem Trinkbeutel in den Raum und reichte ihn ihr.

»Trinkt.«

Kjartan wechselte einen Blick mit der Seherin, den Liadan nicht deuten konnte. Zilesta nickte, als hätte sie das, was Kjartan ihr im Stummen gesagt hatte, verstanden.

Devias stand plötzlich im Türrahmen. »Liadan, geht es dir gut?«

»Außer, dass ich wieder mal nicht weiß, wie ich hierhergekommen bin, denke ich schon.«

»Zilesta und ich werden nun zu dem Toten nach unten gehen und den Zauber aussprechen. Wenn Ihr beide wollt, dürft Ihr gerne mitkommen und zusehen«, sagte Kjartan und drängte sich an Devias vorbei. Zilesta folgte dem Hexer, nicht ohne Devias mit einem mahnenden Blick zu strafen.

»Warum sieht sie dich so an?«, fragte Liadan.

»Die sieht doch jeden so an.«

»Da magst du recht haben.« Liadan lächelte schwach.

»Selbst, wenn du lächelst, kann ich sehen, wie traurig du bist.«

Devias kam auf sie zu.

»Ich hatte eben wieder so starke Kopfschmerzen. Ich kann die Vergiftung regelrecht fühlen.« Liadan vergrub das Gesicht in den Händen. »Ich will nicht sterben, Devias.«

Sie fühlte Devias' wärmenden Körper neben sich. Seine Arme hielten sie fest.

»Mein Vater wird einen Weg finden, dich zu heilen.« Devias räusperte sich. »Liadan, egal was geschieht, ich wollte nie, dass dir wehgetan wird. Das musst du wissen. Meine Freundschaft zu dir war immer echt. Ich liebe dich wie eine Schwester. Du wirst immer mein Zuhause sein.«

»Soll mich die Art und Weise, wie du deine Worte wählst, beunruhigen? Ist das deine Abschiedsrede an mich, wenn ja, dann möchte ich dir sagen, dass auch du immer mein

Zuhause sein wirst«, hauchte sie und schmiegte den Kopf an seine Schulter.

Zweiunddreißig ... Cajus

Hier war nichts außer kahler, toter Boden, auf dem sich sterbendes Gras befand, das bei jedem Schritt knisterte, als ginge man über Stroh. Je länger sie durch diese Einöde wanderten, desto angespannter wurde Cajus.

Ilvi flatterte vor sein Gesicht. »Denk immer daran, was ich dir gesagt habe. Hier sind üble Mächte am Werk. Die dunklen Gefühle, die dich überfallen, die Ängste und Qualen, die dir begegnen, sind Illusionen. Du musst bei klarem Verstand bleiben, sonst bist du hier ewig gefangen.«

»Mir ist eiskalt, ich hasse es hier.«

»Cajus, hast du mich verstanden?«

»Ich bin nichts weiter als ein Bastard, der es nicht verdient hat, wieder zurückzukehren.«

»Bleib bei Verstand! Vergiss nicht, warum du hier bist.«

»Warum sind meine Beine so schwer?«

»Nein! Nicht stehen bleiben, geh weiter.«

Jemand rief seinen Namen. Cajus wirbelte bei dem Klang der wohlbekannten Stimme ruckartig herum.

»Bruder!«

»Janes?«, fragte Cajus. Konnte das wahr sein? Janes war hier, er sah aus wie immer. »Bist du es wirklich? Was tust du hier in der Unterwelt?«

»Ja. Ich bin es, komm zu mir.«

»Lass sofort meinen Kragen los, Ilvi! Mein Bruder ist hier, ich muss zu ihm!«

»Das ist nicht dein Bruder! Es sei denn, dein Bruder war ein ausgewachsener Dämon mit spitzen, krummen Ohren und Schlangenzunge.«

»Was redest du da? Lass mich los!«

»Du wirst nicht zu ihm gehen!«, presste sie hervor. Ihre Flügel flatterten kräftig, während sie ihn am Saum seines Hemdes weg von Janes zerrte.

»Wo warst du, Bruder, als ich dich gebraucht habe! Wo warst du?« Janes hatte plötzlich einen Dolch in der Hand und stach sich mit diesem in die Brust. Schmerzerfüllt verzog er das Gesicht und stöhnte.

»Nein!«, brüllte Cajus. »Lass mich los, Ilvi!«

»Ich bin alleine gestorben. Aber nun bist du hier. Hilf mir, rette mich von hier«, flehte Janes und zog sich das Messer aus der Brust. Blut quoll ihm aus der Wunde, sofort stach er erneut zu. »Rette mich!«

Cajus wehrte sich wie ein wildes Tier.

»Wirst du wohl hierbleiben!«, zischte die Fee und pustete ihm Staub ins Gesicht.

Er hustete und rieb sich die Augen.

»Woher in Tiorans Namen nimmst du die Kraft, mich zu halten!«

»Mit Magie, und das ist nicht dein Bruder! Geh weiter!«

Als er das nächste Mal zu Janes schaute, lachte dieser auf. Cajus erstarrte in der Bewegung. Dieses Lächeln stammte nicht von seinem Bruder. Es war hinterlistig und boshaft. Er drehte sich weg, nur um geradewegs in einen Hügel aus Laubblättern zu steigen. Erschrocken wich er zurück.

»Hast du Angst vor Laub? – Cajus, sieh mich an.« Ilvi flatterte neben ihm, doch ihre Worte kamen von weit weg. Er starrte wie gebannt auf den Blätterberg, unter dem sich eine Blutlache bildete, die hervorquoll und bis zu seinen Sohlen vor schwappte. Der Boden wurde weich. Er sank darin ein, steckte bis zu den Hüften in Blut.

»Cajus, erinnere dich, warum du hier bist!«

»Er war mein Vater. Sie haben ihn totgeschlagen und einfach hier unter diesem Blätterhaufen liegengelassen.«

»Aber sicherlich nicht hier in der Hölle. Komm zu dir.«

»Ich bringe nur Tod und Leid über die Menschen, die mir nahestehen. Ich habe es nicht verdient, weiterzugehen. Ich werde hier, im Blut meines Vaters, ertrinken.«

Eine kleine Hand klatschte auf seine Wange.

»Verflixt! Komm zu dir, Feenmörder!«

Ilvi biss ihm ins Ohr und riss an seinem Haar.

»Aua, verflucht, Ilvi!«

Cajus blinzelte und sah sich um. Kein Blut war mehr zu sehen.

»Schon besser«, sagte Ilvi. »Versuch, bei Verstand zu bleiben.«

Der Schrei einer Frau drang zu ihm. Liadan. Sie war an einer Säule festgebunden. Ein Mann schlug auf sie ein, ein weiterer, der dem Schattenkönig ähnelte, leckte über ihre mit Blut und Dreck verschmierte Wange. Der dritte bewarf sie mit Steinen.

»Fasst sie nicht an!«, brüllte Cajus und hetzte zu ihr.

»Wo willst du jetzt schon wieder hin!«, schrie Ilvi.

»Du hast mich im Stich gelassen, Cajus!«, schrie Liadan. Sein Name schallte über die Ebene. »Du hättest da sein müssen! Du kommst zu spät!«, hallte das Echo immer und immer wieder.

Unter Liadan weichte der Boden auf, öffnete sich und verschlang sie mitsamt Asael. Cajus schrie auf und fiel auf die Knie. Eine Ewigkeit schien vergangen, bis Ilvis Stimme ihn wieder erreichte.

»Es war nicht echt«, hauchte sie.

»Es war auch kein Trug. Ich habe sie im Stich gelassen und an Asael verloren.«

»Wir müssen weiter, Kriegerherz«, sagte die Fee.

Die Luft veränderte sich, je weiter sie marschierten. Der grauenhafte faulige Geruch erinnerte Cajus an den Besuch eines Leidenhauses, in dem elende Krankheiten behandelt wurden. Keine dreißig Schritte entfernt führte eine Hängebrücke über einen Graben auf die andere Seite.

»Mach dich auf was gefasst, Feenmörder! Das wird jetzt unangenehm!«

»Unangenehm«, wiederholte Cajus beim Besteigen der Hängebrücke. »Das beschreibt es nicht einmal annähernd!«, brüllte er über den Chor aus unvorstellbaren Klagelauten hinweg.

Der Anblick, der sich Cajus bot, war mit Abstand das Entsetzlichste, das er jemals zu Gesicht bekommen hatte. »Ich werde das hier niemals vergessen können«, dachte er laut.

In dem Graben unter der Brücke waren Kreaturen mit verzerrten, ausgehungerten, knochenweißen Fratzen, bei denen einzig der Körperbau daran erinnerte, dass sie einst Menschen gewesen waren. Sie zerrten sich gegenseitig an den Haaren, schlugen, kratzten oder traten um sich. Brüllten und wimmerten, als durchlebten sie entsetzliche Qualen. Cajus wischte sich die schweißnassen Hände an seinen Hosen ab und atmete die Panik fort.

»Bleib nicht stehen!«, rief Ilvi über den ohrenbetäubenden Lärm der verlorenen Seelen hinweg. Die Massen streckten ihre teils knochigen, verkrüppelten Arme in seine Richtung und bettelten um Rettung. Von Angst und Kummer zerfressene Gesichter starrten auf sie. Die Körperteile einiger Gestalten waren kohlschwarz, andere zuckten oder waren blutverschmiert. Ein Mann schlug sich mit einem Stein auf die Stirn, ein anderer riss sich die Haut vom Körper.

Die Menschen bauten einen Turm aus Knochen und Körpern, um auf die Brücke zu gelangen.

»Warum haben die nicht versucht, schon vorher zu fliehen?«

»Weil sie nicht fliehen können. Ihr Ziel ist es, dich zu sich zu ziehen.«

Die ersten Hände ertasteten den Übergang.

»Lauf!«, rief Ilvi.

Cajus verlor den Halt und landete auf den Knien. Er robbte mit zitternden Beinen voran.

»Du hast es gleich geschafft«, rief Ilvi und feuerte grünglänzende Bälle in die Grube. Einer der Menschentürme stürzte daraufhin in sich zusammen. Eine der Kreaturen kletterte über den Rand der Brücke auf Cajus zu und versperrte ihm das Vorankommen. Glühende Augen fixierten ihn. Der Tote legte den Kopf unnatürlich schief und stieß ein entsetzliches Kichern aus. Weitere Finger, die am Rand der schaukelnden Brücke hervorblitzten, schnappten nach ihm. Stets bedacht, das Gleichgewicht nicht zu verlieren, schlug und trat er gegen die Hände. Kaum hatte die Kreatur ihn erreicht, versuchte sie, ihn von der Brücke zu stoßen. Cajus holte aus und warf sie in die Masse zurück. Er erhob sich und rannte das letzte Stück zu Ilvi.

»Ich hätte dich ewig aufgezogen, wenn du nicht mal im Stande gewesen wärst, es mit einem Skelett aufzunehmen.«

Cajus wischte sich den Schweiß von der Stirn und warf einen Blick zurück.

»Ich will nur weg von hier.«

»**B**ei den Göttern«, hauchte Cajus, der mit Ilvi auf einer Brücke stand und auf den Tumult unter ihm blickte.

»Willkommen in der Höllenstadt.«

Streitende Menschengruppen drängten sich auf den Wegen, die von rotbraunem Schlamm bedeckt waren. Chaos und Gedränge soweit das Auge reichte. Zwei Männer schlugen mit Stangen aufeinander ein. Einige krochen wie Würmer am Boden. Ein junger Mann saß mit verschränkten Beinen auf der Erde und zeichnete Muster in den Schlamm, dabei wippte er mit dem Körper vor und zurück. Dazwischen tobten sich Wachposten der Unterwelt aus, sie waren mit ihren weiten Umhängen und ihren angsteinflößenden Kriegsrössern gut erkennbar. Sie verteilten Schläge und Tritte oder brüllten auf die Bettelnden ein. Gigantische Streitwagen, die mit je zwei Pferden bespannt waren, trampelten jeden nieder, der sich nicht rechtzeitig retten konnte. Niedergestampfte erhoben sich und streiften weiter umher, als wäre nichts gewesen.

»Die Pferde in der Schattenwelt sind zahme Ponys gegen diese Monster hier«, dachte Cajus laut. Eine Frau kam auf ihn zu. Ihr rotes Haar war komplett zerzaust, einzelne Strähnen verdeckten Teile der Kratzspuren an ihrem Gesicht. Die Stellen ihrer Haut, die nicht von den Fetzen, die sie trug, bedeckt wurden, waren völlig zerkratzt.

»Wo ist Anabell!«, schrie die Frau und schüttelte Cajus an den Schultern. »Anabell! Bist du es?« Cajus schob sie von sich. »Du bist nicht Anabell, du verlogener Hurenbock!«

»Anabell ist dort hinten!«, sagte Ilvi und deutete zurück in die Masse.

»Anabell, ich komme!«

Cajus wechselte einen Blick mit Ilvi.

»Bedank dich später bei mir, Kriegerherz, wir müssen weiter.«

Feuerbälle in der Größe von Äpfeln rasten über die Köpfe der Menschen hinweg und zerplatzten dann wie Luftblasen über Wasser. Ein schriller Schrei – dann erhoben sich riesige schwarze Flügel und peitschten durch die Lüfte.

Cajus taumelte nach hinten.

»Heilige Götter.« Der Drache riss sein gewaltiges Maul auf, aus dem eine Schar pflaumenvioletter Vögel jagten. Die Tiere hielten im Sturzflug auf die Menschen zu, rissen an deren Haar, pickten sie in die Augen und kratzten ihnen über die Gesichter.

Ein Schlachtross, dessen Reiter genauso furchteinflößend war wie das Tier selbst, sprengte unter einer Brücke hindurch und verteilte bei jedem Hufschlag Batzen von Matsch. Überall brannten Fackeln, manche rot, manche blauschimmernd. In der Ferne türmte sich ein Palast auf. Die vielen Säulen um ihn herum, ragten wie Stierhörner in die Sphäre.

»Wer regiert eigentlich die Unterwelt, seit Zeolos nicht mehr da ist?«

»Ich weiß es nicht. Ich hab immer geschaut, dass ich so schnell wie möglich von hier wegkomme, und habe mich einige Arschlängen vom Palast ferngehalten. Aber wenn du deine Antworten willst, wird uns nichts anderes übrig bleiben. – Was?«, zischte Ilvi.

»Einige Arschlängen?« Cajus schüttelte den Kopf.

»Dann lass uns zum Palast gehen.«

»Nein«, hielt ihn Ilvi auf und zerrte Cajus an seinem Ohrläppchen in die andere Richtung. »Wir gehen nicht direkt durch die Stadt, das wäre zu gefährlich. Wir könnten von Wachen aufgehalten werden, die uns nur aus ihrer Laune heraus quälen, könnten Höllenhunden begegnen oder von einem dieser Vögel gepickt werden.«

»Der Weg durch die Stadt führt aber direkt zum Palast.«

»Nicht, wenn du lebend dort ankommen willst.«

»Ich bin bereits tot.«

»Du weißt, was ich damit meine, und jetzt folge meinem gestreckten Zeigefinger.«

»**B**ist du dir sicher, dass dies der richtige Weg ist?« Cajus drehte sich einmal um die eigene Achse. »Ich hab das Gefühl, wir entfernen uns immer mehr vom Palast.«

»Warum hältst du an? Geh weiter! Ich versichere dir, es ist der richtige Weg«, drängte Ilvi.

»Ilvi?«

»Geh einfach weiter.«

»Hier stimmt doch etwas nicht.«

»Wir sind gleich da.«

»Wohin hast du mich geführt?«

»Sieh an, sieh an, sieh an«, sagte eine tiefe, rauchige Stimme. Cajus fuhr herum und starrte direkt auf den wuchtigen Kopf eines Wesens, dessen Gesicht zur Hälfte von einem schwarzen Spinnennetz bedeckt war. Weiße, eirunde Augen, umrandet von schwarzen Linien, stachen aus dem Gesicht heraus. Die Gestalt reckte den Hals unmenschlich weit nach oben und sog zischend die Luft ein. Dunkle Netzmuster, die auf seine Haut gezeichnet waren, bewegten sich über den Körper des Wesens, als wären sie lebendig. Es roch nach verdorbenem Fleisch.

»Hast du mir was Nettes mitgebracht, Ilvi?«

Ilvi stieß sich von Cajus' Schulter ab und flatterte vor sein Gesicht. »Es tut mir leid, Kriegerherz. Ich habe beinahe angefangen, dich zu mögen.«

»Ilvi«, knurrte Cajus.

Die Fee flog zu der Kreatur.

»Ich hab getan, was du von mir verlangtest, Xambros, wo ist sie?«, sagte Ilvi.

»Lass mich zuerst sehen, ob du deinen Auftrag erfüllt hast.«

»Er ist es. König Cajus von Tioran.«

»Verflucht, Ilvi! Was geht hier vor sich!«

»König Cajus«, sagte Xambros. »Leider muss ich Eure Pläne durchkreuzen. Ich kann es nicht zulassen, dass Ihr auf Saloma trefft.«

»Wer seid Ihr?«

»Ich bin ein Spinnendämon und außerdem ein alter Freund von Soprah, Echsia und Clotha. – Ah, wie ich in Eurem Gesicht lesen kann, versteht Ihr. Legt dem Menschenkönig die Ketten an«, befahl er den zwei Wesen auf dem Wagen, die Cajus erst jetzt wahrnahm. Mit ihren knochenweißen, ovalen Augen glichen sie Xambros. Aus ihren Körpern wuchsen plötzlich schwarzbehaarte, zweigdünne Arme. Die beiden Spinnendämonen näherten sich Cajus.

»Nein!« Er wich zurück, wirbelte herum, zückte seinen Dolch und stach ihn Xambros in die Brust.

Der Dämon sah an sich hinunter und lachte. Cajus zog das Messer wieder aus dessen Brust heraus.

»Wolltet Ihr gerade einen Toten töten?« Die beiden Spinnenmänner stimmten in das Gelächter ein und deuteten mit ihren fadendünnen Fingern auf Cajus. Aus den haarigen Körperteilen lösten sich Spinnweben, die direkt auf ihn zuschossen. Er duckte sich unter dem Angriff weg und rammte dem ersten der beiden Dämonen seinen Dolch in den Magen. Etwas wirbelte über sein Bein. Plötzlich war er unfähig, sich zu bewegen. Ein dickes Bündel von Spinnweben hatte sich um seine Glieder gewickelt.

»Ilvi, verflucht, warum hast du das getan!«

»Wo ist Tala?«, fragte die Fee, ohne sich zu Cajus umzudrehen.

»Smog, bring die andere Fee!«, befahl Xambros.

Cajus riss und zerrte an den Spinnweben, die sich wie Schlangen um seinen Körper wanden. Einer der Dämonen zog einen kleinen Käfig aus dem Wagen. Er öffnete das Gitter und eine Fee, um einiges winziger als Ilvi, breitete ihre Flügel aus und flatterte heraus.

»Tante Ilvi!«, rief die Kleine und schmiegte sich in Ilvis Arme.

»Du weißt ja, wo du das Portal zur Menschenwelt findest«, sagte Xambros an Ilvi gewandt. »Bringt den Menschenkönig in den Wagen und dann lasst uns schnell von hier verschwinden.«

Cajus sah zu Ilvi. Ihre Blicke trafen sich und zum ersten Mal sah er Reue in ihrer Miene.

Ein Donner ertönte, der so laut war, dass er ein Summen in Cajus' Ohren zurückließ.

»Nein!«, brüllte Xambros und fiel genau wie seine Kumpane auf die Knie.

»Das ist Saloma! Wir sind erledigt«, wiederholten die Dämonen immer wieder. Cajus wandte sich um, um einen Blick auf das zu erhaschen, was aus dem schwarzen Nebel über dem dunkelvioletten Blütenfeld erschien, das er mit Ilvi zuvor durchquert hatte.

»Götter«, hauchte Cajus ehrfürchtig, denn in diesem Moment wusste er, was genau sie war. Saloma war nicht nur die Göttin des Mondes und der Gezeiten, sie war die Perle der Unterwelt. Von Finsternis bedeckt und von Schatten behütet, schwebte sie über das Lavendelfeld auf ihn zu. Perlmuttschimmernde Augen stachen wie Fackellicht aus ihrem Antlitz. Sie kam sanft wie ein Blatt auf dem Boden an. Ihre Augen wanderten zwischen den Anwesenden umher und blieben an ihm hängen, dann löste sich wie von selbst der Kokon aus Spinnweben, der ihn gefangen hielt.

»Du bleibst schön hier«, sagte Saloma.

Ilvi drehte sich zu der Göttin um.

»Ja, dich meine ich, kleine Fee. Deiner Nichte steht es frei, zu gehen, aber dir nicht.«

»Ich will nicht ohne dich gehen, Tante Ilvi!«

»Tala, hör mir zu. Das Portal ist keine drei Hügel mehr entfernt, es liegt zwischen ...« Saloma schnipste einmal mit dem Finger und die kleine Tala war verschwunden.

»Was zum ... Wo ist sie!«

»Dort, wo sie sein soll.«

»Daheim? In Orchedilla?«

Saloma nickte. »Die Zeit deiner Nichte war noch nicht gekommen.«

Ilvi atmete erleichtert aus.

Die Göttin der Unterwelt schnipste erneut und Ilvi war verschwunden.

»Nun zu euch«, sagte Saloma und schwebte vor die Dämonen, die scheinbar auf den Geschmack des Bodenbelags gekommen waren, da sie gar nicht mehr damit aufhören konnten, ihre Gesichter darin zu vergraben. »Ihr wisst, was nun auf euch wartet.«

»Bitte vergebt uns, Herrin.«

»Ihr habt es gewagt, Soprah, Echsia und Clotha zu helfen, seid hinter meinem Rücken durch das Portal verschwunden, habt eine Fee entführt und eine andere erpresst.«

»Bitte, Herrin. Echsia hat ...«

»Was hat sie euch angeboten?«, fiel ihm die Göttin ins Wort.

Xambros hob den Arm. Lange, fadendünne Spinnweben lösten sich aus seinen haarigen Fingern und schnellten auf den Streitwagen zu. Der Spinnendämon zog an den Fäden, in die eine kleine Schatulle verstrickt war.

Er öffnete sie und hielt sie der Göttin hin.

»Nach Erfüllung des Auftrags hätten wir noch eine zweite Schatulle erhalten.«

Saloma beugte sich leicht vor und nahm den Inhalt in Augenschein.

»Ihr habt euch für Rotkelchspinnen verkauft, nur um euch mit ihrem Gift in einen vorübergehenden Rauschzustand zu versetzten?«

»Wir sind nichts als wertlose Würmer.«

»Und ab heute Feuerwürmer«, sagte sie und deutete mit dem gestreckten Zeigefinger auf einen Punkt in der Ferne. Ihre Augen veränderten sich in pechschwarze Kohle. Als sie sprach, klang ihre Stimme tief und furchteinflößend. »In die ewigen Feuer der Ormädieen!«

»Nein!«, brüllten die Dämonen, die jetzt von einem dunklen Sog umgeben waren, der ihnen den Boden unter den Füßen wegriss und sie mit sich in die Tiefe zog.

Cajus strich sich mit den Fingern durchs Haar und räusperte sich.

»Und da waren's nur noch zwei.«

»Ihr habt ein enormes Wagnis auf Euch genommen, König von Tioran.«

»Ist es die Wahrheit? Ist Euer Bruder in dem Stein eingesperrt? Wird er befreit, wenn sich die Steinhälften vereinen?«

»Kommt, König von Tioran, lasst uns das in meinem Palast besprechen.«

»**H**ör auf zu knurren, Morpheus. König Cajus ist unser Gast«, sagte Saloma zu dem Höllenhund, der am Eingang Wache hielt. Dort, wo sein flammender Schlangenschwanz den Boden peitschte, hinterließ er glühende Kerben. Die langen, schwarzen Krallen an seinen dicken Pranken kratzten über den Boden. Die lodernden Augen ruhten auf Cajus.

Er drehte sich von dem Tier weg und ließ seinen Blick durch den weitläufigen Raum gleiten. Edle Farben und samtene Bezüge wohin er schaute. An der hohen Wand hinter dem Sofa waren prachtvolle und zugleich entsetzliche Gestalten eingraviert, zum Teil auch gezeichnet. Die bemalten Wände, die nicht von Regalen versteckt waren, gaben Einblicke auf Bilder von furchteinflößenden Kreaturen, geisterhaften Wesen oder Darstellungen der Götter selbst. Manche waren in Kämpfe verstrickt, andere liebten sich. Merkwürdige Zeichen aus Gold und Titan waren in dem schwarzen Boden eingemeißelt, der so glänzte, dass Cajus sein Spiegelbild darin erkannte. Sein Blick blieb an dem kleinen Käfig hängen, der auf einem Tisch vor den Sofas stand. Ilvi kauerte mit angewinkelten Beinen darin. Als sich ihre Augen fanden, schüttelte er den Kopf und wandte sich ab.

»Was wird nun mit ihr geschehen?«

»Die Fee ist einen Handel mit einem Spinnendämon eingegangen, womit sie sich eines unentschuldbaren Vergehens schuldig gemacht hat. Außerdem ist sie schon zum dritten Mal unerlaubt in die Menschenwelt zurückgekehrt.«

»Warum schließt Ihr das Portal dann nicht einfach?«

»Es ist geschlossen«, fuhr ihn die Göttin an. »Aber irgendwie finden einzelne Dämonen oder die Fee dort drüben immer einen Weg, es zu öffnen. Leider kann ich es nicht komplett vernichten, da wir es brauchen.«

»Wofür?«

»Ihr habt Euch von einer löwenzahngroßen Fee blenden lassen. Wie gedenkt Ihr da, gegen den mächtigsten Kriegsgott aller Zeiten zu bestehen?«, sagte die Göttin ohne seine Frage zu beantworten.

»Wenn ich darauf eine Antwort hätte, wäre ich wohl kaum hier. Gibt es einen Weg?«

»Wege gibt es immer. Nur müsst Ihr sie zum richtigen Zeitpunkt gehen.«

»Was muss ich tun, damit ich dem ein Ende bereite? Was wird geschehen, wenn Euer Bruder aus dem Stein befreit wurde? Gibt es einen Zauber, ihn dort wieder hineinzusperren?«

»Keinen, den ihr Menschen anwenden könnt.«

Cajus räusperte sich. »Bei allem Respekt, ich bin nicht durch die verdammte Hölle gegangen, um ein verfluchtes Spiel zu spielen, bei dem ich alle Antworten selbst finden muss. Der Schattenkönig ist mit meiner Frau auf dem Weg nach Agadash, wo sich wahrscheinlich die zweite Hälfte des Steins befindet. Ich suche einen Weg, diesen Gott aufzuhalten, bevor er aus Rache alles zerstört, was ihm in die Hände fällt, angefangen mit meiner Frau.«

Saloma betrachtete Cajus einen langen Moment. Dann schwebte sie zu einem Schemel, der mit schwarzem Samt überzogen war, und ließ sich darauf nieder.

»Zeolos kann nicht getötet werden, er ist einer der zwölf Hauptgötter und stammt, genau wie ich, von Potanes ab.«

»Potanes, der Göttervater?«

Saloma nickte und wandte den Blick ab.

»Talyra war meine Seele, mein Herz und meine beste Freundin.«

Cajus wusste nicht, ob die Göttin der Unterwelt zu ihm sprach oder zu sich selbst.

»War die Frau Eures Bruders auch Eure Geliebte?«

Saloma hob den Kopf und schaute ihn mit einem so bedauernden Ausdruck an, dass er seine Worte sofort bereute. Sie strahlte eine greifbare Traurigkeit aus, die Cajus an sich selbst spüren konnte. Als hätte die Göttin ihm eine Prise ihres Schmerzes ins Herz gezaubert.

»Zeolos war ein niederträchtiges Scheusal und hat Talyra wie den letzten Abschaum behandelt.« Cajus starrte die Göttin an, als sich schwarze Fäden wie Würmer aus ihrem Dekolletee über ihren Hals auf ihr Gesicht schlichen. Ihr Ton war so kalt geworden, dass Cajus schauderte. Etwas geschah hier. Der Raum schien dämmriger zu werden. Die Gesichter der Götter an den Wänden veränderten sich in hässliche Fratzen.

»Sie wurde geliebt von mir, in jeder erdenklichen Weise, auf die man lieben kann.« Salomas Stimme bebte leicht. Ihre Augen färbten sich teerschwarz. Eine faustgroße, dicke Spinne krabbelte aus ihrem Haar, über ihr Gesicht hinunter zu ihren Beinen.

»Ihr mögt Euch vorstellen, wie erzürnt mein Bruder war, als er von unserem Verhältnis erfahren hat.«

Die Spinne kroch direkt auf ihn zu.

»Er hat mich eine schiere Ewigkeit in den Obnibor sperren lassen. Stellt ihn Euch wie ein dunkles, kaltes Verlies vor.«

Cajus wich dem haarigen Tier aus, als dieses versuchte, auf sein Bein zu krabbeln. Weitere Spinnen, Würmer und teerschwarze Insekten zwängten sich durch Bodenschlitze in den Raum. Dünne Schlangen krochen aus den Augen der auf die Wände gemalten Götter. Dornenranken wuchsen aus dem Saum des Kleides der Göttin und bahnten sich ihren Weg zwischen den Tieren auf ihn zu.

»Was geschieht hier?«, dachte er laut.

»Als ich endlich von ihm befreit wurde, war es zu spät.«

Cajus stolperte zurück, bis er Morpheus' heißen Atem im Rücken fühlte. Der Höllenhund knurrte. Kalte Panik umfasste Cajus. Er wagte keinen Schritt nach hinten mehr. Die Ranken hatten Cajus' Fußgelenke umwickelt und stachen sich durch seine Hose bis in seine Haut. Er zog den Dolch, doch egal was er tat, die Ranken ließen sich nicht durchtrennen und wurden immer mehr.

»Saloma!«, rief er nach der Göttin, aber die reagierte nicht, sondern blickte mit leerem Blick einfach durch ihn hindurch und redete weiter. »Zeolos hat Talyra als Rache in die ewigen Feuer der Ormädieen geworfen und die Kinder selbst großgezogen. Talyra war keine der zwölf Hauptgötter, sie war das Kind eines Gottes, deswegen konnte sie auch sterben.«

»Saloma, was geschieht hier!«, rief er erneut nach der Göttin und versuchte, sich von den vielen Ranken zu befreien. Die Tiere krochen unter seine Hose. Seine Kopfhaut kribbelte.

Er krümmte sich, griff sich ins Haar und hatte im nächsten Augenblick die dicke Spinne in den Händen. Angewidert schüttelte er sie von sich. »Verflucht, Saloma!«

Die Ranken hatten ihn bis zur Brust eingewickelt. Getrieben von Angst warf er seinen Dolch auf die Göttin. Die Waffe traf Saloma direkt mit dem Schaft auf die Stirn und landete klirrend neben ihr. Sie hob den Kopf, sah in seine Richtung und wedelte einmal mit der Hand. Die Ranken, die Tiere, alles war so schnell fort, es hätte ein Trugbild sein können, wenn da nicht diese eine Schlange gewesen wäre, die durch Denotoms Augen wieder zurück in die Wand kroch.

»Was in Tiorans Namen war das eben?«

Die Göttin lächelte schwach. »Es ist immer wieder faszinierend, den Namen meines Bruders Tioran als Fluch von den Lippen der Menschen zu hören. Ihr seid in der Unterwelt Cajus. Es würde Euch zu viel Zeit und Nerven kosten, alles was hier geschieht zu hinterfragen.«

Cajus wischte sich übers Gesicht. »Ich hoffe, ich komme hier bald wieder raus«, murmelte er in seine Handflächen.

»Habt Ihr Euren Bruder in den Stein verbannt?«

»Mit Denotom, der ebenfalls mit Zeolos im Streit lag, schmiedete ich den Plan, Zeolos in den Stein zu verbannen. Ich habe den Stein geteilt und an zwei Ketten angebracht. Denotom trug eine Hälfte davon und ich die andere. Doch die Macht, die von dem Stein ausging, wenn wir ihn an unseren

Körpern trugen, war zu stark. Wir konnten sie nicht in Schach halten, haben die Kontrolle über uns selbst verloren. Es war das reinste Chaos. Auch die Amulette in der Welt der Götter zu verstecken, wäre deshalb undenkbar gewesen. Wir haben uns dazu entschieden, sie auf die Erde zu werfen. Eine Hälfte zu den Elfen, die andere in ein Kloster.«

»Was ist mit den Schicksalselfen?«

»Sie sind Zeolos' Kinder, keine Elfen«, sagte sie barsch. »Es war eine Maskerade, mehr nicht. Sie wurden von mir verbannt, als sie mich aus Rache für ihren Vater vom Thron stoßen wollten. Da wir wussten, dass sie sich auf die Suche nach dem Stein machen würden, haben wir sie mit einem Fluch belegt. Sie können den Stein weder sehen noch fühlen.«

»Denotom hat gesagt, dass es Göttern nicht erlaubt ist, die Erde zu betreten.«

»Den großen zwölf nicht. Aber unseren Nachfahren sehr wohl. Soprah, Clotha und Echsia haben sich eines Tages ihr eigenes Reich direkt unter Asaels Schattenwelt geschaffen und wurden durch Zufall dort eingesperrt. Dieser Bann konnte ohne das Blut Eurer Frau nicht zerstört werden und somit waren sie mit Asael dort gefangen.«

»Was hat der Schattenkönig damit zu tun?«

»Er ist nichts weiter als eine Marionette, die sie mit ihrer Magie beeinflusst haben. Er kann nicht aufhören, bis er die Steine zusammengefügt hat.«

»Und Ihr wollt das um jeden Preis verhindern. Und dazu braucht Ihr mich.«

Salomas Augen flammten kurz auf und erlangten dann wieder den gewohnten Perlmuttschimmer. Sie erhob sich und warf Cajus etwas zu. Er reagierte schnell und fing die kleine Phiole auf, die mit einer goldenen Flüssigkeit gefüllt war.

»Was ist das?«

»Die mächtigen Hände der Elfen müssen ein Schwert aus Dracheneisen gießen. Tunkt es in das magische Pulver der Feen und poliert es mit meinem Blut. Wenn dieses Schwert, getragen von einem Menschen, sich in das Herz von demjenigen versenkt, in dessen Körper Zeolos sich eingenistet hat, wird er darin eingesperrt werden.«

»Dann ist das hier in der Phiole Euer Blut?«

Die Göttin nickte.

»Abgesehen davon, dass wir einen mächtigen Gott niederstrecken müssen, wie sollen wir es gegen Echsia, Soprah und Clotha aufnehmen?«

»In den Wäldern von Alandria, südlich der Seelentürme der Lindul und des Gebiets der Dunkeldryaden, liegt das Schloss der flüsternden Spiegel. Einst lebte dort eine gefürchtete Königin, die magische Spiegel aus aller Welt sammelte. Meine Nichten haben sich dort herumgetrieben, um mit der Hilfe eines Spiegels den Aufenthaltsort des Steines herauszufinden. Ich habe sie daraufhin von drei Furien jagen lassen. Leider haben sie es fertiggebracht, die Furien in einen dieser Spiegel einzusperren.«

»Ich soll also in dieses Schloss und die Furien befreien?«

»Nein! Ihr dürft sie auf keinen Fall befreien. Ihr müsst in das Schloss und den Spiegel, in dem sie gefangen sind, mitnehmen. Erst, wenn Ihr nach Agadash reist und auf Soprah, Echsia und Clotha trefft, dürft Ihr den Spiegel zerstören. Dann werden sich die Furien nicht auf Euch, sondern auf meine Nichten stürzen.«

»Das klingt irgendwie zu einfach.«

»Im Inneren des Schlosses finden sich zahlreiche Spiegel. Ihr werdet in jeden einzelnen hineinsehen müssen und warten, bis die Illusion, die sich Euch zeigt, wieder erlischt. Erst dann werden sich in einem der Spiegel die Gesichter der Furien zeigen. Hütet Euch davor, einen der Spiegel aus Angst und Zorn zu zerstören. Hört nicht auf, zu jeder Zeit, gegen diese Verzweiflung, die Euch dort erwartet, anzukämpfen.«

»Ist das alles, was Ihr mir dazu sagen könnt? Wird das reichen, um Zeolos zu besiegen? Warum könnt Ihr nicht selbst kommen und ihn wieder in den Stein verbannen?«

»Wenn ich es könnte, dann bräuchte ich Euch nicht!«

Saloma winkte. Ein nachtschwarzer Krater öffnete sich im Boden vor seinen Füßen.

»Wenn Ihr zurückwollt, müsst Ihr springen.«

Cajus näherte sich dem Loch und versuchte, in dem Krater irgendetwas zu erkennen.

Er sah zu Ilvi, die wie eingefroren in ihrem Käfig kauerte.

»Was ist mit ihr?«

»Sie wird bestraft, aber das ist nicht mehr Euer Problem. Springt nun, das Portal wird sich jeden Augenblick schließen und dann dauert es wieder eine Zeit lang, bis ich ein neues öffnen kann.«

»Ich möchte mich von ihr verabschieden.«

»Eilt«, drängte Saloma.

Cajus sprintete zu dem Käfig, umklammerte die Gitter, machte einen Satz und riss ihn mit sich in die Tiefe.

»Nein!«, brüllte die Göttin der Unterwelt. Das Echo ihres Aufschreis hallte Cajus lange in den Ohren.

Hart landete er auf dem Fußboden der Feldahornhütte. Der Käfig rollte neben ihm über den Boden, krachte an die nächstliegende Wand und brach auseinander. Cajus rappelte sich mühsam auf und rieb sich den Hinterkopf.

»Verflucht, tat das weh.«

Ilvi kam ebenfalls auf die Beine. »Warum hast du das getan?«

»Warum ich dich gerettet habe? Nachdem du mich so scheinheilig hintergangen hast?«

»Ja, zur Hölle, warum?!«

»War die Kleine deine Nichte?«

Ilvi nickte. »Xambros Spinnendämonen haben sie aus unserem Reich entführt. In der Nachricht, die sie für mich hinterlassen hatten, stand, dass ich dich töten und in der Unterwelt zu Xambros führen soll, wenn ich sie wiederhaben will. Das mit dem Töten hast du ja selbst hinbekommen.«

»Warum du?«

»Weil Xambros mich von meinen vorherigen Aufenthalten in der Unterwelt kannte. Er wusste, dass ich mich dort gut auskannte und dich zu ihm führen könnte.«

»Also hast du dich nur wegen mir ins Reich der Zwerge eingeschlichen?«

»Ich habe die Zwerge belauscht, um herauszufinden, in welcher Hütte sie dich unterbringen werden. Als ich mich dort versteckt habe, hat mich einer dieser Nabelküsser geschnappt.«

»Sagt die Fee, die nicht größer als eine Hand ist. Und was genau wollte der Spinnendämon von mir?«

»Soweit ich das verstanden habe, wusste Xambros, dass du dich früher oder später auf die Suche nach Saloma machen würdest. Dies wollte er verhindern.«

»Ich muss Gomron und die Elfenkönigin aufsuchen. Wenn dich die Zwerge hier finden, werden sie dich wieder einsperren.«

»Werden sie nicht. Ich weiß, wie ich heimkomme.«

Ilvi flatterte mit ihren Flügeln und landete auf Cajus' Schulter. Dieser drehte den Kopf zur Seite und hob die Augenbrauen.

Die Fee küsste seine Wange. »Ich bin dir was schuldig, Kriegerherz. Wenn du mich eines Tages brauchst, werde ich da sein.«

Die Fee blies ihm Staub in die Augen. Er blinzelte und rieb sich die Lider.

Ilvi war verschwunden.

»**E**in Schwert, gegossen aus Dracheneisen, und die Elfen sollen es schmieden, warum nicht wir?«, fragte Gomron.

»Das waren Salomas Worte. Die Waffe muss außerdem in Feenpulver getunkt und mit dem hier ...«, Cajus zog die Phiole aus seiner Tasche, »... poliert werden.«

»Was ist das?«

»Das ist das Hälesum der Göttin Saloma.«

»Da drinnen ist tatsächlich Götterblut?«

Cajus warf das Fläschchen einmal in die Luft und fing es dann wieder auf. »Jap.«

Der Zwergenkönig streckte beide Arme aus und sprang einen Satz nach vorne. »Seid Ihr wahnsinnig! Wisst Ihr denn nicht, was Ihr da in den Händen haltet?«

»Hab ich doch gerade gesagt.«

»Habt Ihr denn noch nie über das Hälesum der Götter gehört? Nicht nur, dass es unsagbare Heilkräfte besitzen soll, es soll auch übermenschliche Kräfte verleihen.«

»Und damit darf es nicht in die Hände der Zwerge gelangen, kein Wesen dieser Welt sollte über Götterkräfte verfügen«, ergänzte Baratus, der mit Daria in diesem Moment zur Tür hereinkam.

»Ihr seid zurückgekehrt«, sagte die Elfenkönigin.

»Hattet Ihr Zweifel daran?«

»Hatte ich nicht.«

»Fällt mir schwer zu glauben.«

»Ihr habt die Göttin Saloma demnach gefunden.«

»Saloma ist die Herrscherin der Unterwelt. Sie hat Zeolos' Platz eingenommen. Sie hat mir verraten, wie ich ihren Bruder wieder einsperren kann.«

»Jedes übermenschliche Wesen, das davon erfährt, würde dafür töten«, ergänzte Gomron, der weiterhin das Hälesum anstierte.

»Ihr wisst davon und ich lebe noch.«

Gomron lächelte. »Ihr könnt mir glauben, ich spiele mit dem Gedanken, es Euch aus den Händen zu reißen und für meine Zwecke zu verwenden.«

»Was hat die Göttin gesagt?«, fragte Daria.

»Dass ich zurück in Alandrias Wälder reisen muss. Dort, tief verborgen, nahe den Seelentürmen der Lindul befindet sich ...«

»Das Schloss der flüsternden Spiegel«, beendete Daria den Satz.

»Drei Furien wurden von den Schicksalselfen in einem dieser Spiegel eingesperrt. Ich muss den Spiegel finden und ihn nach Agadash bringen. Wenn ich die Furien dort befreie, werden sie sich auf Echsia, Soprah und Clotha stürzen.«

»Und Ihr könnt dies allein bewältigen?«

»Das muss er nicht. Ich werde ihn begleiten«, sagte Gomron.

»Wenn Ihr versprecht, nicht mehr wie ein hungriger Geier auf die Phiole in meiner Hand zu starren, werde ich Euch einige Tropfen des Hälesums schenken, sollte nach dem Polieren des Schwertes etwas davon übrig bleiben.«

»Das würdet Ihr ernsthaft tun?«, fragte der Zwerg ehrfürchtig.

»Nein, wird er nicht«, zürnte Baratus. »Ihr werdet keinem Zwerg ein Geschenk von so unsagbarer Macht machen.«

Cajus sah dem Erdkönig herausfordernd in die Augen. »Versucht, mich davon abzuhalten.«

Baratus stampfte auf Cajus zu. »Du eingebildeter, dummer Mensch. Ich könnte dich mit einem ...«

»Baratus.« Daria stellte sich dem Erdkönig in den Weg. Ohne den Blick von Cajus zu nehmen, drängte Baratus seine Frau zur Seite.

»Geh mir aus dem Weg, Daria.«

»Du wirst ihn nicht anfassen. Wenn es sein muss, werde ich diesen Mann mit meinem Leben verteidigen. Das Schicksal von jedem hier lastet jetzt auf seinen Schultern. Du wirst es nicht wagen, ihm auch nur ein einziges Haar zu krümmen.«

»Wie anmaßend von dir. Dieser unwürdige Mensch und dein missratender Bastard sind doch schuld an dem Ganzen hier.«

In einer flüssigen Bewegung zog Cajus sein Schwert, drängte Daria zur Seite und presste dem Erdkönig die Spitze an den Hals. »Es ist meine Frau, über die Ihr hier so abfällig sprecht.«

Baratus' Augen weiteten sich so, dass Cajus für einen Moment dachte, sie würden ihm aus den Höhlen springen. Dann passierten mehrere Dinge gleichzeitig. Baratus hob seinen Arm. Daria stieß einen Warnschrei aus. Gomron machte einen Satz und schleuderte Cajus Staub ins Gesicht.

Die gesammelte Magie an den Handflächen des Erdkönigs erlosch. Er stolperte nach hinten. »Was zum ... Wo sind sie hin?!«

Hatte ihn der gerissene Zwerg mit dem Feenpulver bestäubt und sie beide unsichtbar gemacht, dachte Cajus. Sein

Schwert und alles, was er am Körper trug, war unter dem Schleier der Unsichtbarkeit verborgen.

»Ich könnte jetzt so dreist sein und Euch eins mit dem Schwertgriff überziehen«, sagte Cajus.

Baratus wirbelte herum. »Was verflucht ist das für ein Zauber? Wo seid Ihr?«

»Es ist kein Zauber«, sagte Gomron. »Es ist die Asche der Orchedilla.«

»Zeigt Euch wieder, König Cajus. Mein Mann wird sich jetzt zusammennehmen«, versprach Daria mit einem ernsten Seitenblick zu Baratus.

Cajus rieb sich die Hände.

»Gomron, warum werde ich nicht sichtbar?«

»Habt Ihr Eure Hände gerieben? Dann versteh ich es auch nicht.«

»Wollt Ihr mir damit sagen, dass Ihr gar nicht so genau wisst, wie das Pulver wirkt? – Gomron?«

»Beim letzten Mal habe ich mir in die Hände gespuckt und sie dann gerieben. Versucht das mal.«

Cajus tat es und wurde sichtbar.

»Daria, könnt Ihr uns etwas zur Verfügung stellen, das uns in Alandrias Wälder fliegt?«, fragte er die Elfenkönigin und ignorierte dabei die Todesblicke ihres Gemahls.

Auf Darias Lippen erschien ein Lächeln. »Wie beim letzten Mal.«

Dreiunddreißig ... Cajus

»Ich hätte nie gedacht, dass ich hierher zurückkommen werde.«

»Und ich hätte nie gedacht, dass ich jemals mit einem Menschenkönig auf einem zweimanngroßen Schmetterling fliege, der uns tief in die Wälder von Alandria bringt, um einen Spiegel, in dem Götter-Furien gefangen sind, zu suchen«, sagte Gomron und stieg hinter Cajus von dem Rücken des Schmetterlings ab.

»Ich hoffe, der Falter ist da, wenn wir zurückkommen.«

Cajus streichelte sanft über den Flügel des Tieres.

»Er wird auf uns warten, davon bin ich überzeugt.«

»Warum fliegt er uns nicht direkt hin?«

»Leider kann ich ihn das nicht fragen. Aber nachdem er von selbst hier gelandet ist, wird er wohl seine Gründe haben.«

Cajus sah empor. Vor ihm ragten die beiden Seelentürme der Lindul wie Götterspeere in den Himmel.

»Kennt Ihr die Sage um die Lindultürme?«, fragte Gomron.

»Nie davon gehört.«

»Die Lindul-Brüder sollen so schön gewesen sein, dass nur ein Blick von ihnen ausreichte, um den Verstand zu verlieren. Die Königin, die einst hier in dem Schloss der Spiegel lebte, hatte zwei Töchter, deren Herzen von den beiden Männern gebrochen wurden. Die Mutter der Mädchen hatte den Brüdern ein Geschenk gemacht. Jeder von ihnen bekam einen Spiegel, der ihnen die wahre Schönheit ihrer Seele zeigen sollte. Doch als die Brüder in den Spiegel schauten, sahen sie furchteinflößende Monster. Anstatt zu akzeptieren, was sie da sahen, zerschmetterten sie die Spiegel. Doch der Fluch, der darauf lastete, verzauberte die beiden und nahm ihnen die Schönheit. Sie wurden unsterblich und zu den Monstern, die sie in dem Spiegel gesehen hatten. Seit jeher sollen sie sich in den Türmen verstecken und nur nachts zum Jagen herauskommen. Man munkelt, dass sie Schuld am Verschwinden der Königin und ihrer Töchter haben und dass das treue Heer der Königin nicht sterben kann und seit jeher auf ihre Rückkehr wartet.«

»Es gibt so viele solcher Geschichten, ob sie der Wahrheit entsprechen, wird man wohl nie herausfinden. Dort hinten liegt das Waldstück der Dunkeldryaden, das wir um jeden Preis umgehen sollten«, sagte Cajus.

Gomron deutete auf die Reste einer Straße. »Hier verlief einst ein Weg.«

»Wir müssen weiter südlich. Dort irgendwo steht das Schloss.«

»Dann lasst uns keine Zeit mehr verlieren.«

»Habt Ihr Angst?«, fragte Gomron, nachdem sie eine Weile schweigend nebeneinander gewandert waren.

»Vor dem, was uns nun erwartet? – Nein.«

»Aber Ihr habt Angst, zu versagen und Eure Frau nie mehr wiederzusehen?«

»Wer hätte das nicht.«

Cajus hielt an, bückte sich und entfernte Efeu, der einen Stein überwucherte. »Ein Grenzstein«, sagte er. »Das Schloss kann nicht mehr weit sein. – Was ist mit Euch? Ich habe keine Frau an Eurer Seite gesehen.«

»Sie ist vor nicht ganz zwei Wintern verstorben.«

»Das tut mir leid.«

»Ich muss damit leben.«

»Habt Ihr daran gedacht, ein weiteres Mal zu heiraten?«

»Vielleicht, eines Tages. Dort ... sind Reste einer Mauer«, sagte Gomron.

Sie gingen die Mauer entlang, bis sie vor einem von Unkrautbüscheln überwucherten Tor standen.

»Wir müssen uns zuerst durch die Wildpflanzen kämpfen, damit wir es überhaupt öffnen können«, sagte Cajus und zog sein Schwert.

Trostlos und verkommen stand das Schloss da. An den Außenmauern und am Dach waren Scherben und Spiegelreste zu erkennen, die das Licht der Sonne in unzählige Funken teilten und das Schloss trotz seines Verfalls zum Glänzen brachten.

»Geht es nur mir so oder läuft Euch auch ein eiskalter Schauer über den Rücken?«, fragte Gomron und bewegte sich mit Cajus auf das Schloss zu.

Das Gefühl bedrückender Beklemmung zerrte an Cajus. »Es ist so verflucht still hier.«

»Eine trügerische Ruhe vor dem Sturm.«

Unter ihren Sohlen knackten und raschelten Äste und Laub. Eine Handvoll Vögel schreckte auf und flatterte davon.

Gomron zog Cajus an seinem Hemd. »Jemand ist hier.«

Cajus hielt inne, sah sich um und lauschte. Er konnte die Bedrohung spüren. Sie lag schwer wie Blei in seinem Magen. Eine Bewegung hinter der Mauer. Das kratzende Geräusch kam von allen Seiten. Cajus zog einen Pfeil und spannte den Bogen. Gomron hielt seine doppelschneidige Axt kampfbereit und drehte sich so, dass er mit Cajus Rücken an Rücken stieß.

Ein Gurgeln und Stöhnen war zu hören. Dann ein Rasseln von Ketten. Blasse, nahezu gläserne Finger krallten sich an den oberen Rand der Mauer. Ein Helm, unter dem sich ein geisterhafter Kopf versteckte, lugte hervor. Dann folgte der Rest des Körpers. Nacheinander kletterten die Geisterritter auf den Mauerrand. Über ihren verrosteten Rüstungen trugen sie zerfetzte Umhänge, an denen einzelne Spiegelsplitter klebten.

Nebeneinander stellten sie sich auf den Mauerrand und schwenkten Schwerter, Ketten, Speere und Äxte.

»Geister«, stotterte Gomron.

»Götter, verflucht. Ich würde meinen, damit erübrigt sich die Frage, ob Eure Geschichte von vorhin nur Humbug war.«

»Denkt Ihr, unsere Waffen können ihnen was anhaben?«

Cajus schoss den Pfeil ab, dieser flog durch den Kopf eines Kriegers hindurch.

»Da habt Ihr Eure Antwort. – Habt Ihr etwas von dem Feenpulver?«

Gomron zog ein kleines Säckchen aus seiner Tasche und bestreute Cajus und sich selbst damit.

Mit einem Gekreische jenseits dieser Welt stießen sich die Geisterritter nacheinander von der Mauer ab und stürmten auf die beiden zu.

Die Geister hielten inne und sahen sich um. Das Pulver hatte wie versprochen gewirkt. Cajus zog sein Schwert.

»Gomron, wo steht Ihr?«

»An derselben Stelle wie zuvor.«

»Wir müssen weit genug voneinander wegstehen, damit wir uns nicht versehentlich mit unseren Waffen treffen. Ihr rennt von rechts, ich von links zur Flügeltür«, sagte Cajus und rannte los.

Die Geisterkrieger wirbelten herum, einige postierten sich vor der Flügeltür des Schlosses.

»Sie können uns zwar nicht sehen, aber hören sehr wohl!«, rief Gomron.

Die Krieger schlugen blind um sich. Die Spitze eines Speers verfehlte Cajus nur knapp. Er drehte sich geschickt vor einem ankommenden Schwerthieb weg und parierte die folgenden Schläge. Unter dem Hieb eines Streitflegels tauchte er hindurch und entging so der Attacke. Die Geisterkrieger, die sich vor dem Tor postiert hatten, schlugen mit ihren Waffen in die Luft. Cajus wich einem ankommenden Speerhieb aus, übersah aber einen hohen Stein, über den er der Länge nach hinschlug. Er robbte zu seinem Schwert, das er aus den Händen verloren hatte und sprang rasch auf.

»Ich bin drinnen!«, rief Gomron.

Cajus hatte das Tor erreicht.

Einer der Geisterkrieger holte aus, traf ihn mit seinem Schwert am linken Bein und hinterließ eine blutende Wunde.

Kreischend deuteten die Geisterkrieger mit ihren Waffen auf ihn. Er parierte die ankommenden Hiebe. Klirrend prallten die Schwerter aufeinander. Flink drängte er sich an den letzten beiden Geistern vorbei und trat ins Innere des Schlosses.

»Seid ihr drinnen, Gomron?«, fragte er nach Atem ringend.

»Warum seid Ihr sichtbar!«

»Was?« Cajus sah an sich hinunter.

Dir Flügeltür wurde zugestoßen und Gomron wurde ebenfalls sichtbar.

»Warum habt Ihr Euch sichtbar gemacht?«

»Habe ich nicht!«

Cajus keuchte und inspizierte sein Bein.

»Die Wunde ist nicht tief.«

Gomron lauschte. »Die Geister versuchen überhaupt nicht, hineinzukommen.«

»Wir müssen herausfinden, wie dieses Pulver wirkt, sonst, wird es uns im Kampf gegen Zeolos nichts nützen.«

Ihre Schritte knarrten unter den rissigen Holzdielen des verfallenen Korridors. Überall hingen Spinnweben. In den einzelnen Lichtstreifen, die durch die morschen Fenster ins Innere gelangten, wirbelten feine Staubbrösel. Spiegelscherben gleißten an Wänden, Decken und Böden. In der Mitte des Flures wendelte sich eine aus Spiegeln gemachte Treppe in das obere Stockwerk.

»Könnt Ihr es hören? Das Flüstern der Spiegel?«, fragte Gomron.

Cajus hielt für einen Augenblick inne und lauschte.

Unverständliches Gewisper fegte wie ein Windzug durch den Gang.

»Lasst uns zuerst da hineingehen«, sagte Cajus und lugte in einen Raum, dessen Tür weit offen stand.

Vorhänge, Decken und staubige Tücher bedeckten die Möbel des Zimmers. An den Wänden waren, der Form nach zu schließen, zwei Spiegel mit großen Tüchern verhängt.

Gomron nieste. »Ich nehme mal an, dass sich keine Bilder hinter den Tüchern verbergen.«

»Lasst uns die Spiegel enthüllen. Und Gomron«, Cajus hielt den Zwerg am Arm fest, »vergesst nicht, was ich Euch gesagt habe. Ganz gleich, was oder wen Ihr sehen werdet. Ihr dürft keinen der Spiegel aus Angst oder Zorn zerstören.« Gomron nickte, nieste einmal mehr und enthüllte den ersten Spiegel. Cajus tat es dem Zwerg gleich und schob eins der Tücher zur Seite. Eine Staubwolke tanzte über sein Gesicht. Er hustete.

Kaum hatte er den Spiegel aufgedeckt, fing dieser mit einer samtweichen weiblichen Stimme zu flüstern an.

»Schau in mich hinein. Wage einen Blick in die Vergangenheit. Komm näher und verlier dich in mir.«

Cajus sah hin und sah sich selbst. Er stand mitten in einem Wald. Bunte Blätter rieselten auf ihn herab.

Sein Spiegelbild veränderte sich. Ein Junge, der keine sechs Winter gesehen haben konnte, stand ihm jetzt gegenüber. Cajus hob den Arm, das Kind im Spiegel ahmte seine Bewegung zeitgleich nach. Er sog scharf die Luft ein.

»Du bist ich«, hauchte er.

Der Junge nickte. Dann verlor sich der König von Tioran in der Vergangenheit.

»Schnell, lauf zur Burg und bleib in deinem Zimmer, bis ich dich geholt habe!«, sagte seine Mutter und haschte nach seinem Handgelenk. »Hast du mich verstanden, Cajus. Du bleibst in deinem Zimmer, bis ich dich holen komme.«

»Warum haben sie das getan, Mutter? Warum haben sie Achion getötet?«

Seine Mutter ging vor ihm in die Hocke und wischte ihm die Tränen aus dem Gesicht. »Cajus«, wisperte sie mit zitternder Stimme. »Achion war dein leiblicher Vater und Täve hat es heute aufgedeckt und ihn dafür töten lassen.«

»Vater? Wie meinst du das? I... Ich habe doch einen Vater. Achion war ein Freund, er hat mir so viel beigebracht.«

Seine Mutter lächelte traurig. »Tief in deinem Herzen wusstest du es doch immer.« Sie erhob sich und küsste Cajus auf die Stirn. »Und jetzt lauf und tu, was ich dir gesagt habe.« Cajus schniefte, nickte und rannte in den Wald.

Der Schrei seiner Mutter ließ ihn innehalten. Er überlegte kurz, rannte dann aber zurück. Hinter einem Baum versteckt, sah er seinen Vater vom Pferd steigen.

Täves Handrücken klatschte auf die Wange seiner Mutter.

»Ein Steinmetz? Wie konntest du mir das antun! Wie konntest du mich dermaßen beschämen!« Der nächste Schlag ließ nicht auf sich warten. »Hab ich dir nicht alles gegeben!«

Cajus schnellte aus seinem Versteck und stürmte auf seinen Vater zu.

»Fass sie nicht an, Vater!«

Mit all der Kraft, die er aufbringen konnte, stieß er den König zur Seite.

Täve strafte ihn mit einem Blick, der Cajus in der Bewegung innehalten ließ.

»Du bist nicht mehr mein Sohn, du bist der verfluchte Bastard dieses Steinmetzes. Und wenn du mir nicht sofort aus den Augen gehst, werde ich dich neben ihm begraben lassen.«

»Täve«, hauchte seine Mutter. »Wie kannst du so etwas sagen. Cajus ist trotz allem dein Sohn.«

Täve zog einen Dolch aus der Gürteltasche, packte Cajus am Kragen seines Hemdes und hielt ihm die Spitze an die Kehle.

»Soll ich dir beweisen, dass er es nicht ist.«

Seine Mutter stieß einen Schrei aus und fiel vor Täve auf die Knie.

»Bitte, verschone ihn. Bitte, Täve, wenn wir dir jemals etwas bedeutet haben, dann musst du ihn verschonen.«

»All die Jahre hast du mich belogen, hast mich in dem Glauben gelassen, dass Cajus mein Sohn ist. Von wem ist das Kind in deinem Bauch? Ist es auch von dem Steinmetz?«

»Es ist dein Kind, Täve. Ich schwöre es beim Leben meines Erstgeborenen.«

Täve knurrte, stieß Cajus von sich, schlug ihm mit dem Handrücken ins Gesicht und gab ihm einen Tritt in die Rippen. »Verschwinde in dein Zimmer, wir beide sprechen uns später.«

Cajus stolperte mit zitternden Beinen nach hinten und tastete seine Lippe ab. Sie war feucht und blutete. Sein Herz schlug wie ein Hammer gegen seine Brust. Er sah sich um. Er befand sich in dem Spiegelraum.

Es hatte sich so echt angefühlt.

»Du elender Verräter, verschwinde, ich glaub dir kein Wort!«

Gomrons Fluch ließ Cajus herumfahren.

»Gomron, alles in Ordnung bei Euch?«

Gomron, der vor einem anderen Spiegel als zuvor stand, drehte sich zu Cajus.

»Ja, zum Geier, was war los mit Euch! Ich habe Euch gerufen, an Euren Kleidern gezerrt, aber Ihr wart wie eingefroren. In der Zwischenzeit habe ich schon in zwei weitere Spiegel gesehen. Aber keine Furien entdeckt.«

»Und mit wem habt Ihr gerade eben gesprochen?«

»Nicht so wichtig, es war nur eine Illusion.« Gomron nieste. »Ihr blutet an der Lippe, was ist mit Euch geschehen?«

»Wir müssen achtgeben. Wenn wir im Spiegel verletzt werden, werden wir auch in echt verletzt. Lasst uns das Schloss nach weiteren Spiegeln durchsuchen.«

Cajus ging mit Gomron die Treppe hinauf.

»Du versuchst es hier und ich in dem Zimmer dort drüben.«

Cajus betrat einen Raum, es war ein Schlafzimmer. Die Bettwäsche, die sorgfältig zusammengelegt auf dem Bett lag, war von einer dicken Schicht Staub bedeckt. Auf dem Tisch stand der Rest einer heruntergebrannten Kerze, neben der eine ovale Haarbürste lag. Cajus durchsuchte den Raum nach einem Spiegel, konnte jedoch nichts finden, außer von allerlei Getier zerfressene Kleidung, die von Spinnweben ummantelt war. Er sah unter dem Bett nach, aber auch dort war nichts zu finden. Cajus hob die Bürste hoch, betrachtete sie und legte sie wieder auf ihren Platz. Einen Herzschlag lang hatte er sich eingebildet, einen Lichtfunken aufblitzen zu sehen, der durch das Fenster in das Zimmer schien. Er wollte aus dem Raum gehen, doch eine Ahnung hielt ihn zurück. Er machte kehrt und hob die Haarbürste noch einmal an. Dann drehte er sie um und wischte über die staubige Oberfläche.

Da war er. Ein Spiegel.

»Du hast mich also gefunden. Lass uns ein Spiel spielen, Menschenkönig«, zischte der Spiegel. »Bin ich die Wahrheit oder die Lüge. Wenn du es errätst, darfst du gehn. Wenn nicht, bleibst du für immer hier stehn.«

Erst sah Cajus nur sein Spiegelbild. Dann war das Rauschen von Wellen zu hören. Zuerst verschwommen, aber dann erkannte er Wasser und ein Schiff. Zwei Personen standen an der Reling. Liadan und Asael. Eine Herzenswehmut schnürte ihm die Kehle zu. Asael legte ihr ein Lederband um den Hals. Sie nahm den Stein, der die Form eines Herzens trug, in Augenschein.

Der Schattenkönig beugte sich vor und sagte: »Jetzt musst du nur atmen, um mein Herz an dir zu fühlen.« Asaels Arme umschlangen ihre Hüften.

Cajus umklammerte den Bürstengriff, so dass seine Fingerknochen weiß hervorstachen. »Nicht, das darf nicht wahr sein.«

»Na, Menschenkönig, wie lautet deine Antwort.«

»Die Wahrheit«, sagte er mit zitternder Stimme.

»Das war die richtige Antwort.«

»Ich bring ihn um«, murmelte er und wollte den Spiegel ablegen. Doch der Griff ließ sich nicht von seinen Händen lösen. Er war wie festgefroren. Cajus zerrte an der Haarbürste.

»Sieh noch einmal in mich hinein. Noch ein letztes Mal«, flüsterte der Spiegel. »Wahrheit oder Lüge, errätst du die Trüge?« Der Spiegel zeigte ihm Liadan. Sie lag in seinen blutverschmierten Armen. Sie war tot. Cajus' Herz pochte, seine Hände zitterten, am liebsten hätte er die Bürste gegen die nächste Wand geschleudert.

»Das ist eine Lüge.«

»Falsche Antwort!«, kreischte der Spiegel und lachte laut auf. »Zerstör mich und du darfst gehn. Wenn nicht, bleibst du für immer hier stehn.«

»Nein! Das war ein Trug! Das muss eine Lüge gewesen sein. Du willst mich ...«

Cajus fühlte etwas an seinen Beinen hochwandern. Er blickte nach unten. Aus dem Boden schossen gläserne Ranken, die seine Füße umklammerten.

»Zerstör mich und du darfst gehn. Wenn nicht, bleibst du für immer hier stehn«, wiederholte der Spiegel immer wieder.

Cajus zückte mit der freien Hand sein Schwert und hämmerte auf die Ranken ein, die hart wie Stein wurden, nachdem sie sich um seine Beine geschwungen hatten.

»Gomron!«, rief er nach dem Zwerg.

Cajus schlug vergebens auf die gläsernen Ranken ein.

»Verflucht! Gomron, hörst du mich!«

»Cajus, ich bin hier«, sagte Gomron, der einen Herzschlag später das Zimmer betrat. Ohne nachzufragen, zückte der Zwerg seine Waffe und versuchte, die Ranken zu zertrümmern.

»Der Spiegel hat gesagt, wenn ich ihn zerstöre, werde ich frei sein.«

»Welcher Spiegel?«

Cajus hob die Haarbürste auf.

»Nein, seht nicht hinein, sonst blüht Euch womöglich dasselbe Schicksal.«

»Zerstört ihn«, sagte Gomron.

»Saloma hat mich davor gewarnt.«

»Wollt Ihr hier sterben?«

»Nein«, sagte Cajus und schlug den Spiegel auf die Tischkante. Im selben Moment, in dem die Splitter des Spiegels klirrend zu Boden fielen, zersplitterten auch die Ranken.

Cajus wechselte einen Blick mit Gomron. Beide warteten einen Augenblick ab.

»Vielleicht hat sich die Göttin geirrt und es geschieht nichts, wenn wir die Spiegel zerstören.«

»Habt Ihr die Furien gefunden?«

»Nein.«

»Dann lasst uns keine Zeit mehr verlieren.«

»Ich bin das Hier und das Dort, die Nacht und der Tag, Schatten und Licht, ich bin alles und nichts, ich bin der Spiegel der Erkenntnis, mein Anblick kann dich vernichten.«

Cajus war wie versteinert. Dieses sanfte und zugleich grausame Flüstern war überall, durchdrang ihn tief bis ins Mark. Er wusste nicht, ob die Stimme, die so leblos und schauderhaft wie der Tod selbst klang, in seinen Gedanken zu ihm sprach oder ob auch Gomron sie hören konnte, der gerade in einen anderen Spiegel hineinblickte. »Schau tief in mich hinein und du wirst verstehen.« Bei jedem Wort, das der Spiegel von sich gab, pumpte sein Herz das Blut kräftiger und schneller durch seinen Körper.

Blankes Entsetzten starrte ihm entgegen.

»Sieh nur hin, König der Verlierer«, flüsterte der Spiegel. »Das ist deine Seele.«

Blut, es klebte und tropfte ihm von seinem Haar, der Stirn, den Händen und Beinen. Im Spiegel hinter ihm erschienen Menschen, deren Gesichter er nie wieder vergessen würde. Es waren all die Leben, die er ausgelöscht hatte. Sie fluchten, schimpften und brüllten ihn an.

»Mein Sohn wartet immer noch, dass ich heimkomme!«

»Verräter!«

»Mörder!«

»Du hast meine Frau zu einer Witwe gemacht!«

Das Gesicht des Wachmannes, den er für Mardon getötet hatte, erschien. Blut sickerte aus seiner Kehle. »Mörder, Verräter, Lügner«, sagte der Mann. »Ihr habt einen Unschuldigen getötet und Diebe davonkommen lassen.«

Cajus konzentrierte sich darauf, ruhig zu atmen. In der Menge erkannte er Täves Gesicht wieder.

»Dein Blut klebt an meinen Händen, Sohn!« Der König spuckte ihn an. »Du hast den Mann getötet, der dich aufgezogen hat. Du dreckiger Bastard! Du hast deine Mutter zur Witwe gemacht!«

Janes erschien im Spiegel neben Täve, ein Dolch steckte in seiner Brust. »Du hast versprochen, immer für mich da zu sein, Bruder. Du hast dein Versprechen nicht gehalten. Ich bin alleine gestorben.«

Stephan trat hinter Janes hervor. Die Kleidung des Kriegers tropfte und war mit Algen beschmutzt. »Da ist dein Bastard-Bruder, der mich bei den Sumpfjungfern im Stich gelassen hat. Was für ein lausiger Feigling er doch ist.«

Janes zog sich den Dolch aus der Brust und stach ihn Cajus in den Unterleib.

Er krampfte sich zusammen und sah an sich hinunter. Der Schmerz in seinem Leib fühlte sich echt an, aber der Dolch war nur im Spiegel zu erkennen.

Stephan warf ein Seil um Cajus' Hals und würgte ihn. Die anderen Männer stürzten sich im selben Moment mit ihren gezückten Waffen auf ihn und stachen und schlugen auf ihn ein. Um Luft ringend fiel Cajus auf die Knie.

»Du kannst dem jederzeit ein Ende bereiten«, sagte der Spiegel. »Zerstör mich und deine Schmerzen werden vorbei sein.«

Cajus wand sich und schrie laut auf. Er würde das nicht überleben. Die Schmerzen krallten sich bis tief in seine Eingeweide, sie waren nicht zu ertragen. Er würgte, spuckte Blut und knallte mit dem Gesicht auf den kalten Boden.

»Zerstör mich, zerstör mich, zerstör mich«, zischte der Spiegel.

Er hätte auf den Spiegel gehört, aber selbst dafür fehlte ihm die Kraft. Nachtschwarze Finsternis legte sich wie eine schwere Decke über ihn. Das Gebrüll der Krieger verstummte mit einem Mal. Ein sanfter Laut, wie das Plätschern von Waldwasser, begrüßte ihn. Er starb.

»Cajus! Könnt Ihr mich hören?« Gomron zerrte an seinen Kleidern. »Könnt Ihr aufstehen? Verflucht!«, schimpfte der Zwergenkönig.

Einen Herzschlag später war ein durchdringendes Scheppern und Klirren zu hören.

Cajus öffnete die Augen. »Was habt Ihr getan, Gomron?«, krächzte er und rappelte sich auf. Sein Atem kam stockend, aber er fühlte keinen Schmerz mehr.

Der Boden war übersät mit Spiegelsplittern.

»Sollte ich Euch etwa hier sterben lassen? Im Spiegel wart ihr blutüberströmt. Ihr habt Euch nicht mehr gerührt.«

»Die Göttin hat mich davor gewarnt, die Spiegel zu zerstören. – Habt Ihr geweint, Gomron?«

»Ich denke, ich habe den Spiegel mit den drei Furien gefunden«, sagte der Zwerg und drehte sich abrupt um.

»Welcher ist es?«

Gomron nieste und winkte Cajus zu sich.

»Es ist dieser hier.«

Der Zwergenkönig deutete auf einen Spiegel, der so groß war wie er selbst. »Zuerst war da meine Frau. Ich habe ihren Tod gesehen, immer und immer wieder. Ich wollte mich von dem Bild lösen, aber der Spiegel hat mich nicht gehen lassen, ich war wie versteinert. Am liebsten hätte ich dem Spiegel gezeigt, welche Kraft in meiner Axt steckt. Dann hat sich das Bild aufgelöst und drei Bäume waren zu erkennen. Ich wollte schon zum nächsten gehen, da ist mir etwas aufgefallen. Seht selbst.«

»Ich sehe nichts weiter als drei Bäume.«

»Seht genauer hin.«

Cajus trat näher und bückte sich leicht zu dem Spiegel hinunter.

Die Rinde der Bäume bewegte sich. Jetzt formten sie sich zu Fratzen.

Drei verzerrte, blutleere Frauengesichter starrten ihn aus dem Inneren der Bäume an. Pechschwarze Tropfen lösten sich aus ihren finsteren Augen. Jede von ihnen hatte ein drittes Auge auf der Stirn. Es war geschlossen. Die Risse und Löcher in den dunklen Tüchern, welche ihre Körper umhüllten, gaben die blasse und verwelkte Haut darunter zu erkennen. Ihr weißes Haar erinnerte an ein Schneegestöber. Die Furien hefteten ihre stechenden Blicke auf Cajus und verschmolzen wieder mit den Rinden der Bäume.

»Sind sie das?«, fragte Cajus.

»Das sind sie, die Kinder der Nacht. Lasst uns das Tuch darüber werfen und dann nichts wie raus hier.«

Cajus und Gomron hielten inne. Der Boden vibrierte.

Die Scherben um sie herum wirbelten in die Höhe und formten sich zu einem Kleid, dem Kopf und Arme wuchsen.

Eine Frau stand vor ihnen.

»Die Göttin hat mich gewarnt, jetzt weiß ich auch wovor«, krächzte Cajus, ohne den Blick von der Gestalt zu lösen, die zur Gänze aus Scherben bestand. Das Scherbenkleid strahlte wie ein Berg aus Kristallen. Eine glänzende Scherbenkrone krönte ihren Kopf. Die Frau war furchteinflößend, schrecklich und gleichermaßen atemraubend schön anzusehen. Sie überragte Cajus um ganze zwei Köpfe.

In ihren Fingern hielt sie ein Zepter, mit dem sie abwechselnd auf Gomron und Cajus deutete. »Hmm ... ein Zwerg und ein Mensch«, sagte sie. »Wie auch immer. Weil Ihr mich befreit habt, dürft Ihr gehen. Aber der Spiegel, den Ihr da in Euren Händen tragt, bleibt hier.«

Die beiden wechselten einen Blick. Dann stellten sie den Spiegel vorsichtig ab. Die Splitterfrau drehte sich um und entfernte mit einem Wink das Tuch von einem anderen Spiegel. Mit ihrem Zepter schlug sie auf die Oberfläche, dass diese in tausend Teile zersplitterte.

Gomron nieste einmal mehr. In einer flinken Bewegung drehte sich die Königin zu Cajus. »Hm ... Hab ich Euch nicht etwas gesagt?« Sie wedelte mit der Hand. »Husch, Husch, bevor ich es mir anders überlege.«

Cajus hob den Spiegel hoch und wollte mit Gomron aus dem Raum rennen. Eine weitere Spiegelfrau, sie wirkte weitaus jünger als die Königin hinter ihm, stand plötzlich im Türrahmen und drängte sie beide in den Raum zurück.

»Danke fürs Befreien«, sagte sie an Cajus gewandt.

Aus den Scherben des anderen Spiegels hatte sich eine dritte Frau gebildet.

»Meine Töchter«, sagte die Königin und klatschte eifrig in die splittrigen Hände. »Nach all den Jahren sind wir wieder frei. Und das Erste, was wir tun werden, ist, uns an den Lindul-Brüdern zu rächen.«

Die Königin deutete mit dem Zepter auf die freie Wand neben ihnen. Ein Schwall messerscharfer Glassplitter löste sich daraus und krachte klirrend darauf. »Husch, Husch, das ist meine letzte Aufforderung. Der Spiegel bleibt hier.«

Cajus legte den Spiegel vorsichtig ab und bedeutete Gomron, den Saal zu verlassen.

Draußen im Korridor flüsterte Cajus: »Wir müssen uns unsichtbar machen und den Spiegel aus dem Raum holen.«

»Wir sollten warten, bis sie den Saal verlässt.«

»Aber dann riskieren wir, dass sie den Spiegel mit den Furien zerschlägt. Wir müssen ihn jetzt rausholen. Halt mir die Tür auf.«

Gomron bestreute sie beide mit dem Feenpulver. Dann schlichen sie sich wieder in den Raum.

»Findest du nicht, dass die Lindul-Brüder schon genug gelitten haben«, sagte eine der Schwestern.

»Eine Ewigkeit als Monster verbringen zu müssen, ist ausreichend als Strafe«, meinte die andere.

Cajus hob den Spiegel hoch.

»Eine Mutter vergisst nie. Was die beiden euch angetan haben, kann nicht genug bestraft werden. Wie sie euch danach verpönt haben und euch zum Gespött der ganzen Stadt machten! Durch ihre List wurden wir in die Spiegel gesperrt, aber jetzt sind wir frei und diese beiden Monster werden bald erfahren, was wahres Leid bedeutet.«

»Mutter, der Spiegel hinter dir schwebt.«

Cajus hielt in der Bewegung inne und stellte den Spiegel wieder ab.

Die Frau mit dem Zepter kam direkt auf Cajus zu.

»Hm ... Der Mensch und der Zwerg hatten es auf diesen Spiegel abgesehen.« Sie riss das Leintuch herunter und sah hinein. »Hmm ... Interessant. Jemand muss die drei Furien da eingesperrt haben. Hmm ... Ich habe Euch beide genug Möglichkeiten gegeben, um zu verschwinden. Euch jetzt unsichtbar zu machen, um mir einen meiner Spiegel zu stehlen, hat Konsequenzen.«

Gomron nieste.

Alle drei Frauen drehten sich um und starrten mit ihren Splitteraugen in die Richtung, aus der das Geräusch kam.

»Wer nicht hören will, wird fühlen«, sagte die Königin und schlug ihr Zepter auf den Boden. Eine Welle aus Glassplittern bewegte sich über den Boden auf Cajus zu. Er machte einen Satz zur Seite, prallte dabei gegen einen der Spiegel, der daraufhin zu Boden krachte und seine Scherben darauf verteilte.

»Nein!«, kreischte die Frau mit dem Zepter. »Ihr habt die Hoffnung befreit! Das werdet Ihr mir büßen!«

Der Boden vibrierte. Die Spiegelsplitter formten sich zu einem menschenähnlichen Wesen mit breiten Flügeln. Cajus taumelte nach hinten, bis er die Wand im Rücken fühlte. Das Wesen breitete seine Flügel aus, öffnete den Mund und stieß einen so unerträglich grellen Schrei aus, dass Cajus auf die Knie stürzte und sich die Handflächen auf die Ohren presste. Aus dem Mund des Geschöpfs flogen funkelnde mitternachtsblaue Splitter und verteilten sich im Raum. Das Wesen stieß sich vom Boden ab und flog in rasender Geschwindigkeit auf das Fenster zu. Beim Aufprall zersprang es in einzelne Splitter, die sich draußen wieder zu seiner ursprünglichen Gestalt formten. Dann schwebte es davon.

Auf der gegenüberliegenden Seite des Saals ging ein weiterer Spiegel zu Bruch.

»Ich werde jeden verfluchten Spiegel in diesem Schloss zertrümmern, wenn Ihr uns nicht mit den Furien gehen lasst!«, drohte der Zwergenkönig.

»Das wagt Ihr nicht!«, zürnte die Königin.

»Das war das Schicksal! Mutter, er hat das Schicksal befreit!«

Die Königin schwang ihr Zepter. Die Spiegelstücke, die auf dem Boden verteilt lagen, schwebten nach oben und bildeten einen Wirbel, der wie ein Sturm durch den Raum fegte. Cajus duckte sich und robbte unter den Tisch.

Auf der gegenüberliegenden Seite des Raumes erhob sich aus den Scherben eine lange, dicke Schlange. Ihr Schuppenkleid war tiefblau mit blutroten und neidgelben Punkten.

Die Schwestern bewegten sich langsam von der Schlange weg.

»Das Schicksal«, stotterte eine der Schwestern.

Als die Schlange auf die drei Frauen zu kroch, versteckten sich die Mädchen hinter ihrer Mutter.

Die Königin hob den Arm in Richtung der Natter. »Bleib stehen. Komm ja nicht näher.«

»Du darfst das Schicksal nicht töten Mutter.«

Die Schlange fauchte bösartig.

In den Handflächen der Königin erschienen einzelne dicke Spiegelstücke, die sie der Schlange entgegenschleuderte. Sie schlugen rund um das Schicksalstier in den Boden und wuchsen zu einer Scherbenhecke zusammen, die es nicht überwinden konnte.

Gomron schrie auf.

Cajus kam unter dem Tisch hervor und schlug mit dem Schaft seines Schwertes gegen einen weiteren Spiegel. Der hielt dem Angriff nicht lange stand und zersprang in tausend Teile, die über den Boden schlitterten.

»Nein!«, kreischte eines der Mädchen. »Ihr habt die Angst befreit! Hört auf damit!« Sie hob den Arm und schoss einen faustgroßen Spiegelsplitterball auf Cajus. Der König sprang zur Seite. Das war haarscharf.

»Ihr dummen Menschen! Die Spiegelwesen dürfen nicht in dieser Welt existieren. Ihr dürft die Spiegel nicht zerstören!«

»Dann lasst uns mit den Furien gehen.«

»Mutter, lass sie die Furien einfach mitnehmen!«

»Niemals!«

»Ich werde weitermachen, bis Ihr einwilligt«, schwor Cajus.

Etwas stieg aus dem zertrümmerten Spiegel neben Cajus. Eine dunkelviolette Masse nahm menschliche Form an und berührte mit dem Kopf die Decke. Es hatte keine Augen und keine Nase. Die knochendünnen Hände presste es gegen die Wangen und riss dabei seinen verzerrten Mund auf. Ein tiefes, entsetzliches Stöhnen entwich ihm. Das Wesen strahlte das greifbare Gefühl von kaum zu ertragender Angst aus. Cajus zitterte. Es nahm ihm die Luft zum Atmen, ließ ihn schwanken. Panik breitete sich in ihm aus. Eine nicht einzudämmende Sintflut aus Todesangst wollte ihn ertränken. Das dunkle Wesen stöhnte einmal mehr und klatschte plötzlich wie Wasser auf dem Boden auf. Die Masse formte sich zu einem dünnen Wurm, kroch über die Wand zum Fenster hinauf und schlängelte sich nach draußen.

»Mutter, lass sie gehen!«

»Schön!«, sagte die Frau. »Nehmt den verfluchten Spiegel und verschwindet von hier!«

»Wenn Ihr Euer Wort brecht und uns dennoch angreift, wird der nächste Spiegel, den ich zerstöre, der mit den Furien sein.«

»Das wagt Ihr nicht, denn anscheinend ist es genau dieser, auf den Ihr es abgesehen habt.«

»Lasst es drauf ankommen.«

»Verschwindet!«

»Gomron, könnt Ihr mich hören?«

»Ich bin hier hinten.« Die Worte des Zwergenkönigs kamen abgehackt.

»Was ist mit Euch? Ihr klingt, als wäret Ihr verletzt?«

»Nehmt den Spiegel, ich folge Euch nach draußen.«

»Den Göttern sei gedankt«, sagte Cajus beim Verlassen des Schlosses. »Die Geisterkrieger sind verschwunden. Gomron, seid Ihr hinter mir?«

»Ich bin da.«

Nachdem sie sich weit genug von dem Schloss entfernt hatten, stellte Cajus den Spiegel ab. Er drehte sich um und rang beim Anblick des Zwerges erschrocken nach Atem. »Wie in Tiorans Namen habt Ihr es in diesem Zustand nur bis hierher geschafft!«

In Gomrons Körper steckte eine dolchgroße Scherbe, Blut sickerte aus der Wunde.

»Ich habe mir nicht die Hände gerieben und bin sichtbar geworden«, sagte Gomron und fiel auf die Knie. Cajus war sofort bei ihm und stützte ihn, kam dabei mit seinem Blut in Berührung und wurde sichtbar.

»Es ist nicht mehr weit bis zum Schmetterling.«

»Ich werde es nicht mehr bis nach Hause schaffen.« Ein schmerzerfüllter Laut entwich seiner Kehle. »Die Wunde ist zu tief, die Scherbe hat sich in meine Eingeweide gebohrt.«

»Soll ich versuchen, sie herauszuziehen und die Wunde zu stopfen?«

»Nein! Fasst mich auf keinen Fall an. Jede Berührung schmerzt wie Höllenfeuer.«

»Ich werde Euch nicht zum Sterben hier zurücklassen. Ihr müsst es versuchen.«

»Ich kann nicht.«

»Ihr müsst!«

Gomron kippte mit dem Gesicht voran zu Boden.

»Gomron!«

Cajus kniete sich neben ihn und drehte den Zwerg vorsichtig auf den Rücken.

Er zog seinen Dolch und schnitt Gomron das Hemd auf. Behutsam zog er den dicken Splitter aus dessen Bauch. Ein Fehler, wie sich herausstellte, denn Blut strömte aus der Verletzung und verteilte sich auf der Haut. Gomrons Hemd, mit dem Cajus versuchte, die Blutung zu stoppen, saugte sich sofort damit voll. Er riss sich sein eigenes vom Leib und presste es auf die Wunde.

»Verflucht!«

Cajus stand auf, fasste den Zwerg unter den Achseln und schleppte ihn zu dem Schmetterling, der sie hergebracht hatte. Dann hielt er inne.

»Das Hälesum!«

Mit seinen zitternden, blutverschmierten Fingern zog er die kleine Phiole aus der Tasche und öffnete sie.

Ein nie gerochener Duft vernebelte seine Sinne. Da waren tausende von wunderbaren Aromen, doch kein einziges davon war ihm bekannt. Sanft schmeichelten sie seiner Nase. Sofort wollte er selbst einen Tropfen der göttlichen Flüssigkeit in seinem Gaumen spüren.

Aber er durfte es nicht verschwenden. Nicht für sich selbst. Das Schwert für den Kampf mit Zeolos musste damit poliert werden.

Cajus kniete sich neben Gomron. »Ich hoffe, Ihr hattet recht mit dem Hälesum und es zeigt irgendeine Wirkung in Eurem Körper.«

Cajus öffnete Gomrons Mund und ließ einen Tropfen der sämigen Flüssigkeit darin verschwinden.

Dann verstaute er es wieder in seiner Gürteltasche und wartete.

Gomron riss die Augen auf und setzte sich ruckartig hin.

»Gomron? Alles in Ordnung mit Euch?«

Der Zwergenkönig antwortete nicht, sondern reckte sich empor und betrachtete seine Umgebung.

»Gomron?«

»Es ist unbeschreiblich. Ich höre und sehe alles tausendfach intensiver als zuvor.«

»Wie meint Ihr das?«

»Ich sehe die Welt mit anderen Augen. Ich höre die Tiere sprechen und verstehe jedes ihrer Worte, kann das Plätschern eines Flusses hören, der weit weg von hier fließt.« Gomron sah an sich hinunter und fuhr zu Cajus herum. »Was ist geschehen? Was ist mit mir passiert?«

Cajus richtete sich auf. »Ich habe Euch einen Tropfen des Hälesums verabreicht.«

Gomron stand der Mund offen. »Ich bin ... Ihr ... Ich habe Götterblut in mir?«

Cajus nickte.

»Das ist ... ich weiß nicht, was ich sagen soll. Cajus, Ihr habt mir das Leben gerettet, und nicht nur das, ich kann jetzt

Dinge hören und sehen, ich kann ... ich weiß nicht, wozu ich alles fähig bin.«

»Jetzt beruhigt Euch erstmal. Ihr müsst zuerst schauen, was Ihr überhaupt für Fähigkeiten erlangt habt und Euch dann damit vertraut machen. Lasst uns in Euer Reich zurückfliegen. Ich möchte jetzt aus diesem Wald hinaus.«

Gomron nickte.

Ein tiefes Brüllen ließ die beiden Männer hochschrecken. Sie drehten sich schlagartig um.

»Was zum ...«, hauchte Cajus.

Eine Flut aus Glasscherben überschwemmte die Außenmauer der Lindul-Türme, bis diese zur Gänze umhüllt waren. Die Brücke, die die beiden Türme verband, brach auseinander. Wie Spinnen kletterten die drei Splitterfrauen über die Außenmauer zu dem einzigen Fenster hinauf.

»Ich möchte jetzt nicht in der Haut der beiden Brüder stecken«, sagte Gomron.

»Lasst uns heimkehren.« Cajus wagte einen letzten Blick zu den beiden gigantischen Spiegelsplittertürmen, die inmitten von Alandrias Wäldern so wunderschön glänzten. Das Grauen, das dort seinen Anfang und sein Ende nahm, würde wohl für immer hinter den Mauern der Seelentürme verborgen bleiben.

Vierunddreißig ... Liadan

Die mächtige Stadtmauer Agadashs umschloss die ganze Stadt und wurde von einem Kranz aus Türmen gekrönt. Türme, die mit Mustern aus dunkel gebrannten Kopfsteinen elegant verziert waren, so als wären sie zur Zier und nicht zur Wehr gedacht. In ihren unteren Geschossen fanden sich Schießscharten und Zinnen zum Schutz der Verteidiger.

An dem feldseitigen Vortor beobachtete eine Gruppe bewaffneter Wachen die Zufahrtsstraße. Enganliegende Tücher über Kopf und Gesicht ließen nur einen Schlitz für ihre Augen frei. In ihre Wappenröcken, die sie über den rot- und goldfarbenen langen Kettenpanzern trugen, waren bunte Ornamente eingenäht. Die weiten Hosen der Wachen endeten in kniehohen Stiefeln.

»Wir bitten um Einlass!«, rief Asael den Männern aus sicherer Entfernung zu.

»Agadash lässt nur diejenigen ein, die mit uns einen Handel haben. Fremde werden nicht hereingelassen! Kehrt wieder um!«, rief einer.

»Wir bringen ein Geschenk für König Nortus!«

»Unser König nimmt auch keine Gaben von Landesfremden an!«

»Auch nicht den gesuchten Kjartan Bonesso?!«

Als wäre der Name des Hexers das Signalwort, waren jetzt vier Speere und drei Pfeile auf gespannten Bogensehnen auf sie gerichtet.

»Wo ist Kjartan Bonesso?!«

»Im Karren hinter uns liegt sein lebloser Körper!«

»Er ist tot?!«

»Kommt und überzeugt Euch selbst!«

Die Wachen warfen sich gegenseitig Blicke zu.

»Wenn einer von Euch auch nur eine falsche Bewegung macht, werden meine Männer ihre Pfeile abschießen!«

Mit ihren gezückten Waffen, ohne irgendjemanden der Truppe aus den Augen zu lassen, näherten sich drei der Männer.

Asael stieg vom Pferd. Einer der Männer deutete mit seinem Säbel auf ihn. »Du bleibst, wo du bist.«

Ein anderer Wachmann hob die Decke, unter der der Leichnam lag.

Am Vorabend hatte Liadan mit Devias zugesehen, wie Kjartan und Zilesta den Körper des Toten mit verschiedenen Zeichen bemalt hatten und einen nie enden wollenden Zauber aussprachen. Der Tote wurde zu Kjartan, das Gesicht des Hexers wandelte sich zu dem des Toten, einem Mann mit karamellbrauner Haut und goldbraunem, kurzem Haar. Dann legte Kjartan einen Zauber über Asael, Leswo, Kappa und Midra, der sie menschlicher wirken ließ. Außerdem hatte er mit einem Fingerschnipsen die Flügel des Wolfes unsichtbar werden lassen. Kjartan hatte bewiesen, dass er seinem Namen als Hexenmeister alle Ehre machte.

»Bringt mir die Zeichnung!«, befahl die Wache mit dem goldrot bestickten Tuch über dem Gesicht.

Einer der Männer verschwand durch das Mannloch im Torhaus und kam kurz darauf mit einem Blatt Papier wieder zurück. Er reichte es seinem Befehlshaber, der die darauf abgebildete Zeichnung mit dem Gesicht des Toten verglich.

»Die Narbe macht ihn unverkennbar.« Er wandte sich Asael zu. »Wer seid Ihr und wie habt Ihr es fertiggebracht, einen der gefährlichsten Hexer aller Zeiten zur Strecke zu bringen?«

»Das werden wir nur Eurem König verraten.«

Der Wachmann nickte und zog einen Dolch. »Nur, um mich zu versichern, dass er auch wirklich tot ist.«

Dann suchte er nach Lebenszeichen. Als er keine fand, stach er dem leblosen Körper in den Hals, breitete die Decke über ihn und ging zu seinen Leuten zurück, um sich zu besprechen. »Drei von Euch werden hineingelassen«, sagte er dann.

»Vier«, bestand Asael.

»Nein.«

»Dann werden wir umkehren und Eurem König durch ein Schreiben mitteilen, dass die Leute nicht eingelassen wurden, die den Hexer zur Strecke gebracht haben.«

»Gut, vier. Diejenigen, die mit hineinkommen, sollen mit erhobenen Händen vor das Tor treten. Der tote Hexer wird von uns hineingebracht.«

»Kappa, Leswo, Midra, ihr bleibt hier«, sagte Asael.

»Aber ...«

Er fuhr zu Midra herum. »Kein Wort.«

»Warum darf sie mit?«

»Midra«, knurrte Asael.

Man konfiszierte ihre Waffen und durchsuchte sie gründlich. Dann wurden sie nacheinander durch das Mannloch eingelassen.

Agadash war eine Perle aus dicht an dicht gebauten weißen Häusern, die mit ihren goldenen Kuppeln mit der Sonne um die Wette strahlten. Fassaden, Türen und Fenster waren von Pflanzen beschirmt. Es herrschte reges Treiben in der Stadt. Die vielen Menschen waren mit ihren Aufgaben beschäftigt. Kaum jemand schien Kenntnis von der Truppe zu nehmen. Eine Frau hetzte mit einem vollbeladenen Korb dunkelblauer Früchte an ihr vorbei. Zwei andere feilschten lautstark und deuteten dabei auf die farbenfrohen Stoffe, die ein Händler ihnen vor die Nase hielt. Ein Mann schob eine mit Nüssen befüllte Schubkarre vor sich her. Eine Frau zerrte an einem Seil, an dessen Ende zwei Schafe knabberten. Ein Kübel, vollgeschenkt mit Wasser, thronte auf dem Kopf einer anderen Frau. Bei jedem ihrer Schritte schwappte ein wenig über den Rand. Ein Mann saß auf einem Hocker vor einem kleinen Tisch. Er mahlte kleine, schwarze Bohnen in einer Mühle. Liadan trat beim Vorbeigehen so nah an den Stand, dass sie das milde, leicht bittere, aber wohlduftende Aroma, das das Pulver verbreitete, in sich aufnehmen konnte.

Sie passierten einige kleine Läden. Die offenen Türen luden zum Kauf farbenprächtiger Stoffe, erlesener Schmuckstücke und verlockender Süßspeisen ein.

»Hier entlang«, sagte eine der Wachen und deutete auf die hohen Mauern, die den dahinterliegenden Palast umgaben.

Ein zwanzig Ellen langer, mit bunten Steinen geschmückter Weg führte zu einer doppelten Eisentür, die hoch und breit genug war, um einen Erntewagen hindurchzulassen. Jemand öffnete die Türe von innen.

»Führt die Fremden in den Warteraum«, sagte der Mann, dessen Gesicht im Gegensatz zu den Wachen am Tor und vor dem Palasteingang nicht verhüllt war. Sein graues, langes Haar war mit einem Tuch zu einem Zopf gebunden, der ihm über die Schulter fiel. Eine Vielfalt an Farben mischte sich in seiner weiten Kluft. Goldene Pantoffeln mit nach oben gebogener Spitze ergänzten seine Garderobe. Selbst die Kleider der Adligen in Alandria waren nicht halb so farbenfroh.

»Man wird Euch abholen, sofern der König sich dafür entscheidet, Euch zu empfangen.«

»Und wenn nicht?«, fragte Asael.

Der Mann zuckte mit den Schultern. »Dann werdet Ihr wieder vor die Tore unserer Stadt geführt.«

»Wo habt Ihr den Toten hingebracht?«, fragte Liadan.

Der Mann deutete in den linken Gang hinein. »Hier entlang. Der Körper des Hexers wird später unserem König vorgelegt.«

»Wie lange wird man uns warten lassen?«, fragte Asael.

Der Mann öffnete eine Tür und wies sie in den Raum. »Man wird Euch Speis und Trank bringen. Wenn Ihr etwas benötigt, wendet Euch an die beiden Wachen vor der Tür.«

»Steht es uns frei, den Raum zu verlassen?«, fragte Devias.

»Nur, um Eure Notdurft zu verrichten.«

»Warum hab ich nur das Gefühl, dass wir Gefangene sind?«, murmelte Devias.

»Wenn Ihr Gefangene von Agadash wärt, würdet Ihr es merken. Ihr da ...« Der Mann deutete mit dem Kopf zu Kjartan. »... kommt mit mir.«

»Warum?«, wollte der Hexer wissen.

»Wir werden Euch einzeln zum Tod des Hexers befragen«, sagte er und bedeutete Kjartan, ihm zu folgen.

Geschätzte hundert Mal in den letzten Stunden starrte Liadan abwechselnd aus dem Fenster und zur Tür. »Ich werde hier wahnsinnig. Wie lange wollen sie uns noch warten lassen?«

»Meine Vorschläge hast du ja durchweg abgelehnt.«

»Deine Vorschläge enden allesamt damit, dass meine Zunge in deinem Mund landet.«

»Gestern Abend hattest du damit kein Problem.«

»Da hatten wir keinen Zuschauer.«

»Könntet ihr beide bitte mit diesem albernen Gerede aufhören«, sagte Devias.

»Ich frage mich manchmal, ob du wahrhaftig mein Sohn bist. Du hast zu viel spießbürgerliches Blut in dir.«

»Denkt ihr, sie haben Kjartan etwas angetan?«, fragte Liadan.

»Ich habe ein mieses Bauchgefühl. Wenn Kjartan noch am Leben ist, dann ist hier irgendetwas faul«, meinte Asael.

»Wär's dir lieber, wenn er tot wäre?«, fragte Devias.

Die Tür wurde aufgerissen. Nacheinander traten Wachen ein.

»Der König erwartet Euch jetzt.«

In seiner überweiten, wild durcheinandergewürfelten farbigen Kluft, deren Oberfläche der geschuppten Haut einer Schlange ähnelte, saß der König auf einem mit rotem Samt überzogenen Polstersessel in der Mitte des Podestes. Ketten, Armreifen, Ringe, Federn und eine Krone aus bunten Perlen schmückten seinen Körper. Der rote Stein schimmerte wie ein Stück glühender Kohle auf seinem Brustkorb. Liadan schielte kaum merklich zu Asael, der wie ein Geier auf den Stein stierte. Sie verpasste ihm mit dem Ellenbogen einen sanften Stoß gegen die Rippen.

Etwas stimmte nicht. Rüstungen klirrten. Waffen schepperten. Von allen Seiten strömten Wachen in den Thronsaal und versperrten jeden Ausgang. Erschrocken sah sie sich nach einer Fluchtmöglichkeit um.

»Willkommen«, sagte der König laut und deutlich. Es klang wie ein scharfes Kommando. »Ich habe Euer Geschenk erhalten.«

Liadan tat es Asael und Devias gleich und verbeugte sich vor König Nortus.

»Ihr habt mir einen großen Dienst erwiesen«, fuhr der König fort. »Mich würde nur brennend interessieren, was genau Eure Beweggründe waren. Versprecht Ihr Euch Gold, Diamanten, die Unterstützung meines Heeres?«

»Warum sind wir von Dutzenden Wachen umzingelt?«

Der König legte den Kopf schief und betrachtete Devias eingehend. »Hat man Euch in Eurem Land nicht gelehrt, erst zu sprechen, wenn Ihr dazu aufgefordert werdet?«

»Mit Verlaub, aber Ihr habt uns doch gerade eben eine Frage gestellt«, lenkte Liadan ein.

Nortus stieß einen verächtlichen Ton aus.

»Wie anmaßend, und das von einer Frau in Hosen.«

»Sagt der König im Schlangenkleid«, murmelte sie.

»Liadan«, flüsterte Asael und zwickte sie in die Hüfte.

»Um Eure Frage von vorhin zu beantworten, wir sind die, die Euch einen der meistgesuchten Hexer auf dem Silbertablett servieren«, sagte Asael.

»Ist dem so?«, fragte der König.

Die Art und Weise, wie Nortus seinen letzten Satz aussprach, ließ Liadan von einem Fuß auf den anderen treten. Sie hörte ihr Herz donnern.

»Bringt den Hexer herein«, befahl der König.

Die Tür zum Thronsaal öffnete sich und der echte Kjartan Bonesso betrat in seiner wahren Gestalt den Saal.

Liadan, Asael und Devias wechselten Blicke.

»Kjartan, was soll das?«, fragte Liadan den Hexer.

Ohne sie auch nur eines Blickes zu würdigen, schritt er an ihr vorbei und verneigte sich vor dem König.

»Sind sie das?«, fragte Nortus.

»Ja. Sie sind diejenigen, die es auf Euer Amulett abgesehen haben. Zilesta hat Euren Tod durch die Hand dieser Frau vorhergesehen.« Kjartan deutete auf Liadan.

»Kjartan! Verfluchter Bastard!«, knurrte Asael.

»Ihr habt uns in die Falle gelockt?«, fragte Liadan.

»Ich habe meinen Teil der Abmachung erfüllt, erfüllt Ihr nun Euren«, sagte Kjartan, ohne sich zu den dreien umzudrehen.

»Ravür, bring den Vertrag«, befahl der König.

Ein Mann in einem Kleid aus bunt zusammengewürfelten Vogelfedern trat zwischen den Wachen hindurch und reichte dem König ein Schriftstück. Dieser überflog es und gab es Ravür zurück, der es wiederum Kjartan aushändigte.

»Was verflucht ist das?«, wollte Liadan wissen. »Wofür hast du uns verraten?«

Der Hexer drehte sich jetzt endlich zu ihr.

»Für die Freiheit meiner Landsleute. Mit diesem Vertrag wird der König von Agadash keine Schiffe mehr aussenden, die nach uns suchen. Nach all den Jahren kann der Zauber, der auf unserer Insel liegt, endlich aufgehoben werden.«

»Du verfluchter Besenfresser, ich bring dich um!«, donnerte Asael.

»Nehmt sie fest!«, befahl der König.

Asael, Liadan und Devias stellten sich Rücken an Rücken. Die Wachen näherten sich ihnen mit gezückten Speeren. Ein

Wirbel aus Schatten und Nebel löste sich aus Asaels Handflächen. Einen Herzschlag später waren sie von diesem umhüllt.

»Wir haben nur einige Momente, bis der Nebel sich lichtet und wir wieder sichtbar werden. Solange der Zauber besteht, können sie den Nebel mit ihren Waffen nicht durchstoßen.«

»Befrei Liadan von den Armreifen«, sagte Devias.

»Welchen Armreifen?«, fragte Liadan.

»Sie sind unsichtbar. Er hat sie dir auferlegt, sie hemmen deine Magie«, erklärte Devias eilig.

»Was! Ich wusste es, ich wusste, dass irgendetwas meine Kräfte ...«

»Jetzt ist nicht der richtige Zeitpunkt für Erklärungen«, sagte Asael und legte seine Hände auf ihre Handgelenke.

»Wirst du kämpfen können?«

»Hab ich denn eine Wahl?«

Der Schattenwirbel um sie herum wurde schwächer.

»Da stehen sie doch!«, brüllte jemand.

»Devias ... Jetzt!«, befahl Asael.

Mit einem Satz nach vorne wandelte sich Devias in seine Wolfsgestalt. Beim Anblick des erschreckend großen Tieres fingen die Wachen an zu schreien. Einige stolperten mit ihren Waffen nach hinten und brüllten Befehle.

»Was ist das!«, schrie jemand.

»Der Wolf hat Flügel!«, brüllte ein anderer.

»Worauf wartet ihr!«, donnerte der König. »Nehmt sie fest oder tötet sie gleich!«

Devias hob die Klaue und erwischte zwei der Wachmänner, die sofort blutend zu Boden stürzten.

Dann brach das Chaos aus.

Schilder wurden emporgehoben, Speere in ihre Richtung gestoßen. Liadan formte eine Kuppel, die sie und Asael vor den Angriffen schützte.

Sie sammelte ihre Magie erneut. Ein apfelgroßer Lichtball war alles, was auf ihrer Handfläche erschien.

»Was ist mit deiner Magie!«

»Ich weiß es nicht.«

Asael lies seine Macht auf die Gegner los.

Im Augenwinkel sah Liadan, wie der König sich erhob. Flammen lösten sich aus seinen Händen und jagten direkt auf sie und Asael zu.

Liadan durchbrach die Kuppel.

»Was tust du!«, schrie Asael.

»Schieß mir den Weg frei, ich kämpfe mich zum König vor«, rief sie und streckte einen der Männer mit ihrer Magie nieder.

Haarscharf sauste die Schwertspitze eines weiteren Gegners an ihrem Gesicht vorbei. Liadan wich zurück, stolperte über jemanden, der auf dem Boden lag und fiel hin. Der nächste Krieger war schon über ihr und holte mit seinem

Speer aus. Liadan drehte sich flink zur Seite, sprang auf und schnappte sich das Schwert eines Verletzten.

Fünf Schritte zum Podest.

Asael schoss den Mann, der mit seinem Speer auf sie zielte, mit einem Schattenball ab. Jemand packte sie von hinten und verdrehte ihr schmerzhaft den Schwertarm.

»Jetzt wirst du sterben, Hexe.«

Liadan rief erneut ihre Magie auf, brachte aber nur eine nussgroße Kugel zustande, die sie dem Mann ins Auge warf. Dieser schrie laut auf. Flink drehte sie sich aus seinem Griff heraus und stieß ihren Angreifer mit voller Wucht von sich, doch er stürmte erneut auf sie zu. Sie holte aus und schlitzte ihm mit ihrer Klinge den Hals auf. Er verzog schmerzvoll das Gesicht, presste beide Hände an die Wunde und stürzte vor ihren Füßen auf die Knie. Liadan taumelte zurück. Ihre Arme zitterten. Kalter Schweiß bedeckte ihre Stirn. Das Schwert in ihren Händen war schwer wie Blei.

Drei Schritte zum Podest.

Asaels Magie prallte mit voller Wucht auf die beiden Wachmänner neben ihr. Sie brüllten vor Schmerz und stürzten zu Boden. Etwas Scharfes streifte sie an der Wange. Es brannte wie Salz in einer offenen Wunde. Warme Flüssigkeit sickerte über ihre Haut. Sie wankte kurz und sah direkt ins Gesicht eines Angreifers, der mit seinem Schwert ausholte.

Liadan fing den Hieb mit ihrer Waffe ab, wurde aber gleichzeitig von jemandem in die Rippen getreten und zu Boden gestoßen.

Sie verbiss sich den Schmerz, der ihr die Luft nahm, und schnellte hoch. Devias kam ihr zu Hilfe, als ihre Angreifer sie erneut zu Boden treten wollten. Der Wolf warf sich auf die Wachmänner und riss ihnen mit seinen messerscharfen Zähnen das Fleisch von den Rippen.

Mit ihrem nächsten Satz war Liadan auf dem Königspodest und sah sich vier weiteren Gardisten gegenüber.

»Geht mir aus dem Weg!«, befahl der König seinen Männern. »Ich bereite dem jetzt ein Ende.«

König Nortus hob das Amulett an und streckte ihr den Stein des Ewigen Lichts direkt entgegen. »Du dummes Ding hast keine Ahnung, mit was du dich hier angelegt hast.«

Asael stand urplötzlich neben Liadan und haschte nach ihrer Hand. »Nein, Ihr habt keine Ahnung.«

Die Macht des Steins, die der König auf sie losließ, prallte an dem Schwall ihrer gemeinsamen Magie ab. Die Wachen, die sich auf dem Podest befanden, wurden wie Kieselsteine weggeschleudert.

Die Augen des Königs leuchteten rubinrot auf. Um sie herum wirbelten Blitze, Flammen und Sturm.

Liadan tauschte einen Blick mit Asael. Dieser verstand.

In einer flinken Bewegung schnellte er nach vorne und riss dem König das Amulett vom Hals. Zeitgleich stach Liadan mit ihrem Schwert zu.

Knochenbleich, mit Augen, in denen sich blankes Entsetzten spiegelte, keuchte der König auf und spuckte einen Schwall Blut. Liadan zog die Klinge aus seinem Bauch. Nortus fiel auf die Knie, sackte in sich zusammen, kippte zur Seite und rührte sich nicht mehr. Die überlebenden Wachen und diejenigen, die weiterhin in den Thronsaal strömten, fingen beim Anblick des toten Königs zu schreien an, warfen sich gegenseitig Befehle zu oder standen wie angewurzelt da.

Liadan sah sich nach Kjartan um. »Er ist fort.«

Rund um Liadan erzitterten die Wände, der Untergrund und die Decke. Staub wirbelte. Wände krachten zu Boden. Die Erde bebte. Teile des Daches fielen herab. Die Menschen schmissen sich auf den Boden. Gleißend helles Licht blendete sie. Ein donnernder Knall folgte dem nächsten. Drei Meteoriten schlugen ein. Die Wachen und Devias wurden an die Seitenwände katapultiert. Inmitten des Thronsaals erschienen drei Gestalten.

Soprah, Clotha und Echsia neigten ihre Köpfe zum Gruß.

»Tu es, Asael!«, befahl Clotha.

»Verbinde die Steine miteinander«, sagte Echsia.

»In deinem Blut wird die Macht des Gottes fließen«, stimmte Soprah mit ein.

»Tu es nicht«, flüsterte Liadan und drehte sich zu ihm. »Ich weiß, ich habe dir geholfen, aber irgendetwas sagt mir, dass du das nicht tun solltest.«

»Es ist zu spät, Liadan«, sagte er, nahm den Stein aus dem Amulett und setzte ihn mit seiner zweiten Hälfte zusammen.

Ein eisiger Luftzug wehte durch den Raum. Die Kerzen am Kronleuchter und an den Wänden erloschen. Dunkelheit umhüllte sie, als hätte man ihr ein pechschwarzes Tuch über die Augen geworfen. Ein eigenartiger Geruch lag in der Luft. Es war eine Mischung aus modriger Erde und verbrannter Kohle. Liadan spürte ihr Herz, als schlüge jemand mit einem Hammer gegen ihre Brust. Eine dunkle Melodie aus Energie und Macht beherrschte den Raum. Funken sprühten, etwas stechend Helles entflammte neben ihr. Nicht etwas – Asael. Der Schattenkönig brannte lichterloh. Gleißende Flammen zuckten über seine Haut. Aber er gab keinen einzigen Ton von sich.

Jemand schlang einen Arm um ihre Taille und riss sie vom Podest.

»Runter!«, rief Devias. Er hielt sie fest.

Der Saal bebte. Strahlen dunkler Macht ritzten Liadans Haut wie Messerstiche.

Ihr wurde eiskalt.

»Was geschieht hier!«

Devias umklammerte ihre Hand. »Ich weiß es nicht. Aber ich hab ein ganz, ganz mieses Gefühl.«

»Was du nicht sagst.«

Asael stürzte auf die Knie. Die Flammen um seinen Körper verpufften zu Rauch.

Die Kerzen des gewaltigen Kronleuchters loderten wie von selbst auf und erhellten den Raum.

Langsam erhob sich der Schattenkönig. Er wirkte verändert – größer, muskulöser. Sein Haar war gewachsen und floss ihm in Wellen über die Schulter. Eine unheilvolle, furchteinflößende und dämonische Aura umgab ihn. Seine sturmgrauen Augen waren totschwarzen gewichen.

Liadan stieß zitternd die Luft aus. »Götter.«

Im Augenwinkel sah Liadan, wie Echsia auf Asael zu rannte.

»Vater!«, rief die Schicksalselfe der Vergangenheit, sprang auf das Podest und sank auf die Knie. Soprah und Clotha folgten ihrer Schwester.

»Nach all den Jahren haben wir dich endlich befreit«, sagte Soprah und legte ihre Stirn auf seinen Handrücken. Asael strich sanft über ihr Haar. »Soprah, mein Kind.« Die Schicksalselfe der Vergangenheit sah mit gläsernen Augen zu ihrem Vater auf.

»Wie geht es dir Vater? Hast du in der Zeit, in der du gefangen warst, etwas gefühlt? Hattest du Schmerzen?«

»Ich habe nichts gespürt.«

Echsia stand auf und strich ihrem Vater über die Schulter. »Jetzt wird alles wieder gut. Du wirst deinen rechtmäßigen Platz wieder einnehmen und wir werden mit dir herrschen.«

Erst jetzt nahm Liadan all die toten Menschen um sich herum wahr. Keine einzige der von Blut übergossenen Wachen rührte sich mehr. Vor ihr lag ein Teich aus Blut und menschlichen Überresten. Liadan presste sich beide Handflächen auf die Lippen, um ihren Schrei zu unterdrücken.

Eine Stimme, bedrohlich wie der Tod, uralt wie die See und tief wie der Klang eines Basses, sagte:

»Meine Töchter. Nach all den Jahren.«

Asael, oder wer auch immer das jetzt war, machte eine ausholende Geste. Nachtschwarze Flammen zuckten auf seinen Handflächen.

Der Boden vibrierte. Ein dicker, grauer Dunst stieg aus dem Untergrund. Dunkle, geisterhafte Silhouetten erhoben sich. Manche kreischend, andere lachten finster. Sie beugten sich über die Toten. Haschten nach deren Gliedmaßen und zerrten sie mit sich in die Tiefe.

»Götter«, wiederholte Liadan, die sich zitternd neben Devias an die nächstliegende Wand presste.

»Ich habe meine eigene Armee«, sagte Asael und reckte beide Arme Richtung Himmel.

Einmal mehr erbebte der Raum.

Der prachtvolle Kronleuchter an der Decke schwankte. Einzelne Deckenteile lösten sich und krachten zu Boden. Der gesamte Palast wurde in seinen Grundfesten erschüttert. Liadan und Devias hielten die Arme schützend über ihre Köpfe und kauerten sich eng aneinander. Der Boden schlug Wellen wie das Meer. Dann bildete sich ein Riss, der immer breiter wurde.

Aus dem tiefen, gähnenden Spalt qualmte giftig riechender Schwefel empor.

»Devias, wir müssen von hier fliehen.«

»Ich kann nicht, er ist mein Vater.«

»Ich weiß nicht, wer oder was das da ist, aber dieser Mann dort oben auf dem Podest ist nicht mehr dein Vater.«

Devias wischte sich das Haar von der feuchten Stirn und deutete auf den Spalt im Boden.

»Da unten regt sich doch etwas.«

Liadan unterdrückte einen Schrei, als knochendünne, rabenschwarze Finger sich an den Rand des Grabens krallten. Als nächstes tauchte ein ledrig überzogener Totenschädel auf, in dem zwei rote Lichter glühten. Er zog seinen Körper, der ebenfalls von dieser merkwürdigen Lederschicht eingehüllt war, aus dem Loch. Das Wesen klapperte zum Podest und ging vor Asael auf die Knie. Nach und nach hievten sich weitere dieser Wesen aus dem Riss.

»Devias, wir müssen hier schnellstens weg.«

»Wir schaffen es niemals an den dreien vorbei.«

»Dort hinten ist ein Ausgang. Hoffe ich zumindest«, sagte Liadan und deutete auf die Tür hinter dem Podest.

»Den habe ich auch schon ins Auge gefasst. Schnell, lass uns gehen.«

Liadan umklammerte Devias' Hand fester als gewollt und schielte wiederholt zu dem Abgrund, aus dem immer mehr furchterregende Wesen kletterten. Manche sahen aus wie halb verweste Menschen mit milchig weißen Augen. Andere der Geschöpfe hatten Hörner oder Zungen, so lang wie Arme.

»Verflucht, in was zur Hölle sind wir da nur reingeraten.«

»Geh weiter, Liadan, sonst ...«

»Wo wollt ihr beide denn hin?«, fragte Asael mit dieser schauderhaften tiefen Stimme, die Liadan jedes einzelne Härchen an ihrem Körper hochfahren ließ.

Liadan und Devias drehten sich ruckartig um. Direkt vor ihnen stand Asaels Gestalt.

»Was hast du mit meinem Vater gemacht!«

Liadan trat vor Devias, der am ganzen Körper zitterte, um ihn abzuschirmen.

Auf Asaels Lippen bildete sich ein beängstigendes Lächeln. Er legte den Kopf schief und betrachtete sie einen Augenblick lang.

»Ich weiß alles über euch zwei Halbblüter. Alles, was der Schattenkönig je gewusst hat.« Er tippte mit dem Finger an seine Schläfe. »Ihr müsst wissen, er kämpft wie ein Stier gegen mich an. Jetzt fleht er sogar, dass ich euch verschonen soll. Ich werde ihm den Gefallen tun, weil ich dieser ständigen Winselei leid bin. Solange ich in seinem Körper weile, kann ich es leider nicht ignorieren.«

»Schön und gut, aber das beantwortet nicht seine Frage«, sagte Liadan.

»Da es mir in meiner natürlichen Form verboten ist, mich in der Menschenwelt aufzuhalten, werde ich mir diesen Körper eine Weile ausleihen, bevor ich meinen rechtmäßigen Platz in der Unterwelt wieder einnehme.«

»Und der wäre?«

Soprah stand urplötzlich neben ihrem Vater. Liadan erschreckte so sehr, dass sie nach hinten gegen Devias stolperte.

»Du dreistes Ding wagst es, mit meinem Vater, dem Gott der Unterwelt, so zu sprechen!«

Devias trat neben Liadan. »Dem Gott der Unterwelt? Der verschollene Kriegsgott Zeolos?«

»Höchstpersönlich«, raunte der Gott.

»Bei den alles verfluchten Gö...« Liadan hielt inne, als der Gott sie mit hochgezogenen Augenbrauen ansah.

»Du kannst deinen Fluch gerne zu Ende sprechen.«

»Was geschieht mit meinem Vater, wenn Ihr seinen Körper wieder verlassen habt?«

»Er wird sich von meinem kleinen Überfall schnell wieder erholen.«

»Warum geht Ihr nicht? Was soll das alles hier?« Liadan deutete auf die vielen Kreaturen. »Schert Euch in die Unterwelt zurück und nehmt Eure Monster gleich mit!«

»Du verfluchtes Mischlingsbalg, dir werd ich die Augen auskratzen und sie zum Frühstück verspeisen!«

Zeolos hielt seine Tochter an der Schulter fest.

»Ruhig, Soprah, geh wieder zu deinen Schwestern. Ich komme mit dem Halbblut schon allein zurecht.«

Wie ein trotziges Kind marschierte Soprah zurück zu ihren Schwestern, die Liadan abwechselnd totdrohende Blicke zuwarfen.

»Sagen wir es mal so«, fuhr der Gott fort. »Eine Gelegenheit wie diese werde ich wohl nie wieder erhalten. Warum sie nicht nützen und ein wenig spielen?«

»Spielen, mit wem? Diese Wesen kommen doch direkt aus der Hölle. Was werdet Ihr mit den Menschen tun?«

Der Gott rümpfte die Nase.

»Ich rieche Basiliskengift an dir, was bedeutet, dass ich dich ohnehin bald in meinem Reich begrüßen darf. Was mache ich nun mit euch, wenn ich euch nicht töten soll?«

Zeolos hob ihren Arm an.

Sie entzog sich seiner Berührung.

»Was tut Ihr da?«

»Einen Orakelring brauche ich nicht, um deine Gedanken manipulieren zu können.«

»Was soll das heißen, Orakelring?«

»Unwichtig. Geh zum Podest und setz dich dort hin. Du kannst dich erst wieder bewegen oder sprechen, wenn ich es dir erlaube.«

Liadan nickte und gehorchte. Sie hörte Devias ihren Namen rufen, konnte jedoch nicht wieder zu ihm zurück. Der Drang, sich auf das Podest zu setzen und sich nicht mehr zu rühren, war stärker als alles andere.

»Und nun zu dir, Schattensohn. Du hast die Wahl. Es steht dir frei, zu gehen. Oder du bleibst und unterwirfst dich meinen Befehlen, bis ich den Körper deines Vaters wieder verlassen habe.«

»Ich bleibe«, hörte Liadan ihren Freund sagen. Am liebsten wäre sie zu ihm gerannt, hätte ihn kräftig geschüttelt und ihm befohlen zu verschwinden. Hätte ihn wenn nötig an den Ohren aus diesem verfluchten Saal gezerrt. Aber sie konnte nichts davon tun. Sie war gezwungen, hier zu sitzen und stumm auf die Befehle des Gottes zu warten.

»Dann bleib hier und rühr dich nicht, bis ich es dir gestatte.«

Zeolos stieg wieder auf das Podest.

»Meine Untertanen«, sagte er laut und deutlich. »Nach all den Jahren ist Euer Herrscher wieder zurückgekehrt. Als kleines Willkommensgeschenk dürft ihr Euch in Agadash nach Lust und Laune austoben. – Bevor wir uns wieder zurück in die Unterwelt begeben, werden wir diese Welt in Schutt und Asche tauchen. Als kleine Vergeltung dafür, dass der Rest meiner Familie zugelassen hat, was Saloma und Denotom mir angetan haben.«

Liadan wollte schreien, brüllen, toben. Was hatten sie nur angerichtet. Sie war mitschuldig an diesem Grauen, hatte Asael geholfen. Heiße Tränen flossen ihr über die Wangen. Niemals zuvor hatte sie sich so hilflos gefühlt. – Verflucht, sie konnte ja nicht einmal sprechen oder sich bewegen.

»Echsia«, sagte der Gott. »Komm mit deinen Schwestern mit mir. Wir haben einiges zu besprechen.«

Fünfunddreißig … Cajus

Cajus reichte Gomron das Schwert.

»Ich werde es jetzt mit dem Götter-Hälesum polieren. Ich hoffe nur, dass Saloma recht behält und das Schwert tut, was es verspricht. Wenn ich dem Gott des Krieges die Klinge ins Fleisch stoße, möchte ich nicht herausfinden müssen, dass der Zauber nicht wirkt.«

Er nahm das Fläschchen mit der goldenen Flüssigkeit aus seiner Gürteltasche und öffnete den Verschluss.

Der außergewöhnliche, nicht einzuordnende Geruch des Hälesums stieg ihm in die Nase. Er schloss die Augen. Die Gier, davon zu kosten, durchfuhr ihn wie ein Dolch.

»Cajus, nicht«, warnte ihn Gomron. »Wir wissen nicht, wie viel wir davon benötigen. Schlimm genug, dass Ihr einen Tropfen davon verschwendet habt, um mich zu retten.«

»Haltet das Schwert waagerecht.«

Tropfen für Tropfen ließ Cajus auf die Waffe perlen.

Das Hälesum dehnte sich magisch aus, verteilte sich wie Wachs über die Klinge und klebte daran fest, bis sie vollkommen von der Götterflüssigkeit ummantelt wurde.

»Warum zittert Ihr so?«, fragte Cajus.

»Das bin nicht ich. Das ist das Schwert. Ich kann es nicht mehr halten.«

Gomron stieß einen schmerzerfüllten Laut aus und ließ die Waffe zu Boden fallen.

»Verflucht, was zum Drachen war das!?«

Das Schwert spritzte Funken, setzte sich selbst in Brand und zerschmolz vor ihren Augen.

»Nein!«

Die beiden Männer starrten wie vom Donner gerührt auf die goldene Lache am Boden, die brodelte wie kochende Suppe.

Dann formte sie sich um und nahm wieder die Gestalt eines Schwertes an. Cajus wechselte einen Blick mit Gomron und hob die Waffe auf. »Das Schwert hat kaum Gewicht.«

»Darf ich?«

Cajus reichte Gomron die Waffe.

»Ihr habt recht, es liegt leicht wie ein Dolch in den Händen.«

»Wie kommt Ihr mit Euren neu erlangten Fähigkeiten zurecht?«

Gomron grinste. »Ich lerne jeden Tag dazu. Gestern habe ich mich beim Sägen geschnitten. Die Wunde hat sich sofort wieder geschlossen.«

»Denkt Ihr, Ihr seid unsterblich?«

»Ich hatte bisher keine Gelegenheit, dies herauszufinden. Ich konnte seit unserer Rückkehr kaum ein Auge zumachen, da ich erst lerne, wie ich all die Geräusche, die ich jetzt vernehme, ignorieren kann. In diesem Moment höre ich zum Beispiel das Schmatzen unserer Kühe, Elmgons Schnarchen und das Pfeifen einer Teekanne. Ich vernehme den Streit des Königspaars.« Gomron spitzte die Ohren. »Er wirft ihr vor, dass ihre verfluchte Brut an allem schuld sei und dass er sie hätte töten sollen, als er die Möglichkeit dazu hatte. Jetzt beschimpft Daria ihn und verteidigt ihre Tochter. Eine Tür öffnet sich und knallt wieder zu.«

Cajus schüttelte den Kopf. »Dieser elende Baratus. – Habt Ihr etwas von dem Feenpulver dabei? Ich möchte es gerne testen.«

Gomron legte das goldene Schwert auf dem Tisch ab, löste den kleinen Beutel, der an seinem Gürtel hing, und öffnete ihn. Cajus entnahm etwas von dem Pulver, bestreute sich damit und wurde sofort unsichtbar. Er rieb sich die Hände, aber nichts geschah.

»Als Ihr verletzt wart, bin ich mit Eurem Blut in Kontakt gekommen und wurde sichtbar.«

»Ihr denkt, das Blut ...«

»Nein«, unterbrach Cajus den Zwerg. »Es ist nicht das Blut.« Er haschte nach Gomrons Lederflasche und goss sich etwas daraus auf die Hand. Kurz darauf war er wieder zu sehen. »Es ist die Flüssigkeit. Sobald wir mit etwas Nassem in Berührung kommen, werden wir sichtbar. Probiert es selbst.«

Gomron bestreute sich mir dem Pulver. »Spritzt Wasser dahin, wo ich eben gestanden bin«, sagte er. Einen Augenblick später wurde der Zwerg sichtbar. »Ihr habt recht. Das war sehr aufmerksam von Euch, Cajus.«

Gomron nahm etwas aus seinem Waffengürtel.

»Ein Silberstern?«, fragte Cajus.

»Die Waffen, die wir in dem Drachenberg schmieden, sind keine gewöhnlichen Waffen.«

»Werft ihn auf den Stuhl dort.«

Cajus nahm die Waffe an sich und fuhr mit dem Finger behutsam über die Kanten.

»Scharf wie Messerspitzen, nichts Besonderes für einen Wurfstern.«

»Werft ihn.«

In einer schwungvollen Bewegung warf Cajus den Stern auf einen der Stühle.

Die Waffe blieb in der Lehne stecken und einen Wimpernschlag später war das Holz gefroren.

»Ich bin beeindruckt.«

»Wartet.«

Mit einem Schwall platschte der Stuhl in sich zusammen und hinterließ eine Wasserlache.

»Wie ist das jetzt passiert?«

»Unsere Waffen werden mit Drachenstein gefertigt. Er ist magisch. Die roten Steine, die wir im Berg finden, verleihen unseren Waffen Feuerkraft. Die silbernen, mit denen wir diese

Wurfsterne anfertigen, schenken den Waffen die Kraft von Wasser und Eis.«

Gomron öffnete die Truhe neben seinem Bett. »Wenn Euch das gefällt, was sagt Ihr dann erst hierzu?« Der Zwergenkönig nahm Pfeil und Bogen aus der Kiste, hängte die Sehne ein und legte den Pfeil an. Er zielte auf einen Hocker. Schneller, als es Cajus' Augen erfassen konnten, brannte das Möbelstück lichterloh. Gomron warf den Stern auf das Feuer. Kohlschwarzer Rauch stieg empor, bevor sich der Hocker, wie sein Vorgänger, in Eis verwandelte, sich dann in Wasser auflöste und zu Boden klatschte.

»Diese Waffen werden uns im Kampf gegen die Armee des Gottes überaus hilfreich sein.«

Das Alarmhorn dröhnte. Gomron presste sich beide Handflächen an die Ohren, zwängte die Lider zusammen und stieß einen zitternden Laut aus.

»Gomron, geht es Euch gut?«

»Ja – ich nehme den Ton nur tausendmal lauter wahr, als Ihr es tut.«

Die Tür wurde aufgerissen.

»Gomron, Ihr müsst kommen!«

Eine gewaltige, tiefschwarze Wolke zog über das Reich.

»Was in Tiorans Namen ist das?«

»Das ist das Werk eines Gottes«, antwortete Daria, die mit Baratus zu ihnen stieß.

Cajus wechselte einen Blick mit Gomron. »Zeolos?«

»Der Gott wurde befreit«, sagte Baratus und fuhr zu Daria herum. »Und was sollen wir jetzt tun? Bis wir Agadash zu Fuß erreicht haben, werden die Handlanger des Gottes diese Welt komplett zerstört haben. Einer meiner Boten hat mir berichtet, dass ein Sturm aus Höllenwesen durch die Länder zieht. Wie lange wird es dauern, bis sie Tioran und Agadash und dann Alandrias Wälder erreicht haben?«

»Wir werden nach Agadash fliegen«, sagte Daria. »Jeder Elf wird einen Zwerg tragen.«

»Werden wir dadurch nicht noch langsamer?«, fragte Cajus.

»Es ist trotz allem schneller als zu Fuß.«

Der Zwerg Sniffron rannte auf Gomron zu.

»Ich war gerade draußen. Die Hecke wird von einer Horde Monster angegriffen! Sie besitzen Feuerbälle und schwarze, ellenlange Knochen, die sich wie Würmer durch die Hecke fressen.«

»Sind die Drachen in Sicherheit?«, fragte Gomron.

»Sie sind alle im Berg«, antwortete Sniffron.

»Die Hecke werden die Monster nicht durchbrechen. Was mir echte Sorgen bereitet, ist das da.« Gomron deutete auf die Wolke, aus der Wesen kletterten und sich aus der dunklen

Nebelmasse zu Boden stürzten. Manche der furchterregenden, gesichtslosen Gestalten, hatten aufgedunsene, menschenähnliche Körper mit jeweils vier Tentakeln. Alles an diesen Wesen wirkte schwammig und weich. Andere waren doppelt so groß wie Cajus und hatten kohlschwarze Hörner auf der Stirn. In ihren missgestalteten Gesichtern wirkten die zinnoberroten Augen winzigklein. Sie klatschten wie Fliegen auf den Boden, erhoben sich und griffen alles an, was ihnen vor die Augen trat.

»Holt Eure Waffen!«, brüllte Gomron. Elfen und Zwerge stürmten in ihre Unterkünfte.

»Was für ein unorganisiertes Pack«, höhnte der Erdkönig, sammelte seine Magie und zielte auf die Ankömmlinge.

»Wir sind seit einer Ewigkeit nicht mehr angegriffen worden«, fuhr ihn Gomron an.

»Gomron, habt Ihr mehr von diesen magischen Waffen?«, fragte Cajus.

Der Zwerg nickte. »Kommt.«

Gerade als Cajus Gomrons Hütte betreten wollte, packte ihn eins der Wesen mit seinen wulstigen Pranken und schleuderte ihn mit voller Wucht zu Boden.

»Nein! Geht und holt die Waffen!«, rief er, als Gomron ihm zu Hilfe eilen wollte. Cajus sprang wieder auf und sah sich sofort einem weiteren Monster gegenüber. Die Kreatur fuhr ihre Tentakel aus und legte sie um Cajus' Kehle. Sie zog ihn hoch, so dass er den Boden unter seinen Sohlen nicht mehr fühlen konnte. Cajus rang nach Atem, schlug und trat nach dem Monster.

»Lass ihn runter, du langes Elend!«, hörte er eine bekannte Stimme rufen. Ilvi ballerte grasgrüne, flimmernde Geschosse auf die Kreatur, die sofort von Cajus abließ und sich zu der Fee drehte. Die schleuderte dem Monster ihre Magie direkt ins Gesicht. »Nimm das, du stinkende Ausgeburt der Hölle!«

In der Stirn des anderen Monsters steckte einer von Gomrons Silbersternen. Die Kreatur wandelte sich zu Eis und klatschte wie Wasser aus einem Kübel zu Boden. Cajus rannte zu Gomron und nahm ihm einige der Waffen ab.

Eine Fee flatterte vor seinem Gesicht.

»Hallo Kriegerherz.«

»Ilvi?«

»Ich habe meine Familie mitgebracht.« Ilvi deutete auf die unzähligen klitzekleinen Sonnen um sie herum, die wie Luftblasen über Wasser zerplatzten. Hunderte von Feen gaben sich zu erkennen. »Hab ich dir nicht versprochen, da zu sein, wenn du mich brauchst?«

»Und das bist du«, sagte Cajus und schenkte der Fee ein breites Lächeln.

»Ihr wisst, was ihr zu tun habt«, sagte Ilvi. Die Feen nickten und attackierten die Monster.

»Hab ich das Euch zu verdanken?«, fragte Gomron, der den Blick nicht von den kämpfenden Feen nehmen konnte. »Mit allem hätte ich gerechnet. Aber dass uns Feen zu Hilfe kommen, das macht mich sprachlos.«

»Lasst uns den Höllenkreaturen zeigen, mit wem sie sich hier angelegt haben.«

Gomron und Cajus wechselten einen letzten Blick. Sie würden die Monster dorthin zurück verfrachten, woher sie gekommen waren. Und sich dann nach Agadash begeben, wo sie sich dem Gott der Unterwelt stellen würden. Mit einem lauten Kampfschrei stürzten sie sich ins Gefecht.

Sechsunddreißig ... Liadan

Liadan stieg aus dem Badezuber. Sie rieb sich Haut und Haar mit einem Handtuch trocken und wickelte den Stoff dann um ihren Körper. Einzelne kalte Wassertropfen perlten von den Spitzen ihres Haars über ihre Schulter. Sie tapste über die kalten Holzdielen zum Bett, wo ihre Kleidung auf sie wartete und wo ein flauschiger Teppich ihren nackten Sohlen Wärme spendete. Gedankenverloren strich sie über die sorgfältig gefalteten Kleidungsstücke. Ihr Blick blieb an dem schwarzen Ring an ihrem Finger hängen. Brennende Verzweiflung strömte wie eine Lavaflut über sie.

Liadan brach zusammen, krallte ihre Finger an den Bettrand, vergrub ihr Gesicht tief in der Decke und schrie aus voller Kehle.

Tage – keine Stunden, sondern verfluchte Tage hatte sie hier verbracht. Der Tod wäre eine Erlösung, doch selbst den verwehrte man ihr. Man erlaubte ihr gnädigerweise, sich zu waschen und sich einige Zeit in diesem fremden Zimmer aufzuhalten, bevor der verfluchte Gott sie wieder zu sich zitierte, um sie wie ein verdammtes Püppchen neben sich sitzen zu lassen.

An die Gräueltaten, die sich außerhalb der Palastmauern zutrugen, wollte sie gar nicht erst denken. So gesehen hatte sie Glück, hier drinnen gefangen zu sein.

Immer wieder musste sie an das letzte Gespräch mit dem Gott denken.

Zeolos war neben ihr auf dem Podest gesessen. Er hatte ihr befohlen, das Podium nicht zu verlassen. Devias schlief derweilen in einem der Palastzimmer. Immer wieder strömten Dämonen, Monster oder Untote in den Saal, besprachen sich mit ihrem Gott und zogen weiter. Soprah, Echsia und Clotha waren für einige Stunden verschwunden. Der Teufel mochte wissen, wo sich die Götterkinder aufhielten. Liadan drehte sich zu Zeolos. Es fiel ihr schwer, ihn mit Hass anzusehen. Denn es war Asaels Gestalt, die dort saß. Es gab flüchtige Momente, da konnte sie in den Augen des Gottes ein Gefühl aufblitzen sehen. So, als würde der Schattenkönig für einen Augenblick die Kontrolle über seinen Körper zurückerlangen. Sie berührte mit dem Finger die Stelle, an der Asael sie zuletzt geküsst hatte.

Dann fand sie sich in den Augen des Gottes wieder.

»Was wird das?«, fragte Zeolos, der sie mit einem langen Blick abschätzte.

Liadan räusperte sich. »Ich weiß nicht, wovon Ihr sprecht.«

»Ich bin ein Gott, Liadan«, sagte er mit seiner tiefen, rauen Stimme. Es war das erste Mal, dass er ihren Namen aussprach. »Ich kann die Gefühle, die Ihr für den Schattenkönig hegt, spüren. Wenn Ihr mich so anseht, wie Ihr es jetzt getan habt, bin ich der Versuchung nahe, Euch zu probieren.«

»Mich ... zu probieren?«

»Ich habe niemals einen lebenden Menschen probiert.«

»Ihr macht mir Angst«, sagte sie.

»So geht es den meisten, die sich in meiner Nähe aufhalten. – Ihr seht blass aus, Liadan. Das Gift des Basilisken in Eurem Körper schwächt Euch von Tag zu Tag mehr.«

»Ich habe die meisten meiner Erinnerungen verloren, die Wunde brennt und bereitet mir Schmerzen und auch meine Kräfte lassen sich nicht mehr aufrufen. Ich fühle, dass ich nicht mehr lange überleben werde. Habt Ihr keine Möglichkeit, mich davon zu heilen?«

»Wenn ich in meinem eigenen Körper wäre, hätte ich die Macht dazu. Mein Blut kann Euch heilen, aber solange ich hier in der Menschwelt verweile, kann ich Euch nichts davon schenken. Aber selbst das wäre Euch nicht von Nutzen. Ich habe einen meiner Höllenstürme über diese Welt gesandt, so dass sie unendlich lange von mir gezeichnet sein wird.«

»Die Menschen sind unschuldig, sie waren es nicht, die Euch in den Stein gesperrt haben!«

»Vielen meiner Geschwister liegen das Wohl und die Unberührtheit dieser Welt am Herzen. Niemand von ihnen hat eingegriffen, als man mir das antat. Ich wurde eine halbe Ewigkeit in diesen Stein verbannt. Dafür werden sie alle büßen. Und mein erster Akt wird es sein, diese Welt in Schutt und Asche zu legen. Ich werde jedes einzelne meiner Geschwister spüren lassen, was es heißt, einen Gott zu überlisten.«

Liadan stand auf, stellte sich Auge in Auge vor den Gott und umfasste die Armlehnen seines Thrones. »Hier geht es nur darum, Euren Geschwistern aus Rache eins reinzuwürgen? Darum zerstört Ihr wahllos diese Welt mit ihren Bewohnern!«

In den schwarzen Augen des Gottes blitzte etwas auf. Überraschung, oder wirkte er gar amüsiert?

»Mutiges Halbblut. – Ein Großteil der Menschen endet ohnehin bei mir in der Unterwelt. Jede Seele, die ich hier nehme, ist somit ein Gewinn für mich.«

»Ich flehe Euch an. Verlasst diese Welt und kehrt in Eure zurück.«

»Bald, Liadan, bald. Setz dich wieder hin. Meine Töchter werden jeden Augenblick hier sein.«

Liadans Erinnerung verblasste. Sie blinzelte. Jegliches Gefühl war aus ihren Beinen gewichen. Wie lange hatte sie hier neben dem Bett gekniet?

Jemand räusperte sich hinter ihr.

Erschrocken fuhr sie hoch und drehte sich um.

»Denotom«, hauchte sie. »Woher weiß ich, wer Ihr seid? Woher kenne ich Euch?«

»Wir haben jetzt keine Zeit für Erklärungen. Hier drinnen«, er hielt ihr ein kleines Stoffsäckchen hin, »ist ein Pulver, das du Soprah in die Augen werfen musst. Damit wird ihr für eine Zeit lang die Macht entzogen, in die Zukunft zu sehen. Ihre Bilder werden kaum zu deuten sein.«

Auf wackligen Beinen näherte sie sich ihm.

»Das war's? Ihr wollt uns nicht helfen? Euer Bruder plant, diese Welt mit all ihren Bewohnern zu zerstören, und Ihr Götter seht nur tatenlos zu?«

»Habe ich ... ihn erweckt?«

Das war ein Schlag in die Magengrube. Der Gott hatte ja nicht unrecht. Ihr und Asael war dies zuzuschreiben.

»Ihr müsst uns helfen, Denotom.«

»Rettung naht«, sagte er. Dann sah er über ihre Schulter zur Tür. »Mein Bruder kommt. Ich werde das mit dem Pulver selbst in die Hand nehmen. Haltet ihn ein wenig auf.«

Dann verschwand der Gott und nahm das Pulver wieder mit. Die Tür wurde aufgerissen und Zeolos trat mit schweren Schritten in den Raum.

»Wo ist er?«

»Wer?«

»Mein Bruder, ich habe ihn gespürt. Er muss hier irgendwo sein.«

»Hier war niemand.«

Zeolos hatte die Entfernung zwischen ihnen mit zwei Schritten überwunden und haschte nach ihrem Armgelenk. Mit der freien Hand hielt sie das Handtuch fest an ihren Körper gepresst.

»Ich bin ein Gott, Liadan, ich erkenne Eure Lüge.«

»Ihr tut mir weh.«

Zeolos ließ von ihr ab und durchforschte den Raum. »Was wollte Denotom von Euch?«

»Er wollte sehen, ob ich am Leben bin.«

Zeolos kam auf sie zu. Er blieb erst stehen, als seine Nasenspitze ihre Wange streifte.

»Lügnerin«, raunte er. »Wisst Ihr, ich hätte viele Möglichkeiten, die Wahrheit aus Euch rauszukriegen.« Er fuhr ihr mit dem Finger über die nackte Schulter. »Eine davon dürfte Euch sogar gefallen. Haut so zart wie Libellenflügel, ein warmer, saftiger, blutdurchströmter Körper.«

Liadan schloss die Lider, ihre Knie wurden weich, ein sanftes Kribbeln strömte von seiner Berührung aus. Sie musste sich zusammennehmen. Selbst, wenn der Mann neben ihr so aussah, so klang und sich so anfühlte wie Asael, war er es nicht.

Ein markerschütternder Schrei zerriss die Stille.

Zeolos knurrte. »Denotom, er ist noch hier.« Der Gott fegte wie ein Sturm aus dem Raum.

Denotom hatte seine Aufgabe erfüllt. Soprah kochte vor Wut. »Ich kann nichts mehr sehen! Dieser elende Denotom!«

»Beruhige dich, Soprah. Deine Visionen werden wiederkommen. Das Pulver hält nur einige Tage an«, beschwichtigte sie Zeolos.

»Was genau hast du in deiner letzten Vision gesehen?«

»Eine Armee aus Zwergen und Elfen ist auf dem Weg hierher. Feenpulver lässt sie unsichtbar werden.«

»Wie töricht, sich mit einem Gott messen zu wollen. Sollen sie nur kommen. Ich werde sie mit Freuden empfangen. – Liadan, geht zu Devias, er soll sich nützlich machen und Euch in die Waffenkammer begleiten. Nehmt Euch die Waffen, die Ihr für einen Kampf benötigt. Ihr beide werdet Blut vergießen, damit Euer Dasein auf dieser Welt nicht vollkommen unnütz für mich war.«

Siebenunddreißig … Cajus

Der Himmel brannte über Agadash. Ein tiefbedrohlicher Schatten lag auf der Stadt, die doch eigentlich bekannt für ihre Schönheit war. Lediglich Gesteinsreste erinnerten noch an die mächtige Mauer, von der die Stadt einst umgeben gewesen war. Es roch nach verbranntem Holz, stellenweise stank es auch bestialisch nach Tod. Das hier war ein Friedhof aus verbrannten Ruinen. Eine Geisterstadt mit kohlschwarzen Überresten toter Bäume und dampfender Erde.

»Daria, wo seid Ihr?«

»Baratus und ich stehen direkt neben dem Fels, an dem das Siegel Agadashs angebracht wurde«, sagte die Elfenkönigin.

»Seid Ihr Euch sicher, dass der Gott hier ist? Vielleicht ist er weitergezogen, nachdem es hier nichts mehr zu verwüsten gab?«, fragte Cajus.

»Er ist hier. Ich fühle die Macht, die von ihm ausgeht. Sie wird stärker mit jedem Schritt, den wir uns den Palastmauern nähern.«

Cajus drehte sich dorthin, wo er das Heer der Elfen und Zwerge vermutete.

»Wir müssen achtgeben, dass wir uns nicht unabsichtlich selbst zertrampeln, während wir durch die Stadt marschieren. Bewegt Euch langsam und versucht Euren Vordermann zu ertasten. Erst im Thronsaal werden wir uns zu erkennen geben«, sagte Cajus laut und deutlich.

Die ersten beiden Lebewesen, die sie vorfanden, waren mit Speeren und Säbeln bewaffnete Monster, die vor dem Palasteingang Wache hielten. Ihre rußverbrannte Haut dampfte, als wären die beiden eben aus einem brodelnden Teerkessel gestiegen. Aus ihren winzigen Nasenlöchern puffte nussbrauner Rauch.

»Cajus«, flüsterte Gomron. »Ich weiß, Ihr wollt mehr als alles andere Eure Frau zurückhaben. Aber wenn wir da nun hineinplatzen, müsst Ihr Euch an den Plan halten, ganz gleich, was Euch da drinnen erwarten wird.«

»Ich wünschte, dass ich Euch dieses Versprechen geben könnte.«

Gomron seufzte. »Ich wusste, dass Ihr das sagen werdet. Dennoch ist das hier unsere einzige Möglichkeit. Tut nichts, was unsere Mission gefährden könnte. Versprecht es.«

»Ich verspreche es.«

»Bereit?«, fragte Gomron.

»Seid Ihr es denn?«

»Dieser Gott wird sich gleich wünschen, wieder in seinen Stein kriechen zu dürfen.«

»Ich nehme den rechten, Ihr den linken«, sagte Cajus, hob sein Schwert und rannte auf das Monster zu. In einer einzigen Bewegung trennte er ihm den Kopf vom Rumpf. Seinem Nachbarn blühte ein ähnliches Schicksal. Die Monster klatschten auf den Boden auf.

Cajus und Gomron rannten in den Palast hinein, stießen die Flügeltüren des Thronsaals auf und stürmten den Saal.

Cajus hielt inne. Ein Bild des Grauens bot sich ihm.

Entlang der Wände fanden sich entsetzliche Gestalten, die ihre raubtierartigen Zähne fletschten, mit ihren ellenlangen Zungen peitschten und mit ihren messerscharfen Krallen über den Boden und das Mauerwerk kratzten. Die halbverwesten Gesichter erinnerten Cajus an die Halbtoten, die er in der Unterwelt gesichtet hatte. Dämonen mit verzerrten Fratzen, manche erschreckend groß, andere wiederum so klein wie Zwerge, stampften mit ihren Pranken und Klauen auf den Boden. Es schien, als wüssten sie, dass ein Kampf auf sie wartete.

Soprah, Clotha und Echsia hatten sich vor dem Podium postiert. Asael thronte dort neben Liadan, die ihre Finger fest miteinander verknotet hatte.

Sein Augenstern. In diesem düsteren Verlies des Grauens war sie schön wie ein Tautropfen im Sonnenlicht.

Der Schattenkönig klatschte dreimal in die Hände und stieß die Luft aus, als wollte er einen Berg Kerzen auspusten.

Die Armee wurde sichtbar. Gomron und Cajus wechselten einen Blick. Der Plan, den Gott der Unterwelt unsichtbar zu besiegen, war hinfällig.

»Ich muss zugeben«, sagte Asael. »Feenpulver zu verwenden war ein kluger Schachzug. Aber meine Töchter haben dieses Szenario vorausgesehen, deshalb bin ich nicht sonderlich überrascht.«

Dort oben auf dem Podest, direkt neben seiner Frau, saß der Kriegsgott Zeolos. Er war in Asaels Körper erwacht.

»Liadan!«, rief Cajus.

Sie legte den Kopf schief, sah zu ihm hinunter und erwiderte seinen Blick, als wäre er ein völlig Fremder. Erkannte sie ihn nicht? Ihr gleichgültiger Gesichtsausdruck gab ihm einen Stich ins Herz. Am liebsten hätte er laut losgebrüllt, wäre zu ihr gerannt, um sie zu umarmen und zu küssen.

»Ich freue mich darauf, Euch alle bald in meiner Welt begrüßen zu dürfen«, sagte der Gott. »Wenn ich erst wieder meinen rechtmäßigen Platz eingenommen habe, wird es mir ein Vergnügen sein, jedem Einzelnen von Euch, angefangen mit diesem jämmerlichen Elfenpack da hinten, einen Platz in einer meiner Folterkammern zu sichern.«

Cajus und Gomron wechselten einmal mehr den Blick, woraufhin Gomron ein Zeichen gab. Die Armee teilte sich und zwei der Elfen trugen den Spiegel nach vorne.

Clotha, Soprah und Echsia sogen scharf die Luft ein.

Cajus und Gomron holten mit ihren Waffen aus. Klirrend splitterte der Spiegel und verteilte seine Scherben über den Boden.

Die Schreie der drei Furien, die sich aus den Splittern lösten, waren markerschütternd. Cajus presste sich die Hände auf die Ohren. Die dritten Augen der Furien öffneten sich. Pechschwarze Tränen lösten sich daraus. Ihr stechender Blick heftete sich auf die drei Götterkinder.

Der Gott brüllte einen Befehl. Die Furien schossen pfeilschnell auf Soprah, Echsia und Clotha zu. Zeitgleich stürzte sich die Armee der Elfen und Zwerge auf die angreifenden Monster. Soprah hob den Arm. Ein blitzender Feuerball loderte in ihrer Hand. Sie attackierte damit eine der Furien, die blitzschnell auswich. Echsia reckte beide Arme in die Höhe. Aus dem Boden vor ihr erhob sie ein Wirbel aus Nebel und Funken. Der Nebelstrudel sog eine der Furien in sich ein und hielt sie dort gefangen. Im selben Augenblick kratzte eine der Furien Clotha mit ihren scharfen Klauen über das Gesicht und riss sie an den Haaren in die Höhe. Clotha zappelte und schrie auf. Die Furie öffnete ihren Mund, kreischte scharf auf und vergrub ihre Zähne in den Hals der Schicksalselfe. Clotha umfasste die Wangen der Furie und blies ihr goldenen Sand ins Gesicht, der aus ihrer Mundhöhle strömte. Die Furie schrie auf, ließ von Clotha ab und stürzte zu Boden. Der Sandschwall bedeckte ihr Gesicht und wurde hart wie eine goldene Maske.

Daria und Baratus kämpften gegen einen Dämon, dessen Kopf und Hörner an einen Stier erinnerten. Funken blitzten aus dessen hünenhaften Händen.

Gomron schwang seine Axt, als hätte er nie zuvor etwas anderes getan. Cajus kämpfte sich durch die Flut aus Monstern und Dämonen.

Der Gott der Unterwelt streckte seine Hand in die Höhe. Elektrisierende Macht tränkte die Luft. Alles bebte. Wände bröckelten und stürzten in sich zusammen, der Boden riss wie Papier entzwei. Eine Welle dunkler Magie flutete über die Armee der Zwerge und Elfen und riss sie von den Beinen. Der allumfassende Sog zerrte sie in die Spalten.

Echsia wurde von der Furie, die sich aus dem Wirbel befreit hatte, zu Boden geworfen. Die Augäpfel der Schicksalselfe bewegten sich merkwürdig im Kreis. Bevor die Furie sich in Echsias Leib verbeißen konnte, schnellten schneeweiße Schlangen aus deren Augen, machten einen Satz und bohrten sich durch die Augen der Furie, bis die Schlangen komplett darin verschwanden. Die Furie kreischte, flog nach oben, wirbelte unkontrolliert durch den Raum und stieß dabei gegen Wände und Fenster.

»Gomron, die Furien sind zu schwach! Sie werden sie nicht besiegen«, rief Cajus.

»Vielleicht doch!«, antwortete Gomron und rannte zu ihnen.

»Gomron, nein!«, schrie Cajus und eilte dem Zwergenkönig hinterher.

Cajus sah, wie Gomron das Feenpulver aus seinem Beutel nahm, auf eine der Furien zu rannte und sie damit bewarf.

»Ihr müsst Euren Kampf draußen weiterführen, sonst wird Euch der Gott wieder sichtbar machen!«, sagte er und bestreute auch die zweite Furie, die sich mit Hilfe ihrer Schwester die Sandmaske vom Gesicht riss, mit dem Pulver.

»Du verfluchter Zwerg. Die Augen reiß ich dir aus und werde sie meiner Schlange zum Fraß vorwerfen!«

Soprah stieß einen tiefen, unmenschlichen Laut aus. Ihr Haar flammte auf. Die kohlschwarze Schlange an ihrem Körper wurde immer länger und kroch über den Boden auf Gomron zu. Ihr Leib erhob sich, so dass ihr Kopf in Augenhöhe mit dem Zwergenkönig war. Gomron holte mit seiner Streitaxt aus.

Zu spät. Die Schlange war schneller.

Sie schnappte nach Gomron und vergrub ihre Zähne in seinem Hals. Cajus stach mit dem Schwert auf den Körper der Schlange ein, diese ließ von Gomron ab und kroch wieder zurück zu Soprah. Gomrons Gesichtszüge waren verzerrt. Seine Hautfarbe glich der von Knochen.

»Cajus, ich ...«, krächzte er und brach zusammen.

Cajus kniete sich neben ihn.

»Gomron, nein!«

Soprah schrie schmerzerfüllt auf. Die Schicksalselfin der Zukunft wurde in die Luft gehoben und aus dem Saal geschleudert. Echsia und Clotha blühte dasselbe Schicksal.

»Devias! Geh und kämpf mit!«, befahl Zeolos mit einer Stimme, die alles übertönte.

Der Name ließ Cajus aufhorchen.

»Legt Gomron in eine Nische!«, befahl er den Zwergen, die zu ihm stießen.

Cajus erhob sich und trat vor den jungen Mann, der neben dem Podest hervorkam. Er deutete mit der Schwertspitze auf ihn. »Ihr seid Asaels Sohn?«

Devias hob sein Schwert.

Die beiden Männer umkreisten sich wie Raubtiere.

»Dann seid Ihr der Mann, der es zugelassen hat, dass Liadan dieses Leid angetan wurde? Der sie von seinem Volk und dem König misshandeln ließ und es dann gewagt hat, sie zur Frau zu nehmen?«

Cajus zuckte bei diesen Worten zusammen.

»Habt Ihr meinen Bruder getötet?«

»Ich habe getan, was ich tun musste, um meinem Vater zu helfen.«

»Dafür werdet Ihr sterben.«

Cajus schwang sein Schwert und stürmte mit einem Kampfschrei auf Devias zu. Er verfehlte ihn um Haaresbreite. Devias drehte sich flink zur Seite und griff seinerseits an. Cajus parierte den ankommenden Hieb. Klirrend stießen die Waffen aufeinander. Cajus hob das Schwert und schlug es mit voller Wucht gegen Devias' Kettenpanzer. Der Junge schwankte daraufhin nach hinten. Der nächste Hieb traf Devias direkt an der Schulter. Cajus holte wieder aus. Alles rund um ihn war vergessen, er hatte nur ein Ziel. Den Mörder seines Bruders zu rächen.

Einem Hieb folgte der nächste. Die Schwertspitze seines Gegners streifte Cajus' Wange und hinterließ eine klaffende Wunde.

Er keuchte und stolperte zurück. Die Männer umkreisten sich lauernd.

»Wollt Ihr die letzten Worte Eures Bruders wissen?«, fragte Devias.

Cajus umfasste den Griff des Schwertes so fest, dass seine Fingerknochen weiß hervorstachen. Er biss die Zähne aufeinander und stieß ein tiefes Knurren aus.

»Er hat gesagt: Vergib mir, Bruder, dass ich dich mit Vater allein lassen muss. – Dann habe ich ihn von seinen Qualen erlöst.«

Blind vor tobender Wut hieb Cajus brüllend auf Devias ein, dieser parierte die Angriffe. Beide Kämpfer keuchten.

Devias gelang es, Cajus eine Wunde am linken Bein zuzufügen. Cajus zischte, verbiss sich den Schmerz, verpasste Devias einen Kinnhaken mit dem Ellbogen und schlug ihm dann mit dem Schaft seines Schwertes kräftig auf den Kopf. Devias schwankte und holte erneut aus, doch Cajus wehrte den Hieb ab. In einer flinken Bewegung schlug er Devias das Schwert aus den Händen und verpasste ihm einen Tritt gegen das Schienbein. Der Sohn des Schattenkönigs stolperte zu Boden. Ein Schleier aus Todesangst legte sich über sein Gesicht. Laut keuchend rollte er sich zur Seite und wandelte sich in seine Wolfsgestalt. Zu spät. Während des Wandels rammte ihm Cajus die Waffe in die Brust. Der Wolf heulte laut auf und stürzte zur Seite. Cajus zog das Schwert aus dessen Fleisch und stach ein weiteres Mal zu. Der Wolf regte sich nicht mehr.

»Devias!«, kreischte Liadan. Cajus drehte sich um und sah schwer atmend zum Podest. Liadan sagte etwas zu Zeolos. Der Gott nickte und deutete mit dem Finger auf Cajus.

Liadan sprang vom Podest und stürmte mit gläsernen Augen auf ihn zu. Für einen Augenblick dachte Cajus, dass sie zu ihm rannte, aber Liadan hetzte an ihm vorbei, direkt zu Devias. Sie kniete sich neben den Wolf, schüttelte ihn und schrie seinen Namen. Er wechselte in seine menschliche Gestalt. Liadan drehte ihn auf den Rücken. Blut sickerte aus den Wunden an Bauch und Brust. Sein Atem geriet ins Stocken.

»Liadan«, stieß er mit rauer Stimme aus. »Wenn du dich erinnerst, bitte vergib mir.«

Liadan umfasste seine Hand und küsste sie. »Devias.« Ihre Stimme zitterte. »Bitte tu mir das nicht an, bleib bei mir.«

»Meine liebe Liadan«, sagte er, lächelte sanft und schloss die Augen.

»Nein!«, schrie sie.

Cajus stellte sich hinter sie und legte seinen Arm auf ihre Schulter. Sie zuckte bei der Berührung zusammen. »Es tut mir leid, Liadan.«

Ohne sich zu ihm umzudrehen, erhob sie sich langsam und zog ihr Schwert. Sie wirbelte herum und versetzte ihm einen Hieb, dem er nur haarscharf ausweichen konnte. Cajus war wie vom Blitz getroffen und wankte leicht zur Seite.

»Liadan, was tust du da!« Er wich dem nächsten ankommenden Schwerthieb aus.

»Ich bringe Euch um! Ihr habt meinen Freund getötet!« Ihre Augenlider waren rot und leicht geschwollen. Die Eiseskälte ihres Tons krallte sich um sein Herz. Einmal mehr stolperte er nach hinten.

»Hör damit auf. Ich kämpfe nicht gegen dich!« Er parierte ihren nächsten Hieb.

»Dann sterbt Ihr heute, Krieger.«

»Verflucht, Liadan, erkennst du mich denn nicht!« Für den Bruchteil einer Sekunde blitzte etwas in ihren Augen auf. So schnell, wie es gekommen war, war es auch wieder verschwunden.

Sie hob das Schwert erneut zum Schlag. »Wenn Ihr nicht kämpft, dann sterbt Ihr!«

Cajus parierte jeden ihrer Schwerthiebe. Er bebte am ganzen Körper. Schweißtropfen perlten ihm von der Stirn.

»Liadan, sieh mich an! Siehst du nicht, wer ich bin!«

»Ich sehe nur den Mörder meines Freundes.«

»Ich bin dein Mann!«

»Ich habe keinen Mann.«

Er zuckte zusammen. Sein Herz zersplitterte wie der Spiegel. Die Klinge ihres Schwertes in seinem Fleisch wäre weniger schmerzhaft gewesen.

Mit einer flinken Bewegung verpasste sie ihm einen Stich in den rechten Arm.

Er fühlte warmes Blut über seine Haut rinnen.

»Bitte, schau mir in die Augen«, flehte er. »Du weißt, wer ich bin! Du weißt es!«

Anstatt erneut auszuholen, hielt sie inne und starrte ihn an. In ihrer Miene regte sich etwas. Cajus hatte für einen Moment das Gefühl, dass sie ihn erkannte. Sie suchte nach etwas in seinen Augen. Er nutzte die Gelegenheit und schlug ihr das Schwert aus den Händen. Dann nahm er etwas aus seiner Gürteltasche.

Jemand packte ihn von hinten und schmetterte ihn rücklings zu Boden. Zwei Dämonen traten auf ihn ein, dabei verlor auch er das Schwert. Seine Mundhöhle füllte sich mit warmer, nach Eisen schmeckender Flüssigkeit.

»Haltet ihn an den Armen fest!«, befahl Liadan.

Sie zog ihren Dolch, setzte sich rittlings auf ihn und presste ihm die Klinge gegen den Hals.

»Warum habt Ihr nicht zurückgeschlagen, dummer Krieger!«

»Wenn ich schon sterben muss, dann von der Hand meiner Frau.«

Sie zwängte den Dolch tiefer in sein Fleisch.

»Ich liebe dich, Liadan«, sagte er. »Danke für alles, was du mir gegeben hast. Danke für deine Stärke und deinen Mut. Danke für jeden Augenblick, den ich bei dir sein durfte, für jeden Tag, den ich dich lieben durfte. Vergib mir, dass ich nicht da war, als du mich am meisten gebraucht hast, und vergib dir selbst dafür, was du gleich tun wirst, denn ich habe dir jetzt schon vergeben.«

Er sah einen Funken Schmerz in ihren Augen aufblitzen.

»In meiner linken Hand«, sagte er und öffnete seine von Blut und Dreck verschmierte, zitternde Faust.

»Was tut Ihr da?«

»Sie hat mich unsere erste Begegnung niemals vergessen lassen.«

Liadans Blick blieb an der Fibel hängen, sie blinzelte.

»Cajus«, sagte sie mit bebender Stimme.

Ihre Blicke trafen sich. Liadan fing am ganzen Körper zu zittern an. Der Dolch ihn ihren Händen bebte.

»Auf was wartest du, Liadan! Töte ihn!«, brüllte Zeolos.

»Cajus, ich kann nicht dagegen ankämpfen, er befiehlt mir, dich zu töten.«

»Ich liebe dich so sehr. Ich werde dich immer lieben.«

»Bitte vergib du mir«, sagte sie und stach zu. Aber es war nicht sein Herz, das die Klinge durchbohrte.

Es war ihres.

»Liadan! Nein!«, brüllte Cajus.

Mit der Kraft der Verzweiflung riss er sich aus den Klauen der Dämonen los und beugte sich über den leblosen Körper seiner Frau.

»Kümmert Euch um Eure Frau. Ich werde mit den beiden schon fertig!«, hörte er den Zwerg Sniffron hinter sich rufen.

Cajus zog Liadan den Dolch aus der Brust und wiegte sie wie ein Kind in seinen Armen. »Nein, Liadan«, wiederholte er immer wieder. Er blendete alles rund um sich aus. Den Kampf, den Gott, Darias Schreie.

Für einen langen Atemzug war er alleine mit Liadan.

Seine Tränen tropften auf ihr Gesicht. Er streichelte über ihre Stirn, küsste sie und presste sie fest an sich.

»Wie selbstlos und tapfer sie doch war, eine Schande.«

Cajus lauschte der Stimme des Gottes, als stände dieser direkt neben ihm. »Aber sie kann mir in der Unterwelt gerne weiterhin Gesellschaft leisten.«

Die Wut überkam ihn wie der Donner des Potanes. Er stand auf und hob Liadan in seine Arme. Daria rannte durch die Menge auf ihn zu. »Nein!«, schrie die Elfenkönigin beim Anblick ihrer leblosen Tochter.

Cajus küsste Liadan ein letztes Mal auf die Stirn und übergab sie ihrer Mutter.

Er hetzte zwischen den Kämpfenden hindurch, geradewegs auf Zeolos zu.

»Baratus, jetzt!«, brüllte er.

Baratus attackierte den Gott von der gegenüberliegenden Seite mit grellen Blitzen.

Zeolos stemmte sich auf die Beine. Ein unmenschlicher Laut entwich seiner Kehle. Flammen und Dunkelheit wallten über seine Haut. Er streckte den Arm aus. Die Magie des Gottes traf Baratus mit voller Wucht. Der Körper des Elfenkönigs zerbarst wie ein Kieselsteinberg.

Cajus sah im Augenwinkel Daria. Eine helle Aura umgab sie. Aus ihren Handflächen löste sich Magie, die greller als blendendes Sonnenlicht war und wie wildes Wasser auf Zeolos zu brauste.

Daria schrie.

Cajus sprang über am Boden liegende Körper, wich jedem Schwerthieb, jedem Schlag, jedem Wesen, das sich ihm in den Weg stellte, aus.

Zeolos visierte die Elfenkönigin an. Ihre Magie schien ihm nichts anzuhaben. Auf seiner Handfläche erschien ein funkenspritzender Feuerball, den er nach ihr warf. Elfen sprangen dazwischen und schirmten ihre Königin ab. Sie gingen in Flammen auf oder wurden mit voller Wucht gegen die nächste Wand geschleudert.

Cajus sprang aufs Podest und blickte in die totenschwarzen Augen des Gottes. Er holte aus und stach ihm das Schwert direkt in den Unterleib.

»Ich bin ein Gott, nichts kann mich …«

Die Furche zwischen Zeolos' Augenbrauen wurde tiefer. Er sah an sich hinunter. Taumelte rückwärts.

Die tiefschwarzen Augen des Gottes weiteten sich vor Entsetzen.

Cajus zog die Klinge aus dessen Leib. Das Schwert glühte wie roter Rubin.

In den Augen des Gottes zeigten sich Asaels sturmgraue Augen.

Der Körper des Schattenkönigs bebte. Er krallte sich an der Lehne des Thronsessels fest und brach zusammen.

Die Wesen der Unterwelt wurden, wie die Elfen zuvor, von einem schwarzen Sog erfasst und in die Ritzen im Boden gezerrt. Cajus sprang vom Podest und rannte zu Liadan. Ein weiteres Beben erschütterte den Saal. Ein Blitz schlug mitten im Boden vor ihm ein. Cajus stolperte zurück. Es war kein Blitz, es war ein Gott.

Denotom sah sich um und kam direkt auf Cajus zu.

»Ich habe nie an Euch gezweifelt, König von Tioran. Gebt mir das Schwert und ich bringe es zu Saloma.«

»Nein!«

»Nein?«

Cajus packte einen der Zwerge und warf ihn zu Boden. Bedrohend presste er die Schwertklinge gegen dessen Leib.

»König Cajus? Was soll das?«, stotterte der Zwerg.

»Wenn ich die Klinge in ihn stoße, wird Zeolos in seinem Körper erwachen, habe ich recht?«

»Bitte tut das nicht«, flehte der Zwerg.

Der Gott schüttelte den Kopf. »Das wagt Ihr nicht.«

»Wollt Ihr es drauf ankommen lassen?«

»Macht keinen Unfug und gebt mir die Waffe.«

»Bringt mich in die Unterwelt, ich muss zu meiner Frau.«

»Das verstößt gegen die Regel.«

»Ich pfeif auf Eure verfluchten Regeln! Bringt mich zu meiner Frau oder ich werde Euren Bruder erneut zum Leben erwecken.«

Der Gott schien abzuwägen.

»Bitte«, brachte Cajus gepresst heraus.

»Ich bringe Euch zu ihr, aber den Fluss des Vergessens muss sie selbst zurückschwimmen. Wenn sie das nicht schafft und wir sie zu spät erreichen, wird sie keine Erinnerungen mehr an Euch haben.«

Achtunddreißig … Liadan

Cajus, er war da. Er hatte sie gefunden und sie hatte ihn nicht wiedererkannt. Sie wollte zurück zu ihm, aber dafür war es jetzt zu spät.

Dichter, kalter Nebel verbarg die Umgebung.

»Du bist auf dem richtigen Weg, Liadan. Der graue Schleier wird sich erst dann lichten, wenn du durch ihn hindurch schreitest«, flüsterte eine samtweiche Stimme. Liadan drehte sich einmal um die eigene Achse. Niemand war da.

»Komm zu uns, setz dich in eins der Boote und lass dich über den Fluss des Vergessens treiben.«

Achtsam tastete sie sich mit den Füßen voran und folgte der Stimme.

Das Plätschern von Wasser war zu hören. Klagelaute drangen an ihr Ohr. Ein Schluchzen.

Mit jedem Schritt, den sie sich weiter voran wagte, lichtete sich der Nebel und wich einer flammenden Himmelssphäre. Der Himmel war eine Melodie aus glänzenden Farben. Goldpurpur schimmerte mit süßem Honiggelb und zartem Pfirsichorange um die Wette. Liadan stand auf einem Hügel. Weiter unten trieben massenhaft Boote über einen Fluss, der sich durch ein gewaltiges Tor drängte. Kreideweißer Nebel quoll aus der Finsternis, die sich dahinter verbarg.

Menschen warteten in Schlangen, um in die Boote steigen zu können. Die Leute waren ganz unterschiedlich gestimmt. Während die einen weinten und jammerten, machten die anderen den Eindruck von deutlicher Erlösung. Einige stöhnten und schrien Namen. Bitterer Seelenschmerz, Kummer, Qual und Wut zerrten an ihren Mienen, andere lächelten sogar.

Liadan stieg in eins der Boote. Je mehr sie sich dem finsteren Tor näherten, desto friedlicher wurden die Menschen. Die Angst, die sie zuvor zerrissen hatte, war verstrichen.

Es war die Ironie des Lebens, oder die des Todes, dachte sie. Hier unten in der Ewigkeit, am Fluss des Vergessens, konnte sie sich wieder an alles erinnern: An Devias und wie er sie hintergangen hatte, an Tioran und was ihr dort widerfahren war. An ihre erste Begegnung mit Cajus. Jeder Kuss, jede Berührung, all die lieblichen Worte, die sie sich geschworen hatten, waren wieder da. Sie schloss die Augen und versuchte, sich an das Gefühl seiner Berührung auf ihrer Haut zu erinnern. Etwas geschah. Es war, als zerrte jemand an ihren Gedanken. Sie fingen an, sich wieder aufzulösen. Eben noch hatte sie das Bild ihrer Hochzeit vor Augen, dann war es fort.

Ihr erster Kuss. Das letzte Gespräch mit ihrer Stiefmutter. Ihr Vater, wie er ihr liebvoll über das Haar strich, all die

Erinnerungen schienen sich wieder aufzulösen. Was geschah mit ihr? – Nein, sie musste daran festhalten, durfte ihn nicht wieder vergessen. Ihre erste Begegnung mit Cajus. Cajus, den sie nie wiedersehen würde. Cajus, der ihren Namen schrie. – Cajus schrie ihren Namen.

Liadan fuhr herum.

Und dort, zwischen hunderten von Menschen, stand er am Ufer. Er bedeutete ihr, zu ihm zu kommen. War das ein Trug? Ein Test? Wieder rief er nach ihr.

Ihr Körper widerstrebte, etwas zwang sie, in dem Boot zu bleiben. Aber da war er und neben ihm stand der Gott Denotom, er nickte wie als Antwort auf ihre stumme Frage.

Liadan stemmte sich auf die Beine und sprang ins brusthohe Wasser. Kämpfend bahnte sie sich ihren Weg gegen den mächtigen Strom, der sie in die andere Richtung und somit weg von Cajus drängte. Es fühlte sich an wie damals im Reich der Nymphen, als sie sich durch deren unsichtbaren Schutzwall kämpfen wollte.

Das Wasser peitschte ihr wie eine Gerte ins Gesicht. Der Strom setzte alles daran, sie mitzureißen. Knochige, weiße Hände, die wie Fische aus dem Wasser schossen, zerrten an ihrer Kleidung. Sie verlor das Gleichgewicht, kippte nach hinten und klatschte ins Wasser. Die klapperdürren Finger haschten nach ihrer Kleidung, ihrem Haar, ihren Schultern, Händen und Beinen. Liadan schlug und trat wild um sich.

Wasser schwappte über ihr Gesicht und füllte ihren Rachen. Sie keuchte, rang nach Atem. Ihre Kehle brannte.

Nein, sie würde nicht aufgeben.

Liadan mühte sich auf die Beine zurück. Sie sah Cajus in den Fluss springen. Die kräftigen Hände des Gottes hielten ihn davon ab, zu ihr zu kommen.

Liadan blendete alles rund um sich aus. Sah nur ihn. Hatte nur ein Ziel und nichts würde sie davon abhalten. Schritt für Schritt trotzte sie der Macht des Stromes.

Cajus streckte die Hände nach ihr aus. Nur mehr wenige Schritte trennten sie. Dann ergriff sie seine warme Hand. In einer stürmischen Bewegung zog er sie in seine Arme. Die Wärme seines Körpers durchflutete sie wie Sonnenlicht.

»Du hast es geschafft«, hauchte er in ihr Haar.

Sie löste sich und sah ihn an. »Ich liebe dich, Cajus. Ich erinnere mich an alles.«

»Ich lasse dich nicht wieder gehen.« Seine Lippen drängten sich auf die ihren. War das ein letztes Geschenk der Götter? Jeder herrliche Moment, jede Berührung, all ihre Liebe flossen in diesen einen Kuss. Sie hatten sich verloren und wiedergefunden.

»Ihr beiden habt hier gerade gebührlich für Unruhe gesorgt«, sagte Denotom, der urplötzlich neben ihnen im Wasser stand. »Lasst mich Euch nun zu meiner Schwester bringen.«

Das Antlitz der Göttin des Mondes und der Gezeiten war wie funkelnde Schneekristalle im Sonnenlicht. Sie war tausendschön. Eine dunkle Perle der Nacht. Ein geheimnisvoller, elfenbeindünner Schleier umwehte ihren Körper. Ihr Haar glänzte wie pure nachtschwarze Seide. Liadan fühlte sich neben der Göttin, die sie um ganze zwei Ellen überragte, wie ein unscheinbares Gänseblümchen. Salomas weißgoldene Augen flogen von Liadan zu Cajus und blieben dann auf dem Schwert in dessen Händen hängen.

»Bringt Ihr mir ein Geschenk?«, fragte die Göttin.

Ihre Stimme löste ein Kribbeln in Liadans Körper aus. Sie war sanft wie das Rauschen der Wellen und zugleich magisch wie Mondlicht.

»Ich würde es eher einen Austausch nennen. Das Leben meiner Frau gegen das Eures Bruders.«

Saloma schnippte mit den Fingern und hielt einen Wimpernschlag später das goldene Schwert in den Händen. Cajus starrte auf seine leeren Handflächen. »Nein!«

Die Göttin betrachtete das Schwert, dann übergab sie es Denotom. »Du weißt, was jetzt zu tun ist.«

Der Gott nickte.

»Ich muss schnell zurück und mich um Clotha, Echsia und Soprah kümmern. Sie kämpfen noch immer mit den Furien.

Ich werde sie einstweilig in Hebelox' Becken sperren, dann müssen wir uns etwas für die drei überlegen.«

»Wartet«, bat Cajus. »Gomron, wisst Ihr ob er ...«

Denotom wechselte einen Blick mit Saloma und verpuffte zu einer Rauchwolke.

»Der Zwergenkönig ist wohlauf«, sagte die Göttin. »Cajus ... Euer Freund ist nicht unsterblich, aber zäher als die meisten seiner Artgenossen. Es war einfältig von Euch, dem Zwerg einen Tropfen meines Blutes zu schenken, zumal Ihr nicht wusstet, ob der Zauber dann noch wirkt. Ihr habt Euch ja auch hervorragend an meine Anweisung gehalten, keinen der Spiegel zu zerstören. Wir werden einiges zu tun haben, um die Spiegelwesen wieder einzufangen. Aber das ist nicht mehr Eure Geschichte.« Saloma bedachte Cajus mit einem verächtlichen Blick. »Es war überaus unbedarft von Euch, eine Göttin erpressen zu wollen. Für so närrisch hätte ich Euch nicht gehalten.«

»Das war die einzige Möglichkeit, die ich hatte.«

»Wenn ich mich richtig erinnere, habt Ihr mir beim letzten Mal etwas gestohlen, seid Euch gewiss, dass dies kein zweites Mal passieren wird«, sagte Saloma.

Liadan riss sich vom Anblick der Göttin los und drehte sich zu Cajus. »Beim letzten Mal?«

»Das erzähl ich dir später.«

»Wenn es denn ein Später gibt«, murmelte Liadan.

»Das wird es nicht«, sagte die Göttin streng.

»Ich habe die Drecksarbeit für Euch gemacht!«, zürnte Cajus. »Ich habe gekämpft. Elfen, Zwerge und Menschen sind gestorben. Ich habe getan, was Ihr von mir verlangt habt, und die Seele Eures verdorbenen Bruders in das Schwert gebannt. Ihr könntet zumindest die Güte aufweisen und mir meine Frau wiedergeben!«

»Güte?«, höhnte Saloma. »Güte bedeutet in meiner Welt Schwäche. Als Göttin der Unterwelt kann ich mir die nicht erlauben. Und ich will es auch gar nicht. Eure Frau hat den Tod selbst gewählt. Es war ihre Entscheidung. Sie hat Euch das Leben geschenkt und ihres aufgegeben. Seid dankbar, kehrt heim und kümmert Euch dort, wo Ihr gebraucht werdet, um Eure Untertanen. Ihr dürft Euch von Ihr verabschieden. Auch dies ist ein Geschenk. Denn die meisten haben diese Möglichkeit nicht.«

Saloma gab ein Handzeichen. Der Boden vibrierte und ein breiter Spalt öffnete sich. Beängstigende Dunkelheit herrschte in dem tiefen Rachen.

»Ich bleibe bei ihr!«, schwor Cajus und nahm Liadan fest in seine Arme.

Liadan löste sich von ihm. »Nein, Cajus, du musst zurückkehren. Ein Königreich wartet auf die Heimkehr seines Königs. Das Volk braucht dich.«

»Ich kann nicht ohne dich gehen«, sagte er. Seine Stimme brach. »Ich sterbe jetzt schon jeden Tag, den ich ohne dich sein muss. Du bist alles für mich.«

»Du hast dich heute bei mir für all das bedankt, was ich dir gegeben habe. Ich will dir genauso danken. Danke, dass du so sehr für unsere Liebe gekämpft hast. Danke dafür, dass du mir meinen sehnlichsten Wunsch erfüllt hast. Ich war auf der Suche nach jemandem, der mein Herz mit seiner unaussprechlichen Liebe füllt. Der tief in meine Seele sieht und liebt, was er dort findet. Du hast mir dieses Geschenk gemacht.«

Cajus presste seine Lippen verzweifelt an ihre. Er schmeckte ihre salzigen Tränen. Etwas zerrte an seiner Kleidung. Er löste sich von Liadan und lugte über die Schulter. Da war niemand.

»Eure Zeit ist verstrichen. Der Abgrund wird sich jeden Augenblick schließen«, erklärte Saloma.

Die unsichtbare Kraft zerrte Cajus über den Boden, weg von Liadan.

»Nein!«, brüllte er und wehrte sich mit Händen und Füßen. »Ich lasse sie nicht hier! Ich will bei ihr bleiben! Ich lasse sie nicht hier!«

Dann fiel er.

»Leb wohl, Cajus«, flüsterte Liadan.

Ihre Beine versagten und sie stürzte auf die Knie.

Neununddreißig … Cajus

Cajus landete im kniehohen Gras einer Wiese, die direkt neben dem Westflügel seiner Burg blühte. Er setzte sich auf.

Bleischwer fiel ein Schatten auf ihn nieder. Er vergrub das Gesicht in den Händen. Sternenheiß brannten die Tränen unter seinen Lidern.

Sonne und Wind strichen über sein Haar. Nach allem, was sie durchgestanden hatten, hatte er sie dennoch verloren. Seine Frau. Seinen Augenstern. Wie sollte er jetzt ohne sie weitermachen? Zeitvergessen saß er da, bis wütende Rufe aus dem Burghof zu ihm dröhnten.

»Ich fordere Euch auf, Ruhe zu bewahren!«, hörte er eine bekannte Stimme. »Mardon!«, dachte er laut, stemmte sich auf die Beine und rannte in den Burghof.

»**D**er König ist zurückgekehrt!«, rief jemand. Die Menschen drehten sich um.

»Er ist es wahrhaftig«, bestätigte ein anderer. Ein Raunen ging durch die Menge, die sich sofort teilte und Cajus hindurch schreiten ließ. Einige verbeugten sich, andere blieben stehen und stierten ihn an. In den Gesichtern konnte er Ärger, aber auch Erleichterung lesen.

Mardons Blick traf seinen. Sein Freund sprang vom Podest, rannte auf ihn zu und fiel ihm in die Arme, dann löste er sich von ihm und versetzte Cajus einen Schlag auf die Schulter. Die Menschen um ihn keuchten entsetzt auf.

»Kein einziger Brief! Nicht ein einziger, der mich hätte wissen lassen, dass du am Leben bist!«

»Es tut mir leid, Mardon. Ich werde dir alles erzählen.«

»Wo kommst du her? Wie siehst du überhaupt aus? Als kämest du eben erst vom Schlachtfeld.«

»Da liegst du nicht ganz falsch.«

Mardon sah ihn mit aufgerissenen Augen an.

»Was ist hier los?«, fragte Cajus.

»Das ist schon der dritte Aufstand diese Woche. Das Volk war im festen Glauben, dass du nicht mehr zurückkehrst. Außerdem sind sie unsicher und verängstigt wegen der Gerüchte eines schwarzen Sturms, der schon einige Reiche zerstört hat.«

»Wo ist meine Mutter?«

»Sie hat eben eine Rede gehalten und hat sich zurückgezogen.«

»Die Zwillinge?«

»Deinen kleinen Geschwistern geht es gut. ... Und Liadan? Wo ist sie?«

Cajus schüttelte den Kopf, woraufhin Mardon einen Schritt zurücktrat.

Das Entsetzen war ihm ins Gesicht geschrieben. »Das tut mir ... Ich bin wortlos ... Cajus, wie ist das nur ...«

Cajus klopfte seinem Freund auf die Schulter. »Später«, sagte er und stieg auf das Podest.

»Ich bitte um Ruhe! Ich kann Euren Ärger und Eure Angst verstehen«, sagte Cajus laut und deutlich. »Die letzten Monate hat man Euch im Unklaren darüber gelassen, wie es weitergeht, wo Euer König ist und was für Gefahren von Alandrias Wäldern ausgehen. Ich versichere Euch, ich war nicht ohne guten Grund fort, aber jetzt bin ich zurückgekehrt. In den nächsten Tagen werde ich eine Ratssitzung einberufen und danach eine Anhörung, in der jeder von Euch sein Anliegen zu Gehör bringen darf. Das Prozedere wird einige Tage andauern, aber ich verspreche, jedem Einzelnen wird es erlaubt sein, bei mir vorzusprechen.«

»Man erzählt sich, dass ein Sturm der Dunkelheit und der Vernichtung über die Welt zieht!«, rief jemand.

»Es wurden schon einige Dörfer und Städte ausgelöscht!«, rief ein anderer aus der Menge heraus.

»Den Sturm, von dem Ihr sprecht, gibt es nicht mehr. Dies war auch der Grund meiner Abwesenheit. Ich versichere Euch, die Gefahr ist vorüber.«

Einmal mehr tuschelte die Menge.

»Unsere Truppen wurden nach Alandria gesandt. Dort herrscht das Chaos. Wesen mit schwarzen Flügeln wurden im Land gesichtet«, rief jemand.

»Wir sollten die verfluchten Wälder abfackeln!«, brüllte ein anderer.

»Alandrias Wälder sind von Sagen und Mythen umwoben«, fuhr Cajus fort. »Ich habe mit eigenen Augen gesehen, dass viele dieser Mythen einen wahren Kern haben. Tatsächlich treiben sich dort fremdartige Wesen nichtmenschlicher Natur herum. Wie auch unter uns Menschen gibt es dort Wesen, die nichts Gutes im Sinn haben. Die meisten von ihnen werden aber in den Wäldern bleiben. Wir müssen lernen, zu akzeptieren, dass es Wesen gibt, die anders sind als wir, die aber genau dasselbe Recht haben, in Frieden zu leben. Und mit denjenigen, die Konflikte anstreben, werden wir zurechtkommen, denn auch wir haben Verbündete in den Wäldern, die für den Frieden kämpfen.«

»Warum ist Eure Kleidung blutbeschmutzt!?«, rief jemand.

»Wo ist die Königin? Warum steht sie nicht mit Euch hier?«, fragte ein anderer.

Mardon stellte sich neben Cajus auf das Podium.

»Genug! Der König wird all Eure weiteren Fragen bei der Anhörung beantworten. Er muss jetzt ruhen. Er hat eine lange Reise hinter sich!«

Mardon drängte Cajus vom Podium. »Sorgt dafür, dass sich der Tumult auflöst!«, befahl er den Wachen, die rund um das Podest aufgestellt waren. Mardon deutete mit dem Finger auf einen Wachmann, der von einem Bein auf das andere trat. »Dieser junge Mann hier ist neu in meiner Truppe. Er ist noch ein wenig unbeholfen. Temos, such die Dienstboten auf. Sie sollen den Badezuber, frische Kleidung und ein Mahl für den König vorbereiten.«

Temos nickte und flitzte ins Burginnere.

»Ich möchte zuerst mit meiner Mutter sprechen«, sagte Cajus und betrat mit schweren Schritten sein Zuhause.

Vierzig ... Liadan

Liadan öffnete die Augen, weil ein Schatten über ihr Gesicht streifte.

»Ihr könnt langsam wieder aufstehen und Euch nützlich machen«, sagte die Göttin und deutete auf ihren Hund. Ein Hund, der doppelt so groß war wie sie selbst. Ein Hund, dessen glühender Schlangenschwanz bei jeder Bewegung wie eine flammenrote Peitsche auf dem Boden aufschlug. Krallen, die so schwarz und lang waren, dass sie wie Rabenschnäbel aussahen.

Liadan stand langsam auf. Wie lange hatte sie hier gekniet und auf den Punkt gestarrt, an dem Cajus gefallen war? Zeit spielte hier unten ohnehin keine Rolle.

»Und was genau soll ich mit Eurem Hund machen?«

»Ihr könnt Euch seinen Eimer nehmen und draußen Knochen sammeln gehen.«

»Ich soll was? Was für Knochen? Menschliche?«

»Tierknochen wirst du da draußen vergeblich suchen.«

Liadan schluckte einmal mehr und näherte sich dem Höllenhund mit wackligen Beinen.

»Ich habe keine Angst vor Hunden«, hörte sie sich sagen.

Morpheus stieß ein tiefes, rauchiges Knurren aus. Giftig stinkender Dunst stieg aus seinen Nasenlöchern.

»Schon gut, Morpheus. Liadan wird dir dein Essen bringen.«

Zwei Armlängen vor dem Höllenhund blieb Liadan stehen und hielt den Atem an. Morpheus bräuchte nur sein Maul aufzureißen und hätte sie in einem Happs verschluckt. Zu ihrem Erstaunen senkte der Hund den Kopf und schob den Eimer mit der Nase in ihre Richtung. Mit zitternden Fingern haschte sie danach und stieß die angestaute Luft aus.

»Und wo genau soll ich nach den Knochen suchen?«

Saloma deutete mit dem Finger auf eine Türe, die sich mit Schwung öffnete.

»Dort draußen.«

Bestialisch stinkender Dunst quoll von außen herein. Quälender Lärm dröhnte. Menschen weinten, brüllten, bettelten. Donnerndes Hufgetrappel war zu hören. Liadan erkannte das Geräusch von Rädern auf Schotter und das von rasselnden Eisenketten.

»Den Teufel werd ich da rausgehen!«

»Den Teufel gibt es gar nicht, dieses Wort habt Ihr Menschen Euch nur ausgedacht. – Und Ihr werdet da rausgehen und Knochen suchen.«

»Und wenn ich mich weigere?«

Saloma streckte einmal mehr den Zeigefinger Richtung Ausgang. Eine kräftige Windböe erfasste Liadan und schleuderte sie aus dem Saal nach draußen. Hinter ihr flog die Tür mit einem lauten Knall zu.

Roter Schlamm bedeckte den Boden unter ihr.

»Verfluchte Göttin.«

»Für Eure Dreistheit werdet Ihr zwei Kübel Knochen aufsammeln.«

In Liadans Hand erschien ein zweiter Kübel. Sie krallte die Finger um die Henkel und presste die Lippen aufeinander, um keinen weiteren Fluch auszusprechen. Dann blies sie sich eine Haarsträhne aus dem Gesicht und stand auf.

Um Liadan herum tobte ein blutiges Aneinandertreffen zwischen den seelenlosen Hüllen und den Wesen, die dieser Welt angehörten.

Eine Handvoll Wachmänner, die sich mit ihren langen schwarzen Umhängen und ihrer Größe deutlich vom Rest der Menschen abhob, schritt durch die Menge und verteilte Schläge, Tritte und Peitschenhiebe. Selbst die Toten prügelten aufeinander ein oder beschimpften sich aufs Übelste. Eine Frau kniete mitten im Getümmel, hatte die Arme fest um sich geschlungen und wippte vor und zurück. Liadan konnte nicht hören, was die Frau sagte, aber sie schien zu beten.

»Blasphemie, Blasphemie!«, schrie jemand.

Ein Mann kroch winselnd am Boden. Ein anderer wälzte sich im Schlamm hin und her.

Eine junge Frau, die keine drei Ellen von ihr entfernt stand, ritzte sich mit einem Messer über die Haut. Ein wirres Kichern kam ihr dabei über die Lippen.

Liadan wandte den Blick von ihr ab und sah direkt in das Gesicht eines Dämons, der sie mit seiner unheimlichen, verzerrten, dunklen Fratze und den blutunterlaufenen Augen fixierte.

Die Henkel beider Eimer glitten ihr aus den kalten, schweißnassen Fingern. Sie stolperte zurück. Der Dämon machte einen gewaltigen Schritt und stieg dabei wie ein Geist durch sie hindurch.

Liadan fasste sich an die Brust.

»Den Göttern sei Dank«, dachte sie laut.

Als sie sich zu dem Dämon umdrehte, schleifte dieser einen Mann hinter sich her.

Ein scharfer, schriller Schrei zwang sie, hinauf zu blicken. Pechschwarze Wolken klebten wie dicke, fette Spinnen am Himmelsnetz. Das gespenstische Himmelsgewölbe über ihr riss wie Pergament entzwei. Riesige, nachtschwarze Flügel peitschten durch die Lüfte. Ein Drache öffnete sein titanisches Maul und schleuderte Feuerbälle auf die Masse unter ihm. Eine Schar Vögel fegte aus seinem Maul und jagte einige der Menschen.

Sie krallten sich an deren Haare, pickten ihnen in die Augen und zerschabten ihre Gesichter.

Liadan taumelte zu den Eimern, hob sie hoch und fing zu suchen an.

»Was genau tue ich hier eigentlich?«, fragte Liadan die Göttin bei ihrer Rückkehr. Sie stellte die befüllten Eimer neben sich auf den Boden und wischte sich mit ihrem Ärmel Schweiß und Schmutz von der Stirn. »Ich meine, was ist der Sinn von dem Ganzen hier?«

Saloma nahm summend einen Korb aus einem der Regale.

»Missetaten abarbeiten«, sagte die Göttin. »Und damit kommen wir gleich zu Eurer nächsten Aufgabe.« Saloma stellte ihr den Korb vor die Füße. Liadan begutachtete den Inhalt.

»Was zum ... sind das Würmer?«

»Es sind Lebensfäden, sie gehören sortiert. Die guten, mit dem hellen Kern in der Mitte, kommen in die Seelentruhe neben Euch.« Die Göttin deutete auf eine schneeweiße Truhe, die Liadan erst jetzt auffiel. Oder hatte sie Saloma eben erst herbeigezaubert?

»Sie bewegen sich.«

»Und die schlechten in die Aschengrube dort hinten.« Jetzt wies Saloma zu der Grube mit den Ascheresten, die im Boden ausgehoben war.

»Die guten in die Truhe, die schlechten in die Grube?«

»Ganz richtig.«

Liadan setzte sich im Schneidersitz vor den Korb und fing an zu sortieren. Die Lebensfäden wanden sich wie dünne, glitschige Würmer in ihren Händen. Saloma trug die Knochenkübel zu Morpheus und schwebte dann zu einem Regal, nahm ein Buch heraus und blätterte darin.

»Ich wusste gar nicht, dass Götter auch lesen.«

»Warum sollten wir nicht lesen?«

Liadan zuckte mit den Schultern. »Weil Ihr allwissend seid.«

»Diese Bücher stammen nicht von Menschenhand, Liadan.«

Ihren Namen wiederholt aus dem Mund der Göttin zu hören, war befremdlich.

»Als ich eben draußen war, hat mich niemand beachtet, als könnten sie mich überhaupt nicht wahrnehmen. Nicht, dass ich etwas dagegen hätte. Ich frage mich nur, warum?«

Ohne sich zu ihr zu drehen, antwortete die Göttin: »Das kommt auf die Schwere Eurer Untaten an. Je schrecklicher sie waren, desto mehr werdet Ihr hier wahrgenommen und umso länger müsst Ihr hierbleiben. Wenn Ihr Eure Zeit abgesessen habt, dürft Ihr in die yakamozischen Felder oder, wie ihr Menschen es ausdrücken würdet, das Paradies. Ihr seid nicht grundlos hier, Liadan. Ihr habt Männer im Kampf getötet. Aber Ihr habt ebenso Mut bewiesen, indem Ihr Euch selbst geopfert habt.«

»Ich habe mich verteidigt. Die Wachen von Agadash haben uns angegriffen. Außerdem, wenn ich mich nicht geopfert hätte, hätte Cajus Euren Bruder nicht überwältigt«, murmelte Liadan und pfefferte zwei der Lebensfäden in die Truhe neben sich.

Saloma legte das Buch wieder zurück und bewegte sich wie eine Feder im Wind zum nächsten Regal. Der endlose, dunkle Schleier über ihrem Körper schlug bei jeder Bewegung Wellen. Sie sah aus, als wäre sie ein Teil des ewigen Meeres, das bei Nacht im Mondlicht glänzte. Saloma hatte den Platz ihres Bruders eingenommen, aber sie war immer noch die Göttin des Mondes und der Gezeiten. Vielleicht verbarg sie tief in sich doch einen Funken Güte, dachte Liadan.

»Es muss schrecklich sein, eine Ewigkeit damit leben zu müssen, die Liebe seines Lebens verloren zu haben.«

Bei Liadans Worten hielt Saloma in der Bewegung inne. Liadan hatte den Eindruck, dass sich die zarten Schultern der Göttin versteiften.

Das war also ihr Schwachpunkt. Sie musste Saloma an ihre verlorene Liebe erinnern.

Die Göttin griff nach einem anderen Buch.

»Sagt Euch der Name Hynara etwas? – Sie hat mir verraten, dass sie und ihre Schwestern einst Kinder der Götter waren. Dass man sie mit einem Fluch auf die Erde verbannt hatte, nachdem sie sich an den Schändern und Mördern ihrer Schwester gerächt hatten.«

»Aniel, Edana und Nalene, die Kinder des Sonnengottes Geyeris, er ist mein Bruder«, sagte die Göttin. »Hynara ist der Name, den man Edana nach ihrer Verwandlung gegeben hat. Er bedeutet Dämonin des Todes.«

»Begrüßt Ihr das, was Geyeris getan hat?«

»Es war nicht seine Entscheidung. Es war Potanes' Weisung.«

»Potanes? Wie, der Potanes? Der Göttervater?«

Saloma nickte und schwebte mit dem Buch in der Hand zu dem Korb, durchwühlte ihn und entnahm einen der Lebensfäden ohne hellen Kern in der Mitte. »Da bist du ja«, sprach sie den Faden an. »Du bekommst einen ganz speziellen Platz.« Die Göttin schwebte zu den Regalen, öffnete ein winziges Kästchen und legte den sich windenden Lebensfaden hinein.

»Gibt es denn keine Möglichkeit, Talyra wieder zum Leben zu erwecken?«

»Die gibt es nicht. Talyra war nicht wie ich unsterblich, sie war ein Kind der Götter, so wie Nalene.«

»Aber war sie dann nicht so etwas wie Eure Nichte?«

»Wir sind keine Menschen, Liadan. Wir sind nicht blutsverwandt. Wir nennen uns Brüder und Schwestern, aber es gibt nichts, das unser Hälesum verbindet. Wir entspringen nicht aus demselben Fleisch und auch Alter und Zeit sind hier anders als bei den Menschen.«

»Hälesum?«

»So nennt sich der Lebenssaft, der in uns fließt.«

»Ich habe der Hynara versprochen, wiederzukommen, um für sie zu singen. Ich habe ihr eins meiner Lieblingsgedichte vorgesungen. Wollt Ihr es hören?«

Die Göttin schwieg und inspizierte weiter das Bücherregal.

Liadan flüsterte ihr Gedicht gerade so laut, dass sie sich sicher war, die Göttin würde es hören.

»Du wärmtest die Seele, du wärmtest das Herz,
so nah war ich dir,
im Blut flossest du mir.
Dann warst du fort,
ohne ein Wort.

Die Tropfen der ewigen Flüsse
erinnern mich an deine Küsse.
In trostloser Unendlichkeit treibt Hoffnung im Meer der Dunkelheit.
Erzähl mir vom Licht der Welt.
Denn Liebe war das, was uns hält.
Unendliches Schweigen zieht durch die Nacht,
vergessen ist die Seele, die lacht.

Bitte, Saloma, lasst mich zu ihm zurückkehren.« Liadan sah auf.

Die Göttin war verschwunden.

Einundvierzig … Cajus

»Phillipe Michoel Balmor«, las der Zeremonienmeister vor. Phillipe beugte die Knie und neigte den Kopf.

Cajus stemmte sich auf die Beine und stieg vom Podest.

»Ihr, mein Freund, braucht Euch vor mir nicht zu verbeugen.« Cajus nahm Phillipe in seine Arme. »Lasst Euch ansehen.« Er schüttelte den Kopf. »Jünger denn je. Und Ihr strahlt übers ganze Gesicht.«

»Ich werde heiraten.«

»Das sind ja wunderbare Neuigkeiten. Und darf man fragen, wer die Glückliche ist?«

»Leonora Schneeweich.«

»Die Tochter des Schneiders?«

Phillipe nickte.

»Mir kam zu Ohren, sie sei eins der bezauberndsten Mädchen im Dorf. Ihre Lippen sollen rot wie Wein sein.«

Mardon stellte sich neben die beiden und kniff in Phillipes Schulter. »Und ihr Haar erst, so schwarz und glänzend wie Rabenfedern.«

Phillipe lächelte spitzbübisch. »Und jede Stelle ihrer Haut schmeckt wie frischer Schnee.«

Phillipe sah an Cajus vorbei, sein Blick blieb an dem leeren Thronsessel hängen. Das Lächeln des jungen Kriegers erstarb. »Die Gerüchte sind demnach wahr. Es tut mir aufrichtig leid.« Phillipe räusperte sich. »Es war rücksichtslos von mir, Euch über mein Glück zu erzählen, wo Ihr doch Eures verloren habt.«

»Das bedeutet aber nicht, dass deswegen niemand anderes glücklich sein darf. Ich freue mich ehrlich für Euch, Phillipe. Was auch immer Ihr braucht, scheut Euch nicht, zu mir zu kommen und danach zu fragen.«

Cajus wendete sich dem Zeremonienmeister zu. »Wann werden die Gäste da sein?«

»In dieser Stunde.«

»Ich werde mit meinen Freunden solange im Speisesaal warten.«

»Wen erwartet Ihr denn?«, fragte Phillipe.

»König Ardon ist mit seiner Eskorte auf dem Weg hierher.«

»Weiß er, dass ... Ich meine, weiß er ...«

»Ich habe es ihm in einem Schreiben mitgeteilt.«

»Warum kommt er dann?«

»Wir werden den Vertrag, der zwischen unseren Ländern besteht, umschreiben.«

»Aber Ihr bleibt doch weiterhin König von beiden Reichen?«

»Ardon ist der König von Alandria. Ich wäre der König seines Reiches geworden. Es kann nun gut möglich sein, dass er mich bittet abzudanken. Und wenn nicht, werde ich selbst auf den Thron verzichten.« Cajus öffnete die Tür zum

Speisesaal und betrat nach Mardon und Phillipe den Raum. Die drei Kammerdiener, die dabei waren, die Tafel mit Blumen zu schmücken, neigten beim Anblick des Königs die Köpfe so tief, dass Cajus schon befürchtete, sie stießen jeden Moment mit der Stirn gegen den Tischrand.

»Lasst Euch von unserer Anwesenheit nicht stören. – Emarie, bring bitte den Wein«, sagte Cajus und setzte sich mit seinen Freunden zur Tafel.

Die Magd nickte knapp und flitzte aus dem Raum.

»Aber Ardon hat doch keine weiteren Kinder. Er braucht einen Thronfolger«, sagte Phillipe.

»Er hat seinen Bruder in Tavanas. Prinz Norwin hat vier Kinder. Eines davon kann Thronfolger von Alandria werden.«

»Und was wirst du jetzt tun? Ich verstehe, dass der Gedanke an eine neue Frau dich im Moment abschreckt, aber irgendwann wirst du dich mit genau diesem Gedanken anfreunden müssen.«

Bei Mardons Worten hätte er am liebsten den Dienstboten eins ihrer Messer aus den Händen gerissen und es sich in die Brust gerammt.

Äußerlich ließ er es sich nicht anmerken, aber er war ein sinkendes Schiff. Er durfte es nicht wagen, auch nur einen einzigen Augenblick an sie zu denken. Ein Moment der Schwäche, und eine Flut aus Schmerz und Trauer würde ihn mit sich in die Tiefe der Verzweiflung reißen.

»Cajus, geht es dir gut?«, fragte Mardon und wechselte einen Blick mit Phillipe.

Cajus wischte sich übers Gesicht. Emarie war mit dem Weinkrug zurückgekehrt und stellte ihn mit drei Bechern vor die Männer. Mardon griff gleichzeitig mit Emarie nach dem Henkel der Karaffe. Länger als nötig lag seine Hand auf den Fingern der Magd.

»Ich mach das schon«, sagte er und zwinkerte ihr zu. Emarie, deren Wangen sich kirschrot färbten, knickste und widmete sich wieder ihrer Arbeit.

»Was war denn das eben?«, flüsterte Cajus.

Mardon räusperte sich. »Ich weiß nicht, wovon du sprichst.«

»Ich glaube, das weißt du sehr wohl.«

»Ich habe in der Zeit deiner Abwesenheit etwas über den Spion aus Paramir in Erfahrung gebracht«, wechselte Mardon das Thema. »Ich denke, Fürst Brodan wollte sich schlicht und einfach bezüglich der Gerüchte, du hättest ihm seine Auserwählte gestohlen, Bestätigung holen. Es deutet nichts darauf hin, dass er einen Vergeltungsakt plant. Er wäre auch ein Narr, dies zu wagen.«

Aus dem Innenhof drang das Geräusch der Fanfare herein.

Mardon stand auf und trat vor die Fensternische. »Es ist Ardon, und er ist nicht allein.« Er drehte sich zu ihm. »Eine Frau ist bei ihm.«

»Ist die Königin von Alandria nicht vor Kurzem verschieden?«, fragte Phillipe.

Cajus' Stuhl kratzte über den Boden, er sprang auf und hastete zum Fenster.

»Verflucht.« Er klammerte seine Finger an den Fensterrahmen. »Das ist Daria.« Cajus drehte sich weg und schloss für einen Augenblick lang die Augen. »Ich kann das nicht.«

»Wer ist Daria?«, fragte Mardon.

»Ich kann nicht mit ihr sprechen – mit ihnen sprechen. Bitte entschuldigt mich.« Cajus stürmte aus dem Speisesaal, rannte die Treppe hinauf und lehnte sich schwer atmend mit der Stirn gegen die Wand. Sie war grabeskalt. Er war der verfluchte König und benahm sich wie ein Kind. Er war nichts weiter als ein weltverlorenes, lichtloses Wrack. Am liebsten würde er sterben.

Zweiundvierzig … Liadan

Liadan kippte den Korb mit den übriggebliebenen Lebensfäden ohne hellen Kern in die Aschegrube. Ein Windzug streifte sie im Nacken, jemand stand direkt hinter ihr.

»Meine Schwester lässt dich Lebensfäden sortieren?«

Liadan zuckte zusammen und drehte sich zu der Stimme. Der Gott lächelte.

»Entweder Ihr offenbart Euch mit einem lauten Knall, der Boden und Wände erzittern lässt, oder Ihr schleicht Euch wie Mondlicht an.«

Denotom zwinkerte ihr zu. »Das kommt auf meinen Gemütszustand an.« Er legte den Kopf leicht schief und betrachtete sie einen Augenblick. »Warum hat Euch meine Schwester nicht wieder zum Fluss des Vergessens gesandt, wie es üblich ist?«

Liadan zuckte mit den Schultern und stellte den Korb ab.

»Weil ich eine Entscheidung getroffen habe«, sagte Saloma, die urplötzlich wieder im Raum stand.

Liadan und Denotom drehten sich zu der Göttin. »Wo sind Clotha, Echsia und Soprah?«, wollte Saloma von ihrem Bruder wissen und schwebte auf ihn zu.

»Ich weiß nicht, was wir mit ihnen machen sollen. Potanes wird nicht erlauben, dass wir sie ewig in Hebelox' Becken festhalten.«

»Wir werden dafür eine Lösung finden. – Die Furien?«

»Sind wieder da, wo sie hingehören.«

»Was für eine Entscheidung habt Ihr getroffen?«, unterbrach Liadan das Gespräch der beiden.

Die Göttin sah flüchtig zu ihr, wandte sich dann aber wieder Denotom zu. »Der Schattenkönig hat überlebt. Kannst du ihn bitte zu mir bringen?«

Der Gott nickte.

»Denotom, bitte verzeih, dass ich dir in den letzten Monaten so zugesetzt habe. Wenn ich der Unterwelt nur einen Augenblick fernbleibe, bricht das Chaos aus.«

»Ich weiß das, Saloma«, sagte Denotom und war verschwunden.

»Warum Asael?«

»Sein Sohn ist hier«, sagte die Göttin.

»Hier? Kann ich ihn sehen?«

»Das ist im Moment nicht möglich. Außerdem hat er jegliche Erinnerungen an dich verloren.«

»Warum soll Euer Bruder Asael in die Unterwelt bringen?«

»Wenn eine Seele, die der Unterwelt angehört, diese verlässt, bringt dies immer das Gleichgewicht in Unruhe. Um das zu verhindern, muss ein Austausch stattfinden.«

Ein kalter Windzug fegte durch den Raum. Denotom war mit Asael zurückgekehrt. Der Schattenkönig blickte sich fiebrig um. Einen langen Moment betrachtet er die Göttin, bevor sein Blick zu Liadan schwenkte.

»Liadan.« Er wollte zu ihr, aber sie bedeutete ihm mit einer strengen Handbewegung, ihr nicht zu nahe zu kommen.

»Ich erinnere mich an alles«, sagte sie. »Wie konntest du mir das antun? Wie konntest du mich nur so manipulieren?«

»Ich habe es für richtig gehalten.«

»Du hast es für richtig gehalten!«

Asael schüttelte den Kopf.

»Es tut mir leid, Liadan.« In drei Schritten hatte er die Entfernung zwischen ihnen überwunden. Er packte ihre Wangen. »Ich wollte, dass du nicht mehr leiden musst, weil ich dich verflucht nochmal liebe!« Liadan öffnete den Mund, um etwas zu sagen, aber Asael kam ihr zuvor. »Ich liebe dich und du bist eine verdammte Heuchlerin, weil du dir nicht eingestehen willst, dass du auch mich liebst.«

Sie sagte nichts, blickte in seine sturmgrauen Augen, in denen sich der Glanz von Tränen sammelte. »Aber was macht das jetzt noch für einen Unterschied? Ich habe nicht nur dich verloren, sondern auch meinen Sohn, der mir alles bedeutet hat.« Er presste die Lippen aufeinander. Liadan spürte den Schmerz in Asaels Gesicht, als wäre es ihr eigener.

Er drehte sich zu Saloma. »Warum bin ich hier?«

»Um eine Entscheidung zu treffen«, antwortete die Göttin. »Liadan ist gestorben. Sie hat sich selbst geopfert, um denjenigen, den sie liebt, zu retten. Ich biete Euch an, dasselbe Opfer zu bringen. Gebt mir Eure Seele und ich werde Liadan das Leben schenken.«

»Was?«, flüsterte Liadan.

»Es liegt an ihm«, sagte die Göttin und nickte in Asaels Richtung.

»Ich soll sie zu diesem Versager zurückschicken und hier in der Unterwelt verrotten, niemals!«

»Für jemanden wie Euch gibt es hier jede Menge zu tun. Ich brauche Unterstützung und Ihr, Asael, wärt genau der Richtige dafür.«

»Was ist mit meinem Sohn?« Die Frage war nicht mehr als ein Flüstern.

»Er ist hier. Aber er hat jegliche Erinnerungen verloren. Trotzdem wäre es Euch möglich, bei ihm zu sein.«

Asaels Blick huschte durch den Raum, als wäre er auf der Suche nach etwas. Ein Ausweg, einen Weg zurück, irgendetwas, dass ihm aus dieser Misere retten könnte. Er verdeckte sein Gesicht mit den Handflächen und fuhr sich durchs Haar.

Einen langen Moment schwieg er und starrte auf den Boden, dann nickte er langsam.

»Ich will meine Erinnerungen behalten«, forderte er und hob den Kopf.«

Saloma nickte. »So soll es sein.«

Er sah Liadan jetzt direkt an. »Für meinen Sohn und für dich.«

Liadan ging auf Asael zu. Sie stellte sich auf die Zehenspitzen und küsste ihn sanft auf den Mund. »Ich werde dir das nie vergessen«, raunte sie. »Danke, dass du dieses Opfer bringst. Manchmal wollen wir uns die Wahrheit nicht eingestehen, aber es ist gut zu wissen, dass wir sie beide kennen.«

Asael legte seine Arme um sie, beugte sich hinunter und küsste ihre Stirn. »Ich habe jeden Moment mit dir genossen. Versprich mir, dass du dich nicht verlierst, denn du bist reine Poesie.«

»Ich verspreche es«, flüsterte Liadan. Sie löste sich von ihm und drehte sich zu Saloma. »Danke ... Ich weiß nicht, wie ich Euch ...«

Die Göttin brachte Liadan mit einem Wink zum Schweigen. Dann zwinkerte sie. »Manchmal reichen nur einige wenige Worte, um die Welt wieder mit anderen Augen zu sehen. Ihr werdet Eure Zauberkräfte verlieren, wenn Ihr zurückkehrt. Kein Elfenblut wird mehr in Euren Adern fließen. Das ist Euer Opfer, das Ihr bringen müsst.«

Liadan nickte.

Dann wandte Saloma sich ihrem Bruder zu. Die beiden führten eine stumme Unterhaltung. Der Gott nickte, stellte sich neben Liadan und haschte nach ihrer Hand. Ihr letzter Blick galt Asael. Dann verschwamm er vor ihren Augen.

Dreiundvierzig … Cajus

»Cajus.«

Jetzt hörte er sie schon seinen Namen raunen. Er war womöglich längst am Rande des Wahnsinns. Wie lange hatte er an dieser Wand gelehnt, ohne sich zu rühren? Er fühlte seine Stirn nicht mehr.

»Cajus, dreh dich um«, hörte er sie jetzt klar und deutlich sagen.

Er hatte das Gefühl, man hätte ihm einen Hieb versetzt. Langsam löste er sich von der Mauer und drehte sich um. Es dauerte einen Herzschlag, bis er die Augen öffnete. Einen weiteren, bis er erkannte, wer vor ihm stand.

Liadan! Und neben ihr der Gott Denotom.

Sie schoss wie ein Pfeil auf Cajus zu. Er fühlte sie, spürte ihre warme Haut. Verzweifelnd sog er ihren Duft in sich ein. Sie war echt, sie war hier, sie war am Leben. Er schlang die Arme um ihre Hüften und zog sie an sich.

»Bist du es wirklich? Hat die Göttin dich gehen lassen?«

»Cajus, du tust mir weh.«

Er ließ von ihr ab und sah sie an.

»Darfst du bleiben oder wird dies ein weiteres letztes Mal sein?«

»Ich bleibe.«

Einmal mehr zog er sie an sich. Er verknotete seine Finger mit ihren, um sie festzuhalten. Um sicherzugehen, dass sie sich nicht gleich wieder in Luft auflöste. »Ich liebe dich.«

»Und ich liebe dich.«

Für einen ewigen Moment lehnte er seine Stirn gegen ihre. »Liadan, deine Eltern sind unten und warten darauf, dass ich sie empfange.«

»Meine Eltern?«

»Ardon und Daria sind hier.«

Liadan taumelte einen Schritt nach hinten, ohne ihre Hand von seiner zu lösen.

»Liadan«, sagte Denotom. »Geht schon einmal vor und begrüßt Eure Eltern. Ich muss etwas mit Eurem Gemahl besprechen.«

Sie nickte und wechselte einen Blick mit Cajus. Nach der zweiten Stufe war er gezwungen, ihre Hand freizugeben. Einen Atemzug lang sah er ihr nach, wie sie die Treppe hinab fegte, dann drehte er sich zu Denotom.

»Saloma lässt Euch ausrichten, dass Ihr dem ungeborenen Kind nicht dieselbe Bürde auferlegen sollt, die Euch auferlegt wurde. Liebt das Kind, welches in Liadan heranwächst so, als wäre es Euer eigenes.«

Cajus stolperte bei Denotoms Worten nach hinten. Er haschte im letzten Augenblick nach dem Treppengeländer und krallte sich an die Brüstung.

»Ist es seins?«

Denotom nickte. »Das Kind des Schattenkönigs.«

Cajus schloss die Augen und atmete langsam ein und aus. Als er sie wieder öffnete, war der Gott verschwunden.

Taumelnd machte er einen Schritt nach dem andern. Er stieg die Treppe bis zur Hälfte hinunter und hielt inne. Cajus beobachtete Liadan, die in den Armen ihres Vaters weinte. Er würde verdammt nochmal zur Hölle fahren, wenn er dieses Kind nicht genauso lieben würde, wie er sie liebte. Es war ein Teil von ihr und jeder Teil von Liadan war es wert, geliebt zu werden. Er hatte sie wieder, das zählte. Eine Träne lief ihm über die Wange, er fing sie auf und ballte die Faust. »Danke, Saloma«, sagte Cajus und ging zu seiner Frau.

Vierundvierzig ... Achion

Achion seufzte und zog einen Pfeil aus seinem Köcher. »Jetzt werde ich mein Ziel bestimmt nicht mehr verfehlen.« Er setzte den Pfeil an, spannte die Sehne und konzentrierte sich auf die Zielscheibe, die er zuvor an dem Baum angebracht hatte. Achion blies die Haarsträhne fort, die ihm ständig übers Gesicht wehte. Eine Böe ließ Blätter und Zweige im warmen Wind tanzen. Ein Vogel zwitscherte im Gestrüpp. Rechts von ihm knackte ein Ast. Achion schoss den Pfeil ab. Dieser schnellte durch die Luft, doch bevor er am Ziel angelangt war, zischte ein zweiter Pfeil neben seinem und traf mit erstaunlicher Genauigkeit die Mitte der Zielscheibe. Achions Pfeil sauste haarscharf an der Schießscheibe vorbei.

»Verfluchte Götter!« Achion wirbelte herum.

»Der Wind kann Freund oder Feind sein, sei dir dessen stets bewusst«, sagte der Fremde, der aus dem Dickicht des Waldes trat. »Du hast dein Ziel nicht richtig im Auge gehabt und den Bogen nicht bis zum Ansatz gespannt.«

Die Augen des Fremden ruhten auf ihm.

Er hätte Angst vor ihm haben sollen und womöglich wegrennen, wie es ihn seine Mutter gelehrt hatte. Aber er fühlte eine innige Verbindung, etwas, das er sich im Moment nicht erklären konnte. Wie ein Band. Achion wusste, dass von dem Mann mit den sturmgrauen Augen keine Gefahr für ihn ausging.

»Wo ist Euer Bogen?«

»Du bist Achion?«

Er nickte.

»Wie alt bist du jetzt?«

»Ich habe bereits neun Winter gesehen, wo ist er denn jetzt, Euer Bogen?«

»Ich habe ihn dort ins Gebüsch gelegt«, sagte der Fremde und deutete auf die Stelle im Wald, aus der er gekommen war. »Ich hab dir in den letzten Tagen ein wenig bei deinen Übungen zugesehen. Du kannst mit dem Schwert umgehen, aber an deiner Zielgenauigkeit musst du üben. Wer hat dir denn das alles beigebracht?«

»Mein Vater.«

»Der König?«

Achion nickte.

»Ist er gut zu dir?«

»Der beste Vater, den ich mir wünschen könnte. Er hat den hier für mich selbst angefertigt.« Achion hob seinen Bogen in die Höhe.

»Hast du Geschwister?«

»Ja, einen kleinen Bruder.«

Der Fremde nickte und wirkte einen Moment, als wäre er in Gedanken versunken.

»Soll ich dir etwas zeigen?« Der Mann wartete nicht auf seine Antwort, sondern hob beide Arme so, als hätte er Pfeil und Bogen in den Händen. »Wenn du Pfeil und Bogen richtig hältst und alles rund um dich ausblendest, wirst du dein Ziel nicht verfehlen.«

Dann tat er so, als feuerte er einen Pfeil ab.

Achion konnte den Mund nicht mehr schließen. Neben ihm sauste ein schwarzer Pfeil durch die Luft und durchbohrte den, der in der Mitte der Zielscheibe steckte.

»Wie im Namen der Götter habt Ihr das gemacht! Seid Ihr ein Zauberer?«

»Hattest du jemals das Gefühl, anders zu sein? Spürst du im Mondlicht ein sanftes Kribbeln auf deiner Haut? Hast du manchmal den Wunsch, deinem Körper zu entfliehen? Spürst du, dass eine Macht in dir brodelt, die ausbrechen möchte?«

Achion entfernte sich einige Schritte von ihm.

»Woher wisst Ihr das? Ich habe niemandem davon erzählt.«

»Du bist nicht wie die Menschen, Achion, du bist wie ich, du hast Kräfte in dir, die geweckt werden wollen. Ich kann dir beibringen, wie.«

Achion verstand nicht, was genau ihm der Fremde damit sagen wollte.

»Ich möchte dich nicht überfordern, Achion. Genug für einen Tag. Wenn du erlaubst, sehe ich dir eine Weile beim Schießen zu.«

Achion nickte, griff nach einem seiner Pfeile und nockte ihn an.

»Spann den Bogen bis zum Anschlag«, sagte der Fremde.

»An was denkst du, bevor du den Pfeil abschießt?«

»Ich denke daran, die Zielscheibe zu treffen.«

»Genau darin liegt der Fehler. Du stehst vor deinem Ziel, das dir mit einem Mal so klein und so weit vorkommt. Von dem Moment an, in dem du den Pfeil abschießt, hast du keine Macht mehr über ihn. Du musst dich auf die Dinge konzentrieren, die du kontrollieren kannst. Wie du stehst, wie du den Pfeil ansetzt. Achte stets auf die Windrichtung. Konzentriere dich, genauso, wie du es zuvor getan hast, nur blende alles rund um dich aus. Die Vögel, den Wald, jedes Geräusch und jetzt auch mich.«

Achion schoss den Pfeil ab.

»Ja! Ich habe getroffen!«

Der Fremde nickte ihm anerkennend zu.

»Achion!«

»Oh nein, das ist meine Mutter! Ich hab mich wieder zu weit vom Schloss entfernt. Ich muss gehen.«

»Wo steckst du schon wieder!«, rief sie.

Achion sammelte seine Pfeile auf und drehte sich zu dem Fremden.

»Wirst du mich wieder besuchen?«

»Versprochen«, schwor der Mann und schenkte ihm ein freundliches Lächeln.

Dann rannte Achion seiner Mutter entgegen.

»Hab ich dich nicht gebeten, dich nicht so weit vom Schloss zu entfernen?«

»Es tut mir leid, Mutter.«

»Dein Vater und ich waren krank vor Sorge, weil wir dich nicht finden konnten.«

Achion deutete auf die Lichtung.

»Der Platz hier ist eben viel besser zum Üben.«

Seine Mutter kniff die Augen zusammen. »Mir war, als – hätte ich eben ...« Sie schüttelte den Kopf.

»Liadan, hast du ihn gefunden?!«, rief sein Vater.

»Ja, habe ich, wir kommen, Cajus!«

Im Gehen warf seine Mutter einen Blick zurück, als ahnte sie, dass dort eben noch jemand gestanden hatte.

Ende

Danksagung

Jede Geschichte braucht ihr Ende, denn nur so kann eine neue beginnen.

Ich danke dir von Herzen, dass du Liadan bis hierher begleitet hast. Ich hoffe, sie wird dir noch lange in Erinnerung bleiben, und wer weiß, vielleicht geht ihre Geschichte ja doch eines Tages weiter.

Mein Dank geht auch an die Menschen, die ich liebe und die mir den Halt im Leben geben. Ich danke meiner brillanten Lektorin Susanne Pavlovic für ihre großartige Arbeit. Im gleichen Atemzug möchte ich meiner lieben Korrektorin Beate Fischer für ihren Einsatz und ihr Engagement danken. Inniger Dank geht auch an meine Coverdesignerin Jaqueline Kropmanns für das wunderschöne Cover.

Danke

Printed in Poland
by Amazon Fulfillment
Poland Sp. z o.o., Wrocław

70990549R00270